1ª edição - Abril de 2025

Coordenação editorial
Ronaldo A. Sperdutti

Capa
Juliana Mollinari

Imagem Capa
123RF

Projeto gráfico e diagramação
Juliana Mollinari

Revisão
Enrico Miranda
Alessandra Miranda de Sá

Assistente editorial
Ana Maria Rael Gambarini

Impressão
Melting Gráfica

Proibida a reprodução total ou parcial desta
obra sem prévia autorização da editora.

© 2025 by Boa Nova Editora.

Av. Porto Ferreira, 1031 | Parque Iracema
CEP 15809-020 | Catanduva-SP
17 3531.4444

www.**lumeneditorial**.com.br
www.**boanova**.net

atendimento@lumeneditorial.com.br
boanova@boanova.net

Dados Internacionais de Catalogação na Publicação (CIP)
(Câmara Brasileira do Livro, SP, Brasil)

Marco Aurélio (Espírito)
    Um brinde ao destino / [pelo espírito] Marco
Aurélio ; [psicografado por] Marcelo Cezar. --
Catanduva, SP : Lúmen Editorial, 2025.

    ISBN 978-65-5792-115-9

    1. Romance espírita I. Cezar, Marcelo.
II. Título.

25-262094   CDD-133.9

Índices para catálogo sistemático:

1. Romance espírita : Espiritismo   133.9

Eliane de Freitas Leite - Bibliotecária - CRB 8/8415

Impresso no Brasil – Printed in Brazil
01-04-25-5.000

Um brinde ao destino

MARCELO CEZAR
ROMANCE PELO ESPÍRITO
MARCO AURÉLIO

LÚMEN
EDITORIAL

*A meus amigos de ontem, de hoje
e de sempre, cujos laços de amor
se estreitam e se fortalecem
a cada encarnação.*

Um brinde à amizade!

Antes de começar...

A maior parte desta história se passa entre as décadas de 1940 e 1970. Por esse motivo, você poderá deparar com palavras e expressões que na atualidade evidenciam conotações negativas ou estereotipadas; no entanto, eram largamente aceitas pela sociedade daquela época.

Marco Aurélio e eu acreditamos que a narrativa, assim como os diálogos presentes nesta obra, podem contribuir para o melhor entendimento de um mundo igualitário, inclusivo, mais fraterno e, portanto, menos preconceituoso e intolerante.

Quanto mais compreendermos que as diferenças entre nós devem ser valorizadas e, desse modo, respeitadas, tornando-nos pessoas únicas e interessantes, mais fácil será o caminho que nos conduzirá ao encontro do nosso amor-próprio e ao reconhecimento legítimo do amor ao próximo.

Neste momento conturbado pelo qual o planeta está passando, importante ressaltar que os bons Espíritos ensinam apenas a união e o amor ao próximo. Em consequência disso, é sempre bom lembrar que jamais um pensamento maldoso ou contrário à caridade pode surgir de uma fonte pura. Que possamos, sempre que possível, refletir sobre esse assunto.

E, para finalizar, compartilhamos com você os sábios conselhos do Espírito de Santo Agostinho[1]:

Durante muito tempo os homens se digladiaram e se amaldiçoaram em nome de um Deus de paz e de misericórdia, ofendendo-O com semelhante sacrilégio. O Espiritismo é o laço que os unirá um dia porque lhes mostrará onde está a verdade e onde está o erro. Entretanto, ainda por muito tempo haverá escribas e fariseus que o negarão, como negaram o Cristo. Querem, pois, saber sob influência de quais Espíritos estão as diversas seitas que dividem o mundo? Julgue-as pelas suas obras e pelos seus princípios. Os bons Espíritos nunca foram instigadores do mal; eles nunca aconselharam ou legitimaram o assassinato e a violência; nunca despertaram o ódio dos partidos nem a sede de riquezas e honrarias, nem a ganância dos bens terrenos. Somente os bons, humanos e atenciosos com todos são os seus preferidos, como são também os preferidos de Jesus, porque seguem o caminho que ele lhes mostrou para chegar até Ele.

Boa leitura.

---

1 Texto extraído e adaptado da Parte 9 da "Conclusão" de *O Livro dos Espíritos*, de Allan Kardec, conforme tradução do original *Le Livre des Esprits*, par Allan Kardec. Union Spirit Française et Francophone. Août, 1998.

INTRODUÇÃO

1

Houve um tempo, anos atrás, em que viajar de avião era um evento glamouroso. Os passageiros utilizavam suas melhores roupas, como se estivessem participando de um grande e portentoso acontecimento. Caso o assento pertencesse à primeira classe, então, o luxo e a sofisticação eram atração à parte. Para se ter uma ideia, as refeições dos voos da Varig, icônica companhia aérea de antanho, eram servidas em porcelanas de origem japonesa ou chinesa, com taças do mais fino cristal e talheres de prata.

É nesse cenário de requinte e bom gosto que encontramos Maria Regina Telles Ribeiro, aqui em nossa história, simplesmente, Regina. Viajava sozinha, num voo direto, de Paris a São Paulo. Após o requintado desjejum, ela se levantou de maneira discreta, dirigiu-se ao toalete, escovou os dentes, penteou os longos cabelos castanhos. Refez a maquiagem, borrifou um pouco de perfume e piscou para sua imagem refletida no espelho. Em seguida, voltou e sentou-se elegantemente em sua poltrona, enquanto observava a decoração da cabine, em tons de laranja e amarelo, contrastando com a cor do uniforme das aeromoças, em nuances das cores verde e cereja. Ela levou a mão à boca para suprimir um leve bocejo, e sua atenção foi desviada para a voz grave, porém modelada, do comandante, por meio dos alto-falantes:

— Senhores passageiros, dentro de alguns minutos pousaremos na cidade de São Paulo. A temperatura externa encontra-se na casa dos 25 graus, céu parcialmente encoberto...

Ao ouvir o nome da cidade, Regina revirou os olhos, enquanto cenas as mais diversas lhe perpassavam a mente. Fazia uns dez anos que partira da capital paulista, com destino a um mundo desconhecido. O tempo tinha passado rápido demais, ela considerou. Se não fosse pelo lucrativo novo trabalho, talvez nunca mais pisaria em terras brasileiras.

Ela refletia sobre momentos de sua vida quando uma das aeromoças aproximou-se e solicitou, amável:

— Por favor, poderia retornar o assento para a posição vertical? — Regina fez sim com a cabeça e a moça, um tanto sem jeito, indagou: — Poderia me dar um autógrafo? — Entregou-lhe uma caderneta já aberta e uma caneta.

— Claro! Por que um autógrafo meu? Não sou tão famosa quanto a Tônia Carrero — apontou para a renomada atriz, belíssima, sentada numa poltrona mais à frente.

— A Tônia, muito simpática, por sinal, já autografou a minha caderneta. — A aeromoça baixou o tom da voz, como se fizesse uma confissão: — Ela é muito mais bonita pessoalmente, não acha?

Regina assentiu. Em seguida, quis saber:

— De onde você me conhece?

— Oh, sou sua fã há tempos! Compro todas as revistas de moda em que a senhora aparece. Aquela foto que estampa a capa da revista *Vogue*, então... é uma das mais lindas que já vi.

Regina meneou a cabeça para os lados, sorrindo. Assinou o nome numa folha em que havia outras assinaturas de celebridades e entregou a caderneta à aeromoça.

— Embora não nos conheçamos, deixemos as formalidades de lado; não precisa me chamar de senhora.

— Imagina! É mais uma questão de respeito...

Regina aspirou o delicado perfume que vinha da moça.

— Está usando o Nenê Bonet.

— Claro! É o seu perfume! — exultou.

Regina riu.

— Não é o meu perfume. Eu só dei a ele um rosto.

— Cá entre nós — a moça baixou o tom da voz —, não gostei da modelo que a empresa contratou para fazer as novas campanhas publicitárias do perfume. O Nenê Bonet é a sua cara. Estou até pensando em trocar de marca.

— Obrigada pela consideração.

Antes de se retirar, a aeromoça indagou, curiosa:

— Veio para algum evento?

Regina fez ar de mistério.

— É surpresa. Não posso falar, por ora.

— Compreendo. Bom, adorei conhecê-la. Seja muito bem-vinda à cidade.

Regina agradeceu o elogio, ajeitou-se na poltrona e pensou, sorridente: *Faz mais de um ano que deixei de ser o rosto desse perfume... e ainda me associam a ele. Interessante. Será que o mesmo vai ocorrer com essa nova campanha publicitária?*

Em seguida, olhou pela janelinha. O avião descia suavemente e ela pôde ver com nitidez, sob uma perspectiva inusitada, a cidade onde vivera boa parte de sua vida. Os olhos acompanhavam as avenidas, as casas, os prédios... Espantou-se com a quantidade de edifícios que haviam sido erguidos nos últimos anos. Conforme a aeronave se aproximava do aeroporto, encravado no meio da cidade, sentiu um friozinho na barriga.

De volta, disse para si. *Quem diria...*

2

Carregando uma frasqueira e uma bolsa, Regina despediu-se das aeromoças e desceu a escada recém-acoplada à porta de saída do avião. Enquanto colocava os óculos escuros, aspirou o delicado perfume da manhã. Em seguida, caminhou até chegar à esteira de bagagens para retirar sua mala. Estava ansiosa para rever Betina, prima de segundo grau, que ela tratava como se fosse sua irmã. Consultou o relógio e murmurou:

— Betina já deve ter chegado. Quanta saudade... E essa mala que não aparece...

As malas começaram a ser despejadas e a de Regina foi uma das primeiras a surgir na esteira. Agradeceu aos céus. Apanhou-a de maneira rápida e a acomodou num carrinho. Já havia passado para a área externa do desembarque quando sentiu alguém tocar seu ombro.

— Pois não? — disse ela ao virar-se.

O homem, na faixa dos trinta e poucos anos, olhos acinzentados e vivos, e cabelos ondulados, também castanhos, ficou mudo por instantes. Regina sentiu um friozinho na barriga enquanto o encarava. Passados alguns segundos, ele retomou o fôlego e disse, sorridente:

— Desculpe importuná-la, mas essa mala é minha — apontou para o carrinho dela.

Regina olhou para o carrinho e, na sequência, para a mala que o homem carregava. Eram praticamente idênticas, salvo um pequeno rasgo na parte inferior da mala dele.

— Nossas malas são iguais! — ela suspirou, encabulada.

Ele devolveu o sorriso.

— Se prestar atenção, verá que há um pequeno rasgo perto da fivela. Eu não quis consertar para saber que ela é, de fato, minha. — Sorriu, revelando dentes alvos e bem distribuídos. — Ah, e essa aqui deve ser a sua. — Gentilmente, ele fez a troca das malas, apanhando a dele e colocando a de Regina no carrinho.

— Não sei onde estava com a cabeça — Regina desculpou-se.

— Obrigada. Só faltava eu chegar em casa com a sua...

Uma mulher, nem bonita nem feia, cabelos armados com litros de laquê, apareceu e colocou-se entre eles, sem prestar atenção em Regina.

— Estava sem sono. Vim te fazer uma surpresa — mentiu.

A bem da verdade, Beatriz, a mulher cheia de laquê, era esposa dele e estava ali tão somente porque precisava do cartão de crédito. Mais nada.

Ele se espantou com a presença dela e ficou sem jeito, acompanhando Regina com os olhos de cima a baixo; àquela altura, ela já havia se afastado e caminhava a certa distância. Logo ele a perdeu de vista.

Meu Deus, que mulher! Queria me apresentar, ao menos dizer meu nome. Cristiano...

Enquanto Beatriz, sua esposa, falava sem parar a fim de justificar a necessidade de usar o cartão de crédito, a mente de Cristiano estava fixada em Regina. Nunca vira uma mulher tão bela em toda a vida.

Que mulher linda! Parece que a conheço de algum lugar, o seu rosto me é familiar, disse para si.

Regina, já a uma boa distância, recompôs-se.

Que homem interessante! Que olhos... pena que é casado.

Ela riu e logo avistou Betina no saguão do aeroporto. Mulher belíssima, cabelos longos e repicados, em tons de castanho-claro, olhos verdes e vivos, Betina também tivera um passado glamouroso, sobre o qual saberemos em breve. Elas não sentiam a diferença de idade e tratavam-se como se fossem irmãs, embora Betina fosse, cabe ressaltar, prima da mãe de Regina. Abraçaram-se com efusividade. Assim que se desgrudaram, Betina desculpou-se:

— Perdão pelo atraso. Não consegui estacionar próximo da saída. Parei do outro lado da avenida. — Ela encarou Regina e disse, emocionada: — Quanta saudade!

— Eu também estava morrendo de saudades.

— Vamos colocar todas as nossas conversas em dia. Temos tanto o que conversar!

— É verdade. Antes de descer da aeronave estava pensando... eu tinha certeza de que não voltaria mais ao Brasil. E olhe onde estou agora.

— Veio por conta de uma excelente causa. Você é muito benquista no país, ainda mais sendo famosa no mundo todo.

— Custo a crer que voltei. Em todo caso, como é por pouco tempo, decidi aceitar esse trabalho.

— O importante é que voltou e, assim, poderemos ficar grudadas — tornou Betina, sincera.

— Nasci numa família de posses, milionária, e ainda é estranho saber que não sobrou nada.

— Faz parte do passado. Seus pais nunca se preocuparam em poupar, sempre ostentaram, eram excêntricos.

— Disso me lembro bem. — Ela sorriu. — Na época em que vendeu o casarão, mamãe ainda mantinha hábitos e gastos incompatíveis com o novo padrão de vida. Pobrezinha.

Betina ajuntou:

— Foi triste. Leonora teve uma vida tão rica, em tantos sentidos, no entanto, o fim de vida foi lamentável.

— Sorte ela ter tido ajuda de amigos, que foram mais importantes que a filha... — Regina parou de falar. Não gostava de se lembrar da única irmã, Hilda, que lhe virara as costas e jamais auxiliara a mãe em seus momentos finais de vida.

Betina percebeu e comentou:

— Sei que está pensando em Hilda...

— Tem notícias dela?

— Não somos amigas, como você bem sabe. O fato é que sou dona de uma discoteca. Vira e mexe ela aparece, trazendo a tiracolo o marido insuportável.

— Só de eu me lembrar do Edgar, nossa, sinto arrepios pelo corpo.

— Tem razão. Ele é um homem de arrepiar, no mau sentido. — Betina a abraçou de novo. — Deixemos os tolos de lado. Vamos falar de você!

— De mim?

— É. Saiu uma matéria sobre sua brilhante carreira na revista *Nova*. Estão especulando sobre o que a trouxe de volta.

— Eu vim para trabalhar... enfim, que corra tudo bem, sem tropeços, e que logo eu volte para a minha casa.

Betina, sensível como era, nada disse. Ficou pensativa. Nisso, Regina apanhou a mala e entregou o carrinho a um funcionário.

— A senhora é mais bonita que nos cartazes — ele disse, um tanto tímido.

— Obrigada.

Em seguida, elas subiram os degraus da passarela. Enquanto cruzavam o extenso vão que ligava os dois lados da avenida, uma joaninha pousou no braço de Regina.

— Que linda! Vermelha e preta. Que amor!

— É sinal de boa sorte! — comentou Betina.

— Tomara, minha amiga. Tomara!

Elas ganharam a calçada, caminharam até alcançar o carro, estacionado no meio-fio.

— Bem-vinda de volta.

Regina exalou profundo suspiro.

— Que assim seja.

3

Betina tirou as chaves da bolsa. Em seguida, apanhou a mala e confidenciou:

— Não me conformo! Você é modelo fotográfico internacional, requisitadíssima. Como pôde viajar apenas com uma só bagagem?

— Porque eu só vim para fazer a campanha da calça jeans — Regina tornou, rindo. — Assim que terminar o trabalho, voltarei para casa. Aqui não é mais o meu lar. Você bem sabe.

Betina meneou a cabeça para os lados.

— Ao retornar ao Brasil depois da morte de Claude — comentou, triste —, acreditei que não iria ficar tanto tempo e desejei muito voltar para casa, estar ao seu lado. Mas, então, retomei os trabalhos no Centro Espírita Irmão Francisco. Não quero mais deixar de me dedicar aos trabalhos espirituais. Senti muita falta deles quando vivíamos na França.

— Confesso que também senti muita falta de estar à frente dos trabalhos, de frequentar a sala de passes, participar do atendimento fraterno, estudar a fundo O Livro dos Espíritos...

— A minha alma estava desnutrida — brincou Betina. — Embora estudássemos sozinhas os livros da Doutrina Espírita, eu sentia falta de participar dos trabalhos mediúnicos.

— De fato, você está mais, mais... iluminada! Percebo que até rejuvenesceu. Eu também preciso me reconectar com a espiritualidade. Quanta saudade dos trabalhos dos quais eu participava no centro espírita, dos passes, dos estudos d'*O Livro dos Espíritos*, das palestras sobre o Evangelho... e, me diga, como está a Alzira[1]? Estou morrendo de saudades dela.

— Ah... Alzira. Continua dirigindo o centro espírita com um misto de firmeza e doçura. Preciso confidenciar a você que estamos com uma creche, atendendo catorze crianças. A nossa meta é chegar a trinta, muito em breve.

— Adoraria conhecer a creche... — De repente, Regina se entristeceu.

Betina disse, com amabilidade na voz:

— Não pense no passado, ou, se ele vier à mente, aceite que tudo aconteceu porque tinha de acontecer. Muitas vezes, não temos ideia de por que passamos por determinadas situações, principalmente as mais dolorosas.

— Sim — respondeu Regina, cabisbaixa. — Eu me lembro do que aconteceu comigo. E se eu tivesse tido o meu filho, Betina? Será que tudo não teria sido diferente?

— Você *teve* o seu filho — ela a corrigiu. — Levou a gravidez por nove meses. Eu acompanhei tudo. Nunca amamos tanto uma criança. — Ela derrubou uma lágrima, emocionada. — Infelizmente, ele teve uma curtíssima encarnação.

— Em seguida — Regina falava com a voz embargada —, fiquei tão triste, tão amargurada. Se não fosse você a me tirar daqui e me levar embora, não sei se sobreviveria.

— Ora, querida — Betina apertou delicadamente a mão dela —, você sempre foi forte. Apenas tive a ideia de levar você para outro cenário, para que tivesse condições de recomeçar. — Ela fungou e procurou sorrir: — Veja! Hoje você é reconhecida até no Japão!

Regina balançou a cabeça para os lados.

— Só você, Betina. O que seria da minha vida sem você ao meu lado? Agradeço todos os dias por ter amigos tão maravilhosos.

— Você é muito querida. Como sempre digo, vai saber se não fomos irmãs em outra vida?

---

1 Dona Alzira, dirigente do Centro Espírita Irmão Francisco, é apresentada pela primeira vez em *Medo de amar*, romance psicografado pelo autor em 2004 e publicado pelo selo Lúmen, da Boa Nova Editora.

Regina limpou a lágrima com as costas da mão e riu:

— Irmãs!

Ambas se emocionaram. Regina mudou o rumo da conversa.

— Conte-me sobre ter se transformado na rainha da noite! A eterna modelo e manequim Betina Marins agora é dona de uma das discotecas mais famosas do mundo.

— Acredito que seja porque eu me atirei de corpo e alma nesse projeto. No mais, a discoteca é só um trabalho. Não nasci herdeira, mas não posso negar que Claude me deixou um bom dinheiro. O meu espírito, contudo, é irrequieto! Não consigo ficar parada.

Regina exultou.

— Saiu uma belíssima matéria sobre a sua discoteca na *Cosmopolitan*! Trouxe a revista. Está na mala.

Regina falava e, ao mesmo tempo, procurava o homem com os olhos. Betina notou e quis saber:

— Quem está procurando? A Tônia Carrero? Saiu há pouco e já tomou um táxi. Lindíssima e simpática. Já esteve na discoteca. Foi um alvoroço. Todos queriam vê-la de perto, admirar sua beleza.

— Ela é linda mesmo. Não é ela quem procuro. A bem da verdade, nem te conto... Acredita que eu peguei a mala errada?

— Essa?

— Não. Uma bem parecida com a minha. Estava aguardando pela liberação das bagagens e, assim que vi na esteira a mala cor de vinho, apanhei e coloquei-a no carrinho. Quase na saída, um homem elegante e bem simpático, com um sorriso lindo, me alcançou e desfizemos o engano. Ainda bem que ele estava com a minha bagagem.

— Cadê ele?

— Estava procurando, mas, esquece. É casado.

— Como sabe?

— Se não for casado, tem alguém, com certeza. Enquanto trocávamos as malas, uma mulher se colocou no meio de nós, e dava para perceber que eles tinham alguma intimidade. Eu nem esperei para que nos apresentássemos. Virei as costas e vim embora.

— Se percebeu que é comprometido, bem, melhor esquecer esse homem. Sabe, lá na discoteca aparece tanto homem bonito, solteiro, desquitado, viúvo, enfim, disponível...

— O mais engraçado é que a mulher que estava com ele, além de estar com os cabelos armados com uma quantidade absurda de laquê, usava o perfume Nenê Bonet.

— Jura?

— Sim.

— Bom, esse perfume ainda é o queridinho das mulheres de bom gosto em qualquer parte do planeta.

— Mudando de assunto, quando vai me levar dançar na sua discoteca? — quis saber Regina, rindo.

— Quando você quiser. No entanto, não se anime. É um lugar com luzes, cores, um belo globo espelhado, muita música dançante e muita gente bonita. Nada diferente das outras discotecas.

— Duvido, porque a matéria da revista diz outra coisa. O artigo a compara com o Studio 54, de Nova York.

Betina riu de gargalhar.

— Sem modéstia, devo confessar que a nossa casa é um lugar de destaque, bem frequentada, com boa energia, salvo um ou outro frequentador baixo-astral, como sua irmã e seu cunhado...

— Hilda e Edgar... — Regina sibilou.

Em seguida, ela sentiu leve tremor. A convivência com a irmã nunca fora das melhores e, desde que Regina saíra do Brasil, nunca mais tinham se falado. Quanto ao cunhado, bem, ela não gostava dele. Sentia arrepios quando Edgar dela se aproximava. Betina percebeu a alteração de humor e emendou, a fim de espantarem lembranças ruins:

— Foi difícil fazer reserva no hotel. Depois que a Márcia de Windsor praticamente se mudou para lá, é quase impossível conseguir uma diária. E, com você também se hospedando ali, nossa, vai se tornar um local de grande atração.

Elas riram. Regina emendou:

— Falando em hotel, poderia me levar até lá, só para eu deixar as malas?

Um brinde ao destino

— Sim, claro. Depois, vamos almoçar na casa do Aldo.

— Sério? Estou morrendo de saudades dele.

— Ele e a mulher estão ansiosos para receber você na casa deles. Você vai adorar a Vivi, esposa dele. Ela também é voluntária do centro espírita. É uma médium respeitada e admirada.

— Fico feliz por ele ter encontrado uma boa companheira. Aldo tem bom coração.

— Lembra como ele arrastava uma asa pra cima de você?

— Faz tantos anos, Betina. E eu nunca dei corda, jamais alimentei esperanças. Além do mais, sempre fui honesta com ele. Nunca o amei, como homem, quero dizer. Sempre vi o Aldo como um irmão mais velho. Tenho muito carinho por ele, do mesmo modo que tenho por você. O que vocês dois fizeram por mim...

Ela se emocionou novamente e Betina a abraçou.

— Sei que você viveu uma fase bem difícil antes de deixar o país. Triste e delicada, bem complexa, sem sombra de dúvida. Contudo, estamos aqui, juntas, unidas, encarando os desafios da vida terrena da melhor forma possível. Para mim, você é um exemplo de sucesso, em todos os sentidos.

— Obrigada, amiga.

4

Regina e Betina terminaram de ajeitar os pertences e aco-
modaram-se cada uma em um banco da frente do automóvel.
Betina deu partida e logo o carro ganhou a avenida.

Regina estava surpresa com a nova paisagem da cidade.
Conversavam amenidades e, de repente, o trânsito empacou.

— O que será? — indagou Regina.

Betina disparou:

— Meu Deus! Esqueci! — Levou a mão à cabeça. — Estava
marcada para hoje uma manifestação do sindicato dos metalúrgicos. Eu deveria ter feito outro caminho, ter pegado outra
avenida para chegarmos ao centro da cidade.

— Greve?

Betina fez sim com a cabeça e emendou:

— Agora, não temos como sair. Vamos ter de esperar o
pessoal passar.

Regina mordiscou os lábios, um tanto apreensiva. Avistou
um punhado de manifestantes cruzando os carros parados,
impossibilitados de seguir viagem. Alguns motoristas, mais
impacientes, buzinavam e praguejavam. Entretanto, não tinha
muito o que fazer. Precisavam esperar pacientemente o grupo,
que não era tão grande, passar pelos carros e, assim, o trânsito
voltar a fluir. Eram homens em sua maioria. Andavam de forma
pacífica, carregando faixas, cartazes, vozes em uníssono pedindo por um aumento justo de salários, redução da jornada de
trabalho etc.

Betina ia fazer um comentário quando, do nada, um bando de policiais surgiu, munido de cassetetes, na tentativa de dispersar os manifestantes. Logo formou-se uma massa de gente correndo em desespero, fugindo dos policiais, dos cassetetes. O pânico se instalou e uma nuvem de fumaça se fez.

— Feche a janela! — ordenou Betina. — É gás lacrimogêneo.

Um rapaz tropeçou e seu rosto colou-se ao vidro da janela. Regina deu um grito de susto.

— Tudo bem? — quis saber Betina, um pouco nervosa.

Regina fez sim com a cabeça.

— Nossa, essa manifestação... Me lembrei de quando ficamos presas em uma, anos atrás.

— Eu também — tornou Betina.

— Se não fosse você a me puxar no meio daquela confusão e me arrastar até a igreja... Só que esse corre-corre de agora está me levando a acessar outras memórias, de uma outra época...

Regina suspirou, abraçou o corpo e fechou os olhos. Sentiu uma dor no peito e os olhos lacrimejaram. Não desejava voltar ao passado, não queria mais se recordar daqueles tempos... tempos de quando a vida parecia um mar de rosas, contudo, de uma hora para outra, mostrara-se um mar agitado, de águas turvas e que metia medo em quem tentasse nele mergulhar. Foi como se a cena à sua frente servisse de gatilho para que o inconsciente se sentisse autorizado para, de forma deliberada, abrir as comportas das lembranças reprimidas e atirá-las à consciência.

Regina fez força para devolvê-las ao inconsciente, no entanto, as memórias não lhe deram trégua. Em questão de segundos, cenas e mais cenas invadiram sua mente, e Regina foi drasticamente arremessada de volta ao passado.

PRIMEIRA PARTE

1

João Hernandez Ribeiro era um rapaz bonito, sedutor, cujos óculos de armação grossa e o indefectível furinho no queixo lhe conferiam charme à parte, harmonizando-se com o rosto quadrado e viril. Os cabelos, penteados para trás com o auxílio de pasta, eram negros, assim como os olhos, vivos e expressivos. Se não fossem os óculos, seria facilmente confundido com o ator Cary Grant. Era considerado, para os padrões da época, um "pão".

Ele se formara engenheiro no Mackenzie, estabelecimento que criara a primeira escola de engenharia privada do país, fazendo jus à fama e ao prestígio que já havia conquistado naquela época do pós-Segunda Guerra Mundial. Filho de espanhóis que emigraram ao Brasil logo depois da Primeira Grande Guerra, João era filho único. A mãe, sempre com saúde frágil, morrera quando ele tinha acabado de completar dezessete anos. O pai, comerciante, tinha um mercadinho de secos e molhados no bairro dos Campos Elíseos. Assim que enviuvou, esse senhor decidira casar-se de novo com a balconista do mercadinho, uma moça bem mais jovem, e mudar para uma pacata cidade do interior.

João preferiu permanecer na cidade. O pai vendeu a casa em que moravam e depositou parte do dinheiro recebido numa poupança, a fim de que João pudesse arcar com os custos de uma pensão modesta e dedicar-se integralmente aos estudos na prestigiada faculdade. O pai também negociou a venda do mercadinho e, com o dinheiro recebido, poderia viver modestamente pelo resto da vida. Sempre dizia que não precisava de muito para viver. Diferentemente de João, o pai não era ambicioso.

Logo depois que se formou, o pai morreu e João perdeu o contato com a madrasta, com quem mal travara relações. Pouco tempo depois de formado, ele seduziu uma das secretárias do famoso escritório de Ramos de Azevedo e, por meio dela, fez com que seu currículo chegasse às mãos certas, na hora certa. Foi o que aconteceu. Conseguiu emprego como assistente de um dos engenheiros do famoso escritório, até que soube que outro conceituado escritório de arquitetura, localizado no Rio de Janeiro, estava para contratar um profissional pelo triplo do salário que recebia.

João novamente seduziu e saiu com a garota que trabalhava no Departamento Pessoal e, por intermédio dela, seu currículo chegou às mãos do encarregado que fazia entrevistas, lá no Rio. Um mês depois, num sábado, João recebeu uma ligação na pensão em que morava. Fora contratado. Feliz da vida e sem nada que o prendesse a São Paulo, mudou-se para a então capital do país, certo de que teria uma boa vida e se daria muito bem. Por meio de indicações, principalmente a de um futuro colega de trabalho, alugou um quarto numa boa e conceituada pensão no bairro da Glória, não muito distante do afamado Hotel Glória, o primeiro cinco estrelas do país, inaugurado durante os festejos da comemoração dos cem anos da Independência, em 1922.

Cabe ressaltar, porém, que João Ribeiro não acreditava que pudesse apenas vencer na vida com o trabalho. Além de bonito e sedutor, era muito ambicioso. Sonhava altíssimo, desejava ter uma vida de luxo, de requinte, de gente milionária.

Não vou conseguir tudo isso só com o suor do trabalho, costumava dizer para si. *Preciso, sim, arrumar um excelente partido.*

Utilizando a bela estampa como cartão de visitas, não foi difícil chamar a atenção de mocinhas que sonhavam casar-se com um príncipe encantado, desejo de nove entre dez garotas nos anos 1940.

— Eu serei o príncipe delas — murmurava para si em tom de galhofa.

Embora fosse a capital do país e uma cidade cosmopolita, conhecida internacionalmente, o Rio de Janeiro tinha uma elite que era do tamanho de uma ervilha, ou seja, todos se conheciam. Por mais belo e galante que fosse, João sentia dificuldade em atravessar essa pequena bolha constituída de milionários com sobrenomes geralmente compostos, como Mayrink Veiga, Sousa Campos, ou simples, mas pomposos, como Lafer, Guinle, Alvim e afins.

Certa vez, no escritório em que trabalhava, apareceu um senhor distinto cuja família tinha posses, muitas posses. Ele queria construir um casarão no distante e, por isso mesmo, exótico bairro do Leblon. Esse senhor era de uma das famílias pertencentes à elite carioca. Um dos sócios do escritório estava numa reunião importante com um figurão do governo e pediu que João atendesse aquele senhor, para ira de Valdemar, funcionário mais antigo do escritório, que não gostara nadinha da contratação de João.

O fato é que João Ribeiro, sabendo de quem se tratava, atendeu aquele senhor com esmerada educação e muita simpatia, tornando logo de usar toda a lábia, e, ao fim da reunião, haviam se tornado melhores amigos.

— Gostei muito de você. Quero que vá jantar em casa — convidou Anísio, o senhor distinto. — Como bem sabe, quero que queime os miolos e desenhe uma casa que seja tão bela quanto a de Álvaro Alvim, em Ipanema.

— Irei com o maior prazer — devolveu João com largo sorriso, enquanto tomava da mão de Anísio um cartão. — A mansão que tenho em mente será, com todo respeito, bem superior à do senhor Alvim.

Anísio sorriu, satisfeito, e finalizou:

— Então venha jantar em casa amanhã, às oito da noite. Será um prazer recebê-lo.

Assim que ele se afastou, Valdemar, tentando disfarçar a inveja, aproximou-se e comentou, dissimulando a raiva:

— João Ribeiro! Mal chegou à Cidade Maravilhosa e já conquistou a amizade de um dos homens mais ricos e influentes da capital. Anísio Gouveia Telles.

— É? — João mexeu os ombros, fingindo nada ter percebido.

— Ele também é um dos donos da Casa Sloper. Nosso escritório está construindo o novo edifício para sediar a gigante loja de departamentos.

— O projeto da Rua Uruguaiana?

— Esse mesmo.

Sem parecer invasivo, João quis saber:

— Ele tem filhos?

— Por que quer saber? — Valdemar percebeu o tom e amenizou: — Quer dizer, por que tanto interesse?

João, que não era bobo nem nada, já sabia qual era a de Valdemar. Sentia de longe o cheiro da inveja. Percebera isso desde o dia em que ele lhe indicara o quarto na pensão. Quando se apresentou ao pessoal do escritório e disse qual seria o seu cargo, Valdemar bem que tentou conter a indignação. Algo dentro de João o alertou: *Cuidado!*

Ele dissimulou.

— Bobagem. Um senhor distinto como seu Anísio, bem--vestido, deve ter...

Valdemar o cortou, revelando:

— Seu Anísio tem duas filhas. Uma é bem sem-sal e sem gosto, bem carola, está sempre na igreja. Dizem as más-línguas que é uma chata de galocha. Contudo, reza a lenda — o rapaz baixou a voz, querendo dar ares de tom confidencial — que a outra filha dele é completamente doidivanas, sempre se metendo em encrencas e escândalos que são abafados porque seu Anísio molha a mão dos repórteres. Um conhecido meu chegou a afirmar, categórico, que essa pequena não é mais virgem.

João fez que não ouviu. Quis saber:

— Solteiras, as duas?

— Sim. Mas pode tirar o seu cavalinho da chuva.

— Eu? Por quê?

— Porque você não está à altura delas. São ricas que vão se casar com ricos. Eu e você não pertencemos a esse mundo.

João Ribeiro nada disse. Apenas sorriu e afastou-se. Foi até a copa, serviu-se de café e, enquanto passava a língua pelos lábios, disse para si: *Tirei a sorte grande. Eu vou me casar com uma delas...*

2

Na noite seguinte, às oito em ponto, João Ribeiro, elegan-temente trajando um terno no padrão Príncipe de Gales, to-cou a campainha do palacete localizado em Botafogo. Uma criada veio atender e o encaminhou para o vestíbulo. Anísio apareceu e o convidou para se dirigirem a uma saleta lateral.

— Aqui é o espaço reservado para eu apreciar meus cha-rutos. Eu os coleciono desde jovem — considerou Anísio, já entregando um a João e indicando uma poltrona para ele se sentar. — Gosta de charutos?

João não era fumante, mas sorriu e disse:

— Adoro. Meu pai é espanhol.

— Pelo que eu saiba, Ribeiro não é sobrenome espanhol.

— É que os espanhóis têm como tradição colocar o sobre-nome do pai no meio e o da mãe no fim do nome de seus fi-lhos. Meu nome completo é João Hernandez Ribeiro.

— É verdade — concordou Anísio. — Gosto do sobrenome Ribeiro.

— Eu também. Papai sempre fez questão de cultivar esse hábito e, em suas muitas viagens pelo mundo, arrumava uma maneira de passar por Cuba e trazer de Havana seus charutos preferidos.

— Seu pai tem muito bom gosto. O que ele faz?

— Papai tinha fazendas de café — mentiu. — Depois que mi-nha mãe morreu, ele decidiu vender as terras e recolheu-se com sua nova esposa no interior de São Paulo. Faleceu há pouco tempo.

— Meus sentimentos. Eu sou viúvo. Perdi minha Dolores há alguns anos. Foi difícil criar as meninas sem a mãe.

— Imagino — João respondeu, enquanto acendia o charuto. Logo, o cheiro adocicado ganhou o ambiente e eles entabularam conversação, em que Anísio confidenciava a João como imaginava a sua nova residência.

— Vai ser um marco da arquitetura na cidade — ponderou João. — Imagine, um belíssimo casarão na Delfim Moreira, de frente para o mar...

Uma das criadas bateu delicadamente na porta e avisou:

— O jantar está servido.

— Onde está Leonora? — quis saber Anísio.

— Mandou dizer que não está com fome e não vai descer.

Anísio levantou-se irritadiço.

— Com licença, João. Já volto. — Em seguida, pediu à criada: — Leve-o até a sala de jantar, por gentileza.

— Sim, senhor.

Anísio saiu e subiu a escada contrafeito. Enquanto isso, João foi conduzido pela criada até a sala de jantar e sentou-se na cadeira que ela lhe indicou.

— Obrigado.

— De nada.

Ela saiu em direção à cozinha. João ficou a admirar a decoração, o luxo, o requinte, as louças finas, os talheres de prata, as taças de cristal, a belíssima decoração à mesa, os vasos cujas flores, num arranjo delicado, perfumavam suavemente o ambiente.

É disso que gosto, pensou. *Luxo, pompa, requinte.*

Nesse meio-tempo, Anísio abria a porta do quarto da filha um tanto irritado.

— Quantas vezes eu disse que você deveria descer para jantar?

Leonora deu de ombros.

— Não estou com vontade de descer. Para quê? Mais um pretendente horroroso que deveria ser apresentado à Nice? Não vejo por que descer.

— Deixe de caprichos — rebateu. — Sabe que sua irmã, sendo mais velha, é quem deverá casar primeiro.

— Exatamente. Só que a boboca da Nice está viajando.

— De fato, o rapaz que está lá embaixo não é para o seu bico. Mas é deselegante você não descer. Custa nos fazer companhia?

— Custa, já que ele não é para o meu bico, como o senhor bem disse. Além do mais, não estou com vontade de descer. — Ela apanhou uma revista de cinema com a foto de Cary Grant estampada na capa e sentou-se de maneira displicente sobre a banqueta da penteadeira.

Anísio passou as mãos pelos cabelos brancos, porquanto Leonora parecia irredutível.

— Dessa vez você vai me obedecer.

— É mesmo? — devolveu Leonora com sarcasmo. — A sua filhinha predileta, a Nice, foi passar uns dias na casa daquela prima sonsa, a Betina. Ela pode viajar sozinha, fazer o que bem quiser, e eu, não?

— Ela não é a predileta. Não tenho filha predileta.

— Sei, sim senhor — respondeu num tom irônico.

— Você mal completou dezessete anos. Sua irmã já completou dezenove. É uma mocinha ajuizada. É por isso que ela pôde viajar.

— Porque ela completou dezenove anos ou porque é ajuizada?

— Deixe de tontices, Leonora.

— Mesmo assim... se me arrastar para o jantar, eu grito, faço escândalo, rasgo meu vestido.

Anísio tinha pavor desse comportamento tresloucado de Leonora. Era-lhe desagradável ver a filha ter ataques e chiliques na frente de quem quer que fosse, em qualquer lugar. Sentia muita vergonha. Era incapaz de a controlar.

— O que preciso fazer para convencê-la a descer?

Leonora levou o dedo ao queixo.

— Hum... Quero ir ao desfile da Casa Canadá e comprar um vestido Dior.

— Mais um vestido?

— Papai... não se trata de *mais* um vestido. É um Dior — enfatizou.

Anísio não fazia a mínima ideia do que ela estava falando. Apenas concordou.

— Está bem.

Leonora largou a revista, levantou-se e beijou-lhe a bochecha.

— Desço em dez minutos.

Anísio revirou os olhos. Sentindo-se impotente, saiu do quarto e desceu as escadas, pesaroso. Era difícil lidar com Leonora. Embora ela fosse a sua preferida, ele se dava melhor com Nice, cujo temperamento era bem semelhante ao de Dolores. Durante o tempo em que descia as escadas, sua mente não parava de projetar cenas do passado.

Ele e Dolores haviam tido três filhos. Henrique morrera ainda bebê, vitimado pela gripe espanhola. Traumatizados, ele e a esposa tinham evitado filhos por anos, até que Dolores engravidara de Nice. Dois anos depois nascera Leonora. Nessa gravidez específica, Dolores estava perto de completar quarenta anos e o parto tinha sido bem difícil. Após o nascimento de Leonora, Dolores nunca mais havia sido a mesma. Sempre doente, fraca, sem disposição. Anísio fizera de tudo para que a mulher restabelecesse a saúde. Tinham viajado para a Europa, passado por diversas instituições e casas de repouso, mas nada de melhora.

De volta ao Brasil, Dolores fora se deixando levar pelo abatimento. Naqueles tempos, não era comum o diagnóstico de depressão pós-parto. Além disso, Dolores se culpava pela morte do filho, julgava-se responsável por Henrique ter pegado aquela gripe mortal. Não houve terapia capaz de fazê-la compreender que o filho, assim como tantas outras crianças, morrera devido a uma pandemia que atingira populações em todo o globo. Todo esforço era em vão. Ela definhava dia após dia.

Tão logo Nice completara dez anos e Leonora tinha acabado de fazer oito, Dolores falecera. A partir dali, traumatizado pelas perdas, Anísio não quis mais se casar e decidiu que criaria as meninas de maneira solta. Dava a elas tudo o que pedissem. Fazia-lhes todas as vontades.

Embora tivesse crescido sem rédeas, Nice tornara-se uma moça simpática e inteligente, delicada e generosa. Não chamava atenção pela beleza, mas era benquista por todos. Leonora, por seu turno, crescera uma moça linda, de raro fascínio. Muitos chegavam a comparar sua beleza à da atriz Fada Santoro. Mas a birra e a arrogância eram proporcionais ao encanto. A cada ano que passava, mais prepotente se tornava. Um nojo. Era pessoa de difícil trato e, por isso mesmo, não tinha amigas de verdade. Era tolerada na sociedade por conta do sobrenome pomposo e dos milhões que o pai amealhara. Adorava destratar os empregados da casa e não se conformava com certas condições impostas pelo pai.

Uma das exigências de Anísio se devia ao fato de que, embora fossem criadas de maneira mais solta, as filhas deveriam seguir à risca certa tradição familiar, perpetuada por anos a fio: o segundo filho ou filha só poderia se casar depois que o primogênito se casasse. Isso queria dizer que Leonora só poderia desposar um rapaz depois que Nice se casasse. Se o segundo filho ou filha contrariasse a norma e se casasse primeiro, era deserdado. Leonora questionava o pai.

— Henrique foi o primogênito. Se ele morreu...

Anísio respondia de forma taciturna:

— Não conta. Depois que ele morreu, Nice se tornou a primogênita. E você só vai se casar depois que sua irmã se casar. Quer ser deserdada? Viver na rua da amargura? E não se fala mais nisso.

Leonora tinha vontade de explodir. Era uma espoleta e desafiava as normas da sociedade, contudo, tinha pavor de ficar pobre. O que mais a irritava era que Nice não fazia esforço para conhecer um rapaz e com ele se casar...

Já perdi um excelente pretendente por causa dessa estupidez. Como fazer a Nice se interessar por um rapaz e desencalhar? Estou com dezessete anos, idade ideal para noivar. Que maçada, protestou em pensamento.

Enquanto matutava e remoía os pensamentos, Leonora vestiu-se de forma impecável. Ela podia ser chata, arrogante, mimada, estouvada... mas se vestia com esmero. Era elogiada por ter extremo bom gosto. Sabia combinar vestidos com sapatos, bolsas, luvas, casquetes, acessórios, joias. Maquiava-se de maneira elegante. Sentou-se na banqueta em frente à penteadeira. Ajeitou os cabelos, apanhou um bonito frasco e borrifou delicado perfume sobre o colo e os pulsos.

Desceu as escadas com vagar e, ao adentrar a sala de jantar, Leonora sentiu um estremecimento pelo corpo. Aquele homem... já o vira antes, não? Tinha os traços de Cary Grant, enfim, não importava. Apaixonou-se imediatamente por João Ribeiro. E João, ao cumprimentá-la, sentiu um frio na barriga e também se apaixonou.

Nascia ali uma paixão fulminante, desenfreada, enlouquecida, que iria marcar profundamente suas vidas.

3

Longe dali, precisamente em Petrópolis, região serrana do Rio, sentada próximo a uma lareira, Nice folheava uma revista de moda quando Betina entrou carregando uma bandeja com duas xícaras de chá e biscoitos.

— Oh! Você leu os meus pensamentos — confidenciou Nice. — Comi muito pouco no jantar. Sonhava com um chá.

— Percebi — disse Betina, num sorriso encantador. — Está muito magra. Por que essa apatia?

Nice suspirou. Fechou a revista e a colocou sobre uma mesinha lateral.

— É Leonora.

— O que tem ela?

— Ela me inferniza! Quer que eu case a todo custo. Não gosto de suas cobranças.

— Pensei que a estadia não estivesse lhe fazendo bem.

— Imagine! — protestou Nice. — Você é a melhor prima do mundo. Na verdade, sabe que eu a considero minha irmã, diferentemente de Leonora — Nice entristeceu-se.

Betina pousou a bandeja sobre a mesinha de centro e serviu a prima com uma xícara de chá.

— Sabemos que Leonora é um tanto doidivanas.

— Sim. Sempre foi muito mimada pelo papai. Eu nunca me importei. Agora é diferente. Ela vive me pressionando. Exige que eu me case para que ela possa se casar. Atirou-me na cara que o Péricles, filho do magnata do petróleo, a deixou porque não queria esperar até eu arrumar um pretendente. Ele preferiu desposar uma das meninas da família Catão. Por conta disso, todo dia ela vem tirar satisfações. Estou cansada de tanta aporrinhação.

— Essa ideia fixa de seu pai nunca me agradou. Sabe que mamãe brigou com ele por causa disso? Ela nunca concordou com essa exigência de tio Anísio, tão sem sentido nos dias de hoje.

— É mesmo?

— Sim. Isso era comum em nossa família há cem anos, ou mais. Eram outros tempos, outras regras, outra maneira de viver. Tio Anísio é um doce de criatura, mas não concordo com essa condição tão ultrapassada. Bom, não brigue comigo. Não estou defendendo sua irmã, mas, e se por algum motivo você não se casar? O que será de Leonora?

Nice mordiscou os lábios.

— Não sei. Nunca perguntei ou quis imaginar. Mesmo assim, é um fardo duro demais carregar essa responsabilidade nas costas.

— Sabe que, depois de você, essa regra pode ir por terra?

— Como assim, Betina?

— Essa regra foi criada há mais de um século por nosso tataravô, creio. Desde então, segundo mamãe, sempre nasceram homens e eles seguiram à risca tal regra. Mas seu pai teve duas filhas. Quer dizer, perderam o Henrique bebezinho, contudo, depois que vocês duas se casarem, por exemplo, não precisarão mais seguir com essa sandice.

— Pensando assim... é verdade. Mas percebe que, de qualquer maneira, eu sou constantemente pressionada a me casar? Não sei se estou preparada para o matrimônio. Além do mais, deixar papai sozinho...

Betina a cortou, amável:

— Ainda tem esse pensamento fixo? Seu pai é adulto e tem consciência das próprias escolhas. Se não quis se casar depois que tia Dolores morreu, foi escolha dele. Agora, deixar de viver a sua vida por causa dele? Francamente, Nice.

— Eu gosto da companhia dele. Vivemos numa ótima casa, embora ele queira construir uma bem maior. Eu tenho tudo de que preciso. Por que me casar?

— Não se apaixonou por ninguém até hoje?

Nice fez não com a cabeça.

— Houve um ou outro rapaz que achei bonitinho, mas nada que me fizesse pensar em dar um passo tão importante. Você bem sabe que o casamento, para mim, é algo sagrado. Frequento a igreja, gosto de fazer parte da liga de senhoras que realiza os bazares e chás beneficentes, sou filha de Maria Santíssima.

Betina sorriu e emendou:

— Leonora cresceu sem freios. Mamãe me dizia que você nascera com juízo de sobra, no entanto, sua irmã nunca tivera juízo, senso, respeito por nada nem ninguém.

— Se a minha mãe estivesse viva, não sei se mudaria alguma coisa. Ela estava sempre doente, acamada, não tinha voz para nada. Eu me lembro, mesmo pequena, de como Leonora gritava com ela. Esperneava, jogava-se no chão, fazia escândalo quando era contrariada. Mamãe paralisava e ficava sem ação. Acho que até sentia medo da própria filha.

— Isso é. Eu me lembro de algumas cenas. Um horror.

— Interessante observar que temos perto de dois anos de diferença e somos como óleo e vinagre. Vai entender por que somos tão diferentes. Por outro lado, eu e você temos a mesma idade e somos tão parecidas!

— Eu já lhe disse. O Espiritismo traz explicações plausíveis a respeito.

— Não sei. — Nice mordiscou os lábios, apreensiva. — Sou católica, contudo, preciso lhe confidenciar algo. Depois que mamãe morreu, fiquei muito triste com Deus.

— Imagino. Você era bem novinha.

— O padre tentava me consolar, afirmando que Deus havia chamado minha mãe para ir para o reino dos céus. Eu nunca entendi. Por que minha mãe? Por que não levou a mãe de outra?

— É muito difícil lidarmos com a finitude, com a morte.

— Acha mesmo que o Espiritismo pode explicar a diferença de temperamento entre nós duas, Betina?

— Sem dúvida. Você é uma pessoa divertida, simpática, generosa, inteligente. Leonora, embora seja muito bonita e inteligente, não é nada simpática. É arrogante, prepotente, está sempre metida em desavenças. Veja que ela não tem círculo de amigos, não frequenta a igreja, não participa dos bazares beneficentes. Está sempre desfilando para lá e para cá, correndo atrás de pretendentes. Sempre foi de brigar, discutir, vencer pelo grito, pelo escândalo. Eu tenho pena do seu pai. Tio Anísio fez o que pôde para educá-las da melhor maneira, pobrezinho.

— Papai deveria ter se casado de novo. Pretendente é que nunca lhe faltou.

— Acredita que Leonora mudaria o jeito de ser caso tivesse uma madrasta? Não creio. Sua irmã nasceu assim, é característica do espírito dela. Sabe, Nice, quando reencarnamos, trazemos em nossa essência aquilo que somos de verdade, isto é, o nosso modo de ser, de pensar, de enxergar e de se portar na vida. A cada existência, vamos moldando o espírito com crenças e comportamentos afins.

— Pode me explicar melhor? — Nice bebericou o chá e, enquanto mordia um biscoitinho, Betina disse:

— Pense dessa forma: imagine que a vida é como um livro sagrado, em que cada um de nós deve aprender a se conectar com a própria essência. A reencarnação, portanto, é capaz de explicar as desigualdades e diferenças no mundo, nos levando a compreender que está tudo certo do jeito que é. Isto posto, quero dizer que não foi coincidência você nascer filha do tio Anísio e da tia Dolores. Por algum motivo que desconhecemos, você precisou nascer irmã da Leonora.

— Não tenho nada contra. Muito pelo contrário. Gosto dela. Claro, não temos afinidades. Ainda assim, quem sabe talvez um dia eu venha a me casar, mas até o momento não apareceu um homem por quem eu me apaixonasse de verdade. Não posso me casar com qualquer um apenas para que Leonora realize seu sonho.

— Isso é. No entanto, já considerou frequentar os salões de bailes, ir ao clube, às festas do Copacabana Palace?

— Não sou de sair, a não ser quando vou à igreja. Prefiro ficar em casa, na companhia de um bom livro.

— O que está lendo no momento?

Nice sorriu, animada.

— Sou apaixonada por contos. Estou lendo, pela segunda vez, *Sagarana*, do Guimarães Rosa. Apaixonante.

— Se quiser deixar a leitura um pouco de lado, conheço um rapaz...

Nice a cortou, rindo:

— Lá vem você de novo com esse assunto. Eu gosto de você como prima, não como cupido. Está parecendo o Miltinho.

Betina sorriu. Bebericou seu chá e quis saber:

— Miltinho! Uma graça.

— Sim. A vida seria bem mais interessante se você fosse minha irmã e se Miltinho fosse meu irmão. Eu estaria num mundo perfeito!

— É. Vocês têm muitas afinidades. Ele gosta muito de você. Sempre a protegeu. E não se dá nada bem com Leonora.

— Também... sempre que pode, ela o inferniza. Só porque ele tem um jeito diferente de ser.

Betina quis saber:

— Como ele está?

— Bem, dentro do possível. Infelizmente, não é só Leonora que desdenha dele. Miltinho sofre muito preconceito por ser tão alegre e divertido.

— É um tanto carente, por isso se mete em enrascadas. Mas, confesso, gosto muito dele.

— É um bom amigo, aliás, o único que não me cobra casamento.

Betina teve uma ideia:

— Se não pretende se casar por ora, por que não vem comigo para as passarelas?

— Eu?!

— Ué? Por que o espanto, Nice? Você tem postura, é simpática. Daria uma boa manequim.

— Eu, não. Mas você, sim, é uma manequim nata. Rompeu as barreiras do convencional, enfrentou seus pais, tornou-se modelo de destaque da Casa Mayfair. Logo será disputada por Dior e outros estilistas franceses.

Betina gargalhou.

— Desculpe. Imagina. Eu? Desfilando em Paris? Não penso nisso. Já está de bom tamanho desfilar para a Mayfair e para a Casa Canadá. A bem da verdade, preciso me abrir com você.

— O quê? — Nice perguntou, curiosa.

— Está sabendo que a televisão faz sucesso nos Estados Unidos e não vai demorar para chegar ao país, não?

— Sim. Li uma matéria n'O *Cruzeiro* em que Assis Chateaubriand afirma que o Brasil poderá ser o primeiro país da América Latina a ter uma emissora de tevê.

— Pois bem. Eu tenho uma amiga, também manequim lá da Casa Canadá, que é unha e carne com o Chateaubriand. Ele está financiando desfiles de moda, de alta-costura, em São Paulo. Os cachês são altíssimos.

Nice teve um sobressalto.

— Você não pode se mudar para lá.

— Por que não, Nice?

— Como será minha vida sem você a meu lado?

— Quanto drama.

— É a mais pura verdade, Betina. Sabe que você é minha irmã. Só confio em você e no Miltinho. Hum... pensando no Espiritismo, será que nós fizemos parte da mesma família em outra vida?

Betina assentiu, sorridente:

— Pode ter certeza que sim.

Abraçaram-se comovidas. Um halo de luz formou-se em volta delas, demonstrando que ambas estavam unidas, por belíssimos laços de amor, havia várias vidas.

4

Voltando ao jantar. Leonora mal conseguia conter a excitação. A presença de João lhe causava arrepios e em sua mente desfilavam cenas tórridas, proibidas para menores, entre os dois. João sentiu o mesmo. Ficara tão deslumbrado com Leonora que nem precisara se esforçar para ser galante ou sedutor.

Anísio, sem nada perceber, apenas sorriu ao ver Leonora ali a seu lado. Ela podia ser endiabrada, malcriada, mas era linda de morrer. Nunca verbalizara, mas Leonora era, de fato, a sua filha preferida. Era por esse motivo que passava a mão na cabeça dela, perdoando-lhe todos os desatinos.

— Pelo sotaque, não é carioca — observou Leonora. — É de São Paulo, acertei?

— Sim. Sou paulistano.

— Adoro São Paulo. Papai me levou lá três vezes, não é, papai?

— Sim — concordou Anísio.

— Adoro fazer compras na Barão de Itapetininga e tomar chá no salão do Mappin.

— Você gosta de frequentar lugares sofisticados — ele observou.

— Sim. Conhece a loja de Marocas Dubois[1]?

---

1 Marocas Dubois é apresentada pela primeira vez em *O tempo cuida de tudo*, livro 1 da trilogia "O poder do tempo", romance psicografado pelo autor em 2022 e publicado pelo selo Lúmen, da Boa Nova Editora.

— Já ouvi falar. Parece que ela é uma das queridinhas da nata da sociedade paulistana.

— E também da carioca — emendou Leonora. — Se quer saber — ela espremeu os olhos e fez biquinho —, eu trocaria facilmente o Rio por São Paulo.

— Mesmo? Não gosta da cidade? — indagou João.

— Gosto. Mas não suporto o mar, por exemplo. Detesto tomar sol, deitar na areia, espremer-me entre pessoas que não conheço. É uma mistura de gente que não me agrada. Um horror.

João riu.

— Também não sou afeito ao mar. Acredita que estou aqui há alguns meses e ainda não fui à praia?

— Não está perdendo nada. Um bando de pessoas mal--educadas amontoadas e esparramadas na areia. Acredita que tem quem leve comida e bebida? Um disparate! Aquelas moças besuntando-se de óleo, numa disputa para saber quem vai ficar mais bronzeada, como se torrar a pele fosse algo bonito de se ver. Eu adoro minha pele alva e delicada.

Anísio interveio:

— Leonora é assim desde que nasceu. Nunca gostou de ir à praia. As babás sofriam, porque, quando se aproximavam da areia, Leonora chorava e esperneava. Corriam de volta para casa.

— Está vendo? — ela emendou. — O Rio não me seduz. Detesto o calor. Me diga, lá em São Paulo, conhece o Museu de Arte?

— Sim — disse João. — Gosto de *arte* — comentou num sorrisinho, fazendo um chiste com a palavra.

Leonora riu e emendou:

— Também adoro. Arte. Não é, papai?

— Sim, sim. Leonora sempre teve inclinação para as artes. Tem olhos sensíveis para o belo. Reconhece uma boa obra a distância.

— Não é para tanto, papai. Apenas tenho faro para aquilo que é bonito e bom — disse, enquanto comia João com os olhos.

Anísio, sem nada perceber, continuou a prosa. Ao final da sobremesa, convidou João:

— Vamos para a saleta fumar outro charuto. E brindaremos a sua visita com um cálice de vinho do Porto.

— Eu também quero — pediu Leonora.

— Sabe que não é de bom-tom ir à saleta, tampouco beber. Não quero que fique cheirando a charuto.

João sorriu e a encarou com firmeza:

— Foi um prazer conhecê-la. — Beijou-lhe a mão.

Leonora sentiu um friozinho na barriga.

— Qual é mesmo o escritório em que trabalha?

Anísio tomou a palavra:

— No escritório do primo do Lúcio Costa, ora.

Leonora meneou a cabeça para cima e para baixo.

— Evidentemente que um rapaz distinto e inteligente como você só poderia trabalhar num escritório de renome.

— Obrigado.

Leonora se deu conta de que Anísio começava a perceber um certo clima amistoso entre ela e João. Rapidamente, fez caras e bocas.

— Oh, papai! Por acaso, posso ir ao jantar na casa da Carmem no sábado? Ela quer me apresentar um primo, herdeiro de uma rede hoteleira... Ele acabou de chegar dos Estados Unidos.

Era tudo mentira, apenas para desviar a atenção e cortar o fluxo de pensamentos do pai.

Anísio concordou, com uma ressalva:

— Pode ir ao jantar e até conhecer esse tal primo, mas não se esqueça de que só vou conceder sua mão em casamento depois que Nice se casar.

Leonora revirou os olhos.

— Claro, papai. Nice em primeiro lugar.

Ela se despediu de João com um aceno e beijou o pai na testa. Sem dizer palavra, subiu os degraus em direção ao quarto. Assim que entrou, encarou a imagem refletida no espelho da penteadeira e disse:

— Amanhã eu vou a esse escritório de arquitetura. João vai ser meu, com ou sem o consentimento do meu pai.

5

No dia seguinte, Leonora arrumou-se com esmero. Moderna e antenada com as novas tendências da moda, escolheu a dedo o modelo com o qual sairia. Vestiu um de seus melhores vestidos de passeio, em tons de verde-oliva, maquiou-se com elegância, perfumou-se. Desceu as escadas e, ao chegar ao vestíbulo, apanhou a casquete e o par de luvas. Enquanto a ajeitava na cabeça, puxando delicadamente a redinha que se sobrepunha aos olhos, Anísio apareceu:

— Uau! — assobiou. — Como está linda, minha filha. Aonde vai assim, tão bem-arrumada?

— Vou à casa da Isildinha. — Inventou um nome qualquer. — Haverá um almoço beneficente para as crianças do orfanato.

— Mas isso é tarefa da Nice.

— Ela me pediu para ir em seu lugar enquanto está em Petrópolis — mentiu.

— Faz bem em participar de tais eventos e, ainda por cima, ajudar a sua irmã. Você me enche de orgulho. — Ele a beijou na testa e quis saber: — Eu iria usar os serviços do nosso motorista, mas vou cedê-lo para você.

— Imagine — ela protestou. — Já contratei um carro de aluguel. Não quero lhe dar trabalho. Pode fazer as suas coisas, sem atrapalhar a sua rotina, papai. Eu voltarei no fim da tarde.

— Obrigado. Vou ao escritório de arquitetura e...

Leonora revirou os olhos.

Oh, não... ele não pode ir ao escritório. Vai arruinar os meus planos...

Foram interrompidos pela criada. Era ligação telefônica, de Nice. Anísio foi atender e, ao voltar, Leonora o indagou, tentando esconder a aflição:

— O que foi?

— Sua irmã vai regressar de viagem hoje à tardezinha. Não vou mais ao escritório de arquitetura. Preciso providenciar...

Leonora nem quis ouvir.

Não é que a insuportável da Nice acabou me ajudando? Graças a esse telefonema, papai não vai mais até o escritório. Caminho livre para mim.

O carro de aluguel já a esperava. Ela entrou e mal encarou o motorista. Voltou a ser a Leonora de sempre. Num tom ríspido, ordenou que o rapaz fizesse o trajeto até a Avenida Presidente Vargas.

— Vá logo. Estou com pressa.

Ele foi dizer algo e ela o silenciou com uma bronca:

— Não me dirija a palavra. Eu estou pagando a corrida, tão somente. A sua voz não está incluída no preço. Portanto, não quero ouvi-la. Coloque-se no seu lugar.

O motorista, surpreso com a grosseria, apenas meneou a cabeça para os lados e seguiu viagem, mudo.

Assim que chegou ao destino, Leonora tirou algumas notas da bolsa e as atirou no banco da frente.

— Aqui está. O dinheiro da corrida.

— Está faltando uma nota de...

Ela mal o deixou falar. Logo saiu do carro, batendo a porta com estrondo, de propósito.

— Inútil — ela rosnou. — Pensa que pode dirigir a palavra a mim?

O motorista rangeu os dentes de raiva.

— Doidivanas e estúpida, isso sim. Nunca vi mocinha mais sem educação. Bonita por fora, horrível por dentro.

Deu partida e logo apanhou uma senhora, distinta, elegante e extremamente bem-educada, para seu alívio.

Enquanto caminhava da calçada para a entrada do prédio, Leonora percebeu os olhos masculinos sobre ela. Riu por dentro.

— Imbecis — disse baixinho.

Assim que entrou no saguão do edifício, foi abordada por um rapaz com quem tinha estudado na Aliança Francesa. O nome dele era Herculano Mandorim. Bem mais velho que Leonora, Herculano era jornalista e tivera o registro cassado na época em que Getúlio Vargas governara o país, nos moldes de uma ditadura, por longos quinze anos.

Herculano não era feio nem bonito. Embora pertencesse à classe média, tipo de gente com quem Leonora geralmente evitava contato, ele tinha o nome feito no mercado. Era um dos principais jornalistas do *Diario Carioca*. Tão logo Getúlio deixara o poder, Herculano voltara a exercer a profissão de jornalista. Seus artigos eram bem escritos e contundentes, sempre a destacar as falcatruas que aconteciam dentro do governo federal. Era amado e odiado ao mesmo tempo tanto por seus pares como por políticos.

Ele já tinha se interessado por Leonora, achava-a a moça mais linda do mundo, mas ela, sempre de olho nos ricaços, nunca lhe dera um fio de esperança. Assim que ela adentrou o saguão, ele a cumprimentou, efusivo:

— Leonora! Quanto tempo.

— Olá, Herculano — disse ela, num tom quase azedo.

— Como está linda.

— São seus olhos.

— O que veio fazer aqui?

— Não é da sua... — Ela tossiu levemente e mudou o tom: — Vim apanhar uns desenhos para meu pai. Vou ao escritório...

— Do primo do Lúcio Costa — ele emendou.

— Isso mesmo. Como sabe?

— Sou jornalista, ouvi colegas dizerem...

— É verdade — ela concordou.

— Bem, a sede da Casa Sloper vai ganhar um prédio.

— As notícias correm — ela disse, sem entusiasmo. Quanto mais percebia os olhos melosos de Herculano, mais raiva sentia.

— Quer que eu a acompanhe até o andar? Depois poderemos tomar um chá na Colombo.

— Infelizmente, papai quer que eu esteja logo em casa. Ficará para uma nova oportunidade. Agora, se me dá licença...

Ela entrou no elevador e solicitou ao ascensorista, de maneira ríspida, obviamente, para deixá-la no andar do escritório de arquitetura.

Enquanto isso, Herculano parecia um bobo apaixonado.

Como ela é linda. Quisera eu ser seu namorado!

6

Nice despediu-se da prima já com saudades.

— Não tenho vontade de ir embora.

— Pois fique!

— Bem que queria, Betina. Papai só me deixou ficar uma semana. Além do mais, sou uma das responsáveis por angariar fundos para o orfanato.

Betina aproximou-se e a encarou:

— Nice, você não é mais uma menininha que precisa da autorização do papai para dar dois passos. Por que tanta insegurança?

— Não sei. Eu me preocupo com o papai. A Leonora, tenho certeza, mal para em casa. Ele deve estar se sentindo sozinho.

— E daí? Seu pai tem idade suficiente para encontrar amigos, distrair-se. Pode ir ao clube, por exemplo.

— Tem razão. Preciso me soltar mais.

— Insisto. Se eu for trabalhar em São Paulo, gostaria de ir comigo?

Nice sentiu um friozinho na barriga.

— Fala sério?

— Claro.

— Não sei. — Ela mordiscou os lábios, apreensiva. — Deixar papai sozinho...

— Ué, ele não quer construir um palacete? Acha que tio Anísio ficará sozinho num imóvel tão grande? Por favor, Nice.

— Ele disse que vai construir a casa para que eu tenha um lar quando casar.

— Do jeito que a conheço, morar num palacete, bem, não combina com você.

— Eu preferiria um sobradinho, de preferência de pedras, como um cottage. Construíram um na Rua Redentor. Lindo.

— Peça para seu pai construir um parecido.

— Ele está tão empolgado com a construção do casarão na Delfim Moreira, Betina. Melhor deixar para lá. Quando estiver no Rio, eu vou levar você para ver esse sobrado.

— Faz tempo que não a vejo tão empolgada com algo.

— É que, particularmente, acho exagerado construir um palacete. A nossa casa já está de bom tamanho. Mas Leonora pressiona papai para sair de lá e morar numa casa de verdade, segundo ela.

Betina sorriu.

— Um palacete combina mais com Leonora. Ela, sim, adoraria morar num lugar assim, que chama atenção, enorme, cheio de cômodos e empregados para ela destratar à vontade.

— Pode ser. — Nice novamente esboçou um sorriso. — Bom, foi ótimo passar esses dias com você. Assim que voltar ao Rio, me ligue para sairmos.

— Eu avisarei você quando for desfilar novamente para a Casa Canadá. Pode ser?

Nice assentiu. Beijou Betina no rosto e entrou no carro de aluguel. Ela ficou tão imersa em seus pensamentos que nem percebeu o carro descer a serra. Quando se deu conta, estava perto de casa. No finzinho do dia, o carro estacionou na porta de sua residência em Botafogo. O motorista, simpático, carregou a pequena valise até o saguão. Nice despediu-se, não sem antes lhe dar uma gorda gorjeta.

— Obrigado, senhorita. Até mais ver.

Era nítida a diferença de tratamento de Nice e Leonora em relação às pessoas em geral. Nice era amável e falava num tom baixo. Leonora destratava as pessoas e sempre se dirigia a elas num tom acima do normal.

Anísio a recebeu com um forte abraço. Gostava de Nice, amava-a, mas era perceptível a preferência por Leonora.

— Como foi a viagem? — perguntou, mais por protocolo que por interesse.

— Tudo correu bem, papai. É muito bom estar com Betina.

— Não gosto muito dessa amizade, você bem sabe.

— Como não? Betina é uma das criaturas mais doces que conheço.

— Ela deu para se meter com passarelas e fantasmas. Não gosto nem um pouco dessa mistura indigesta.

Nice riu.

— Papai, Betina é espírita. Não tem nada a ver com fantasmas. Isso é coisa de filme. O Espiritismo é algo sério. E o trabalho nas passarelas é belíssimo, digno.

— Não sei. Minha irmã sempre foi mão solta com essa menina. Veja no que deu: além de espírita, virou modelo. Uma vergonha.

— É um trabalho honesto. Diferentemente de nós, a tia Dulce, mãe de Betina, que por acaso é sua irmã, não tem tantas posses como nós.

— Ninguém mandou ela se casar com aquele mão aberta. Seu tio era viciado em jogo. Torrou boa parte do dinheiro da *minha* família — enfatizou — nos cassinos.

— Não fale assim do tio Alaor. Pobrezinho.

— Pobrezinho? Se não tivesse morrido, pode ter certeza de que sua tia e sua prima estariam vivendo debaixo de uma ponte qualquer. Se não fosse eu — Anísio estufou o peito —, elas não teriam onde morar. Eu dei a casa de Petrópolis para Dulce.

— Emprestou, né, papai? É usufruto da tia Dulce. Quando ela morrer, o que será de Betina?

Ele deu de ombros.

— Quem sabe, como manequim — falou num tom de desprezo —, ela não consiga fazer um pezinho de meia? Porque casamento... essa daí não vai nunca arrumar pretendente sério. Afinal, quem se casaria com uma moça que deseja ser independente, e ainda com essa profissão?

Nice meneou a cabeça para os lados. Anísio era um bom homem, mas muito preso a conceitos rígidos da sociedade. Era engraçado, ou triste, dependendo do ponto de vista do observador. Anísio era pai de Leonora, mocinha que aprontava muito mais do que Nice, Betina e um punhado de outras moças. Ele não enxergava que tinha uma filha de moral duvidosa. Nice pensou tudo isso. Sorriu para o pai e pediu que uma das criadas a ajudasse a carregar a mala até o quarto.

Assim que entrou no aposento, sentou-se numa banqueta, tirou os sapatos. Esticou as pernas e apanhou um disco sobre a mesinha de cabeceira. Colocou o disco na vitrola e logo Nice deixou-se envolver pela doce voz de Linda Batista. Começou a cantarolar:

— *Eu fui à Europa, pra cantar um samba de breque, numa rádio de lá, quando estreei, foi um chuá...*

7

Algumas horas antes, Leonora pisava firme no saguão que dava acesso ao escritório de arquitetura. Encarou a atendente de cima a baixo. Tratava-se de uma senhora com óculos que lhe conferiam seriedade.

Essa não me causa ciúmes, disse Leonora para si, num tom desdenhoso. Fingiu um sorriso e, com voz melíflua, quis saber:

— Por favor, gostaria de falar com o arquiteto João Ribeiro.

— Quem deseja?

— Leonora Gouveia Telles.

— Um minuto.

A recepcionista levantou-se e abriu uma porta que dava acesso ao escritório. Entrou e fechou a porta atrás de si. Logo em seguida, voltou e disse:

— Queira me acompanhar, por favor.

Leonora fingiu um sorrisinho simpático e a acompanhou com elegância. Assim que adentrou o escritório, todos os olhares se dirigiram a ela. Leonora sabia que causava tremendo impacto nos homens. Sorriu maliciosa enquanto a recepcionista a levava até uma salinha com duas poltronas, uma mesinha com revistas e uma bandeja com jarra de água e copos. Indicou uma delas para ela se sentar.

— O senhor João já vem. Está terminando uma ligação.

— Obrigada.

— Deseja uma água? — apontou, fazendo sinal para servi-la.

— Não, obrigada.

— Um café?

— Nada, por ora.

— Com licença.

A senhora se retirou e Leonora passou a observar o ambiente. A salinha onde estava era toda de vidro e dali dava para ter a visão geral do escritório. Com exceção da recepcionista, só havia homens no local.

— É — disse baixinho. — Gostei do lugar. Melhor não ter mulheres por perto.

Em sua mente veio a imagem da recepcionista, e ela sorriu.

— Essa senhora não é páreo para mim. Melhor assim.

Valdemar saiu de uma salinha e percebeu os comentários. Procurou com os olhos e avistou Leonora por trás dos vidros. Respirou fundo, entrou na salinha e a cumprimentou:

— Meu Deus! Leonora Gouveia Telles em nosso escritório. Quanta honra.

Leonora não gostou dele. Encarou-o de cima a baixo com ar de reprovação.

— Bom dia — ela limitou-se a dizer, fazendo sinal com o braço.

Valdemar se aproximou e tentou beijar a mão dela. Leonora a recolheu.

— Você é...

— Valdemar Rezende. Trabalho aqui faz três anos e...

Ela o cortou com secura.

— Não me interessa o que você faz.

João apareceu na sequência e abriu largo sorriso ao vê-la.

— Leonora! Que surpresa.

Ele tomou a mão dela e a beijou com delicadeza. Leonora sentiu um frêmito de emoção. Desejava abraçá-lo e beijá-lo.

Ele e Leonora encararam Valdemar. O rapaz, percebendo os olhares reprovadores, sentiu as faces arderem. Nem se despediu de Leonora. Sentindo-se sem graça, saiu da salinha e pisou firme até a copa.

— Além de doidivanas é grossa. Mocinha estúpida.

Um brinde ao destino

Enquanto ele remoía os pensamentos, Leonora, toda sorriso, disse:

— Quis ver o local onde trabalha.

— Fez certo. Muito me agrada que tenha vindo me ver.

— Tem um lugar mais reservado? Estou me sentindo num aquário. Parece que todos estão de olho na gente.

— Você é figura da elite, aparece em revistas. Claro que vai chamar atenção.

— Não gostei desse sujeitinho que estava aqui.

— O Valdemar?

— Nem lembro mais o nome. Veio todo mole falar comigo. Imbecil.

— Não ligue para ele.

— Não gostei dele. Só isso.

João ficou pensativo por instantes.

— Há a sala do meu chefe. Ele está em reunião externa e...

Ela interveio, rápida:

— Perfeito. Vamos para a sala do seu chefe.

— Não sei se...

— João, eu sou filha de Anísio Gouveia Telles. Seu chefe ficaria honrado em saber que você usou a sala dele para me mostrar os desenhos da nossa nova casa.

— É verdade! Não tinha pensado nessa boa desculpa.

Ele fez sinal para que ela o acompanhasse. Leonora o seguiu, andando de maneira elegante, porém sensual, atraindo, novamente, os olhares dos funcionários. Valdemar, sentado e com os cotovelos apoiados na mesa, a olhava com raiva. Nesse meio-tempo, João apanhou alguns desenhos da fachada do casarão do Leblon e entraram na sala do chefe dele.

João trancou a porta por dentro. Assim que se viram a sós, abraçaram-se e beijaram-se com ardor.

— Estava louca para ver você! — ela suspirou.

— Eu também. Mal preguei no sono esta noite. Meus pensamentos estavam todos concentrados no jantar. Nunca senti algo tão forte por alguém.

Beijaram-se com volúpia. Leonora, mais assanhada, começou a se despir. João, um tanto cauteloso, segurou as mãos dela.

— Calma.

— Por que calma? Vamos aproveitar e nos conhecer melhor.

— Aqui, não, Leonora. Meu chefe pode chegar a qualquer momento.

João falava com dificuldade. A voz saía entrecortada, arfante. Ele estava louco de desejo, mas a consciência lhe dizia que ali não era o momento para intimidades.

— Bobinho — ela falou e abaixou-se. João arregalou os olhos; em seguida, fechou-os.

Enquanto isso, Valdemar não conseguia se concentrar no trabalho. Sua mente não deixava de pensar no que estava acontecendo naquela sala.

Tenho certeza do que estão fazendo lá dentro, disse para si, rancoroso. *Esse tal de João Ribeiro chegou botando banca e roubou o meu cargo. Eu é que deveria estar no lugar dele*, rangeu os dentes. *Mas isso não vai ficar assim...*

Na sala do chefe, João levantou Leonora e a beijou com sofreguidão.

— Estou apaixonado por você.

— Eu também.

— Vou falar com seu pai. Quero me casar com você.

Ela apanhou um estojinho de pó compacto na bolsa, abriu-o e mirou o rosto no pequeno espelho. Passou batom, ajeitou os cabelos. A sua voz soou amarga quando disse:

— Não posso me casar com você.

— Como não? Acabou de mostrar o quanto me ama!

— Eu sei. E vou demonstrar quantas vezes forem necessárias.

— Então, meu amor, qual o problema?

— É que...

— Já sei — João a cortou, irritado. — Eu sou bem classe média, não? Não tenho sobrenome de peso, não faço parte da elite.

— Nada disso, tolinho. — Ela o silenciou pousando o dedo nos lábios dele. — Papai não liga para isso. Ele apenas exige que, tanto eu quanto minha irmã, nos casemos com um homem que seja sério, digno, trabalhador, de boa índole. Você tem esses requisitos.

— Então?

— Há uma tradição na minha família a qual não tenho como evitar e modificar. Eu só posso me casar depois que a primogênita se casar. Isto quer dizer que eu só posso me casar com você depois que a sonsa da Nice se casar.

— Ela namora? Está noiva, por acaso? — perguntou, aflito.

— Pior que não. Ela não move um dedinho para tomar essa iniciativa. Prefere a igreja, os santos, os livros. Sabe um purgante em forma de gente? É a Nice.

— Caso ela não se case, o que acontece com você?

— Não sei. — Leonora rangeu os dentes, raivosa. — Só sei que, agora que o encontrei, não vou abrir mão desse amor.

— Se ela precisa casar primeiro, o que vamos fazer?

— Não sei ao certo. Vou pensar.

Ela terminou de ajeitar os cabelos e sorriu.

— Onde você mora?

— Estou hospedado numa pensão na Glória.

Leonora revirou os olhos.

— Isso não! Um arquiteto que trabalha neste escritório conceituado, que provavelmente ganha um bom salário, morando numa pensão?

— É uma ótima pensão, com pessoas de nível.

— Não importa. Você precisa ter um lugar só seu. Além do mais, como vamos fazer para nos encontrar?

— É verdade... não posso recebê-la na pensão. Há restrições para visitas, principalmente as femininas.

— Por acaso acha que virei até aqui, sempre com uma desculpa para você fingir que me atende? Não.

— Eu queria juntar um dinheiro para dar entrada na compra de um pequeno apartamento.

— Nada disso. Você vai ser meu, e consequentemente vai se tornar um homem rico. Não precisa juntar dinheirinho para comprar casinha nenhuma. Que pensamento simplório, pobre.

— Mas se a sua irmã tem de casar...

— Deixe que eu vou pensar no que fazer — disse Leonora, rápida. — Antes de mais nada, assim que sair daqui, vou a uma imobiliária cujo dono é conhecido nosso. Tenho certeza de que vou conseguir um ótimo lugar para você morar.

— Calma lá. Eu ganho bem, mas não sou rico.

Ela o abraçou e o beijou com delicadeza, apenas para não ter de repassar batom nos lábios.

— Deixe comigo. A partir de agora, eu vou cuidar da sua vida. Afinal, você e eu nascemos um para o outro.

Leonora apanhou a bolsa sobre a escrivaninha e saiu. Deu de cara com Valdemar. Ele tentou ser gentil, mas ela nem olhou para ele. Passou batido.

Ele entrou na sala no momento em que João recolhia os desenhos.

— Foi boa a reunião? — indagou Valdemar, voz irônica.

— Foi — limitou-se João a dizer.

— Ela é aquela de quem te falei, a espoleta.

João nada disse. Saiu da sala e levou os desenhos até sua mesa. Valdemar veio atrás.

— Se eu fosse você, seria mais discreto. Afinal, ela é moça da sociedade, o pai dela é um cliente de peso, enfim...

— Valdemar, da minha vida cuido eu.

— Estou aqui como amigo.

— Não preciso dos seus conselhos.

— Por que me trata assim? — João não respondeu e ele prosseguiu: — Logo que chegou ao Rio, fui eu quem te ajudou a se mudar para a pensão. E não é qualquer pensão. É uma das mais sofisticadas e desejadas. É praticamente impossível conseguir vaga. E eu...

João o cortou.

— Não precisa atirar na minha cara o favor que me fez. Já lhe agradeci várias vezes. E, se quer saber, logo, logo eu vou sair de lá.

— Sair de lá? Por quê?

— Não é da sua conta.

— Só estou aqui para ajudar e...

João consultou o relógio e desconversou:

— Preciso ligar para aquele cliente que está reformando a loja na Galeria Menescal.

Valdemar ficou ruminando os pensamentos.

Esse pulha mal chegou à cidade e está pegando tudo o que é meu. Não é justo.

8

Assim que Leonora entrou em casa, deparou com Nice, animadíssima, ao telefone. Ela passou pelo saguão e, ao começar a subir os degraus, ouviu:

— Leonora, espera. Nem te conto! A Betina vai participar de um desfile na Casa Canadá e ficará hospedada em casa.

— Papai deixou?

— Ora, Leonora. Betina é nossa prima, sobrinha dele.

— Ela é manequim. Anda com pessoas de índole duvidosa.

— Imagina!

— É, sim. É como artista de rádio, de teatro. Eu quero distância dessas pessoas. Não servem para nós.

— Puro preconceito da sua parte.

— Preconceito? Apenas estou separando o joio do trigo. Fazemos parte da alta sociedade, Nice. Entende que não podemos andar com qualquer um? Acima de tudo, temos uma reputação a zelar.

— Betina não é qualquer um. É nossa prima. Filha da tia Dulce, que ajudou a cuidar da mamãe quando ficou doente.

— Sei. Tia Dulce estava interessada em ganhar alguma coisa do papai como recompensa. Eu sei que o marido dela...

— Seu tio — interveio Nice.

— O marido dela torrou todo o dinheiro que tinham em cassinos. Betina tem de dar graças a Deus por papai ter deixado ela e a mãe morarem na nossa casa em Petrópolis.

Um brinde ao destino

— Diante de tudo o que temos, o que é uma casinha na serra?

— É patrimônio nosso. Se decidirmos agora ser caridosas com os que nos rodeiam, daqui a pouco não teremos mais nada.

— Exagero da sua parte. E não sei o porquê de tanta implicância com a Betina. Ela vai desfilar e isso é sinal de que tem novidades chegando às passarelas. Não pensou nisso? Você, que adora uma novidade?

Leonora meneou a cabeça para os lados.

— É verdade. Se vai haver desfile, é porque há vestidos novos vindos da Europa.

— Se quiser, eu posso pedir a Betina para sermos convidadas.

— Sério isso, Nice?

— O quê?

— Acha que eu preciso da Betina para ir a um desfile na Casa Canadá? Eu sou amiga da dona. Deus me livre como você às vezes parece que vive num mundo paralelo.

Nice nada disse. Anísio apareceu no saguão e as cumprimentou. Leonora disparou:

— A Nice convidou a Betina para passar uns dias em casa. O senhor vai deixar?

Anísio encarou Nice com seriedade.

— Verdade?

— Papai, é só por uns dias.

— Sabe que não gosto e...

— Por favor. Serão apenas alguns dias. Ela vem a trabalho. O senhor nem vai notá-la. Prometo que estarei o tempo todo ao lado dela.

— Não sei.

— Por favor, papai...

Leonora ia falar, mas Anísio lhe perguntou, mudando de assunto:

— O que esteve fazendo na imobiliária do Gomes de Sá?

Ela não esperava que as notícias corressem tão rápido assim.

— Como soube?

— Encontrei o Gomes agora há pouco no clube.

— A Carmem queria saber de apartamentos bons para comprar no Flamengo. Pediu que eu desse uma olhada em se há imóveis disponíveis no entorno da Rui Barbosa — mentiu.

— O Gomes me disse que você procurava imóvel para um amigo, num lugar mais afastado. Disse-me que para os lados de Ipanema ou Gávea.

Leonora foi rápida.

— Ora, papai. Não posso gastar o nome da Carmem em qualquer assunto. Ela me pediu sigilo. Sabe que vivemos num meio em que a discrição é uma virtude.

— Tem razão. — Ele sorriu complacente. — Você é uma boa filha. Leal a suas amigas.

Ela o abraçou e Nice quis saber:

— Então, papai, tudo bem de Betina vir para cá? Posso confirmar? Não quero que se indisponha.

— Sim, sim. Pode confirmar. Se for só por alguns dias... — Ele reparou que ela estava bem-vestida e indagou: — Vai sair?

— Vou. Ao cinema.

Leonora perguntou de supetão:

— Vai acompanhada?

— Sim. Vou com o Miltinho.

Ela riu de nervoso e revirou os olhos. Pensou que a irmã fosse sair com um pretendente, mas era com Miltinho... Circulava à boca pequena que ele era afeminado, e ela não gostava de gente assim.

— Por que essa cara? — quis saber Nice.

— Miltinho é afrescalhado. Não sei como se presta a andar com uma criatura dessas.

— Ele é meu amigo de verdade. Um querido!

Anísio a censurou.

— Leonora, não gosto que fale mal de Miltinho. A minha Dolores era muito amiga da mãe dele, uma dama.

Leonora fez um muxoxo e subiu as escadas para o quarto. Ele encarou Nice:

— Gosto muito que saia de casa para outras atividades que não sejam ir aos compromissos da igreja. Além de tudo, vive trancada no quarto, lendo livros.

— Eu gosto da companhia dos livros, papai.

— Precisa se divertir mais. Gosto que saia com o Miltinho. Ele é um bom amigo. Vai assistir a quê, minha filha?

— Oh, papai. Vamos ver *O ébrio*, com o Vicente Celestino.

Enquanto subia os degraus, Leonora, que os escutava, disse, num tom reprovador:

— Filme nacional. Sei. Você tem um gosto tão duvidoso, Nice. Deus me livre.

9

Valdemar chegou à pensão e nem quis saber de jantar, tamanha a irritação. Não parava de pensar na maneira rude como Leonora o tratara. Passou batido pelo salão de refeições e foi direto para seu quarto. Elsa, uma das funcionárias do estabelecimento, que por ele arrastava uma bela asa, foi até a porta do quarto dele e bateu com delicadeza.

Ele abriu um tantinho e colocou o rosto para fora.

— Aconteceu alguma coisa? — ela quis saber.

— Por quê?

— Eu te conheço, Valdemar. Sempre que chega do trabalho, passa primeiro pela sala de refeições.

— Estou irritado.

— Eu posso tirar essa irritação, caso queira — ela falou num tom sensual.

Ele fez sinal para ela entrar. Elsa olhou para os lados e, certificando-se de que não havia ninguém no corredor, entrou. Abraçou Valdemar e quis beijá-lo. Ele afastou o rosto. Ela prosseguiu, voz entrecortada pelo desejo:

— Oh, Valdemar. Como gosto de você.

Ele a deitou na cama, apagou a luz. Quinze minutos depois, enquanto levantava o suspensório da calça, disparou:

— Por que tiram o que é meu?

— Como assim?

— Nada. Pensei alto. É que tem um sujeitinho...

— Já sei. Está falando do João, do quarto ao lado.

— Esse mesmo. Eu consegui para ele uma vaga na pensão, mostrei pontos turísticos da cidade, tentei ser amigo. E ele sempre me apunhalando pelas costas.

— Não sabia disso.

— Eu ia ter uma promoção. Estava prontinha para mim. Eu tinha até pensado em sair daqui e alugar um bom apartamento, mas ele tomou o meu cargo. Agora está se refestelando com uma moça da sociedade. Ela é malfalada, mas e daí? É podre de rica. Devia estar dando bola para mim e não para aquele forasteiro. Está se dando bem e eu aqui, neste quartinho de pensão.

— É uma excelente pensão. De mais a mais, eu lavo e passo suas roupas com carinho, borrifo água de cheiro. A comida daqui é excelente. Só se hospedam pessoas de nível. E você tem o meu amor. Isso não basta?

— Não! — A resposta veio de forma tão seca que assustou Elsa. — Não basta. Eu quero mais. Eu me matei de estudar, deixei de lado a vida de quartel. Sabia que todos os homens da minha família são das Forças Armadas?

— É mesmo?

— Sim.

— E por que não quis seguir carreira militar?

— Meu pai morreu cedo. Eu sou o único filho homem. Tenho uma irmã. Ela e minha mãe tiveram de trabalhar desde sempre. Os parentes não quiseram nos ajudar. Segundo minha mãe, foi birra, implicância dos parentes. Queriam que meu pai se casasse com outra, filha de militares. Como minha mãe vinha de família comum, muitos torceram o nariz para o casamento. Eu decidi que não seria como eles — enfatizou num tom amargo.

— Você nunca me falou da sua mãe ou que tinha uma irmã.

— Minha mãe, infelizmente, morreu há dois anos. Só sobrou a Dirce, minha irmã. Ela mora em Realengo e trabalha na fábrica de munição do Exército. Quando saí de casa, a Dirce estava noiva de um segundo-tenente. Nós sempre tivemos uma vida muito simples.

— Tem falado com sua irmã?

— Não. Paramos de trocar cartas desde a morte de nossa mãe.

— Essa vida simples... me parece que não quer mais. Tem o sonho de crescer na vida?

— Sim. Claro!

— Eu também tenho o sonho de crescer na vida. Acha que eu quero apenas viver como empregada de pensão? Eu venho de família pobre, mas quero me dar bem. Juntos, quem sabe, poderemos...

Valdemar a cortou, seco:

— Elsa, vê se te enxerga. Acha mesmo que eu me casaria com uma empregadinha de pensão? Que não tem onde cair morta?

Ela sentiu um aperto no peito. Uma lágrima escapou pelo canto do olho.

— Como pode me tratar assim? Eu me dei toda para você.

Ele riu de forma sarcástica.

— Porque quis. — Ele terminou de se arrumar, ajeitou o chapéu e disse, meneando a cabeça: — Você só serve para isso mesmo, Elsa. Se pensa que vai ter algo a mais comigo, tire logo o cavalinho da chuva.

Valdemar saiu e Elsa ficou sentada na beira da cama, prostrada, sentindo as lágrimas molharem o rosto. Ela amava Valdemar. E, ao ser rejeitada, sentia-se a pior das mulheres.

10

Ao deixarem o cinema, Nice e Miltinho conversavam animados.

— Como é bom assistir a um bom filme — disse ele.

— Fazia tempo que não assistia a um filme tão triste — tornou Nice, reflexiva.

— Está vendo? Precisa sair mais. Eu mal tenho amigos. Você sabe como falam mal de mim pelas costas.

— Tudo gente hipócrita — tornou Nice. — Você é um bom amigo.

— Gosto muito da nossa amizade. E a senhorita precisa ir mais ao cinema, ao teatro. Só sai para ir à igreja.

— Gosto de ficar em casa, principalmente se tiver como companhia um bom livro.

— Livro não traz marido.

— E quem disse que eu quero me casar, Miltinho?

— Não pensa nisso? Sério? Todas as moças da sua idade querem apenas casar e constituir família.

— Eu sonho com um casamento, sim. Só que não tenho pressa. Ainda não apareceu ninguém que despertasse algo mais profundo em mim, que tocasse meu coração.

— Está decidido. Você vai comigo na festa do Copacabana Palace.

— Por quê?

— Ora, Nice. A tão aguardada festa em que a senhora Guinle vai anunciar a doação de um dos seus quadros assinados para o Museu de Arte.

— Futilidades. Eu prefiro os trabalhos assistenciais. Tenho tanto dinheiro e tem tanta gente sem nada, sem o básico para sobreviver... Ao menos eu o utilizo para praticar boas ações.

— Acho lindo esse seu jeito de encarar a vida, de querer ajudar os outros. No entanto, você vai comigo. Precisa ver gente e ser vista, circular. Do jeito que está, não dá.

— Prometo que vou me animar para sairmos mais vezes.

— Está bem.

Avistaram o motorista de Nice, cujo automóvel estava estacionado no outro lado da rua. Ela acenou e o motorista logo saiu do carro para esperá-la.

— Quer uma carona até sua casa?

— Não. A noite está bonita, a temperatura está agradável. Prefiro caminhar pela orla.

Ela e Miltinho trocaram um caloroso abraço.

— Não some — ele implorou.

— Não vou sumir. Quando é a festa no hotel?

— No próximo sábado. Dá tempo de se preparar, ir ao salão de beleza, escolher um belo vestido... Podemos comprar um novo na Casa Canadá.

— Por falar nisso, Betina, minha prima, vai desfilar. Podemos ir juntos ao desfile.

— Está bem. Ao longo da semana, combinaremos tudo.

Despediram-se e, quando o carro com Nice dobrava a esquina, Miltinho foi abordado por um rapaz que vinha em sentido contrário, carregando um saquinho de pipocas.

— Olá, Miltinho.

— Olá, sumido. Onde esteve esse tempo todo? Eu o procurei na pensão, mas aquela lambisgoia da Elsa não me deixava chegar perto do seu quarto — comentou, pegando uma pipoca do saquinho.

Valdemar riu com gosto.

— De que está rindo? — Miltinho irritou-se.

— Como é bom ser disputado! Com quem será que fico? Com a empregada ingênua e sonhadora ou com o rapagão de boa família, mas com reputação duvidosa?

— Sem graça — disse Miltinho, zangado. — Não tenho reputação duvidosa. Só tenho um jeito diferente de ser, de me expressar.

Naquele momento, imagens lhe vieram à mente. Miltinho era um rapaz de excelente família, pertencente à mais fina camada da elite. O pai, Serafim, tivera um primeiro casamento e dele nascera uma filha, Otília. A esposa falecera em decorrência da gripe espanhola e Serafim internara a filha, bem pequenininha, num colégio interno na Suíça. Em seguida, casou-se de novo com uma prima distante, Noêmia, dez anos mais velha que ele, apenas para unirem e protegerem o patrimônio da família, ou seja, foi um casamento arranjado, de interesses. Serafim não desejava mais ter filhos e, quando Noêmia se descobriu grávida, aos 45 anos de idade, o casal foi tomado de grande susto. O médico aconselhou a interrupção imediata da gravidez, visto que Noêmia corria grande risco de perder o bebê ou a própria vida. Católica fervorosa, ela fez promessa para Nossa Senhora do Bom Parto e decidiu levar a gravidez adiante, indo contra o desejo de Serafim.

Durante os nove meses, reza a lenda que Noêmia orava a cada meia hora, pedindo: "Dai-me a graça de ter um parto feliz. Fazei que meu bebê nasça com saúde, forte e perfeito".

Foi realizada uma cesárea; Miltinho veio ao mundo bem magrinho e, nos primeiros dias de vida, necessitava de muitos cuidados. Cresceu um menino sempre doentinho e, por esse motivo, superprotegido pela mãe. Quando ele completou seis anos, Serafim teve um infarto fulminante. Noêmia passou a cuidar do menino com excesso de zelo. Apegou-se ao filho a ponto de quase sufocá-lo com seu amor doentio. No entanto, ao perceber que Miltinho apresentava certas tendências de orientação sexual diversa, Noêmia o matriculou num colégio interno na serra fluminense, acreditando que o contato com outros meninos faria de seu filho um homem de verdade.

Se para Noêmia o colégio interno representava a injeção de doses de masculinidade que moldariam e dariam sustentação à virilidade do filho, bem, para Miltinho, a época do colégio foi uma das melhores de sua vida. Ali se descobriu homossexual e pôde dar vazão a seus desejos. Quando ele acabou de completar dezoito anos, Noêmia adoeceu e faleceu. Miltinho — ou Milton Azevedo Gomes Cintra de Medeiros — voltou para casa, repartiu a fortuna com Otília, na época casada com um figurão do cinema e vivendo em Los Angeles, e passou a levar uma vida regada a festas e muita gandaia. Era um bon-vivant, desfrutando intensamente de tudo. A fortuna fazia com que a alta sociedade o aceitasse, ou melhor, o engolisse, mesmo que corressem as fofocas sobre sua orientação sexual. Todavia, os pais da elite gostavam que suas filhas andassem com ele, visto que, aos olhos machistas daquela época, Miltinho era tachado de afrescalhado, portanto, inofensivo às mulheres.

Certa vez, saindo de um teatro na Cinelândia, Miltinho foi abordado por dois arruaceiros que cismaram com seus trejeitos delicados e partiram para machucá-lo, sem dó nem piedade. Valdemar estava caminhando pela praça e, ao perceber o que estava por acontecer, correu e enfrentou os rapazes, munido de uma garrafa quebrada ao meio.

Os arruaceiros, mais jovens, se assustaram com Valdemar, correram e se dispersaram. Miltinho, coração batendo descompassado, agradeceu o estranho. Assim nascia a amizade entre Miltinho e Valdemar. Embora houvesse intimidade entre os dois, Miltinho via em Valdemar o irmão que nunca tivera.

Voltando ao encontro nas imediações do cinema, Miltinho perguntou:

— Vai. Fala. O que deseja?

— Tenho uma tarefa para você.

— Qual?

— Preciso que grude os olhos num rapaz.

— Seguir um rapaz? — Valdemar fez sim com a cabeça. — Não é tarefa, é prazer.

— Ele não é para o seu bico.

— Como sabe?

Valdemar, enciumado, aproximou-se a tal ponto que Miltinho sentiu seu hálito doce misturado a cigarro.

— Porque sei. Eu só quero que vigie os passos dele. E me conte tudo o que ele faz, tim-tim por tim-tim.

— Eu tenho mais o que fazer, Valdemar. Vou passar agora o dia todo atrás de não-sei-quem?

— Faça isso por mim. — Valdemar piscou um olho e afagou-lhe o rosto. — Por favor.

Miltinho não resistia aos seus pedidos.

— Eu faço. Só se você me acompanhar até em casa.

— Estou cansado — desconversou Valdemar.

— Eu não estou. Nem um pouco cansado. Além do mais, se é para eu começar a vigiar esse rapaz... preciso que me conte tudo a respeito dele.

— Tem razão.

Tomaram um carro de aluguel e Miltinho deu o seu endereço ao motorista. Logo, estavam na casa dele, um casarão moderno e bem ajardinado na Gávea. Valdemar gostava de ficar ali, porque era um bairro afastado, bem tranquilo, com poucas casas e, por isso mesmo, com pouquíssimas pessoas circulando.

— Você podia vir morar aqui — sugeriu Miltinho.

— Não. Eu gosto de viver sozinho, gosto da minha liberdade. Se eu aceitar morar com você, vai começar a vigiar meus passos, controlar meus horários.

— Não tenha dúvidas — respondeu Miltinho, rindo. — Mas vai viver eternamente na pensão?

— Você bem que podia me ajudar... Por que não me deixa morar num dos imóveis da sua família? Um apartamento de dois quartos em Botafogo ou Flamengo já está de bom tamanho.

— Vou pensar no seu caso.

— Jura? — Valdemar empolgou-se.

— Sabe que eu sou de prometer e cumprir.

— Isso lá é verdade.

— Com a condição de você fazer o que eu quero. — Miltinho piscou o olho e Valdemar riu.

Esparramados no sofá, e depois de muito uísque e conversas, Miltinho soube quem deveria vigiar.

Valdemar queria que Miltinho seguisse os passos de João. Estava desconfiado de que ele, João, saía às escondidas com Leonora, irmã de Nice.

— Eu não me dou bem com Leonora — disparou Miltinho. — A Nice é que é minha amiga de verdade.

— Eu sei.

— Por que o interesse repentino por esse rapaz?

— É um almofadinha que mal chegou de São Paulo e está tirando tudo o que é meu. Não gosto dele. Sujeitinho antipático, cheio de soberba.

— Essa fala está me cheirando a ciúme.

— Não importa o nome que dê, Miltinho. Quero que fique na cola dele. Estou com a impressão de que vou descobrir algo sobre esse moço que vai me beneficiar.

Miltinho balançou a cabeça para os lados.

— Eu me lembro de quando tomou um fora da Nice.

— Ela não me deu um fora. Nós não nos simpatizamos. Eu não me sentia bem com os olhares sobre nós. Aliás, essa sua amiguinha, embora rica, é muito sem-sal.

— É uma boa pessoa.

— Mas sem-sal, sem atrativos.

— Nice tem um jeitinho próprio de ser. É rica mas não é esnobe, bem diferente da irmã. Leonora, sim, é um purgante. Ela vive fazendo insinuações para mim, por causa do meu jeito de ser. Se quer saber, tenho raiva dela.

— Eu também — Valdemar animou-se. — Acredita que ela apareceu lá no escritório atrás do João? Tentei ser cordato, a cumprimentei com delicadeza e ela me destratou, me ignorou.

— Viu? Temos muito mais coisas em comum!

— Mais um motivo para você ficar na cola do João.

— Acha mesmo que vou descobrir algo tão espetacular assim? Que possa lhe dar munição para alcançar seus intentos?

— Não sei — tornou Valdemar, altíssimo pela quantidade de etílicos. — Vamos ver.

A tarefa que ele dera a Miltinho, portanto, não era difícil de executar. Cabia a Miltinho ficar à espreita na saída do escritório e seguir os passos de João. Valdemar queria saber o que ele fazia quando não estava nem no trabalho tampouco na pensão.

No dia seguinte, portanto, Miltinho passou a vigiar os passos de João. Depois de dois dias seguidos, estava cansado dessa brincadeira. Não havia nada de anormal, aparentemente, na vida do rapaz. Ele estava a ponto de desistir quando, nesse fim de tarde, surpreendeu-se com o que viu. Na saída do prédio, João, em vez de caminhar costumeiramente até o ponto de ônibus, caminhou em direção à igreja da Candelária. Miltinho misturou-se aos pedestres e o seguiu mantendo certa distância. Para sua surpresa, João parou em frente à igreja. De dentro surgiu uma moça bem-vestida, mas com um véu que cobria todo o seu rosto, segurando um missal e um terço.

— É Leonora! — espantou-se Miltinho.

Ela e João entraram em um carro de aluguel. Miltinho correu e apanhou outro carro logo atrás.

— O senhor pode, por gentileza, seguir o veículo à sua frente? — indagou, já mostrando ao motorista um punhado de notas. — Hoje descubro tudo!

11

Depois de três encontros no escritório de arquitetura, Leonora decidiu que João deveria se mudar da pensão. Voltou à imobiliária do amigo de Anísio e conseguiu que João alugasse um sobradinho recém-construído na bucólica Rua Redentor, atualmente, um dos endereços mais elegantes do Rio. Munida de extremo bom gosto, decorou o imóvel com requinte. Para evitar disse que disse e fofocas, ela decidira que o sobradinho no então distante bairro de Ipanema seria local ideal para os seus encontros amorosos. Com o gordo dinheiro da mesada, Leonora pagava o aluguel do sobrado, exigindo, todavia, que João usasse parte do salário para a compra de um automóvel. Ela escolheu para ele um Chevrolet Fleetmaster sedan azul-escuro. E, duas vezes por semana, assim que deixava o escritório, João estacionava o carrão na esquina da casa de Leonora. Ela sempre inventava uma desculpa para sair e, para não levantar suspeitas, voltava pouco antes da meia-noite.

Num desses encontros, depois de uma noite repleta de amor, João a pressionou:

— Não posso mais viver sem você ao meu lado. Estou apaixonado.

Era verdade. João, embora fosse sedutor e galante, estava sendo sincero. Apaixonara-se por Leonora. Nunca conhecera uma mulher tão bela e tão doidivanas ao mesmo tempo. Ela era uma dama em termos de comportamento, na maneira de se vestir, falar, mas era um furor na cama. Leonora fazia coisas com João que ele sequer havia experimentado ou com as quais nunca tinha sonhado.

— Eu também sou louca por você — tornou ela, extremamente sincera.

— Se eu for conversar com seu pai, explicar que nascemos um para o outro...

Ela pousou delicadamente o dedo no lábio dele.

— Não adianta. Papai quer que sigamos essa tradição idiota de família. Primeiro a Nice se casa, depois, eu.

— Você mesma diz que a sua irmã mal sai de casa. Quer dizer, quando sai, vai à igreja ou ao cinema com um sujeitinho que você diz ter reputação duvidosa.

— E bote duvidosa nisso — ela riu com escárnio. — Só a Nice para ter amizade com figuras como o Miltinho.

— Além de tudo, ela vive trancada no quarto, lendo. — Leonora fez sim com a cabeça. — Como vai arrumar um pretendente?

— Não sei...

— Não há um ricaço sequer nesta cidade que possa, porventura, interessá-la?

— Bom, se ela encontrasse um homem como você, talvez... — De súbito, Leonora teve uma ideia assustadoramente maquiavélica. Levantou-se da cama e, acendendo um cigarro, disse, animada: — Encontramos a solução para o nosso problema.

— Qual?

— Você!

João não entendeu.

— O que quer dizer?

Leonora tragou o cigarro e, enquanto soltava a fumaça pelo nariz e pela boca, tornou, efusiva:

— Meu amor, a solução do nosso probleminha está na minha frente. Você!

— Mas como?

— Ora. Eu vou apresentá-lo à Nice.

— Como assim?

— Pedirei ao papai que o convide para jantar lá em casa. Farei questão de que conheça a Nice.

— E daí?

— Ora, meu bem. É só usar o seu charme. Nice é meio boboca, se encanta com qualquer palavra bonitinha que lhe dirijam. É apaixonada por cinema e livros, sonhadora; não vai ser difícil você seduzi-la.

— Eu? Seduzir sua irmã?

— Claro. Você a seduz, casa-se com a pateta e poderemos viver o nosso amor.

Ele ficou pensativo por instantes. Acendeu um cigarro, tragou e, quando soltou a fumaça, quis saber:

— Não sentiria ciúme?

— Da imbecil da Nice? — Leonora gargalhou. — Imagina! Sei que ela nunca será páreo para mim. É apagada, sem brilho, sem-sal. Posso até apostar que ela nunca beijou um homem na vida.

— Está bem. Eu vou lá e a seduzo. Caso-me com ela. E nós dois? E o nosso amor? Continuaremos a viver escondidos aqui na Redentor?

— Podemos. Eu também arrumo um marido, de preferência um bem tolinho. Imagina? Eu e você casados, cunhados, sem que ninguém jamais venha a supor que, nos bastidores, nos amamos loucamente.

— Não quero isso na minha vida. Quero ter o orgulho de apresentar você como minha esposa.

Leonora emocionou-se.

— Eu sei, meu querido. Eu também adoraria apresentar você como meu marido, mas como faremos isso? Se eu for contra os preceitos de meu pai e decidir me casar com você na marra, serei deserdada. Eu posso amar você com todas as minhas forças, mas jamais ficaria pobre. Isso, nunca.

— E viveremos sempre como amantes? É isso?

— Por ora, não vejo situação melhor. Você seduz e se casa com a banana da Nice. Eu arrumo um bobo qualquer e me caso. Aliás, já tenho um em mente — disse ela, lembrando-se de Herculano Mandorim, o jornalista. Leonora prosseguiu: — Estaremos sempre juntos. Dessa forma, você vai ganhar duas vezes: vai me ter para sempre e também vai herdar uma das maiores fortunas do Rio, quiçá do Brasil.

A conversa mexeu com João, principalmente o fato de saber que poderia se tornar herdeiro de grande fortuna, algo que ornava tremendamente bem com seus desejos.

— Estamos aqui elucubrando, matutando... mas e se Nice não simpatizar comigo?

— Duvido. Nice é inexperiente com os homens. É só você dizer as palavras certas e ela vai cair feito um patinho no seu colo.

— Começo a gostar da ideia — sorriu João, enquanto apagava o cigarro no cinzeiro ao lado da cama.

Leonora animou-se.

— Veja só: Nice é aficionada por livros. Vou ver o que ela está lendo no momento, vou sondar quais filmes têm visto ultimamente. Você já vai chegar com o discurso pronto. Ela vai cair na sua rapidinho.

— Você é impossível, Leonora.

— Não. Sou apaixonada. Louca por você.

— Eu também. Eu a amo!

Beijaram-se com ardor e caíram de amores na cama. No dia imediato, Leonora colocaria seu plano em prática.

12

Nesse ínterim, Miltinho já sabia de muita coisa sobre as andanças de João. Passadas algumas semanas, convidou Valdemar para jantar em sua casa. Assim que o rapaz chegou, Miltinho abriu largo sorriso.

— Tenho novidades.

— Estava demorando muito para me contatar.

— Desculpe.

— Claro, desculpo. Agora vamos às novidades.

— Seu amigo está de namorico com a Leonora — tornou Miltinho, bebericando um copo de uísque.

— Eu sabia! — Valdemar apanhou o copo da mão de Miltinho, bebeu o resto do uísque e, na sequência, deu um soco no ar. — Tinha certeza de que esses dois estavam juntos.

— Calma, porque tem mais...

— Mais o quê?

— Sabia que João tem um carro?

— Um carro? — Miltinho fez sim com a cabeça. — E eu pegando coletivo, me amassando para chegar na pensão. Desgraçado. Aposto que deve estar sendo bancado pela Leonora.

— Não sei, mas o carro é bonito, último tipo.

Valdemar meneou a cabeça para os lados e sorriu, a fim de conter a irritação. Desatou o nó da gravata e foi até o bar. Encheu novamente o copo com uísque e ofereceu outro copo a Miltinho. Em seguida, brindaram.

— Se o doutor Anísio souber disso... sei não — tornou Miltinho, enquanto bebericava seu uísque. — A Leonora ainda é menor de idade e só poderá se casar depois que a irmã desposar alguém.

— Como é que é?

— Deixa eu te contar essa história bizarra — confidenciou Miltinho. — Certa vez, numa roda de amigos...

E contou a Valdemar sobre as exigências de Anísio em relação à ordem no casamento das filhas.

— Depois, conforme a amizade com Nice foi se solidificando, ela mesma me confirmou a história. A irmã só poderá se casar depois dela.

— Então Leonora não pode se casar com João — riu Valdemar.

— Não. Quer dizer, até pode, mas a Nice precisa se casar antes.

Valdemar mordiscou os lábios, pensativo. Tomou mais um gole de uísque e passou a língua nos lábios, deliciando-se com o sabor.

— Você não tem nem um tiquinho de proximidade com a Leonora?

— Não. Nada. Imagina! Não nos damos bem. Eu sei o quanto ela reprova meu jeito de ser e tripudia sobre minhas costas. É uma pessoa de difícil trato.

— Só eu sei. Ela foi bem estúpida comigo no escritório. — Valdemar não esquecia aquele encontro com Leonora. Toda vez que tinha oportunidade, apertava essa mesma tecla. Miltinho já estava careca de saber, mas relevava.

Depois do jantar, Miltinho convidou Valdemar para morar com ele.

— Não sei — titubeou Valdemar. — Você ficou de ver um dos seus apartamentos para mim e...

— Vai ter de mobiliar, ter uma faxineira... são muitas as despesas. Se vier morar aqui, bom, eu dou uma suíte só para você. Você gosta de mordomia!

Valdemar sorriu, concordando.

— É verdade. É que, não sei, as pessoas podem fazer comentários maledicentes e...

Miltinho o cortou:

— Que comentários? Ora, Valdemar, somos adultos.

— Dois homens morando juntos, sem parentesco?

— E daí? Não foi à toa que escolhi morar na Gávea. É um local afastado, com poucas casas. Ninguém se conhece por aqui.

— É longe do trabalho. Vou ter de pegar um coletivo até Copacabana para depois apanhar o bonde com destino ao centro da cidade. É muita condução. De lá da pensão, o trajeto é bem mais curto.

— Eu te dou um carro — disse Miltinho, de forma displicente.

— Um carro?

— Ora, por que o espanto? Eu tenho muito dinheiro, Valdemar. Um carro não é nada para mim, apenas uma coceirinha no bolso.

— Se eu aceitar esse carro, tenho medo de você querer me controlar.

— Imagina!

— É. Não gosto de me sentir preso. Se eu vier morar aqui, tiver meu carro e puder viver a minha vida sem você ficar grudado no meu pé...

— Por que só o João pode se dar bem? Ele ganhou um carro, tenho certeza. Você também vai ter o seu.

Valdemar gostou da ideia e exigiu:

— Quero um carro tão bonito quanto o dele.

Miltinho aproximou-se e o encarou:

— Você pode ter mais coisas que o João. Eu posso te dar uma vida para lá de confortável.

— Você sabe que eu não sou...

Miltinho o silenciou com o dedo no lábio.

— Sei. Claro que sei. Você é um bom amigo.

— Tem também a sua empregada — Valdemar desconversou.

— A Celina? — Valdemar fez sim com a cabeça. — O que tem ela?

— Ela pode fazer fofoca, sei lá.

— Celina é de confiança. Está comigo há anos. É discreta e fiel.

— Então... — Valdemar coçou a cabeça. — Eu aceito. Venho morar aqui.

— Vamos fazer novo brinde. — Miltinho estava um tanto alterado pela bebida.

— Certo. Um brinde a uma nova etapa.

13

A passagem de Betina pelo Rio foi bem rápida. Assim que fez o primeiro desfile para a Casa Canadá, foi convidada por aquela amiga do Chateaubriand para trabalhar numa agência de manequins recém-inaugurada na capital paulista. O salário era bom e Betina ainda teria direito a um apartamento — quarto e sala —, e também acesso gratuito a um curso de boas maneiras, a fim de torná-la uma mulher tremendamente elegante e requintada.

Além do mais, uma das garotas que também fora contratada pela agência era espírita e sua família frequentava um bom centro espírita na cidade de São Paulo.

— Eu queria tanto que ficasse conosco — pediu Nice, entristecida.

— Adoraria, querida, mas preciso agarrar essa bela oportunidade que a vida está me oferecendo. Eu tenho certeza de que em São Paulo vou crescer bastante em termos profissionais.

— É a única amiga que tenho. Quer dizer, mais que amiga. Você é como uma irmã.

— Sei disso. — Betina a abraçou. — Você poderia ir comigo.

— Imagina! Sair de casa, assim, sem me casar?

— Que pensamento mais retrógrado, Nice. Estamos praticamente na metade do século 20, não vivemos mais na época da Inquisição.

— Não sei. Eu admiro a sua coragem, o fato de querer ser independente, ter seu próprio dinheiro, ainda mais com a história de vida que teve.

— É, papai não nos deixou nada. Eu e mamãe vivemos de favor. Não estou aqui cuspindo no prato que comi, mas sei que a casa de Petrópolis é do tio Anísio. No entanto, quando mamãe morrer, onde eu vou morar?

— Papai vai deixar você morar lá. Acredite.

— Não quero viver de favores, Nice. Eu sou saudável, tenho inteligência e força de vontade. Não tenho medo do trabalho. Além do mais, aprendi que tudo tem um prazo de validade, sabe? Quando o prazo se encerra, as mudanças ocorrem, inexoravelmente, sem levar em conta a vontade de cada um de nós. O meu prazo de permanecer nesta cidade está chegando ao fim. Preciso seguir meu caminho, respirar novos ares.

— Não tenho essa coragem.

Betina aproximou-se e tomou as mãos de Nice.

— É preciso que possamos viver todas as nossas experiências com coragem, valentia. Só assim é que estaremos atentas para fazer as lições do dia a dia, que, de certo modo, são a nossa riqueza, porque nos levam a enxergar e, consequentemente, viver melhor.

— Gostaria de ser como você, mas não consigo.

— Uma hora vai conseguir.

— Fique para o jantar. Papai convidou um rapaz do escritório de arquitetura. Ele está à frente do projeto do casarão do Leblon.

— Hoje eu vou ao teatro. Vou assistir a uma adaptação de *Hamlet*, encenada por jovens atores do Teatro do Estudante. Venha comigo.

— Não será possível. Prometi ao papai que iria ficar para o jantar.

Betina piscou um olho. Apanhou a estola de víson, ajeitou-a delicadamente nos ombros e despediram-se. Na sequência, Betina sentiu um aperto no peito e, antes de abrir a porta, voltou um passo.

— Não fique para o jantar. Venha comigo. Vamos nos entreter com arte, cultura. Esse tipo de entretenimento nos faz bem, aquece o coração, nutre a alma.

— Por que insiste?

— Não sei, Nice. Queria que estivesse comigo, me fazendo companhia. — Betina sentiu um calafrio pelo corpo. — Vamos nos divertir. Se não quiser ir ao teatro, vamos ao cinema ou dar uma volta pela orla. A noite está com temperatura agradável. O importante é ficarmos juntas.

— Não posso. Prometi ao papai. Ficará para outra oportunidade. Vá. Aproveite que esta é a sua última noite na cidade.

Elas estavam no vestíbulo quando Leonora entrou, de supetão, esbarrando em Betina.

— Olá — disse ela, encarando Betina de cima a baixo. — Vai sair?

— Oi, Leonora. Sim, vou sair, me divertir um pouco.

— Hoje teremos convidado para jantar.

— Estou sabendo — respondeu Betina.

— Eu pedi para ela ficar, mas ela prefere sair — disse Nice, num muxoxo.

— Acho bom você sair, Betina — observou Leonora.

— Por quê? — quis saber Nice.

— Ora, Nice. É um jantar intimista, só para a *família* — enfatizou.

— Pode ficar tranquila que não vou atrapalhar — interveio Betina.

— Bem melhor.

— Leonora! — Nice a censurou. — Que modos são esses? A Betina é nossa prima.

— E daí? Já não está de bom tamanho passar esses dias em casa, tendo tudo do bom e do melhor? Quisera eu ter um tio rico e me deleitar.

— Eu apenas vim para cá porque a Nice insistiu — defendeu-se Betina.

— Sei. A Nice é tão convincente — disse Leonora, num tom jocoso. Ela encarou Betina e despejou: — Olha, eu acho um absurdo termos de deixar você e sua mãe morando de favor numa casa nossa. Não tem vergonha na cara?

Nice arregalou os olhos. Levou a mão à boca.

— Leonora! Que absurdo tocar nesse assunto.

— Deixe ela — considerou Betina. — Eu sempre soube que você, Leonora, nunca gostou da atitude generosa do seu pai. — E, virando-se para Nice, tornou: — Entende por que eu quero ter a minha independência financeira? Para não ter de ouvir esse tipo de comentário.

— Leonora não fala por mal — disse Nice, num tom conciliador.

— Falo por mal, sim — respondeu Leonora. — Sabe, Betina, estou com você por aqui — fez um gesto com a mão na garganta. — Não tenho culpa se você teve um pai inconsequente, que torrou todo o dinheiro da família em jogatina. Agora você e sua mãe vivem escoradas no meu pai. Não acho justo.

Betina revirou os olhos.

— Inútil discutir com você. Bom, o carro de aluguel me espera. — Ela despediu-se de Nice e saiu.

— Como pôde ter sido tão estúpida? — Nice estava injuriada.

— Olhe como fala comigo, carolinha de igreja — desdenhou Leonora. — Nunca gostei da Betina. Estou na minha casa e falo como quiser. Se ela não gostou, que vá embora. Aliás, que ótimo que ela já vai embora amanhã.

— Você não tem um pingo de generosidade no coração.

— Quer saber? Esqueça a priminha do coração e vá se arrumar. Logo teremos visitas para o jantar. Veja se não vai envergonhar o papai. Vista-se com o mínimo de elegância, por favor.

Leonora caminhou até a escadaria e subiu rápido. Nice meneou a cabeça para os lados.

— Como ela pode ser tão fria!

Lá fora, enquanto Betina entrava no carro de aluguel, ficou pensativa.

Não estou gostando da postura de Nice. Ela está tão submissa, tão apagadinha. E a Leonora está com uma energia muito esquisita. Tenho medo de que... Ela não completou a frase. Fez uma prece, pediu auxílio aos amigos espirituais e desejou toda a sorte do mundo para a prima amada.

14

Às oito da noite, em ponto, João Ribeiro tocava a campainha do casarão em Botafogo. Uma criada atendeu a porta e o conduziu até a saleta ao lado do vestíbulo.

— Seu Anísio já vem — ela informou, enquanto apanhava o chapéu dele.

— Obrigado.

Em instantes, Anísio apareceu, sorridente. Cumprimentaram-se com efusividade. Anísio, de fato, gostava de João.

— Como anda o projeto da minha nova casa?

— Os desenhos finais ficaram prontos. Podemos marcar para o senhor ir ao escritório nos próximos dias.

— Quanto tempo acha que levará para construirmos a casa?

— Se tudo correr muito bem, sem atropelos, diria que, com uma boa equipe, disponibilidade de materiais, levaremos em torno de um ano, um ano e meio.

Anísio entregou um charuto a João e, enquanto acendia o seu, comentou:

— Eu quero construir o casarão, mas confesso que gosto muito daqui.

— Por que construí-lo, então?

— Não sei ao certo. Talvez eu construa mais outro e deixe-os para as minhas filhas, um para cada uma delas, e evito brigas — disse, rindo. — Sei que um dia as duas vão se casar. E um bom imóvel é um excelente presente de casamento. Não acha?

— Sem dúvida — ajuntou João.

— Você namora? — Anísio sondou.

— Atualmente, não, seu Anísio.

— Simpatizo muito com você, João.

— Obrigado. Eu também simpatizo muito com o senhor.

A criada apareceu e informou:

— As meninas já estão à mesa. Posso mandar servir?

— Espere um pouco. Vamos terminar o charuto.

Conversaram mais um pouco. João atualizou Anísio sobre a construção do prédio da Rua Uruguaiana. Dali a alguns minutos, adentraram a sala de jantar.

João precisou se conter, afinal, Leonora estava radiante. Vestia um conjunto charmoso, os cabelos presos em coque, um colarzinho de pérolas, a maquiagem discreta. Ele sorriu ao vê-la.

— Como está, senhorita Leonora?

— Bem — ela respondeu. — E o senhor?

— Também vou bem.

Ele encarou Nice. Não a achou nem feia nem bonita. Ela em nada se parecia com Leonora. Vestia-se de maneira um tanto antiquada, apenas com um pouco de pó no rosto para realçar as bochechas. De fato, Nice não era uma mulher atraente. Leonora, ao contrário, se destacava em todos os sentidos. Ele sorriu e beijou a mão dela.

— Prazer. João Hernandez Ribeiro — cumprimentou-a, voz sedutora.

Nice o cumprimentou e sorriu, um tanto tímida, sem muito entusiasmo.

— Prazer.

João percebeu que ela não havia se interessado. Lembrou-se dos livros e filmes que Leonora lhe fizera decorar. Ao se sentar, comentou:

— Estou me sentindo como o personagem de James Stewart numa cena de *A felicidade não se compra*.

Nice o encarou de maneira surpresa e perguntou, curiosa:

— Por que citou esse filme?

— Porque foi com esse filme que aprendi — ele limpou a garganta e disse, num tom forçadamente emocionado: — que nós podemos afetar positivamente a vida dos outros.

Ela gostou da resposta. Interessada já em João, perguntou:

— Gosta de cinema?

— Adoro. Infelizmente, o trabalho consome muito do meu tempo. Se eu tivesse mais tempo livre, iria mais ao cinema, ao teatro... ah, e, claro, leria bem mais.

— Gosta de ler? — Ele tinha cativado sua atenção.

Leonora ria por dentro.

A tonta está mordendo a isca bem mais rápido e fácil do que eu imaginava. Que maravilha.

Anísio interveio:

— O que gosta de ler?

— Gosto de ler um pouco de tudo. Mas a minha preferência é pelos romances.

— Sério? — A voz de Anísio soou surpresa.

— Sim. A vida é muito dura. Nós lidamos com tantos problemas, tantas injustiças. Se não fossem os romances, como eu poderia manter o sonho de um dia ter uma vida feliz ao lado de uma companheira, para criarmos filhos com amor e esperança em dias melhores?

— O senhor pensa em se casar? — Leonora imprimiu um tom natural na fala.

— Claro! Creio que seja o sonho de todo bom homem casar e ter a sua família, perpetuar-se por meio de seus descendentes, transmitindo-lhes os verdadeiros valores cristãos.

— Acho o mesmo — concordou Anísio.

Nice o indagou:

— O senhor frequenta a igreja?

— Geralmente, vou à missa aos domingos, na igreja do Outeiro da Glória.

Nice não mais se importou com a presença do pai e da irmã. Até perdera o apetite. A sua atenção estava toda em João.

Passou a observá-lo em detalhes. Era um homem muito bonito. Disfarçando o entusiasmo, quis saber:

— O que está lendo no momento?

Era a pergunta que João estava esperando para cativar de vez a atenção de Nice.

— Acabei de adquirir *O continente*, de Erico Verissimo. É um romance que narra a formação do Estado do Rio Grande do Sul, por meio das famílias Terra, Cambará...

— Ainda não li — replicou Nice, animada.

— Acabou de ser lançado — informou-lhe João. — Estou sempre lendo. Termino um livro, começo outro.

— E o que acabou de ler? — Nice estava interessadíssima na conversa.

Ela está na minha, pensou João, sorridente. Mas respondeu:

— *Sagarana*, do João Guimarães Rosa. Adoro os seus contos.

Nice pensou que ia ter uma síncope.

— Jura? É o meu livro preferido. Já o li duas vezes.

— Que coincidência! — ajuntou Anísio. — Parece que você e o João têm coisas em comum — comentou, admirado com a empolgação da filha.

— É verdade, papai. — emendou Leonora. — É tão difícil encontrar um homem que goste de ler romances, contos...

— A senhorita gosta de ler? — perguntou João, mais descontraído.

— Não — Leonora falou de maneira sincera. — Prefiro as revistas de moda, de cinema.

— Leonora sempre teve uma queda para as artes, para a moda. Nunca a vi pegando um livro. Difícil foi terminar o ginásio.

— Isso é — ela concordou com o pai. — Estudar, ou mesmo ler, não me agradam tanto quanto uma mostra de arte, ou um desfile de vestidos. A Nice é quem sempre foi de estudar, desde cedo gostava de ler...

A conversa fluiu agradável. João fez força para se lembrar dos filmes, dos atores, das atrizes, falou sobre as estrelas da Rádio Nacional, enfim, despejou toda a decoreba com maestria. Tinha de admitir que Leonora fora brilhante, enchendo-o de assuntos que encantaram Nice sobremaneira. Ao término da sobremesa, poderíamos afirmar que ela estava literalmente caidinha por ele, para deleite de Leonora.

Anísio foi quem mais se empolgou, afinal de contas, era a primeira vez que via a sua primogênita se interessar por alguém. Quando João foi embora, já perto da meia-noite, ele se dirigiu a Nice e sondou:

— Parece que gostou bastante desse moço.

Nice sentiu as faces arderem.

— Imagina, papai!

Leonora foi rápida:

— Qual o problema, Nice? Ele é culto, inteligente, simpático. Gosta de ler. Que coincidência!

— Verdade. Nossa, um homem que gosta de ler! Imagina que lemos o mesmo livro? Ele também gosta do Guimarães Rosa. Não é muita coincidência?

Claro que não, sua tonta, pensou Leonora. No entanto, ela disse:

— Claro! Ele é um moço até com certa sensibilidade, algo raro de encontrarmos em um homem nos dias de hoje.

— Fico muito feliz que tenha gostado dele, minha filha — ajuntou Anísio, contente.

Nice sentiu o peito arder. Logo, um friozinho na barriga a avisou de que João a conquistara. Leonora emendou:

— Ele não é rico, mas parece que tem certo nível social. É de São Paulo, teve uma boa educação. Acho que deveria pensar que estamos diante de um bom partido para você.

— Ora, Leonora. Imagine! Ele só foi simpático. Entre ser simpático e querer me namorar há uma grande diferença, não acha?

Leonora nada disse. Despediu-se dela e do pai e subiu para o seu quarto. Assim que fechou a porta, ela falou, animada:

— Adoraria estar com João agora, saber a sua impressão do jantar e da sem-sal da Nice. O nosso plano está indo muito melhor do que eu imaginava. A tonta caiu nas graças dele. Não vejo a hora de eles se casarem e eu poder desfrutar do nosso amor.

15

Quando Nice despediu-se do pai e começou a subir os degraus para o quarto, ouviu passos vindos da porta de entrada. Era Betina que voltava do teatro. Ela retornou em direção ao saguão.

Anísio a cumprimentou de maneira fria e foi logo perguntando:

— Quando vai embora?

Betina percebeu o tom nada amistoso na voz e respondeu, sorridente:

— Amanhã cedo, tio. Aliás, quero aproveitar e agradecê-lo por me deixar ficar aqui nesses dias. Prometo que não vou mais o incomodar. — Ele nada disse e ela prosseguiu: — Eu vou me mudar para São Paulo.

— A Nice comentou comigo. Não acha que é perigoso uma mocinha ir viver sozinha numa cidade como aquela?

— Eu preciso me virar, tio. Surgiu uma boa proposta de emprego. Tenho certeza de que vou me dar muito bem.

— Sua mãe concorda com essa sandice?

— Ela deseja que eu viva melhor que ela, que não dependa de ninguém nem emocional tampouco economicamente.

Anísio não gostou da resposta, mas não queria discutir. Despediu-se dela com um boa-noite, deu um beijo em Nice e subiu. Nesse momento, Nice puxou a mão da prima e foram para a biblioteca. Assim que Nice fechou a porta atrás de si, pediu:

— Não se chateie com o papai. Ele apenas tem um jeito mais conservador de ver a vida.

— Acha mesmo?

— Sim. No fundo, ele se preocupa com você. Afinal de contas, você vai viver numa cidade tão grande quanto esta, só que sozinha. Eu não teria essa coragem.

Betina meneou a cabeça para os lados. Ia fazer um comentário, mas percebeu que a prima estava bem contentinha. Nice estava, de fato, diferente. Esboçava um sorriso meio bobo.

— Que cara é essa?

— Como, que cara? — Nice não entendeu.

— Ora, conheço esse jeito... Está com um sorrisinho de mocinha apaixonada.

Nice enrubesceu.

— Não estou conseguindo esconder.

— O que aconteceu?

— Creio que estou mesmo apaixonada.

Betina arregalou os olhos.

— Apaixonada? Assim, do nada? — Nice fez sim com a cabeça. — Que história é essa, prima? Quando saí, você estava até amuadinha. Agora está aí, com esse sorrisinho estampado. O que aconteceu nessas horas em que estive fora?

— Nem te conto!

— Pois conte.

— Encontrei o homem da minha vida.

— Sério? — Nice fez que sim. — Como foi?

— O convidado que veio jantar... Betina, ele é um cavalheiro, um verdadeiro gentleman, daqueles que vemos nas fitas de cinema. Ele parece o Cary Grant. Tem um furinho no queixo que é encantador. Um charme.

— Quem é esse homem?

— João Ribeiro. É arquiteto. De São Paulo. Trabalha no escritório do primo do Lúcio Costa.

— Como pôde se apaixonar durante um jantar? Ainda mais você, que nunca foi de se empolgar tanto com os rapazes.

— Não sei explicar. João gosta de cinema, de teatro. Ele até lê, acredita? Também gosta de Guimarães Rosa.

— Uau! Deve ser um moço para lá de interessante — comentou Betina. No entanto, conforme Nice falava, ela sentia o peito se fechar. E, quando Betina sentia esse aperto, sabia que não era boa coisa. Esperou Nice terminar de falar e quis saber: — Tem certeza de que é um bom rapaz?

— E como! Papai gosta muito dele. Quer dizer, foi o que percebi.

— E Leonora?

— O que tem ela?

— Como se comportou?

— Ela não demonstrou muita emoção ou interesse. Ela não gosta de livros, então, não participou muito da conversa. Oh, Betina, João é um homem tão interessante!

— Vá com calma — pediu Betina.

Nice não gostou da advertência.

— Por quê?

— Ora, Nice. Você acabou de conhecer o moço. Se se interessou por ele, de verdade, peça para seu pai marcar novo jantar. Veja se a conversa continua agradável, vá descobrindo mais sobre esse João, sua vida, enfim, se dê a chance de o conhecer com mais profundidade a fim de se certificar de que ele é um homem que vale a pena namorar. Você é uma preciosidade, uma joia rara. Não gostaria que você caísse nas mãos de um homem safado ou inescrupuloso.

— Por que diz isso?

— Porque você não tem experiência com namoro. Além do mais, é uma das mulheres mais ricas de nossa sociedade. Precisa estar atenta a todos os sinais.

— Não sou rádio para ficar atenta a sinais — Nice respondeu de forma ríspida.

Betina sentiu o clima pesado e o coração novamente apertou-se. Havia algo errado ali. Não sabia precisar do que se tratava. Em vez de continuar a conversa, solicitou:

— Passa da meia-noite e estou cansada. Preciso me levantar cedo. O trem partirá às oito horas. Vamos nos deitar?

Nice concordou com a cabeça. Subiram em silêncio.

Ao se deitar, Betina fez uma prece para que tudo se ajeitasse da melhor maneira possível.

Peço aos amigos espirituais que protejam a minha prima Nice. Há algo de estranho nesse súbito interesse dela por esse rapaz. Mesmo sem o conhecer, sinto um desconforto no peito. É como se essa aproximação entre eles fosse trazer dor e tristeza para Nice...

Assim que adormeceu, Betina sonhou. Estava com outras roupas, mais antigas, como se estivesse num filme cujo cenário era o mesmo Rio de Janeiro, mas na época de Dom João VI. Ela entrava num salão de baile e procurava por Nice. Correu até um pátio e perguntou a uma das anfitriãs da festa:

— Você viu a Nice por aí, Antonieta[1]?

— Não — tornou a moça, mais empolgada em dar atenção a um jovem garboso, de descendência árabe, chamado Rami. — Vá ver se ela está no jardim — disse num tom belicoso.

Betina caminhou mais uns passos e horrorizou-se ao ver o noivo de Nice aos beijos com a irmã dela, Leonora...

No dia seguinte, Betina acordou e não se lembrou nadinha do sonho, mas a sensação desagradável no peito persistia. Ao partir, despediu-se de Nice e, mais uma vez, rogou para que os espíritos amigos protegessem a prima, na medida do possível.

---

1 A vida de Antonieta e suas irmãs, no século XIX, encontra-se no romance *O tempo de cada um*, livro 3 da trilogia "O poder do tempo", publicado pelo selo Lúmen, da Boa Nova Editora.

16

Algumas semanas se passaram. Nice parecia viver um conto de fadas. Estava dividida entre os trabalhos assistenciais da igreja e os jantares que mandava preparar para João. Sim, desde que se conheceram, Nice pediu autorização para Anísio e ele, com muito gosto, passou a convidar João para jantar em sua casa quase todas as noites. Logo, ao menos três vezes por semana, João estava lá no casarão de Botafogo, às oito em ponto, sempre orientado por Leonora, que se aproximara da irmã e arrancava tudo de Nice, passando as informações de bandeja para o seu amado.

João replicava tudo o que Leonora lhe passava. Numa das noites de amor no sobradinho de Ipanema, ela afirmou:

— Não disse que era fácil? Nice é uma tonta apaixonada. E, se quer saber, acho que está na hora de conversar com papai e pedir para namorá-la.

— Não acha que é cedo demais?

— Imagina, meu amor! Pode apostar. Papai vai adorar a ideia. Ele gosta de você, sabia?

— Sei. Eu também gosto do seu pai — tornou João, sincero.

— Este plano está indo de vento em popa. Nunca pensei que fosse tão fácil. — Leonora levantou-se da cama e, nua, caminhou até a cômoda. Apanhou o maço de cigarros, acendeu dois. Entregou um a João. Enquanto tragava, ela comentou: — Tenho certeza de que logo vão se casar.

— Se isso se confirmar, você precisará dar atenção à segunda parte do plano.

— O jornalista... — ela riu maliciosa.

— Claro, meu amor. Se tudo correr bem, seria ótimo casarmos em datas próximas.

Leonora sorriu de forma enigmática.

— Seria ótimo? Não, seria maravilhoso se casássemos todos juntos! Eu me sentiria sua noiva, me arrumaria para você, mas usaria um pateta só para continuarmos a viver nosso amor. E, de mais a mais, passaríamos a lua de mel juntos! — Ela apagou o cigarro e atirou-se sobre João.

Amaram-se novamente. Ao final, ele quis saber:

— Estou curioso. Tem certeza de que esse tal de Herculano vai morder a isca, do mesmo modo que Nice?

Leonora fez sim com a cabeça.

— Tenho. Herculano sempre fica com ar de bobo apaixonado todas as vezes que me vê. Ele será o homem ideal para eu me casar.

— Quem diria... O Herculano Mandorim, jornalista do *Diario Carioca*, como seu marido?

— Herculano vive e respira jornalismo. Teremos o dia todo para nos encontrar, pois ele não vai se interessar pelo que eu faço ou deixo de fazer no dia a dia. Assim, poderemos continuar nos encontrando aqui no nosso castelinho. — Essa era a forma fofa com que Leonora chamava aquele ninho de amor.

— Como sabe que ele não é comprometido?

— Porque sei. Em sociedade, sabemos de tudo. Sei que ele teve uma desilusão amorosa anos atrás, quando Getúlio o prendeu. O pai da moça desfez o noivado. Sei que Herculano nunca mais apaixonou-se por mulher alguma. No entanto, quando eu o encontrava na Aliança Francesa, percebia a maneira como me olhava. Ele me comia com os olhos. Na primeira vez que eu fui atrás de você no escritório, eu o encontrei no saguão do prédio. Parecia um bobinho apaixonado.

— Bom, qual será o plano para seduzi-lo?

— Vou até a sede do jornal. Inventar um pedido de matéria, sei lá. Não percebe que não tem como nosso plano dar errado? Tudo trabalha a nosso favor.
— Percebo — concordou João. — O que mais quero é ter você para sempre em minha vida.
— Eu também. Eu o amo tanto, João. Sou capaz de tudo para tê-lo a meu lado.
Beijaram-se com ardor.

Voltando a Nice...
Ela mal cabia em si, tamanha a felicidade. Numa tarde, enquanto tomava chá com Miltinho na Casa Cavé, no centro da cidade, ele disse, um tanto desconfiado:
— Quem diria! Você, apaixonada.
— Nem eu imaginava isso, Miltinho. Estou tão feliz. É como se eu sentisse borboletas voejando em meu estômago. Um friozinho gostoso na barriga toda vez que penso nele.
— Menina! Faz tempo que não nos encontramos. Afinal, quem é o moço sortudo? Qual o sobrenome?
— Não importa o sobrenome, Miltinho. Ele não faz parte do nosso meio social.
— Seu Anísio permitiu o namoro? Mesmo o rapaz não tendo sobrenome famoso?
— Quer dizer, sim, mas... ele ainda não pediu consentimento do meu pai para noivarmos.
— Olha, olha! — Miltinho estava surpreso. — Você já beijou o rapaz?
Ela ruborizou.
— Sim. Já nos beijamos — ela disse, revirando os olhos. — Ele é maravilhoso...
— Por isso andava sumida. E eu indo sozinho ao cinema.
— Concorda que é por uma boa causa? — Nice perguntou, enquanto bebericava seu chá.

— Claro. Fico muito feliz por você, Nice. É que você nunca se interessou por um rapaz antes. De repente, do nada, aparece um príncipe encantado na porta da sua casa?

— Poxa, Miltinho. Quando eu finalmente encontro alguém e por ele me apaixono, você vem com esse balde de água fria. Parece não querer que eu me case. Por acaso deseja que eu me torne uma solteirona convicta?

— Desculpe. Não foi minha intenção magoá-la. Sabe o quanto gosto de você, Nice. — Ela fez sim com a cabeça. — Eu quero que você seja a mais feliz das mulheres.

— Espero.

— Conte-me mais sobre esse rapaz. Ele tem nome, não?

Nice achou graça.

— Claro que tem, seu bobo. Ele se chama João.

Um alerta se fez na cabeça de Miltinho.

— João. Hum, nome tão comum. Ao menos tem sobrenome? O que faz da vida?

Novamente, Nice bebericou seu chá. Enquanto mordiscava um canapé, confidenciou:

— Ele se chama João Hernandez Ribeiro. É arquiteto, trabalha no escritório do primo do Lúcio Costa e...

Conforme Nice falava, o rosto de Miltinho foi se tornando lívido, a ponto de ela perceber e querer saber:

— O que foi? Está passando bem?

Ele mexeu a cabeça e tossiu.

— Não. Nada. Acho que foi o canapé. Comi muito rápido.

— Então — Nice prosseguiu —, ele não faz parte do nosso círculo social, mas é trabalhador, gentil, educado, bem-humorado, adora cinema, teatro e... acredita?

— Em quê?

— Ele lê, Miltinho. É aficionado por romances e contos, como eu. Olha a coincidência! Não tem como eu não me apaixonar por ele. João é praticamente um príncipe encantado.

Na cabeça de Miltinho, as ideias borbulhavam.

Como ela está namorando esse João? Não é possível. Semana passada eu o vi entrando na casinha em Ipanema, acompanhado da Leonora... O que é que está acontecendo?

— Nice.

— O que é?

— E a Leonora?

— O que tem a Leonora?

— Ela sabe de você e do João?

— Se sabe? Claro, com certeza. Aliás, é ela quem mais ficou feliz com esse namoro. Afinal, caso eu me case com o João, ela finalmente estará livre para desposar alguém.

— Leonora está feliz com seu namoro? Sério?

— Acredita? Ela mudou da água para o vinho. Está uma pluma comigo. Parou de implicar com as minhas idas à igreja. Acho até estranho, porque ela sempre quer saber tudo o que faço com o João. Engraçado, parece que ela é a irmã mais velha. Tem um cuidado comigo que só vendo.

— Interessante — foi só o que Miltinho conseguiu dizer.

Tem caroço nesse angu, disse para si. *Tenho certeza de que Leonora e João estão juntos. E agora Nice me vem com essa história! Preciso ficar atento. Leonora deve estar tramando algo...*

17

Não demorou muito e João pediu a mão de Nice em casamento. Anísio aceitou o pedido de bom grado.

— Não tem ideia de como estou feliz com o seu pedido — disse, emocionado. — Queria muito que Nice encontrasse um homem assim como você, íntegro, correto, trabalhador.

— Obrigado, seu Anísio. É importante saber que tem estima por mim, porque eu, particularmente, tenho profundo carinho, admiração e respeito pelo senhor. Fazer parte da sua família apenas me enche de orgulho e contentamento.

— Eu sou a mulher mais feliz do mundo — emendou Nice, enquanto apanhava as taças e Anísio estourava a champanhe. — Hoje é dia de celebração!

Leonora adentrou a sala e se fez de desentendida.

— O que está se passando?

— Finalmente o João pediu a mão da sua irmã em casamento. — Anísio era todo sorriso. Ele distribuiu a champanhe nas taças e propôs um brinde: — Que vocês sejam muito felizes.

Encostaram as taças e Leonora cumprimentou a irmã.

— Já estava preocupada com você.

— Por quê?

— Ora, não havia homem no mundo que lhe interessasse. Até que enfim! — E, virando-se para João, tornou: — Não sei qual o seu segredo para cativar tanto o coração da Nice.

— É o amor — ele disse, encarando-a firmemente. — Só quem ama é capaz de fazer o inimaginável.

— Tem razão. — Ela fez sim com a cabeça. — Deve ser.

— Você não está enamorada de ninguém? — Ele fez a pergunta apenas para que Anísio e Nice não percebessem a troca de olhares apaixonados entre ele e Leonora.

— Estou.

Anísio surpreendeu-se.

— Está gostando de alguém, Leonora?

— Sim, papai. Faz um tempo que tenho sido cortejada — mentiu.

— Eu conheço o rapaz?

— Creio que sim — Leonora assentiu. — É o jornalista Herculano Amorim, do *Diario Carioca*.

— Sei de quem se trata. Ele escreve artigos contundentes contra o governo. É um rapaz ousado, mas inteligente.

— Sim, papai.

— Quando vai trazê-lo para eu o conhecer?

Ela deu de ombros.

— Ainda não sei. Estava esperando o João pedir a mão da Nice e...

Nice a interrompeu:

— Como assim? Você sabia que o João iria pedir a minha mão? — Ela encarou João e quis saber: — É verdade?

João limpou a garganta, tossiu.

— Não. De modo algum.

Leonora interveio:

— Eu deduzi que isso estava prestes a acontecer. Nice, você não parava de falar no João, dizia estar apaixonada e que ele também a amava. Claro que o próximo passo seria o pedido de casamento.

— Tem razão — Nice concordou e enrubesceu. — Eu não paro de falar de você um minuto sequer — ela tornou, olhar apaixonado.

Enquanto Anísio, Nice e João trocavam ideias sobre datas, enxoval e afins, Leonora matutava. *Preciso encontrar o*

Herculano. É urgente. Já sei. Amanhã, vou ao Diario Carioca. Finalmente vou colocar o resto do plano em ação.

E assim ela fez. No dia seguinte, despertou alegrinha, tomou seu desjejum, fez a toalete e arrumou-se como se fosse a um grande evento. Escolheu um de seus melhores vestidos, ajeitou os cabelos com delicadeza, maquiou-se com discrição e elegância. Escolheu os acessórios para abrilhantar a sua figura: bolsa, chapéu, luvas, joias discretas. Escolheu um belo par de sapatos e, por último, apanhou o delicado vidro de perfume sobre a penteadeira e borrifou o líquido sobre o colo e os pulsos. Leonora mirou sua imagem refletida no espelho e adorou o conjunto da obra:

— Está radiante, como sempre — disse para si num largo sorriso.

Desceu as escadas com elegância e encontrou Anísio no saguão, pronto para ir ao clube. Quando ele a viu, abriu largo sorriso e estendeu os braços para o alto.

— Deus do céu. Como está linda!

— Obrigada, papai. A Isildinha me ligou ontem à noite para ajudá-la a organizar um bazar beneficente para as crianças de um orfanato na Penha.

— Está muito elegante.

Ela sorriu, despediu-se do pai e, assim que ganhou a área externa da casa, fez sinal para o motorista.

— Pois não, senhorita Leonora.

— Preciso que me leve até a Avenida Presidente Vargas.

— Sim, senhorita.

Interessante observar que, desde que conhecera e passara a se relacionar com João, Leonora começara a ser menos estúpida com as pessoas em geral. Não que tivesse se transformado numa flor de candura, mas dava menos patadas nos outros. Ah, o que o amor não é capaz de fazer...

Não tinha como Leonora não ser notada. Estava muito bonita, andava com graça e elegância. Adentrou o moderno prédio em que estava sediado o jornal, perguntou ao ascensorista o andar em que Herculano trabalhava. Assim que desceu, deu

de cara com um salão enorme, repleto de homens agitadíssi-
mos, falando ao telefone, datilografando textos numa velocidade impressionante enquanto fumavam um cigarro atrás
do outro. Até que um rapazote, que fazia serviços gerais no
escritório, aproximou-se com educação.

— O que deseja, senhorita?

— Preciso falar com Herculano Mandorim.

— Ele está na sala de copidesque. Um minuto.

Leonora ficou ali, em pé, esperando. Alguns funcionários a
encararam e passaram a conversar baixinho. Afinal, tratava-se
de uma figura conhecida da alta sociedade.

Logo Herculano apareceu e, ao vê-la, parecia um bobo
apaixonado.

— Você, aqui no jornal, à minha procura? A que devo a
honra?

— Oh, Herculano. Preciso de um favor.

— Claro. O que deseja?

— Sabe o que é? Preciso que algum jornalista faça uma re-
portagem sobre o bazar beneficente que eu, Carmem e Lurdes
vamos fazer em prol das crianças do Orfanato São José dos
Aflitos, na Penha.

Ele sorriu e respondeu, polido:

— Eu não escrevo esse tipo de matéria.

— Oh! Desculpe. Não queria incomodá-lo. Perdão.

Ela girou nos calcanhares e ele a segurou pelo braço.

— Por favor, não vá, fique.

— Não quero atrapalhar. Você é um jornalista renomado,
tem tanto para escrever e eu aqui, tolinha, querendo que es-
creva uma matéria boba sobre doações a um orfanato.

— Um minuto. — Ele foi até o fim do salão e voltou com um
rapaz bem magrinho e cheio de espinhas no rosto. Apresentou: — Toninho, essa é a senhorita Leonora Gouveia Telles.
Ela precisa de uma matéria... — e explicou para o rapaz.

Ele assentiu e começou a pedir alguns dados para formular
a matéria. Leonora deu uma desculpa.

— Acho melhor conversarmos outra hora. — Ela consultou o relógio e perguntou a Herculano: — Quase não me alimentei, estou com fome. Pode me indicar um local aqui perto?

Ele fez não com a cabeça.

— Até há lugares interessantes, mas não sei se estão à altura de uma dama como você.

Leonora fez um gesto com a mão.

— Pare de me tratar como uma princesa, Herculano. Eu sou uma mocinha comum. Podemos ir a qualquer lugar, de preferência que seja reservado, mas com o mínimo de sofisticação.

— Eu conheço a Confeitaria Colombo e gosto muito de ir à Casa Urich, especializada em comida alemã.

Leonora sorriu.

— Está muito quente para pedir comida alemã. Eu prefiro ir à Colombo.

— Está bem. Deixe-me apanhar meu paletó. Um minuto.

Ele saiu e voltou bem rápido. Saíram do escritório e caminharam pelo saguão sem conversar. Ao ganharem a calçada, ele quis saber:

— Vamos tomar um táxi? São algumas quadras daqui até...

Ela o cortou com amabilidade na voz e encaixou o braço no dele, puxando-o para o meio-fio.

— Iremos a pé. Assim teremos mais tempo juntos.

Vale o sacrifício, ela disse para si.

Herculano, por seu turno, estava empolgadíssimo e, ao mesmo tempo, deslumbrado. Não havia quem não notasse a elegância e beleza de Leonora. Os olhares a ela dirigidos faziam ele se sentir o homem mais sortudo do mundo.

Chegaram à confeitaria, logo foram atendidos e, depois de fazerem o pedido, ele, curioso, quis saber:

— Por que nunca me deu bola?

— Eu? — Ela se fez de boba. — Por que essa pergunta?

— Ora, Leonora, eu sempre fui gamado em você. Nunca percebeu como eu a encarava na Aliança Francesa?

— Nunca me dei conta — ela respondeu, mentindo, logicamente.

— Sempre a achei linda. Um tanto espoleta, mas adorável.
Ela sorriu.

— Eu tenho um gênio forte. Não sei a quem puxei. Não conheço ninguém assim na família.

— E o que tem feito? Está namorando?

Ele está indo mais rápido do que eu imaginava, ela pensou, feliz da vida. No entanto, respondeu:

— A minha vida se resume a obras assistenciais da igreja e comparecer a eventos sociais. Sabe, eu sou afortunada, é um dever ajudar os mais necessitados.

— Atitude nobre. Eu muito a admiro.

— Obrigada.

— E quanto ao namoro?

— O que tem?

— Está namorando?

— Com quem eu poderia namorar, Herculano? Vivo num mundo em que os rapazes, por conta de terem muito dinheiro, só querem saber de diversão. Eu posso ser espoleta e coisa e tal, mas não sou bobinha. Quem sabe, um dia, vou encontrar um homem que me ame de verdade, que me respeite.

Ele estava embasbacado. Era como se sempre tivesse amado Leonora.

— Você é a mulher mais linda que conheci em toda a vida.

— Ora, Herculano. Fala de mim, mas tenho certeza de que tem alguém.

— Eu?!

— Sim. Você é um homem maduro, inteligente, jornalista famoso. Duvido que não tenha um monte assim — ela fez um gesto juntando os dedos — de mulher no seu pé.

— Não tenho.

De repente, ele se entristeceu. Leonora percebeu e sondou:

— O que foi? Falei algo que não devia?

— Não. É que a última vez que me apaixonei, bem... — Ele pigarreou, limpou a garganta com um gole de água e prosseguiu: — Quando era mais jovem fui noivo. Mas fui preso e a família dela impediu que reatássemos e nos proibiram de casar.

— Oh, que triste! Não sabia. — Ela fingiu desconhecer a história. Mas Leonora, assim como toda a cidade do Rio, sabia sobre essa desilusão amorosa de Herculano.

— Ela foi enviada para uma cidade qualquer da Europa. Durante a guerra mudou-se para os Estados Unidos. Soube, recentemente, que está muito bem casada e tem quatro filhos.

— Sinto muito.

Herculano agradeceu com a cabeça.

— Mas são águas passadas. — Ele esboçou um leve sorriso. — O que importa é enxergar daqui para frente.

— Tem razão! — ela respondeu, encostando, de propósito, a mão dela na dele.

Herculano sentiu um estremecimento pelo corpo. Assim que os pratos chegaram, Leonora procurou ser cordata e parecer interessada nele, na vida dele, no trabalho etc. Herculano empolgou-se e contou toda a sua vida, desde o nascimento até os dias atuais. Adorava comentar sobre seu ofício. E disparou a falar.

Meu Deus! Ele fala demais. Que chato.

— Estou finalizando uma matéria sobre o brigadeiro Eduardo Gomes, provável candidato à presidência nas próximas eleições. — Leonora suspirou e bocejou. Herculano mordeu os lábios. Acendeu um cigarro, nervoso. — Desculpe. Estou falando muito. Não deixei você falar.

— Eu não tenho muito o que dizer de mim. A sua vida, sim, ela é muito interessante.

— Você gostaria de jantar comigo dia desses?

— É claro, Herculano. Adoraria.

Quando saíram da confeitaria, Herculano a acompanhou até a Avenida Rio Branco. Esperou que Leonora tomasse um carro de aluguel. Assim que ela entrou no veículo e deu tchauzinho, ele não cabia em si, tamanha a felicidade.

Naquela mesma semana, Leonora ligou para a redação do jornal e marcaram um jantar num restaurante badalado no Catete. Na semana seguinte, outro jantar. Até que ela pediu a Anísio permissão para que Herculano frequentasse a casa deles. Anísio concordou, entusiasmado.

18

Miltinho andava inconformado. No dia em que se encontrara com Nice e ela lhe contara sobre João, ele mal conseguira controlar a ansiedade. Depois que tinham se despedido, ele tomara um carro de aluguel e correra para casa. Havia tomado um banho frio para acalmar os ânimos.

Celina preocupou-se:

— Está tudo bem?

— Sim, Celina.

— O que deseja para o jantar?

— Estou sem apetite. Contudo, faça algo que agrade o Valdemar.

— Ele não é fã de pratos sofisticados como você. Para ter uma ideia, ele adora a minha carne de panela.

— Então que seja. Carne de panela.

Assim que Celina foi para a cozinha, Miltinho consultava o relógio de minuto em minuto. Serviu-se de uísque, fumou um, dois, vários cigarros. Batia o pé no chão e quase deu um grito quando Valdemar chegou.

— O que foi? Que cara é essa?

— Valdemar, eu preciso lhe contar uma bomba!

— Calma. — Ele pousou o chapéu na chapeleira, tirou o paletó, alargou o nó da gravata e foi até o bar. Serviu-se de generoso copo de uísque.

— Estive com a Nice.

— E daí?

— Ela está namorando.

— Certo. E eu com isso?

— Bom, ela está namorando o João Ribeiro, seu colega de escritório.

Valdemar deu um golão no copo, estalou a língua no céu da boca. Agora a ficha tinha caído.

— Tem certeza do que está me dizendo? A irmã da Leonora?

— Isso mesmo! O João está namorando a cunhada! Que ainda por cima é minha amiga.

— Quer dizer que Leonora e João estão tramando algo — Valdemar ajuntou, sem se mostrar chocado com a revelação. — O que seria, Miltinho?

— Não sei, mas vou descobrir.

— Se você conseguir descobrir qualquer coisa, uma tênue pista que seja, que me permita chantagear essa entojada, vou ser ternamente grato.

— Calma lá. A Leonora é perigosa. Devemos agir com cautela.

— Bobagem. Conheço bem as mulheres — rebateu Valdemar, com ares de grande especialista. — Essa menina só late. É mimada, fútil, cheia de dinheiro, acha que pode tudo. Mas não pode. Eu vou ficar por cima da carne-seca. Você vai ver.

— E se ela e João estiverem aprontando? Eu me preocupo com a Nice, afinal, ela é minha amiga querida. Não quero que ela sofra.

— Na hora da guerra, precisamos escolher um lado — sentenciou Valdemar.

— Não entendi.

— Miltinho, esqueça a Nice. Tanto eu quanto você odiamos essa metida da Leonora. Precisamos tê-la em nossas mãos, a qualquer preço. Nem que isso atinja a irmã dela, infelizmente.

— Será? — Ele fez sim com a cabeça. — Vou pensar num jeito de não prejudicar a Nice.

— É problema seu, não tenho nada a ver com isso. — Valdemar aproximou-se a tal ponto que Miltinho sentiu o hálito de uísque. Logo sentiu as pernas trêmulas. — Se você conseguir colocar a Leonora na palma da minha mão — ele falava de maneira a encarar Miltinho como nunca havia encarado antes —, prometo que vou ser seu... amigo para sempre.

Miltinho concordou com a cabeça, e Celina apareceu na soleira:

— Boa noite, seu Valdemar. O jantar está servido. Fiz aquela carne de panela de que o senhor tanto gosta.

— Que ótimo, Celina. Porque o que acabei de ouvir me abriu o apetite de vez. Vamos jantar!

No fim do dia seguinte, Miltinho apanhou um carro de aluguel e, assim que entrou no automóvel, encheu de dinheiro as mãos do motorista.

— O que é isso, senhor? — o rapaz perguntou, entre surpreso e aturdido.

— Preciso que me leve até a Presidente Vargas. De lá, seguiremos outro carro. Portanto, será uma viagem longa.

— Sim, senhor.

O motorista deu partida e, coincidência ou não, assim que o veículo passou pelo edifício onde ficava o escritório de arquitetura, Miltinho avistou João saindo do saguão.

— Precisamos saber onde esse rapaz vai apanhar o carro dele.

O motorista assentiu e seguiu João. Logo, o arquiteto entrou no carro, deu partida e seguiu viagem. Com um sinal de Miltinho, o motorista o seguiu até João estacionar próximo de uma rua tranquila no bairro de Botafogo. Não se passaram nem três minutos e Miltinho pôde ver Leonora dobrando a esquina e entrando no carro de João. Novamente, o rapaz pediu ao motorista que os seguissem, até chegarem a uma bucólica rua do bairro de Ipanema.

Miltinho despejou mais um punhado de notas nas mãos do motorista.

— Pode me apanhar daqui a dez minutos?

— Posso ficar aqui esperando.

— Melhor não. Prefiro que dê uma volta e me apanhe daqui a pouco.

O rapaz fez que sim. Miltinho saiu do carro, aspirou o delicado perfume do comecinho da noite. Apoiou-se no portãozinho que dava acesso ao sobrado. Um tanto hesitante, ele apenas empurrou o portãozinho, que estava destrancado, e subiu um degrau. Não deu para ver ou ouvir nada, mas ele imaginou o que o casal poderia estar fazendo. Deu um sorrisinho e, quando o motorista o apanhou de volta, Miltinho sentiu-se um tanto apreensivo. Afinal, de um lado, sabia que Valdemar iria se beneficiar com tal informação. De outro, essa história poderia esbarrar em Nice e a prejudicar. Foi matutando durante o trajeto todo e, ao chegar em casa, não sabia ao certo o que fazer. Depois de muito refletir, decidiu que Valdemar deveria ir adiante com o seu plano de, de certo modo, chantagear Leonora.

19

Depois de relatar a Valdemar tudo o que se passara até então, Miltinho sentiu-se perturbado.

— O que foi?

— Não sei. Por mais que eu queira que você dê uma lição em Leonora, eu me preocupo com Nice. Ela é o lado frágil dessa corda. E a corda sempre arrebenta do lado mais fraco.

— Nada de filosofar — protestou Valdemar. — É hora de eu me preparar para o ataque.

— Fala dessa forma porque não conhece a Nice. Ela é amiga de verdade, quase uma irmã.

— Pense bem. Eu não vejo como isso poderá atingi-la — considerou Valdemar. — Não vamos contar a ela sobre o envolvimento do namorado com a irmã, apenas vamos mostrar à Leonora que sabendo desse envolvimento eu vou tê-la na palma da minha mão. Ela vai ter de se submeter às minhas vontades.

— Às vezes sinto um aperto no peito... Não sei se devemos seguir adiante. Não sei se Leonora se submeteria a uma chantagem.

— Agora é muito tarde para voltarmos atrás — observou Valdemar. — É tudo ou nada.

Miltinho simplesmente assentiu. Mordiscou os lábios, apreensivo.

Seja o que Deus quiser.

Foi quando o telefone tocou. Miltinho atendeu e, meio contrariado, passou o fone para Valdemar:

— A sua amada da pensão.

Valdemar tomou o fone da mão dele.

— Alô.

— Oi, Valdemar. Sou eu, a Elsa. Como você está?

— Vou bem.

— Liguei porque as roupas que estavam comigo para lavar estão prontas. Quer que eu as leve até aí?

— Não. Eu passarei na pensão. — Ele consultou o relógio. — Vou apanhá-las daqui a pouco. Pode ser?

— Sim. Estarei aqui.

— Até mais.

Ele desligou o telefone e Miltinho quis saber:

— Vai encontrar a sua amada?

— Quanto ciúme — Valdemar riu. — Vou pegar o resto das minhas roupas.

— Ah, sei.

— Quer ir comigo? — Miltinho ia dizer sim, mas Valdemar foi rápido. — Claro que não, né? Fique em casa. Descanse. Afinal de contas, teve uma tarde bem movimentada.

— Posso aguardar você para o jantar?

Valdemar foi incisivo:

— Não.

Saiu e dirigiu até a pensão. Estacionou do outro lado da rua. Encontrou Elsa na sala de refeições. Assim que o viu, ela abriu largo sorriso.

— Como está?

— Bem.

— Faz tanto tempo que não o vejo! Está corado. Ao menos, está bem alimentado.

— Com certeza.

— Está até mais encorpado.

— Tenho feito alguns exercícios.

Elsa percebeu que ele estava um tanto alterado pela bebida e a olhava de maneira perturbadora.

Um brinde ao destino

— As suas roupas, vou buscá-las.

Ele tomou a mão dela.

— Não tem um quartinho vago para eu te retribuir tamanha dedicação?

Elsa sentiu um calor tomar-lhe o corpo. Era doida por ele.

— Tem um senhor que deveria chegar às seis da tarde, mas avisou que vai chegar só amanhã. O quarto está pronto para ele e...

Valdemar a silenciou com um dos dedos no lábio.

— Mostre-me o quarto desse senhor...

Ela sorriu encabulada. Subiu para o andar de cima e Valdemar discretamente a acompanhou. Entraram no quarto. Valdemar despiu-se e, delicadamente, ajudou Elsa a se despir. Deitou-a sobre a cama e com carinho a amou.

Depois que terminaram, ela fez questão de ressaltar:

— Você nunca me namorou dessa forma.

— Eu sei. Mas senti vontade de passar bastante tempo ao seu lado — disse ele, de forma sincera. — Eu gosto de você, Elsa, mas não é mulher para mim.

A sinceridade a atingiu feito uma flecha que perfura o coração. Chorosa, ela o indagou:

— Por que me ama com carinho e me diz palavras tão ásperas?

— Porque eu não quero te iludir. Creio que nunca tenha gostado tanto de uma mulher como gosto de você, mas fazemos parte de mundos distintos. Eu quero me casar com uma mulher de posses, que tenha sobrenome. Penso em ter filhos e que as portas se abram para eles tão somente pelo sobrenome que carregam. Não quero que meus filhos vivam a vida minguada e difícil que tive.

— Eu entendo. Mas você trabalha num bom escritório, é um arquiteto que começa a fazer nome no mercado. Tem a amizade desse moço, o Miltinho, que é rico e pode abrir portas para você. Eu penso em terminar meus estudos. Vou fazer o ginásio por meio de correspondência. Também vou vencer na vida.

— Tenho certeza de que vai.

Valdemar levantou-se e começou a se vestir. Depois de ajustar os suspensórios e colocar o paletó, apanhou o chapéu e beijou Elsa com delicadeza.

— Eu desejo que você seja muito feliz.

Ele saiu do quarto e Elsa ficou ali, sentindo um misto de tristeza e infelicidade. Sabia que Valdemar jamais iria desposá-la. Vestiu-se com vagar, trocou os lençóis da cama, deixou o quarto pronto para receber o hóspede. Carregando os lençóis, desceu para a lavanderia da pensão. No caminho, não conseguiu deixar que as lágrimas banhassem seu rosto.

Elsa não tinha certeza, mas seu espírito sabia que aquele seria o último encontro entre ela e Valdemar. Eles nunca mais se veriam. Ao menos nesta encarnação.

20

Não demorou uma semana para Valdemar ficar de tocaia na porta da casinha da Rua Redentor. Parado do outro lado da calçada, enquanto tragava seu terceiro cigarro, consultou o relógio. Eram onze da noite.

— Soube por Miltinho que Leonora precisa estar em casa antes da meia-noite. Deve estar para sair e...

Nisso, a luzinha do lustre do saguão se acendeu. Valdemar apagou o cigarro com o sapato e atravessou a rua. Ainda viu Leonora esticando as pernas para beijar João e saindo de mãos dadas com ele. Quando entravam no carro, Valdemar aproximou-se.

— Não quero atrapalhar os pombinhos.

João reconheceu a voz e voltou o pescoço para trás. Leonora demorou para o reconhecer.

— O que faz aqui, Valdemar?

— Vim apreciar e respirar o ar bucólico de Ipanema. Não está uma linda noite estrelada, João? — perguntou, apontando para o céu.

Leonora interveio:

— É o purgante do escritório. O que quer? — ela questionou Valdemar, numa voz que imprimia um tom de desdém.

Ele sorriu, acendeu novo cigarro. Tragou e disse:

— Acho tão moderno um homem namorar duas irmãs ao mesmo tempo.

João sentiu o rosto lívido. Leonora tremeu um pouco, mas logo readquiriu a postura altiva:

— O que você tem a ver com isso?

— Eu, particularmente, nada. Mas seria catastrófico se Nice soubesse que o namorado dela anda ciscando no terreno da irmã.

— Como pode ter uma fala tão vulgar?

Valdemar gargalhou.

— Eu? Vulgar? Olha quem fala! Não passa de uma vagabunda. A diferença entre você e uma prostituta é que você tem dinheiro e a profissional, não.

Leonora sentiu o rosto arder. Nunca, jamais, em toda a vida, alguém tinha lhe dirigido palavras de tão baixo calão ou fora tão desrespeitoso. João deu um passo à frente e Valdemar o encarou:

— O que foi? Vai querer sair no braço?

— Valdemar, volte para casa. Amanhã, no escritório, conversaremos.

— Conversar o quê? O óbvio? Que você está pegando a irmã e a cunhada?

João levantou o braço para dar um soco e Valdemar desviou o rosto. Leonora deu a volta pelo carro e abraçou João, tentando contê-lo.

— Não vale a pena. Ele é simplesmente um doente, alguém que tem uma vida tão miserável cujo único prazer é bisbilhotar a vida dos outros. Ele é um infeliz, meu amor. Não é ninguém, nunca vai ser alguém na vida.

Valdemar sentiu as palavras dela lhe queimar o coração.

— Vou lhe mostrar que sou o contrário — vociferou. — Você vai ver.

Ela sorriu de forma irônica e replicou, fuzilando-o com ódio:

— Eu é que vou lhe mostrar quem você é de verdade. Não sabe com quem você se meteu. Eu posso ser uma pessoa com muita classe, mas sei me vingar dos meus desafetos com extrema maestria.

— Vamos ver! — duvidou Valdemar. — Eu vou revelar a Nice o caso de vocês.

Leonora deu de ombros.

— De que vai adiantar? Eu vou dizer que você é um doente mental, um tarado que sempre me assediou e, desprezado, passou a inventar histórias a meu respeito. Eu já disse. Não se meta comigo ou vou acabar com a sua vida.

— Você não tem esse poder.

Leonora meneou a cabeça para os lados. Nisso, ela avançou sobre Valdemar e lhe arranhou o rosto. Ele afastou-se como a se defender e levou a mão ao corte, que já sangrava.

— Vadia!

Ela puxou João pelos braços.

— Vamos — tornou Leonora. — Está tarde. Deixemos esse imbecil à própria sorte.

Eles entraram no carro e, assim que o veículo desapareceu na curva, Valdemar, sentindo o rosto arder, disse baixinho:

— A guerra entre nós está apenas começando...

Dentro do carro, João seguia viagem mudo, visto que os pensamentos corriam-lhe à mente de forma desordenada. Por fim, confessou:

— Ele vai nos causar problema.

— Não vai.

— Como não, Leonora? Ele vai contar a Nice sobre nosso envolvimento e...

Ela o cortou:

— Deixe ele. Não vai ter tempo de nos amolar.

— Como?

— Eu já tenho tudo planejado aqui — encostou o dedo na cabeça.

— É? — ele perguntou, meio incrédulo.

— Ele quer queimar e destruir a minha reputação, mas será mais fácil eu acabar com a dele, reduzir esse verme a pó.

— Qual o plano?

— Simples. Você vai me deixar na porta da delegacia. — E Leonora deu o endereço a João.

— Fica distante daqui. O que vamos fazer nesse lugar? Você tem horário para chegar. Se chegar em casa depois da meia-noite...

— Não haverá problema dessa vez. Papai vai compreender o meu atraso. O delegado que preside essa chefatura de polícia é amigo de minha família há décadas. Ele me conhece desde que nasci.

— Não estou entendendo — disse João, sincero. — O que vamos fazer numa delegacia?

— Nós, não — ela o corrigiu. — Você vai me deixar a uma quadra de distância. O resto é por minha conta.

Leonora contou a João o que iria fazer. Como o delegado era amigo da família, bom, ela tinha certeza de que ele a ajudaria imediatamente. Ela iria revelar, com base em muita mentira, diga-se de passagem, que fora iludida por Valdemar. A história que ela repetiria, exaustivamente, seria a seguinte: Valdemar a teria convidado para um jantar para revelar surpresas acerca das modificações do imóvel a ser construído no Leblon. Mas ele se excedera e tentara molestá-la; na verdade, Leonora usaria a palavra "currada", para horror do delegado. Agarrara-a à força, batera-lhe no rosto, tentando rasgar-lhe o vestido, e, como prova, ela tinha arranhado o rosto dele, tentando inutilmente se defender. E, alegando atentado violento ao pudor, Leonora faria com que Valdemar fosse preso, perdesse o emprego e, naturalmente, a reputação.

— Ele não vai mais ter como sobreviver, ao menos no Rio ou mesmo em São Paulo. Não vão aceitá-lo nem para dar comida a porcos.

— O plano é ótimo, mas não percebe que está colocando em risco a sua reputação, Leonora?

Ela o beijou com amor. Ele excitou-se e logo amaram-se no banco de trás do carro. Quando terminaram, Leonora foi sincera:

— Agradeço pensar em mim, meu amor, mas o fato é que eu sou uma dama da sociedade, uma mocinha que foi seviciada por um joão-ninguém, um homem que quis se aproveitar da minha pureza.

— E quanto a Herculano?

Ela riu.

— Ele é um tonto apaixonado, está caidinho por mim. Pode ter certeza de que, quando souber da história triste pela qual passei, Herculano vai pedir a minha mão em casamento, alegando a papai que eu preciso de um protetor, de um homem de verdade e blá-blá-blá.

João meneou a cabeça para os lados.

— Espero que dê certo.

— Claro que dará. Esse verme do Valdemar não vai ter moral para dizer mais nada. Quem vai confiar em suas palavras? Se ele tentar afirmar que somos amantes, será a palavra de um tarado, de um pervertido, de um fracassado, contra a minha. E, por último, preciso de mais um favor.

— Qual é?

— Um tapa forte na minha cara.

João ficou aturdido.

— Nunca!

— Por favor, meu amor. Preciso chegar machucada, com cara de quem apanhou para se defender e fugir. Quanto pior eu puder mostrar os maus-tratos a que fui submetida, melhor.

João, um tanto relutante, por fim concordou. Deu um tapão no rosto de Leonora, tão forte, que logo um filete de sangue escorreu pelo canto do lábio.

— Obrigada — disse ela, cheia de dor.

Leonora saiu do carro, rasgou partes do vestido, deixou os cabelos em desalinho. João acelerou e retornou para casa, aflito e torcendo para que o plano de sua amada desse certo.

Ao aproximar-se da entrada da delegacia, um guarda veio correndo a seu encontro. Foi nesse momento que Leonora revelou ter potencial para ser grande atriz. Fingiu fraqueza e deixou-se cair nos braços do rapaz. Logo foi carregada para dentro da delegacia e conduzida a uma salinha. Ofereceram-lhe água e ela sibilou o nome do delegado. O nome dele era

Vieira. Assim que a viu, o senhor, da mesma idade que Anísio, percebeu o que tinha acontecido e tomou as dores. Não
mediu esforços: convocou guardas, encheu uma patrulha e
foram à caça de Valdemar.

21

Tudo o que aconteceu em seguida foi muito rápido. Os guardas apanharam e prenderam Valdemar, para horror de Miltinho.

— Ajude-me — ele pediu, choroso.

Miltinho fez sim com a cabeça, mas o que poderia fazer? Nem ao certo sabia o que tinha acontecido. Nesse meio-tempo, Leonora fez questão de fazer exames e, quando foram constatados sinais de que ela tivera relações sexuais, o delegado Vieira decretou a prisão imediata de Valdemar.

Antes de Anísio chegar para levá-la para casa, Leonora deu o último passo na concretização de seu plano: ligou para Herculano Mandorim e lhe contou o horror pelo qual tinha passado. Tomado de imensa revolta, no calor do momento, sem apurar os fatos, Herculano escreveu uma matéria contundente contra Valdemar e fez questão de estampar uma foto dele na capa do jornal. "Arquiteto tarado" foi um dos títulos menos pesados dos quais Herculano se utilizou para destruir a reputação do pobre homem.

Leonora, em vez de ser achincalhada ou ter a reputação colocada em xeque, virou a queridinha, a mártir da sociedade. Era a pobre menina rica que fora seviciada por um lobo em pele de cordeiro, afinal, Valdemar era funcionário de um escritório de renome, era um rapaz no estilo "acima de qualquer suspeita".

Logo, a vida de Valdemar virou de cabeça para baixo. Enquanto estava na cadeia, foi sumariamente demitido do escritório de arquitetura. Pessoas que o conheciam, influenciadas pelas matérias contundentes de Herculano, passaram a "acreditar" que Valdemar era, de fato, um homem desequilibrado, um molestador contumaz que apresentava um comportamento esquisito. Até que, para destruir totalmente a sua imagem de bom moço, correu a notícia de que ele tinha mais que uma amizade com Miltinho, sabidamente homossexual. Infelizmente, nos anos 1940, uma pessoa que não fosse heterossexual sofria horrores, visto que o preconceito era fortíssimo e a sociedade recriminava e repudiava pessoas com tais "desvios sexuais". Os homens com tal comportamento eram achincalhados e recebiam nomes como afrescalhado, invertido, pederasta.

Miltinho precisou se afastar da cidade por um bom tempo. Não aguentava mais ser apontado como amigo do tarado ou, até de forma grosseira, ser chamado de "mulherzinha do tarado". Demitiu e indenizou Celina com uma gorda quantia em dinheiro. Vendeu rapidamente a casa da Gávea e, sentindo-se sozinho e desprotegido, refugiou-se na fazenda da família, na região de Vassouras, interior do estado.

Condoído de toda a situação, e muito apaixonado, Herculano pediu a mão de Leonora em casamento.

— Não acho justo, Herculano. Depois de tudo pelo que passei... — disse ela, numa voz melíflua. — Não sou mais pura.

— Para mim, você sempre será pura, porque tem o coração nobre. É uma mulher valente. Não escondeu a sua dor. Graças a sua atitude, o canalha que a molestou foi parar na cadeia. Espero que nunca mais tenha liberdade e apodreça no xilindró. — Herculano a abraçou com ternura e a beijou na testa. — Você precisa de um homem que a proteja. Eu serei esse homem. Eu a amo.

Ela concordou e, indo totalmente contra o que sentia, tornou, numa voz convincente:

— Eu também o amo, Herculano. Desde aquele dia em que almoçamos no centro da cidade...

Ele a tomou nos braços e delicadamente a beijou nos lábios.

Anísio, obviamente, ficou extremamente feliz com o pedido de Herculano. Nice, também condoída do que acontecera com a irmã, sugeriu:

— Por que não casamos as duas no mesmo dia?

— Eu e você, juntas no altar?

— Sim, Leonora. Seria tão bonito! Como naqueles filmes de contos de fadas.

Leonora sentiu vontade de gargalhar. Nice era sonhadora, bem bobinha, ingênua. Mas achou a ideia brilhante. Era tudo o que ela sempre desejara, estar ao lado de seu amado no altar.

— Perfeito! Eu creio que Herculano não vá se opor.

— João tem estado afastado nos últimos dias, e não há dúvidas de que ele vai concordar. Vamos passar a lua de mel juntas.

É tudo o que mais desejo, pensou Leonora.

Anísio não cabia em si, tamanha a felicidade. Casaria as duas filhas de uma vez, cumprindo o que prometera a Dolores antes de ela morrer.

Tanto Herculano quanto João acataram o desejo das irmãs. Nice, empolgada, ligou para Betina, convidando-a para ser sua madrinha.

— Eu tenho desfiles programados em Montevidéu e Buenos Aires.

— Estamos falando do meu casamento, prima! Estou te convidando para ser a minha madrinha.

Betina declinou o convite, para zanga de Nice. Ela não se conformava que a prima, que considerava uma irmã, pudesse lhe fazer o que considerou ser uma desfeita. Nice ficou bastante abalada com o não de Betina, visto que ela não se conformava com a rápida decisão de Nice. O coração se apertara quando Nice a convidara para participar do enlace. Não gostava de João e achava que a história de Leonora estava bem mal contada, afinal, por que Leonora arriscara sua imagem e escancarara algo tão íntimo? Leonora era uma pessoa de difícil trato, mas era discretíssima. Betina, portanto, nunca engolira a história da mocinha que fora currada e saíra contando a triste história para jornais e revistas...

O casamento delas foi um acontecimento que parou o Rio de Janeiro. Até o presidente Dutra, acompanhado da elegante primeira-dama, dona Carmela, participou do grande evento, com direito a uma festa inesquecível, obviamente, restrita a uma lista de convidados seletos.

22

Semanas antes do casamento, para surpresa de todos, Anísio desistiu da ideia de construir o casarão no Leblon. Em tempo recorde, as filhas iriam se casar e demoraria muito para a construção dos imóveis. Dessa feita, Anísio decidiu que continuaria morando na mesma casa, em Botafogo. Com a desistência de levar adiante o projeto dos casarões, como presente de casamento, todavia, ele comprou dois apartamentos belíssimos, um por andar, cujo prédio, na elegante Rui Barbosa, havia acabado de ser entregue para os seletos compradores.

A lua de mel foi uma viagem de navio que partiria do Rio de Janeiro com destino a Veneza. Durante mais de vinte dias, por exemplo, Leonora e João inventariam mais de mil desculpas esfarrapadas para não estarem com seus pares e poderem se amar nos lugares mais inusitados do navio. O mesmo se repetiu em Veneza. Os dois fingiam se perder em ruelas e becos simplesmente para poderem se tocar, roubarem um beijo um do outro. Nice e Herculano, encantados com a viagem, ávidos por cultura e conhecimento geral, nada perceberam.

Na volta ao Brasil, passadas algumas semanas, Nice começou a enjoar e logo descobriu-se grávida. João não se animou muito com a revelação. Ao contrário, tratava Nice de forma fria e distante. Ela, como nunca havia se relacionado com um homem antes, achou que era assim que um marido se comportava. Até que viu como Herculano babava de amores por Leonora. Mas resolveu deixar para lá. Agora estava com a atenção totalmente voltada para a gravidez.

João precisava contar a novidade para Leonora antes que Nice lhe contasse. Combinou com ela de se encontrarem no sobradinho de Ipanema. Sim, eles ainda mantinham o sobradinho para seus encontros amorosos.

— Você me prometeu que mal iria tocar nela — disse Leonora, numa voz que denotava ciúme.

— Eu precisei — João foi sincero —, era lua de mel. Não podia deixar de amá-la. Juro que foi apenas uma noite durante toda a viagem.

— Acredito em você. — Leonora o beijou com sofreguidão. — Eu também quero um filho seu.

— Está maluca?

— Ora, João. Você é o homem da minha vida. Eu o amo tanto. Imagina se eu teria um filho de Herculano. Mal nos relacionamos. Passei a viagem toda reclamando de enjoo em alto-mar. Ele é respeitoso. Não me tocou.

— Por que quer ter um filho meu?

— Porque eu te amo, sou sua, quero ter um filho que seja seu. Não me importo se for um menino ou uma menina, mas quero uma criança que seja sua, nossa.

— Você me deixa maluco.

Amaram-se com ardor e assim continuaram levando suas vidas. Dali a um tempo, Nice deu à luz uma linda menina, que recebeu o nome de Maria Regina Telles Ribeiro, ou simplesmente Regina. Quando a bebezinha completou três meses, Leonora descobriu-se grávida. E tinha certeza de que engravidara de João.

— Como pode saber?

— Ora, meu amor. Eu mal me relaciono com o Herculano. Como ele ronca, decidi que cada um dorme em um quarto, evitando tanta proximidade. Eu me permito deitar com ele uma vez por mês e procuro por datas que não coincidam com o meu período fértil. Simples assim.

Justamente no dia do aniversário de um ano de Regina, Leonora dava à luz uma menina bonitinha. Herculano, emocionado, pediu se podia pôr na menina o nome da mãe dele, já falecida: Hilda. Leonora deu de ombros. Podia colocar o nome que quisesse, pois o que importava é que aquela menininha seria muito, mas muito amada, visto que fora fruto de um grande amor.

Mas nem tudo são flores... Herculano podia ser — e era — um bobo apaixonado, mas não era burro. Certo dia, quando Nice e João foram visitar a pequena Hilda, ele ficou intrigado. Assim que João pegou a pequena nos braços, Herculano notou como ele se emocionara. Em seguida, observou atentamente as feições de João e da filha. Hilda tinha cabelos fartos e bem pretos. João também tinha. A pele dela não era tão alva. A de João, também não. Hilda tinha um furinho proeminente no queixo. Que coincidência! João também tinha um furinho no queixo...

Herculano ficou extremamente desconfiado. Nem por um minuto permitiu-se pensar o óbvio. Espantou os pensamentos com as mãos e os deixou para lá.

Nesse ínterim, a vida de Valdemar Rezende foi de mal a pior. O defensor público tocava o processo com uma lerdeza justificada apenas pelo dinheiro que João lhe dava para protelar o julgamento e o manter na cadeia.

Numa madrugada, porém, houve uma rebelião de presos exigindo melhores condições de tratamento, visto que eram tratados como animais.

A rebelião tomou proporções incontroláveis e houve um motim. Um dos detentos colocou fogo num colchão. Logo o fogo se alastrou, houve corre-corre e Valdemar foi um dos que morreram intoxicados pela fumaça.

A morte de Valdemar abalou profundamente seus dois amores de maneiras distintas. Quando ele fora preso, Elsa descobrira-se grávida. Ela até tentara visitá-lo, mas, diante da proporção que a história tinha tomado, Valdemar fora proibido de receber visitas. Era contra a lei, mas o delegado Vieira não estava nem aí. Era um homem violento e temido. Portanto, sem poder dizer ao amado que estava grávida, Elsa foi acolhida por um casal de amigos até nascer seu bebezinho. Ela não tinha condições de criar a criança e decidiu que voltaria para a casa de parentes no interior de Minas. Antes, porém, descobriu o endereço da família de Valdemar, em Realengo. Certo dia, decidida, segurando um papel com o endereço, chegou à porta da casa da irmã de Valdemar, que há pouco havia se casado. Deixou o cesto com o bebezinho e um bilhete na porta da casa da moça.

"Eu sou seu sobrinho, filho do Valdemar. Minha mãe não tem como me criar. Será que você pode cuidar de mim?"

Foi com grande dor no coração que Elsa deixou seu filhinho naquela porta. Saiu correndo e evitou concatenar os pensamentos para não se arrepender. Regressou a Minas, casou-se com um primo de segundo grau, teve mais três filhos. Com os anos, apagou da memória que tivera um filho com Valdemar, depositando em seu inconsciente todo um amor não correspondido.

No caso de Miltinho, embora as notícias demorassem para chegar até a fazenda, um dia soube da morte de Valdemar. Entristeceu-se a valer e corroeu-se de culpa. No fundo, Miltinho considerava-se um traidor. Deixara Valdemar ser atirado à cova dos leões. Não estendera a mão à única pessoa que gostava dele sem depreciá-lo.

Bom, não demorou para que a tuberculose surgisse e Miltinho precisou de tratamento. Foi internado nos Sanatorinhos, em Campos do Jordão, casa de saúde especializada em tratamento daquele tipo de doença, praticamente mortal naqueles tempos. Miltinho morreu no dia em que a seleção brasileira de futebol perdeu a final do campeonato mundial para o Uruguai em pleno estádio do Maracanã.

Ninguém se lembrava dele, com exceção de Nice, que derrubou uma lágrima ao receber a triste notícia. Católica, mandou rezar uma missa em prol da alma do amigo. Aos poucos, Nice voltou a atenção e a vida à sua nova família. E a fortuna de Miltinho foi toda herdada pela irmã, Otília, aquela que morava nos Estados Unidos.

23

Valdemar tossia feito um doente de tuberculose. A garganta parecia querer rasgar de tão ardida e ele pedia um copo de leite.

— Por favor, me ajudem.

Os guardas corriam para um lado, os detentos, para outro. Demorou-se muito para apagarem o fogo. Quando não havia mais perigo, houve a apuração do que se tornara uma tragédia: onze detentos conseguiram escapar, sendo seis recapturados pouco tempo depois. Outros cinco detentos morreram. Valdemar era um deles. Assim que desencarnou, seu espírito permaneceu na cela, sem se dar conta do que realmente havia acontecido. Ele viu os outros dois companheiros de cela serem colocados numa padiola por homens e mulheres vestidos de branco. Logo uma luz se fez na frente deles e todos sumiram. Valdemar acreditou estar delirando.

— Estou sonhando, só pode ser isso.

Passadas algumas horas, um dos detentos mortos o cutucou e Valdemar, semiadormecido, quis saber:

— O que foi?

— Veja! — O rapaz estava extasiado. As mãos atravessavam as grades como se elas não existissem. Logo ele atravessou o corpo pela cela e se viu do outro lado. — Ganhamos poderes!

O rapaz saiu correndo, feliz da vida, transpassando as paredes da delegacia, até ganhar a rua. Logo sumiu em meio a outros espíritos que por ali passavam. Juntou-se a um bando de arruaceiros que se alimentavam do teor energético negativo dos encarnados ao redor.

Valdemar, um tanto tonto, aos poucos foi recobrando a consciência. Em determinado momento, percebeu que os guardas não o escutavam. Certo dia, reuniu forças para se levantar e, um tanto cambaleante, transpassou as grades e logo se viu do lado de fora da delegacia. Um rapaz com aspecto sujo e roupas rotas aproximou-se:

— Como foi que você morreu?

Valdemar não entendeu.

— O que foi que disse?

— Como morreu? De quê?

— Eu? Está maluco? Se estou aqui conversando com você, como posso estar morto?

O rapaz gargalhava sem parar.

— Mais um otário que não aceita que morreu. Nossa! Vai apanhar muito até perceber que agora você é um morto, ou melhor, uma alma penada.

Não demorou para o rapaz avistar um grupo de baderneiros, que colavam nas pessoas, alimentando-se dos pensamentos de baixo teor energético; outros grudavam nelas apenas para sentirem o sabor de um cigarro, o gosto de uma bebida.

Valdemar olhava aquilo tudo de maneira apoplética. Demorou uns dias para entender que, de fato, morrera. Quando se deu conta, sem entender o porquê, estava encostado no portãozinho da casa da Rua Redentor. Enquanto concatenava os pensamentos, tentando descobrir como saíra da porta da delegacia e chegara ali, Leonora e João saíam abraçados e entravam no carro. Valdemar sentiu raiva ao vê-los e, imediatamente, se viu arremessado ao banco de trás do veículo.

— Estou gostando desta experiência — disse para si.

Leonora e João trocavam afagos e ele comentou:

— Gostaria que Hilda fosse registrada em meu nome. Afinal, nada mais justo, certo? Ela é minha filha.

— Claro, meu amor. Herculano quer porque quer ir ao cartório e eu sempre invento uma desculpa para que ele espere um pouco. Como ele faz absolutamente tudo o que eu lhe peço, a minha linda bebezinha ainda não tem certidão de nascimento. Dá para esperar mais um pouquinho — ela disse, beijando-o com ardor.

— Logo precisarão da certidão. Seu pai já disse que quer batizar as duas bebês no mesmo dia. Precisaremos da certidão de Hilda.

Leonora suspirou.

— Não sei como vou conseguir impedi-lo, mas vou pensar numa maneira.

— Não existe "maneira", Leonora.

— Existe, sim. Se o Herculano registrar a nossa filha, mais à frente, eu tenho meios de trocar a certidão, se for o caso.

— Como?

— Não quero parecer leviana, mas preciso ser franca com você. Necessito lhe confidenciar algo.

Leonora contou a João um grande segredo seu, guardado a sete chaves, de quando completara catorze anos de idade: ela se envolveu romanticamente com um amigo do pai dela, dono de um cartório localizado no centro da cidade. O homem era charmoso e muito bonito, segundo os padrões de Leonora. A esposa, fofoqueira de marca maior, aproveitava as festas e encontros com outras damas da sociedade para falar mal ou difamar a imagem de Leonora, chamando-a de biscate e outros nomes impronunciáveis. Decidida a se vingar da esposa fofoqueira, Leonora passou a flertar com o homem até que começaram a ter encontros numa garçonnière — nome que se dava a um apartamento, geralmente pequeno, utilizado para encontros amorosos — que ele mantinha em Copacabana. Leonora engravidou e ele pediu encarecidamente que ela interrompesse a gravidez, caso contrário, a vida dele seria arruinada, visto que a esposa era quem detinha o dinheiro e, consequentemente, o poder. Claro que Leonora também não queria o bebê, mas fez caras e bocas, dando a entender que queria manter a gravidez, para desespero do homem. No fim das contas, ela fez o aborto e dali gerou-se uma dívida de gratidão do homem para com Leonora.

— Você me perdoa, meu amor?

— Perdoar você? Por quê?

— Ora, eu me envolvi com outro homem, engravidei.

— E daí? O fato é que nós nos amamos e essa história poderá nos ser útil mais à frente. Eu te amo, Leonora!

João a tomou nos braços e a beijou apaixonadamente. Valdemar estava incrédulo.

— Esses dois não valem nada. São ordinários, merecem se dar mal. — A raiva o fez mover o corpo para frente e instintivamente ele deu um tapa em João. Este não viu, mas sentiu algo estranho, um mal-estar súbito. Afastou-se de Leonora.

— O que foi?

— Não sei. Uma dor de cabeça repentina.

Leonora sentiu o mesmo. Valdemar acabara de lhe dar um tapa e gargalhava sem parar.

— Eu vou infernizar a vida de vocês!

E, a partir desse dia, Valdemar passou a acompanhar a vida de Leonora e João. No Espiritismo, damos a essa combinação maléfica entre encarnados e desencarnados o nome de obsessão, ou seja, quando um espírito, sem boas intenções, fica muito próximo de uma pessoa encarnada, influenciando negativamente seus pensamentos.

Leonora e João, embora se amassem, produziam baixa vibração energética em virtude de seus pensamentos nada nobres. Começaria, ali, um longo caminho repleto de intrigas e desavenças entre os três.

24

Embora Leonora houvesse pedido para Herculano não registrar a filha, sempre inventando motivos para uma eterna procrastinação, certo dia ele decidiu que iria providenciar o registro de Hilda. Quer dizer, a ideia tomara corpo porque Valdemar tinha se aproximado alguns dias antes e o assediava mentalmente.

— Por que não registra a pequena Hilda? Por que a demora em registrar a sua bebê? Peça ajuda ao seu cunhado, o João.

Convencido de que deveria registrar a filha, apesar dos pedidos da esposa para esperar mais um tempo, Herculano saiu da sede do jornal e caminhou até o prédio em que João trabalhava.

João espantou-se ao vê-lo.

— Aconteceu alguma coisa?

— Não. Eu vim porque preciso de sua ajuda.

— Para quê?

— Para registrar minha filha no cartório. — João franziu o cenho e Herculano prosseguiu: — Você registrou a Regina, não? — João fez sim com a cabeça. — Então, poderá me auxiliar no registro da minha Hildinha.

João abriu um meio-sorriso. *E agora? Ele ainda não pode registrar essa menina. Mas até quando vou conseguir impedi-lo?*, mas disse, mentindo:

— Ora, por que a pressa? Eu demorei bastante tempo para registrar minha filha.

— Sério? — João concordou com a cabeça. — Mas penso que seja a hora. Quero fazer surpresa para a Leonora. Você pode ir comigo ao cartório?

— Hoje?

— Se não tiver muita coisa para fazer...

João foi rápido na resposta:

— Hoje eu tenho um monte de reuniões, uma atrás da outra. Aliás, nesta semana vou receber um grupo de arquitetos de São Paulo. Podemos fazer isso na semana que vem?

— Semana que vem, sem falta?

— Sem falta, Herculano. Conte comigo.

— Não conte nada para a Leonora. Será o nosso segredo.

— Claro! Pode deixar.

Herculano despediu-se e Valdemar, irado, deu um tapa no rosto de João. Instintivamente, João levou a mão à bochecha.

— Nossa! Que incômodo. — Ele sentiu um leve enjoo e acreditou que fosse mais em virtude de ter feito esse acordo infundado com Herculano. — Leonora não vai gostar nadinha de saber disso...

Herculano ganhou a rua e decidiu voltar para o jornal. Valdemar, ao lado dele, não parava de tagarelar, incutindo na mente do pobre jornalista um mundo de indagações e dúvidas, levando-o a, de uma forma inusitada, começar a desconfiar de que Leonora não lhe era fiel.

— Imagina! Que pensamento mais horrível! Por que eu pensaria mal da minha amada esposa? — perguntou-se.

Valdemar não parava um minuto.

— Será mesmo que Leonora é essa mulher tão pura e recatada? Tem certeza disso? Será que ela foi violentada? Sei não...

Valdemar não sossegou um segundo sequer. Cabe ressaltar que, se Herculano fosse ligado a Deus ou fosse de fato uma pessoa de fé, seria bem mais difícil Valdemar aproximar-se e obsediá-lo. Herculano era um homem cético e sentia muito ciúme de Leonora. Depois de casados, não gostava quando ela era observada, admirada. Tinha uma sensação fortíssima de ser dono dela. Esse tipo de conduta ou pensamento possessivo funcionava como um condutor invisível, permitindo a sua mente ser invadida pelos pensamentos nada sadios de Valdemar, que granjeara o posto de espírito obsessor.

Dali a dois dias, num fim de tarde, Herculano se deu conta de que não tinha mais cigarros no maço. O seu turno havia acabado e logo outros repórteres e funcionários viriam trabalhar. Era o pessoal da noite. No ambiente encontrava-se apenas uma senhora, contratada para varrer, limpar as mesas e esvaziar os cinzeiros.

Herculano sorriu para ela.

— Tenho certeza de que a senhora não fuma.

— Não, senhor. Esse vício maldito levou o meu marido para o céu. Se eu fosse o senhor, não fumaria.

— Não vivo sem. Confesso que o cigarro é um bom companheiro que tenho há anos.

Ela aproximou-se e percebeu algo estranho em volta de Herculano. Era uma mulher simples, sem estudos, mas que frequentava a igreja. Tinha sempre bons pensamentos e era uma mulher de grande valor moral. Encarou Herculano e disse, sem pensar:

— Não se deixe levar pelos pensamentos dos outros. Não dê atenção para a sua cabeça e, sobretudo, escute seu coração.

Ela afastou-se e Herculano riu.

— Escutar o coração... tão poético!

Ele pegou o elevador, desceu, ganhou a rua e foi ao bar. Comprou o maço de cigarros e, ao sair, avistou João quase dobrando a esquina. Decidiu segui-lo para combinarem definitivamente a ida ao cartório. Herculano também dobrou a mesma esquina e, quando ia fazer novo aceno, viu uma mulher descendo as escadas da igreja e entrando no automóvel. Herculano sentiu um nó no estômago.

Valdemar não parava de rir e gritar:

— É Leonora! A santa da sua esposa.

Herculano arregalou os olhos. Era ela.

— Leonora! — disse, numa voz quase inaudível.

— Melhor segui-los, não acha? — sugeriu Valdemar.

De forma instintiva, Herculano quase se jogou na frente de um carro de aluguel. Entrou e apontou para o automóvel de João:

— Siga aquele carro azul-marinho, pelo amor de Deus!

O motorista fez sim com a cabeça e seguiu o carro de João. O trajeto, desconhecido para Herculano, tinha como destino o sobradinho na Rua Redentor. Ele pediu ao motorista que desacelerasse e estacionasse bem atrás do carro de João. Viu quando os dois desceram, abraçaram-se e, de mãos entrelaçadas, empurraram o portãozinho e entraram na casa.

As lágrimas começaram a escorrer e o motorista, encarando Herculano pelo retrovisor, quis saber:

— Está tudo bem?

Herculano fez sim com a cabeça. Tirou a carteira do bolso do paletó e dela retirou um punhado de notas. Entregou-as ao motorista.

— Aqui tem bem mais — disse o motorista. — Um minuto que eu vou lhe dar o troco.

— Não precisa — disparou Herculano, enquanto descia do carro e andava, meio trôpego, até o sobrado.

O motorista deu de ombros, sorriu com a gorda gorjeta, acelerou e avançou pela rua.

Valdemar não sossegou um segundo sequer. Bombardeava a cabeça de Herculano com cenas, diálogos, tudo com o intuito de o desequilibrar o máximo possível e flagrar o casal.

Dali a uma hora, Leonora e João apareceram no saguãozinho e saíram, mãos dadas. Herculano, tomado de grande ira, começou a bater palmas.

— Parabéns! Muitas felicidades ao casal.

Os dois se viraram e João sentiu-se estarrecido. Não conseguia articular som. Leonora tomou a frente e encarou o marido:

— O que faz aqui?

— Eu? Nada. Vim apreciar as ruas bucólicas de Ipanema. Algum problema?

— Vá para casa, Herculano. Depois conversamos.

— Conversar sobre o quê? Que a minha esposa e o meu cunhado são amantes?

Valdemar se contorcia de prazer.

— Agora quero ver o que vai fazer, sua vadia. Não vai ter como se rasgar toda e dizer que o próprio marido a violentou. Precisará ser mais inteligente.

Leonora sentenciou:

— João, entre no carro.

— Mas...

— Entre no carro.

João concordou e entrou. Herculano deu um passo para frente e ela o impediu, levantando a mão.

— Se der mais um passo, eu juro que me mato e mato a minha filha.

Herculano estancou o passo.

— Não seria capaz disso. É muito leviana para desejar morrer.

— Vá para casa, já disse — ela esbravejou. — Mais tarde vamos conversar.

— Não tenho nada para conversar com você. Vou contar tudo para Nice e para seu Anísio.

Leonora, numa frieza de dar gosto, deu de ombros.

— Faça o que achar melhor. Eu vou inventar um jeito de dar a volta por cima. Eu sempre ganho.

— Impossível. Eu preciso contar a verdade, nem que tenha de destruir a minha vida. Vou revelar ao público sobre esse caso sórdido. Vou acabar com você e com João. Vou colocar no jornal essa história de uma dama da sociedade que trai o marido com o cunhado. Quero ver quem vai ficar ao seu lado.

— É mesmo? Acha que pode me destruir? Você não passa de um corno.

— Entrarei na justiça para ficar com a minha filha. Vou provar nos tribunais que você não pode ser mãe de Hilda, tampouco criá-la. É mulher venal e de reputação pífia.

— Eu pago para ver — vociferou Leonora. Ela entrou no carro e pediu para João: — Vamos para casa.

João concordou com a cabeça e deu a partida. Antes, porém, tomada de uma raiva ensandecida, ela abaixou o vidro do carro e gritou para Herculano:

— Vai brigar na justiça para ter a guarda de qual filha? — Herculano não entendeu a pergunta e ela prosseguiu: — Hilda não é sua filha. É fruto do amor que sempre houve entre mim e João. Imagine se eu seria desvairada a ponto de engravidar de você. Jamais teria um filho seu, Herculano. Jamais.

Em seguida, ela levantou o vidro do carro e fez João acelerar.

— Está louca? Por que revelar o nosso segredo?

— Eu conheço o Herculano. Ele tem lá os seus brios. Nunca diria a ninguém que a mulher dele engravidou do cunhado. Ele não tem estofo para encarar a sociedade.

— E por que contou?

— Ora, para ele ficar desorientado, sem chão. Você vai ver. Ele vai me dar o desquite.

— E daí?

— Você também pede o desquite para a tonta da Nice e vamos viver o nosso amor.

— Mas não podemos nos casar...

Leonora o cortou:

— Nós podemos nos casar no Uruguai. Depois, nos mudamos para outra cidade. Estou farta do Rio.

Foram trocando ideias no caminho para casa. Enquanto isso, a frase não parava de ecoar na mente de Herculano: "Hilda não é sua filha. É fruto do amor que sempre houve entre mim e João... jamais teria um filho seu... jamais".

Por essa, nem Valdemar esperava.

— Rapaz! — ele comentou, surpreso, ao aproximar-se de Herculano. — Sinto pena de você.

Nesse momento, o espírito de uma moça chegou perto de Valdemar e, de forma grosseira, tocou-lhe as partes íntimas. Ele animou-se e deixou-se levar por aquele espírito maltrapilho que só queria se divertir.

Herculano, mesmo sem a companhia de Valdemar, não parava de pensar no que acabara de ocorrer. A esposa o estava traindo e afirmava que a filha não era dele. As lágrimas corriam insopitáveis. Ele foi caminhando meio trôpego, até que se viu na Visconde de Pirajá. Encontrou um boteco e entrou. Pediu uma dose de cachaça. Bebeu de um gole só. Depois pediu outra. Dali a um tempo, pediu a garrafa inteira. O dono do bar desconfiou e Herculano atirou-lhe as notas sobre o balcão.

— Eu tenho dinheiro para beber todas as bebidas deste muquifo. — A voz de Herculano soava colérica.

Depois de beber uma garrafa inteira de cachaça, chorando de quando em vez, Herculano deixou o bar trançando as pernas. Um senhor que também estivera no bar tentou ajudá-lo e ele o empurrou com força:

— Não preciso de ninguém para me amparar. Não precisa ter dó de mim. A filha não é minha, sabia? Ela me traiu. O meu cunhado...

As falas saíam entrecortadas e sem nexo. O homem nada entendia. Afastou-se e Herculano ganhou a calçada e caminhou meio sem destino. Atravessava as ruas sem olhar. Os motoristas buzinavam, proferiam palavrões. Herculano fazia gestos com as mãos e vociferava palavras ininteligíveis.

Num determinado momento, quando decidiu passar para o outro lado da rua, Herculano estugou o passo, desviou do bonde, xingou o condutor e, quando estava a dois passos de ganhar a calçada, seu corpo chocou-se violentamente contra uma jardineira que vinha na direção contrária. Herculano teve morte instantânea.

25

A morte de Herculano caíra como uma luva para Leonora.

— Não precisarei nem me desquitar — disse entre dentes, enquanto Anísio, chocado com a notícia, tomava as devidas providências.

O sepultamento do corpo de Herculano foi realizado dali a dois dias. Dessa vez, Leonora precisou ensaiar algumas lágrimas, visto que, por dentro, vibrava de contentamento.

A notícia do falecimento de Herculano foi destaque não só no jornal em que trabalhava, o *Diario Carioca*, mas também ganhou matérias em outros periódicos. Afinal, ele era um jornalista conhecido e de carreira de grande prestígio.

No entanto, nessa família em particular, tragédia pouca é bobagem. Logo após a missa de sétimo dia, Leonora entrou em casa e dirigiu-se diretamente para o quarto. Nice foi logo atrás.

— Eu posso cuidar da Hilda.

— Faria isso por mim?

Nice, tomada de grande emoção, tornou:

— É minha irmã. E Hilda é minha sobrinha. Você não tem condições de cuidar da sua filhinha, por ora. Deixe que eu a leve para casa. Estamos a apenas um andar de distância. — Leonora concordou com a cabeça. — Descanse. Mais tarde, eu trarei uma canja.

— Não precisa. Estou sem fome.

— Precisa se alimentar, Leonora. Faço questão de cuidar de você.

Obrigada, tonta. Mas disse:

— O que seria da minha vida sem você, Nice? Ainda bem que moramos no mesmo prédio. Obrigada por cuidar da minha filhinha.

Nice acendeu um dos abajures na mesinha de cabeceira e apagou a luz. Saiu do quarto e apanhou a bebezinha.

— Venha. A titia vai cuidar de você.

Nice desceu com Hilda no colo. Entrou em seu apartamento e João estava na sala, sentado numa poltrona, fumando um cigarro e olhando para o nada.

— Trouxe a pequena Hilda para ficar conosco.

— Como está a Leonora? — ele quis saber, com voz que era sincera, pegando a pequena nos braços.

— Daquele jeito. Acho que ainda está bastante abalada. Ela se deitou e precisa descansar.

— Muito boa a ideia de trazer a Hilda para ficar um pouco com a gente.

— Além do mais, a Regina gosta dela — observou Nice.

Ela a apanhou de volta ao colo e avançou pelo corredor, indo com a bebezinha até o quarto do casal.

— A titia vai trocar você.

Nisso, João sentiu saudades de sua amada. Aproveitou que Nice estava cuidando de Hilda e subiu para o andar de Leonora. Aqui, é bom ressaltar que, desde que se mudaram para o mesmo prédio, João e Leonora marcavam encontros às escondidas. Aproveitavam quando Herculano estava no jornal ou quando Nice ia à igreja e amavam-se a valer, a ponto de começarem a pensar em entregar o sobradinho de Ipanema. Desde que se tornaram vizinhos, a casa não lhes era mais necessária.

Esse hábito fazia com que Leonora não tivesse um séquito de empregados. Muito pelo contrário. Não tinha babá e mantinha uma faxineira uma vez por semana. A comida era entregue por um restaurante. Obviamente, quando a faxineira aparecia, ela evitava encontrar-se com João.

Tão logo João entrou no apartamento, correu para o quarto dela. Leonora dormia a sono solto. João aproximou-se com delicadeza, tirou os sapatos, deitou-se ao lado e a abraçou. Leonora remexeu-se e, sentindo o perfume característico do amado, suspirou:

— Oi, meu amor. Saudades.

— Eu vou agradecer eternamente o seu Anísio — disse João, enquanto a enchia de beijos. — Eu e você, morando no mesmo prédio! Quer álibi melhor que esse?

— Agora sou uma mulher viúva. Só precisamos do seu desquite.

— Estou vendo como farei isso. Só lhe peço um pouco mais de tempo.

— Não demore muito.

— Faz uma semana que o Herculano morreu. Vamos esperar mais uns meses.

— Tem razão. Três meses, no máximo.

Valdemar mal podia acreditar nisso.

— São dois levianos, isso sim.

— Por que você atormenta tanto esse casal? — Valdemar ouviu uma voz, mas não enxergava quem falava.

— Quem é?

A voz prosseguiu, sem lhe responder:

— A sua jornada no planeta acabou, por ora. Ao menos, esta etapa de sua existência. Não tem vontade de ir para um local de refazimento?

— Não.

A voz sumiu. Ele deu de ombros.

— Preciso avisar a Nice. Eles precisam ser flagrados. Por que sempre se dão bem? Não é justo.

Valdemar fechou os olhos e logo estava no quarto de Nice. Passou a assediá-la mentalmente. Até que, num determinado momento, ela percebeu o cheirinho de cocô. Levantou a bebezinha e sorriu:

— Danadinha! A titia vai precisar trocar sua fralda. — Nice tinha fraldas em casa, visto que Regina ainda as usava. Contudo, não havia roupinhas do tamanho de Hilda, pois, conforme

Regina crescia, eram doadas para os bazares beneficentes da igreja. — Preciso subir e apanhar umas roupinhas. Vou reservar uma gaveta só para você, está bem? — dizia numa voz infantil. Hilda apenas sorria.

Carregando a pequena Hilda no colo, Nice foi até o quarto de Regina. A babá a ninava e ela pediu:

— Pode tomar conta da Hilda só por um tempinho?

— Sim, senhora.

— Eu preciso trocá-la. Vou buscar roupinhas limpas e já volto.

— Eu posso ir.

— Não. Eu sei onde estão. Já volto.

A babá anuiu com a cabeça e pegou Hilda no colo. Começou a brincar com a bebezinha.

Nesse meio-tempo, Nice subiu e entrou pela porta da cozinha. Passou pelo corredor e foi direto ao quarto de Hilda. Apanhou algumas peças de roupas e um chocalho e, quando saiu do cômodo, ouviu vozes vindas do quarto de Leonora.

Nice achou estranho.

— Ué? Ela estava dormindo. Sozinha. Será que está ao telefone?

Nice sorriu e, segurando as roupinhas, aproximou-se do quarto da irmã. A porta estava entreaberta e ela pôde ver Leonora e João nus, amando-se a valer.

Num primeiro momento, Nice, numa defesa psíquica, procurou negar o que via. Valdemar estava ao seu lado e gritava:

— Está vendo? Eles não valem nada! O Herculano descobriu, mas morreu antes de lhe revelar a história sórdida. Você pode fazer diferente. Vamos, Nice, acabe com a raça deles!

As falas de Valdemar entravam na cabeça de Nice como se fossem ideias dela mesma. Um monte de imagens vieram-lhe à mente. Agora entendia por que João não a procurava e evitava amá-la. As lágrimas desceram insopitáveis e ela deixou as roupinhas e o chocalho caírem no chão. O barulho chamou a atenção de Leonora e João. Nice, desesperada, sem a mínima condição de tirar satisfações, correu até seu apartamento e apanhou as chaves do carro de João.

Ao entrar no carro, só pensava em Betina.

— Preciso falar com Betina. Preciso encontrá-la. Ah, ela está em São Paulo. Preciso ir a São Paulo, ela tem que falar comigo...

As ideias saíam desconectadas. Nice era puro desespero. Valdemar gargalhava.

— Viu? A Leonora não presta. O João, menos ainda. Onde já se viu? A sua irmã te traindo com o seu marido! Uma pouca--vergonha.

Nice sabia conduzir, mas dirigia muito pouco. Deu partida no carro e, ao sair da garagem, raspou a lateral do automóvel no portão. Avançou pela Rui Barbosa e, desorientada, fez o caminho a fim de chegar à estrada que ligava o Rio a São Paulo.

— Preciso ver Betina. Só ela poderá me ajudar!

Depois de muito susto no trânsito e meio perdida, Nice finalmente alcançou a estrada com destino a São Paulo. No entanto, em uma das curvas sinuosas da Serra das Araras, o carro não obedeceu aos seus comandos. Nice perdeu a direção e Valdemar, prevendo o inevitável, instintivamente pulou para o acostamento; o carro saiu da estrada e avançou sobre um barranco. Depois de capotar várias vezes, o automóvel explodiu.

Foi nesse momento que, em São Paulo, enquanto estudava com um grupo de amigos num centro espírita que acabara de conhecer, Betina sentiu um mal-estar súbito. Logo Nice veio à sua mente e ela fez uma prece sentida para o bem-estar da prima.

Pois bem. No período de uma semana, Anísio perdera o genro e a filha. Sentiu-se profundamente abatido. Não havia nada nem ninguém que pudesse tirá-lo da depressão que dele se apossara. E, na missa de um mês da morte de Nice, o coração não aguentou. Anísio teve um ataque cardíaco durante o culto. Não houve o que fazer.

As mortes de Herculano, Nice e Anísio uniram ainda mais Leonora e João. Agora os dois eram viúvos e estavam livres para viverem o amor que os unia sem terem de esconder isso de ninguém.

Três meses depois da morte de Anísio, sem avisarem quem quer que fosse e sem alarde, Leonora e João se casaram. Aproveitaram para fazer a certidão de Hilda, colocando João como pai e, naturalmente, alterando a data de nascimento como se a menina tivesse nascido pouco tempo depois do enlace dos viúvos. Logicamente, quem tratou da papelada foi aquele senhor com quem Leonora se envolvera amorosamente no passado.

Sem demora, deram entrada no inventário de Anísio e, como eles eram os únicos parentes diretos vivos, herdaram tudo. Obviamente que surgiram comentários negativos sobre a união do casal, mas a maioria das pessoas, inclusive da alta sociedade, condoeram-se da sucessão de mortes em um curto período de tempo.

Leonora fez questão de vender todos os imóveis que tinha no Rio.

— Não quer deixar ao menos um apartamento para virmos de vez em quando? — perguntou João.

— Não. Não quero mais voltar para esta cidade. Eu tenho certeza de que nunca mais porei os pés no Rio de Janeiro. Você, por acaso, faz questão de vir?

— Só se for a trabalho.

— A cidade tem ótimos hotéis, meu amor.

— Preciso ver quando vou tratar da minha saída do escritório.

— Não precisa nada. Você é um homem rico. Terá seu próprio escritório de arquitetura em São Paulo. Vai ser dono do seu negócio. Viveremos felizes.

E assim, num dia claro de verão, Leonora, João e as meninas chegaram a São Paulo. Instalaram-se num belíssimo casarão no Jardim América.

— De volta a São Paulo — suspirou João, enquanto se instalavam na casa já devidamente mobiliada, decorada e pronta para recebê-los.

Um brinde ao destino

— Não se esqueça de que deu a volta por cima — observou Leonora. — Somos jovens, bonitos, riquíssimos e muito apaixonados. Nada nem ninguém será capaz de nos deter.

— Tem razão — ele concordou. — Somos afortunados.

Próximo da lareira, Valdemar, irritadíssimo, os desafiou:

— Isso é o que vamos ver!

148

SEGUNDA PARTE

1

A nova vida em São Paulo se assemelhava a um sonho, tanto para Leonora quanto para João. Ela era figura de destaque da elite carioca, contudo, devido aos trágicos acontecimentos que haviam permeado sua vida nos últimos tempos, Leonora tivera a imagem, de certa forma, desgastada. As revistas e os periódicos sempre publicavam uma nota sobre os movimentos dela: o que fazia ou não, como estava vivendo, se iria ou não se casar novamente etc.

Sem o desejo de permanecer na então capital federal, Leonora fez a cabeça do marido para se mudarem para São Paulo. Como ela fora designada inventariante do espólio do pai, começou a vender as propriedades, uma por uma. Um grande amigo de Anísio, advogado e especialista em bens de família, alertara-a de que não convinha se desfazer de todos os bens de uma única vez.

— Não me interessa. Eu quero vender tudo o que temos no Rio. Não pretendo e não vou mais voltar. Em São Paulo quero ter o casarão e vou comprar uma casa no Guarujá. Mais nada.

— Isso não a impede de manter alguns bens — advertiu o advogado. — Os galpões podem ser alugados. Os terrenos do Leblon e de outros bairros — Anísio tinha lotes imensos na então desabitada Barra da Tijuca — irão valorizar sobremaneira. O dinheiro que você tem em espécie, como libras e dólares, mais as joias, as ações da Sloper e...

Leonora o cortou, seca:

— As ações não me interessam. Eu já disse e vou repetir pela última vez: quero que venda tudo e deposite o dinheiro na poupança.

— Não é um bom investimento.

— Do meu dinheiro cuido eu. Não preciso que me diga o que fazer ou o que não fazer.

Impotente, coube ao advogado cumprir o desejo de Leonora. Quando se preparavam para mudar para São Paulo, João deu a ideia:

— Estou de olho num terreno na Avenida Brasil para construir ali o escritório de arquitetura. A distância até nossa casa será tão curta que poderei ir e voltar do trabalho a pé.

— E poderá vir almoçar comigo todos os dias — ela suspirou, emocionada.

— Eu vou fazer tanto dinheiro que o que você tem no banco será apenas para nos garantir um futuro tranquilo.

— Temos tanto dinheiro, meu amor, que as filhas de nossas filhas não vão precisar se preocupar com ele.

— No entanto, aconselho que contrate um especialista em finanças para gerenciar esse montão de dinheiro.

— Para quê? — Leonora perguntou, indignada. — Ninguém tem que mexer no nosso capital. O banco é um lugar seguro e, segundo soube, vai nos pagar um percentual mensal por deixarmos o dinheiro com eles. Melhor, impossível.

Leonora não tinha, de fato, tino para gerenciar a fortuna da família. Mas quem seria capaz de dizer o contrário? Afinal de contas, o dinheiro era dela e podia fazer com ele o que bem entendesse. No fim das contas, quem se deu bem foi o gerente da Caixa Econômica, que se vangloriava de ter uma das contas de poupança mais vultosas da instituição.

Assim que se instalaram em São Paulo, João comprou um bom terreno na Avenida Brasil e construiu um belo imóvel, com características que remetiam ao clássico, indo contra a nova onda de imóveis mais enxutos e de traços retos.

— Os meus clientes são conservadores — dizia, a fim de justificar o gosto pela arquitetura clássica.

No início, João granjeara a simpatia de muitos empresários e fizera excelente carteira de clientes. Era época do pós-guerra, e São Paulo recebia levas de europeus fugidos da guerra e um número considerável de judeus que tinham conseguido escapar das mãos nefastas do nazismo. Dentre esses imigrantes, muitos engenheiros e arquitetos escolheram fixar residência na capital paulista. Foi o tempo do boom imobiliário e de grandes experiências arquitetônicas. João, mais conservador, contratou arquitetos e engenheiros europeus que surfavam na mesma onda que ele, ou seja, que preferiam construções com estilos bem clássicos. Os seus colaboradores eram nomes importantes da arquitetura europeia, e o escritório logo prosperou.

O dinheiro que entrava era suficiente para pagar bem os funcionários e lhe proporcionar excelente retirada mensal. Ocorre que Leonora era perdulária, não media esforços para gastar e o dinheiro que entrava pelas mãos de João não cobria as altíssimas despesas e o estilo de vida que escalava tons acima do luxo.

Além disso, Leonora determinara que duas vezes ao ano eles deveriam viajar para o exterior: uma vez para a Europa e outra para os Estados Unidos. No segundo ano dessas viagens programadas, ficou claro que eles escolheriam somente um destino, pois Leonora preferia os Estados Unidos, visto que a Europa, mesmo com cidades belíssimas, tentava se reconstruir. Essa excentricidade duraria até as meninas atingirem a adolescência.

Regina e Hilda estudavam no Des Oiseaux, um dos mais tradicionais colégios para meninas da capital paulista. Toda a elite tinha, por hábito, matricular suas filhas na prestigiada escola. Além disso, elas faziam balé, canto e bordado, entremeados com aulas de francês e de inglês com professoras nativas. Leonora queria que as meninas tivessem uma educação esmerada para, no futuro, atraírem excelentes partidos.

Mesmo sendo madrasta de Regina, Leonora se autointitulava mãe da menina. Dessa forma, Regina cresceu chamando-a de mãe. Quando as meninas foram matriculadas no colégio, por exemplo, Leonora contava a triste história sobre sua viuvez e a morte precoce da irmã em curto espaço de tempo. Embora muitos soubessem do ocorrido, conforme os anos foram passando, permaneceu na mente e no coração das pessoas apenas o sentimento de compaixão por uma mulher que se unira ao cunhado tão e somente para criar bem a própria filha e a sobrinha, por quem, de forma magnânima, tomara como filha do coração.

Regina, à medida que crescia, tornava-se uma cópia de Nice. Quer dizer, uma cópia mais refinada, com tempero, segundo palavras da própria Leonora. João gostava de Regina, mas era nítida a sua preferência por Hilda. Por exemplo, quando as meninas cometiam uma traquinagem, Regina era castigada; Hilda, não. Ele sempre arrumava um jeito de passar a mão sobre a cabeça da filha, não impondo limites, o que, veremos mais à frente, faria um estrago na vida de Hilda, pois ela ignoraria por completo o que conhecemos por "limite".

Não podemos esquecer que o espírito de Valdemar mudara-se com eles para São Paulo, acompanhando todos os passos do casal. A simbiose entre eles tornou-se tão natural, que João ou mesmo Leonora, embora captassem as energias densas de Valdemar, não mais as percebiam como energias externas.

No entanto, nada dura para sempre, e essa simbiose começava a mostrar sinais de que logo se romperia. Por bem ou por mal.

Assim que Nice morreu, Betina participava de um desfile em Montevidéu. Não houve como chegar a tempo de participar do enterro da prima. Como ela já frequentava um centro espírita tão logo se estabelecera em São Paulo, Betina encarecidamente pedira à dirigente da casa que colocasse o nome de Nice na caixinha de orações e vibrações do centro. Betina jamais faria ideia de quanto esse pedido fora benéfico para Nice, porque, assim que ela perdera o controle da direção do carro, espíritos socorristas já estavam à espera para resgatá-la e conduzirem seu espírito para um pronto--socorro no astral.

Betina jamais saberia em vida que uma atitude de Leonora fora preponderante para causar um estrago na vida de Dulce, sua mãe. Sabemos que Dulce morava de favor numa casa de Anísio, em Petrópolis. Quando começou a vender todas as propriedades, Leonora fora advertida de que a casa de Petrópolis deveria ficar para Dulce até sua morte.

— Existe algum contrato ou escritura que afirme isso? — quis saber Leonora.

— Não — foi a resposta do advogado.

— Então quero que ponha à venda.

Quando recebeu a notícia de que precisava deixar a casa, Dulce passou mal, teve enjoos, vômitos e desmaiou. Como vivia num local afastado, quando o socorro chegou, já era tarde. Ela teve um derrame e morreu assim que deu entrada no hospital.

Betina veio às pressas para tomar as providências do funeral e ainda, boa pessoa que era, pediu para avisar Leonora de que a casa estava vazia e agradecia pelo tempo em que Dulce ali tinha morado.

Enfim, ao saber que Leonora e João haviam se mudado em definitivo para São Paulo, Betina quis visitá-los, pois desejava conhecer a filha de Nice, sua querida e amada prima.

Leonora, acreditando que ela viesse lhe pedir algum favor ou dinheiro, sempre marcava e desmarcava as visitas, porquanto não gostava de Betina e não tencionava manter com ela um vínculo que fosse.

O tempo foi passando. Betina cresceu profissionalmente como manequim. Em paralelo, tornou-se uma das primeiras garotas-propaganda da televisão. Aos poucos, percebendo o sucesso que ela fazia nas rodas sociais, fosse pelo elogio à sua beleza, ou mesmo pelo seu profissionalismo, ou até mesmo pela amizade dela com Assis Chateaubriand, Leonora passou, timidamente, a confessar que Betina era sua prima legítima e que elas não se viam porque as agendas não se conciliavam. Embora reconhecesse que a prima tinha se tornado uma pessoa famosa e benquista pelos quatrocentões paulistas, Leonora tinha um pé atrás com Betina. Talvez, pelo fato de não se darem bem havia algumas vidas, as duas sentiam certo incômodo quando se encontravam.

Certo dia, intuída pela sua mentora espiritual, Betina acordou com muita vontade de conhecer Regina. Quando se deu conta, estava na porta do casarão. Tocou a campainha e uma criada veio atender.

— Pois não?

— Meu nome é Betina. Sou prima da Leonora. Pode chamá-la, por favor?

— Dona Leonora não está.

Betina mordiscou os lábios.

— Bom, eu voltarei outro dia.

Assim que girou nos calcanhares, deu de cara com João, que vinha do escritório para almoçar.

— Bom dia — disse ele.

— Bom dia.

— Você é...

— Betina. Betina Marins, prima da Nice e da Leonora.

João fixou o olhar nela.

— Você!

— O que tem eu?

— É famosa. É a tal garota-propaganda, não? — Ela fez sim com a cabeça. — Leonora estava atrás de você.

— É mesmo? Quantas vezes quis marcar de vir e... bom, deixe para lá. O fato é que estou aqui.

— Que coincidência... — ele avaliou, enquanto a observava. Betina era uma moça muito bonita. De fato, ela era alta para os padrões, tinha os cabelos mais para cor de mel. Os olhos esverdeados chamavam atenção. Ela tinha o corpo bem-feito e andava com graça e elegância. — Prazer. Eu sou João Ribeiro, marido de Leonora.

Betina sentiu um tremor assim que se deram as mãos. Ela não gostou do que sentiu.

Valdemar, que andava grudado em João, quis fazer graça, mas assustou-se com a aura brilhante que circundava Betina. Deu um passo para trás assim que avistou a mentora dela ali ao lado.

— Quem é você? — ele perguntou, receoso.

— Olá, Valdemar. Como vai?

— Como sabe o meu nome?

— Eu o conheço há tempos. Ainda não se cansou de perturbar a vida de João e de Leonora?

Ele a fitou de cima a baixo. Era um espírito em forma de mulher, belíssimo. Trajava uma túnica em tons de verde-claro e os cabelos escuros pareciam bailar no ar.

— Eles me devem. Foram maus. Precisam pagar.

— Pagar o quê? O que eles lhe devem?

— A vida. Por causa deles, quer dizer, principalmente dela — disse numa zanga, referindo-se a Leonora —, eu morri.

— Então você é uma pobre vítima. Sinto muito.

Valdemar não gostou de ouvir aquilo.

— Não sou vítima.

— Se não é, por que está grudado no João? — Valdemar não soube responder. O espírito continuou a conversa.

Enquanto isso, João era todo sorriso.

— Você é famosa. Nice já falava muito de você.

— Imagino. Éramos bem grudadas.

— Não quer entrar?

— Não sei. A Leonora não está.

— Não tem problema. Ela foi ao salão de beleza. Vai retornar só no fim da tarde. Venha conhecer as minhas filhas.

Betina assentiu. Tinha muita vontade de conhecer as meninas, principalmente Regina.

O espírito que a acompanhava foi categórico.

— Valdemar, você não vai entrar.

— Como se atreve a me impedir?

O espírito sorriu e acompanhou Betina e João. Quando Valdemar quis também entrar na casa, sentiu como se uma força o repelisse. Por mais que forçasse entrar, não conseguia, como se houvesse um muro invisível que ele não conseguia transpassar.

2

Assim que entrou no saguão do casarão, Betina percebeu como o ambiente era luxuoso, decorado com extremo bom gosto. João a levou até a copa.

— É aqui que fazemos as refeições. A sala de jantar — apontou para outro lado — é utilizada para eventos sociais, quando recebemos amigos e demais pessoas da sociedade.

Quando ele terminou de falar, uma das empregadas apareceu:

— Seu João, chamei as meninas para o almoço. A Hilda disse que não vai descer porque só almoça com a mãe.

— Não tem problema — ele riu. — Leve o almoço para ela no quarto. Deixe-a comer sozinha. Onde está Regina?

— Vai descer num minuto.

— Por favor, coloque mais um prato à mesa. — E apresentou: — Essa é Betina, prima de Leonora.

A criada sorriu e logo a mesa estava posta para ele, Betina e Regina. Dali a pouco, Regina desceu as escadas e veio correndo ao encontro de João. Ele não era muito carinhoso com ela e limitou-se a dizer, depois de um beijo frio:

— Olá, minha filha. Deixe-me lhe apresentar. Essa é Betina, prima de sua mãe.

Regina a encarou e disse, de maneira polida:

— Prazer, meu nome é Maria Regina, mas todos me chamam de Regina.

Betina emocionou-se. A menina lembrava muito Nice, tinha uma beleza incomum. Ela abaixou-se e a abraçou. Regina também a abraçou.

— Prazer, minha querida. Faz tempo que eu queria conhecer você.

— É? — Betina fez sim com a cabeça. — Você conheceu minha mãe Nice?

— Conheci. Éramos muito amigas.

— E minha mãe Leonora? Você também é amiga dela?

Betina ia responder quando João sentenciou:

— Hora de comer. Vamos, mocinha, sente-se no seu lugar e mostre para a Betina como você é educada à mesa. — E, voltando-se para Betina, disse: — Não tem ideia de quanto gasto para elas serem assim, mocinhas educadas e comportadas.

Regina sentou-se de maneira elegante e disse para Betina:

— Não apoie jamais os cotovelos sobre a mesa.

— Isso mesmo! Como você aprendeu?

— Eu sou uma mocinha, preciso me comportar.

— Quantos anos você tem?

— Tenho nove. A minha irmã tem sete.

— Vocês têm pouco tempo de diferença de idade.

João interveio:

— Hilda nasceu no dia em que Regina completou dois aninhos — mentiu. Hilda era um ano mais nova que Regina, contudo, lembremos do acerto no cartório, para que houvesse tempo de Hilda "nascer" após o casamento de Leonora e João.

— Que coincidência! — disse Betina, surpresa.

— Eu e Hilda comemoramos nosso aniversário juntas, não é, papai? — Ele assentiu e ela prosseguiu: — Você quer vir na minha próxima festa de aniversário?

— Adoraria! Quando vai ser?

Regina levou um dedinho ao queixo e tornou:

— Dia 26 de outubro.

— Daqui a um mês, mais ou menos.

— É. Vamos fazer uma linda festa para os meus dez anos, não é, papai? — João fez que sim.

O almoço fluiu agradável e depois João despediu-se.

— Preciso voltar ao trabalho. Foi um prazer conhecê-la.

Ele era simpático, cavalheiro, mas Betina percebia que havia certa animosidade entre eles. Mas também foi gentil:

— Prazer. Eu também já me vou e...

— Imagine. Fique, faça companhia para Regina. Caso não tenha compromissos, espere Leonora chegar.

Betina até tinha compromisso, mas quis ficar. Queria muito conhecer Regina.

— Obrigada.

João se despediu e saiu. Regina pegou na mão de Betina e a conduziu até um banco no jardim. Conversaram bastante; Betina percebia como Regina era articulada, falava bem, era desinibida. A tarde passou num piscar de olhos e uma criada trouxe café, chá e bolo.

— É a melhor hora — ajuntou Regina. — É a hora do chá. Adoro chá.

Betina emocionou-se.

— Sua mãe Nice também gostava de chá.

— Você conheceu bem a minha mãe Nice? — Betina assentiu. — Como ela era?

— Uma menina adorável, assim como você. Era encantadora. Adorava ir à igreja.

Regina baixou o tom de voz:

— Eu não gosto muito de ir à igreja — confidenciou. — Eu vou, porque não gosto de contrariar a minha mãe Leonora e o papai.

Nesse meio-tempo, Leonora chegou. Estava como sempre bem-vestida, usando um conjunto que realçava a cintura fina. Os cabelos, recém-cortados e penteados, tornavam-na uma mulher belíssima.

Betina levantou-se e a cumprimentou:

— Como vai, Leonora?

— Quanto tempo. — Beijaram-se e Leonora prosseguiu: — Nós não nos vemos desde... — Ela tentava se lembrar.

— Desde quando fiquei uns dias na casa de tio Anísio. Era para um desfile na Casa Canadá.

— Isso mesmo. Nossa, faz o quê? Dez anos?

— Por aí.

— Você está muito bonita, Betina.

— Digo o mesmo de você, Leonora.

— Conheceu Regina.

— Ela é encantadora.

Regina encarou Betina:

— Foi um prazer conhecer você. — Ela a abraçou com carinho e, novamente, Betina se emocionou. — Mamãe, vou terminar o dever de casa.

Leonora assentiu e Regina foi para o quarto.

— Ela é um doce de criatura — comentou Betina.

— É. Eu tento fazer o melhor que posso. Quero que ela e Hilda se tornem mulheres cultas, elegantes e possam atrair um bom partido.

Betina não concordava com aquilo, mas sorriu.

— Eu não conheci a Hilda.

— Ela prefere ficar no quarto, principalmente quando não estou em casa.

— Regina comentou sobre o aniversário dela e da irmã.

— Vamos fazer uma bela festa para comemorar o aniversário delas. Venha. Aliás, me dê seu telefone.

Betina fez sim com a cabeça. Tirou da bolsa um cartãozinho e o entregou a Leonora.

— Eu adoraria vir ao aniversário.

— Você será convidada — finalizou Leonora, medindo-a de cima a baixo.

Despediram-se de maneira morna. Leonora não era fã de Betina, mas tê-la como convidada no aniversário das filhas seria algo positivo, pois as amigas poderiam ver de perto a manequim de sucesso, amiga de Chateaubriand, garota--propaganda de sucesso.

Betina percebeu que Leonora a tratara bem somente por causa do seu prestígio. Ela deu de ombros, afinal, o que lhe interessava era aproximar-se cada vez mais de Regina.

Quando Betina saiu do casarão, acompanhada de sua mentora, Valdemar protestou:

— Não gostei do que fizeram comigo. Vocês aparecem aqui do nada, entram na casa, criam um bloqueio me impedindo de ir e vir.

Núria — era o nome da mentora —, sorridente, voz doce, porém firme, convidou:

— Venha conosco. Prometo que vai deparar com um ambiente bem mais saudável do que este.

— Não vou.

— Você é dono do seu destino. Mas, antes, gostaria de lhe fazer uma pergunta.

— Diga lá.

— Não sente saudades dos seus?

— Meus o quê?

— De seus entes queridos, ora. Não gostaria de saber como está sua mãe? — Ele arregalou os olhos. Havia tanto tempo que estava preso no mundo terreno e em sua vingancinha que se esquecera da mãe. Núria, percebendo o que ia na mente dele, comentou: — Nunca quis visitar a sua irmã, saber como ela está... Bom, caso mude de ideia, concentre o pensamento em mim. Eu virei até você.

Logo, Betina tomou um táxi e Núria a acompanhou. Valdemar ficou intrigado.

— Que mulher é essa?

3

Valdemar sentou-se num banco do jardim, irritado. Depois que Núria por ali passara, ele tinha dificuldades de entrar na casa. Ela criara um muro, uma espécie de barreira energética que o impedia de adentrar os cômodos.

Núria tomara essa iniciativa porque as energias deletérias de Valdemar começavam a prejudicar, principalmente, Hilda. Espírito que vinha se endividando de encarnação em encarnação, Hilda tivera uma espécie de última chance, ou seja, diante do amor de alguns espíritos por ela, recebera permissão para reencarnar com o propósito de sanar muitas das faltas que cometera no passado.

Leonora, assim como João, eram parceiros de muitas jornadas e concordaram em recebê-la como filha. Havia, porém, uma certa animosidade entre ela, Regina e, principalmente, Betina.

Felizmente, ou não, as características do espírito o acompanham a cada nova experiência terrena. Essas características moldam o temperamento. Hilda sofria de um processo fortíssimo de baixa autoestima. Tal sentimento a compelia a ter um comportamento irascível, agressivo e muitas vezes cruel em relação às pessoas a sua volta.

Núria percebera que a presença de Valdemar na casa servia como forte estímulo para Hilda retornar aos velhos hábitos nada saudáveis que a mantinham suscetível a baixíssimas energias.

Valdemar notara que a menina era diferente de Regina. Hilda maltratava as pessoas e gostava de machucar bichinhos de estimação. Ela esmagava peixinhos com a mão, esquecia, de propósito, de recolher à noite as gaiolas dos passarinhos. No dia seguinte, as gaiolas apareciam vazias, apenas com algumas penas espalhadas sobre a base, indicando que gatos haviam se fartado na madrugada. Havia um contentamento mórbido em relação a tais mortes. Até que um dia João apareceu com um cachorrinho lindo, pelos branquinhos, todo dengoso. Regina afeiçoou-se ao bichinho e era muito carinhosa com ele. Hilda, por seu turno, sempre que podia, quando estava sozinha, machucava o cachorrinho. Certo dia, apenas para se defender, o cachorro avançou sobre ela e mordeu seu braço. Hilda fez um escândalo daqueles e Leonora proibiu animais na casa, de qualquer espécie, para tristeza de Regina.

Valdemar pensava nisso tudo, pois estivera presente em todos esses momentos. Ele acreditava que Hilda poderia se transformar numa pessoa má, sem se dar conta de que ela já trazia a maldade no coração. Sentiu um calafrio pelo corpo.

— Talvez seja melhor eu não ficar lá dentro. Com exceção de Regina, essa família é toda perturbada.

No entanto, o que mais o deixou amuado foi Núria ter-lhe perguntado sobre a sua família.

— Minha mãe, minha irmã... — disse baixinho. — Eu queria tanto me dar bem na vida e dar-lhes conforto. Depois que minha mãe morreu, perdi o contato com minha irmã. Como será que ela está? — Ele tinha vergonha de aparecer na casa da família, porque se sentia derrotado. — Melhor eu me preparar para esse encontro.

Valdemar permaneceu ali, entristecido, pensando em sua última jornada no planeta, em tudo o que conquistara e no que deixara de fazer. Os pensamentos rodopiavam na mente.

Entretanto, o que será que tinha acontecido com sua família? Sabemos que ele tinha uma irmã, Dirce. Vejamos, portanto, o que aconteceu com ela desde a morte de Valdemar.

A notícia da morte dele chegou a Dirce por meio da delegacia. Aliás, ela nem sabia que o irmão tinha sido preso.

— Sempre disse que seu irmão não valia nada — dizia Osório, o antigo namorado, agora catapultado ao posto de marido.

Dirce procurava defender o irmão.

— Valdemar sempre foi bom moço. Decidiu viver na capital para ter melhores condições de vida e nos ajudar.

— Pelo jeito, não fez nada disso.

— Osório, não sabemos o que o levou a ser preso.

— Um dia saberemos.

Nesse tempo, Dirce tinha tido uma menina, Beatriz. O parto fora tão difícil que, após o nascimento de Beatriz, Dirce não pôde mais gerar filhos, para horror e tristeza de Osório. Ele queria porque queria ter tido um filho homem para também, quem sabe, seguir carreira no Exército, como ele vinha fazendo.

Desde o nascimento da bebezinha, Osório tornou-se um homem agressivo. Inconformado de não ter tido um filho "macho", segundo suas palavras, ele bebia e descontava em Dirce também a frustração de ela ter-se tornado seca, segundo palavras dele.

— Você não serve nem para gerar filhos. Não me deu um filho homem. É uma inútil.

Dirce chorava pelos cantos. E Osório a culpava pela vida minguada que tinham.

— Perdeu o emprego. Nem para ajudar nas despesas de casa. Inútil.

Inútil era a palavra que Dirce escutava de dez a vinte vezes ao dia. Até que, num domingo cedo, enquanto esquentava a mamadeira para Beatriz, Dirce ouviu um bater forte de palmas no portão e, em seguida, um choro de criança.

Abriu a porta e deparou com um bebezinho no cesto. Sobre a mantinha, havia um bilhete: "Eu sou seu sobrinho, filho do

Valdemar. Minha mãe não tem como me criar. Será que você pode cuidar de mim?"

Dirce abraçou o bebezinho e, ao entrar em casa, Osório a fitava de cima a baixo.

— O que é isso?

Emocionada, com lágrimas que escorriam sem parar, ela balbuciou:

— Deixaram na porta de casa. É um menino!

Osório aproximou-se. Encarou a mulher e o bebê. Ao fitá-lo, sentiu um estremecimento pelo corpo, um amor genuíno que brotara do peito. Ele apanhou o bebê das mãos dela.

— Esse é o meu filho. E vai se chamar Edgar.

— Edgar?

— Sim. O nome do meu avô, que também foi do Exército. Edgar Brandão Neto.

Dirce sorriu, mas hesitou quanto a mostrar ou não o bilhete ao marido.

Vai que ele se enche de raiva porque é filho do Valdemar. Melhor não dizer nada. Ela escondeu o bilhete no bolso do avental. A partir dali, Osório mudaria por completo o comportamento. Deixaria de chamar a esposa de inútil e educaria o filho para que um dia se tornasse um figurão do Exército.

4

Foi durante a festa de aniversário das meninas que Valdemar percebeu algo interessante em João, que poderia ajudá-lo a prejudicar a vida do arquiteto. Sem ter como entrar na casa, Valdemar alegrou-se ao saber que a festinha seria feita no amplo jardim na frente da casa.

— Ótimo! Vou poder infernizá-los, afinal, aqui fora não tem barreira energética — comemorou.

Num determinado momento da festa, João passou a beber mais do que o costume. Ele não chegou a ficar bêbado na frente dos convidados, mas Leonora percebera o excesso e lhe pedira, gentilmente:

— Diminua a bebida, meu amor.

— Ora, hoje é dia de festa.

— Você já virou uma garrafa de uísque. Não basta?

Ele deu de ombros e Valdemar se aproximou.

— Faz tempo que não bebo — disse a João, que nada ouviu. — Deixe-me provar desse uísque. — Valdemar quase colou seu corpo ao de João. Encostou a sua boca na dele e logo sentiu o gosto da bebida, como se estivesse, de fato, bebendo.

A bem da verdade, Valdemar não bebia o uísque, mas se aproveitava da energia que provinha da bebida. Era como se o odor do uísque lhe causasse as mesmas sensações caso estivesse encarnado bebendo o líquido.

Assim, Valdemar instigava João a beber mais. Assim que os convidados foram embora, João sentou-se num banco do jardim e passou a beber mais ainda, a ponto de, num determinado momento, quando as meninas se entretinham com os presentes, ele curvar o corpo para frente e desmaiar.

Valdemar adorou a cena.

— Que coisa boa. Agora sei como fazer você começar a perder tudo. A bebida será a minha grande aliada.

A partir deste dia iniciava-se a derrocada de João Ribeiro. A bebida passou a ser sua companheira muito além dos momentos de lazer. João bebia no escritório, chegava um tanto alto para o almoço. Alimentava-se pouco e se servia de altas doses de licor após a refeição. Voltava do trabalho no fim de tarde, sentava-se na poltrona da biblioteca e bebia, geralmente, uma garrafa de uísque.

Tal comportamento também passou a prejudicar o casamento. Leonora e ele se relacionavam muito bem intimamente. Ela era louca por João. Estava sempre pronta para ele. Nunca fora uma esposa que se utilizara de desculpas para não o amar.

Todavia, desde que ele passara a beber mais, tudo mudou. João perdera a libido, não tinha vontade de ter intimidades com a esposa. Quando isso acontecia, ele dormia logo no início.

Valdemar se deleitava.

— Sabia que um dia voltaria a entrar na casa.

Era verdade. Embora Núria tivesse criado uma espécie de barreira energética, impedindo-o de entrar na casa, os pensamentos conturbados de João e de Leonora não ajudavam a manter intacto esse muro de proteção. Era como se houvesse uma cerca e, de repente, surgissem buracos, facilitando atravessá-la.

Apenas Regina não era influenciada pelos pensamentos perturbados e desorientados de Valdemar. Quando ela fez quinze anos, Betina a convidou para ir a uma sessão no centro espírita que frequentava.

Leonora bateu o pé, contudo, ao descobrir que algumas personalidades de seu meio frequentavam o local, consentiu. Tão logo ela permitiu que Regina pudesse ir ao centro, Betina passava todas as quartas-feiras, às cinco da tarde, para apanhar Regina.

Desse modo, Regina passou a frequentar as sessões de leitura do Evangelho e também começou a fazer um curso que apresentava e explicava, de maneira didática, as mais de mil questões d'*O Livro dos Espíritos*. Regina gostava muito dessas aulas.

Certo dia, ao final da aula, depois de um passe edificante, Betina lhe disse:

— Quero lhe apresentar à dirigente do centro. Você vai gostar muito dela.

Caminharam por um corredor com uma estradinha de vasos de flores diversas e chegaram a uma porta com uma plaquinha em que se lia: *Você já abençoou o seu dia?* Betina bateu e ouviu um "entre".

— Olá, dona Alzira. Trouxe a minha prima de quem tanto falei.

Alzira levantou-se da mesa e deu a volta para cumprimentá-las. Era uma mulher na casa dos quarenta anos, que se vestia de maneira simples, porém elegante. Tinha um sorriso cativante e uma aura iluminadíssima. Alzira era a doçura em forma de gente. Ela beijou Betina e, quando abraçou Regina, confidenciou, sorridente:

— Sua mãe está muito bem. O espírito dela se recuperou prontamente e hoje trabalha como assistente social num pronto-socorro especializado em receber desencarnados de acidentes de carro, de trem, de navio e de avião.

Regina emocionou-se, mas foi sincera:

— Eu não me lembro dela.

— Eu sei, minha querida. Nice apenas concordou em trazer você ao mundo. Embora sejam conhecidas de outros tempos, a sua ligação maior, aqui no planeta, é com a Betina.

Regina abraçou-se à prima, que se emocionou.

— Eu amo a Betina. Queria que ela fosse minha mãe.

— Por quê? Não gosta de sua mãe Leonora?

— Gosto, dona Alzira. Nós nos damos bem. Mas ela sempre deu mais atenção para a Hilda.

Alzira aproximou-se e tomou delicadamente suas mãos.

— Sabe, Regina, a sua irmã carrega o fardo de ter muitas falhas sobre os ombros, resultado de várias atitudes inconsequentes do passado. Não estou aqui para julgar ninguém, visto que nós mesmos precisaremos, um dia que seja, dar conta de assumir a responsabilidade por todos os nossos erros.

— Como vou saber que errei? — Regina quis saber, interessada.

— A nossa consciência é que vai apontar o que fazemos ou não de errado, seja em relação a nós mesmos, seja em relação aos outros. Por esse motivo, é importante o estudo da Doutrina Espírita. Por meio dela, somos convidados a mudar crenças e posturas que atrapalham o nosso desenvolvimento espiritual. E, desse modo, reconhecendo nossas faltas, teremos a real chance de progredir como espíritos rumo a um futuro repleto de bênçãos e coisas boas.

— Por que a senhora está me dizendo isso?

— Porque você e Hilda são bem diferentes. A sua irmã precisaria vir ao centro, desejar fortemente lutar contra a negatividade que a abraça há muitas vidas. Infelizmente, Hilda é uma criatura com sérios desvios de comportamento. Aliás, eu até sugeriria... — Alzira parou de falar. Não cabia a ela dizer a Regina o que deveria ou não fazer. Mesmo que isso fosse para o bem de Hilda. — Quero que você não deixe de fazer suas orações antes de dormir. Peça a Deus que não só ilumine o seu caminho, mas também o da sua irmã, dos seus pais. E, sempre que perceber uma energia estranha no ambiente, pense em mim, pense no centro espírita. Os amigos espirituais estão sempre prontos para nos ajudar, compreende? — Regina fez sim com a cabeça. Alzira finalizou: — Venha mais vezes ao centro. Temos um trabalho voltado especialmente para o atendimento de crianças aos sábados. Será um prazer ter você em nosso time de voluntários.

— Sim, senhora.

— Posso te pedir mais uma coisa? — Regina fez sim com a cabeça. — Por favor, a partir de agora, me chame de Alzira. Nada de senhora.

Elas se despediram e Betina estava toda orgulhosa.

— O que foi? — quis saber Regina.

— É raro Alzira convidar alguém para participar dos trabalhos com as crianças sem antes passar por entrevistas e um cursinho preparatório. Você deve ter um dom especial.

— Eu? Imagine. Quem tem dom é você.

— Por que diz isso?

— Porque todas as vezes que estou a seu lado me sinto bem. Eu gostaria tanto de viver com você, Betina...

— Como andam as coisas na sua casa?

Regina soltou um longo suspiro. Já era adolescente e entendia muitas coisas de que, até pouco tempo antes, não se dava conta.

— Papai está bebendo além da conta. Parece que acorda alterado e passa o dia bebendo. Mamãe fica triste e já a vi chorando pelos cantos, sentindo-se impotente para ajudá-lo. A Hilda, bem, ela não sai do quarto e está sempre de mau humor. Ela mal me cumprimenta, destrata os empregados. Eu me sinto uma estranha naquela casa. Queria ser independente, sabe? Ter meu próprio dinheiro, assim como você.

— Sinto muito que você viva num ambiente nada saudável. Infelizmente, por ora, eu não posso fazer nada.

— Sei disso, Betina. Por isso me esforço nos estudos. Estou para me formar no magistério e vou cursar Letras.

— Que bom. O estudo dignifica a pessoa e abre muitas portas. As oportunidades de trabalho, para quem estuda, são diversas.

— Queria trabalhar, ganhar meu dinheiro.

— Ainda é cedo. Espere completar a maioridade.

— Falta uma eternidade!

Betina riu.

— São só três anos. O tempo passa rápido.

— Quando eu começar a trabalhar, poderei morar com você?

— Quem sabe?

Caminharam até a pequena cantina e Betina avistou Aldo, um amigo cuja amizade nascera ali no centro espírita.

Aldo Boaventura era um moço de classe média que adorava música, tocava saxofone e trabalhava numa repartição pública. Estava cansado dessa vida e sonhava ter um bar. Ele cumprimentou Betina e sorriu para Regina.

— Prazer. Sou o Aldo, amigo da Betina.

— Encantada — tornou Regina, simpática, num gracejo. — Eu sou a Regina, prima e quase irmã da Betina.

— Quantos anos você tem?

— Quinze.

— Então eu perdi a festa de debutante?

Regina fez não com a cabeça.

— Não quis festa. Pedi para o meu pai me levar para viajar, mas ele... — ela não quis falar da bebida; mudou o tom: — está muito ocupado. Eu disse para a Betina que, quando for maior de idade, vou viajar bastante!

— Ela tem muita vontade de conhecer melhor a Europa — interveio Betina.

— Quem sabe, um dia, não viajaremos todos juntos? — sugeriu Aldo.

— Seria um sonho — disse Regina, animada.

Conversaram mais um pouco e se despediram. No trajeto de volta à casa de Regina, ela quis saber:

— O Aldo é seu namorado?

Betina riu.

— Não. É um grande amigo. Quase um irmão. Por que a pergunta?

— Ele é bonito.

— Ah, isso é. Bem bonito.

— Betina?

— Sim.

— Por que a dona Alzira disse que preciso orar bastante?

— A oração nos liga aos espíritos amigos, àqueles espíritos que estão num patamar mais elevado, se assim podemos imaginar. São entes que têm muita bondade no coração e nos intuem a fazer coisas boas conosco e com os outros.

— Entendi.

— Gostou de saber que Nice está bem?

Regina, sincera, deu de ombros.

— Eu não me lembro nadinha dela. Eu era bebezinha. Vocês se davam bem?

Betina se emocionou.

— Muito. Eu era muito amiga de sua mãe Nice.

— E da Leonora?

— Nunca fomos amigas. Leonora e eu nunca fomos afins.

Betina estacionou no meio-fio. Regina a abraçou com ternura.

— Adoro você.

— Eu também, minha querida.

Despediram-se e Betina acelerou rumo a sua casa. Regina estava tão bem que Valdemar, ao vê-la passar, rodeada por uma luz brilhante, sentiu certa inveja.

— Nossa, como ela é protegida!

5

Em poucos anos, João tornou-se definitivamente o que se conhece como alcoólatra. Não vivia mais sem os seus pileques, isto é, estava sempre embriagado. Leonora procurava demovê-lo da ideia de beber utilizando sermões e chiliques. Ela não tinha ideia de que João era adicto, portanto, que o marido era um doente que precisava de cuidados, de internação. Naqueles tempos, uma pessoa alcoólica era tratada com escárnio. Sem o compadecimento e a tolerância da sociedade. A pessoa era tratada como se fosse extremamente fraca e, portanto, perdia a consideração.

Cabe ressaltar que Valdemar não foi o responsável por João tornar-se alcoólico. Não. É bom entendermos que a obsessão só se dá quando o encarnado e o desencarnado têm afinidades de ideias, de comportamentos que consideramos negativos. O encarnado já tem uma índole suspeita e, quando um desencarnado se afina a essa índole, aproxima-se, e os atos do encarnado se intensificam. Como exemplo, temos o caso do próprio João Ribeiro. Ele sempre teve queda pela bebida, nunca foi homem de fé, jamais pensou em prestar atenção e cuidar dos próprios pensamentos. Tampouco João se interessou por se tornar uma pessoa melhor para si mesmo. Só queria saber de acumular prestígio e dinheiro, muito dinheiro. Nada contra esse desejo, mas é preciso que, além dos desejos materiais, tenhamos como meta os desejos morais, que implicam nos tornarmos amorosos conosco e, portanto, com o próximo.

Em um centro espírita, o processo conhecido como desobsessão se dá por meio de uma tentativa, geralmente bem-sucedida, de separar o desencarnado do encarnado. No entanto, o maior trabalho para que o vínculo obsessivo se desfaça é do próprio encarnado: ele ou ela precisa mudar o teor dos pensamentos, procurar elevar a autoestima e transformar a forma de encarar os desafios da vida, tornando-se mais alegre, com a plena convicção de que há espíritos abnegados que estarão sempre por perto para ajudar a pessoa nos momentos mais difíceis de sua vida.

Ao perceber que o pai descia ladeira abaixo, Regina tentou levá-lo ao centro espírita.

— Imagine! — reclamava ele, voz sempre pastosa. — Eu, num centro? Fazer o quê? Conversar com fantasmas? Por acaso eles vão melhorar os meus negócios?

Esse era o calcanhar de aquiles de João. Se anos atrás tinha sido um profissional de conduta ilibada, procurado pela elite para construir suas mansões e galpões industriais, agora os clientes não mais o procuravam. A bebida também fizera com que os convites para jantares e festas fossem minguando, para desespero de Leonora.

Não demorou muito e João foi forçado a fechar o escritório de arquitetura. Leonora vibrou de contentamento, por dois motivos: teria o marido dentro de casa e poderia vigiar seus passos, ou melhor, controlar suas doses diárias de etílicos, além de colocar na poupança o dinheiro da venda do escritório, localizado numa área nobre e supervalorizada da cidade.

João estava sentado no jardim, próximo da piscina. Trajava pijamas, um roupão e pantufas. Tentava ler o jornal, mas o excesso de bebida o impedia de seguir as linhas da matéria.

Era bem cedo, e Hilda apareceu de maiô. Era bem magrinha para os seus dezessete anos. A pele era branquíssima, pois ela mal saía do quarto. Embora bêbado, João surpreendeu-se com a filha em trajes de banho, querendo usar a piscina. Hilda o cumprimentou com um beijinho na bochecha.

— Bom dia, papai.

— Olá, minha menina. Como está?

— Bem — disse, um tanto seca. — Eu queria saber se posso ir na festa da Lenita.

— Peça a sua mãe.

— A festa vai ser no clube da Ilha Porchat.

— Não quero filha minha descendo sozinha para o litoral.

Eu vou sozinha, sim, seu velho bêbado e inútil, pensou, mas disse:

— Não vou sozinha, papai, imagine! Justo eu, que sou comportadíssima?

Ele esboçou um sorriso e virou um copo de uísque.

— Se for para irem em turma, ótimo.

— Estamos organizando um grupo para irmos juntos — ela mentiu e inventou nomes —: a Lenita, o Marcio, a Claudia, o Felipe...

— Pode ser.

— Obrigada, papai. Você é maravilhoso.

Ela caminhou pela beirada da piscina e viu uma borboleta. Sorriu de maneira sinistra e esmagou-a com o calcanhar. Em seguida, pulou na piscina.

João não viu o que a filha tinha feito, esmagar uma borboleta assim, sem mais nem menos. Valdemar viu. E assustou-se, pois ao lado de Hilda havia uma figura horripilante. Ele não conseguia ver se era homem ou mulher, pois o espírito vestia uma roupa medieval e o rosto era coberto por um capuz. Logo, a entidade soprou algo no ouvido de Hilda e ela, sozinha, gargalhou. João nem prestou atenção. A cabeça estava caída para baixo, pois ele cochilava.

Acompanhada pela entidade macabra, Hilda saiu da piscina, aproximou-se da mesa em que estava João, apanhou o maço de cigarros e acendeu um. Tragou, soltou a fumaça pelas narinas. Uma criada apareceu e perguntou se ela queria o desjejum na piscina. Hilda concordou com a cabeça e, assim que a moça girou os calcanhares, ela fingiu tropeçar e cravou o cigarro no braço da criada. A moça deu um grito de dor.

— Desculpe — tornou Hilda, fingindo consternação. — Eu tropecei no gramado.

A moça, cheia de dor, correu para a cozinha e foi acudida por outras empregadas. Passaram pomada nela e, depois de um tempo, outra empregada, um tanto insegura, veio lhe trazer o desjejum. As empregadas não gostavam de Hilda.

Ela fingiu um sorrisinho.

— Obrigada.

Valdemar estava com medo.

— Não quero mais ficar nesta casa. Essa menina tem o diabo do lado dela. Deus me livre e guarde. — Fez o sinal da cruz.

Foi nesse momento que Núria apareceu.

— Olá, Valdemar. Quanto tempo.

— O que quer?

— Vim ver como está.

— Mais ou menos. Estou me cansando de ficar na cola desse casal. Eles começam a sofrer.

— Acha isso bom?

— O quê?

— Ver os outros sofrer? Isso lhe agrada?

— Não é bem assim.

— Então o que é?

Valdemar não conseguia concatenar bem as ideias. Afinal, fazia muitos anos que ele desencarnara e se recusava a deixar o planeta. Começava a sentir o peso dessa atitude. De fato, a Terra não é um bom lugar para quem está desencarnado. Há outros lugares, em outras dimensões, em que o espírito nesse estágio poderá viver e se refazer para, numa próxima oportunidade, ter chances de retornar ao mundo físico e reiniciar a trajetória reencarnatória.

— Essa menina, Hilda — apontou. — Ela vive com o diabo ao lado dela.

Núria já conhecia aquele espírito. Era um desafeto de Hilda, de muitas encarnações. Pertencia à legião de espíritos trevosos ligados a Azazel, conhecido como um dos sete príncipes do inferno. Embora não façam parte da religião oficial, essas figuras ditas demoníacas aparecem, vez ou outra, em obras da cultura pop.

Ela não tinha como desafiar a entidade maligna, mas podia, novamente, imantar a casa com as suas energias de amor. Assim que levantou a mão e flocos de energias dulcíssimas se espalharam pelo ambiente, a entidade desapareceu, para espanto de Valdemar. Hilda, por sua vez, sem nada perceber, mastigava uma maçã e mirava o infinito.

— Gostaria de ir comigo?

— Não sei — Valdemar titubeou.

— Se vier comigo, prometo lhe fazer uma surpresa.

— É? — Núria assentiu. — O que seria?

— Venha, Valdemar. Já se deu conta de que não adianta querer se vingar. O próprio prejudicado é você mesmo. Ficou anos convivendo com essa família. Poderia fazer tantas outras coisas interessantes... Nunca pensou em visitar sua mãe, por exemplo?

Valdemar foi tomado por grande emoção. Sentia vergonha de se aproximar dela porque sentia que havia fracassado. Escolhera viver na cidade grande, ganhar bastante dinheiro. Mas terminara a vida preso numa cela...

— Minha mãe — balbuciou. — Como ela está?

— Muito bem. Gostaria de reencontrá-la?

Uma lágrima escorreu pelo canto do olho. Valdemar nada disse, apenas fez sim com a cabeça. Núria sorriu. Tomou a mão dele, deu um impulso e logo os dois esvaneciam no ar, deixando no ambiente um rastro de energias amorosas e revigorantes.

6

Se Regina cresceu uma menina doce, encantadora e se tornou uma bela mocinha, o mesmo não podemos dizer de Hilda. Como já falamos, ela veio ao mundo cheia de questões pesadíssimas do passado. Leonora e João haviam se comprometido em recebê-la como filha devido a situações de amizade entre eles em tempos pretéritos.

Hilda crescera uma menina bonita, de traços delicados, mas bem magrinha. Mesmo assim, se Leonora fora comparada, em sua época, à atriz Fada Santoro, nesse tempo a beleza de Hilda era comparada à da atriz Brigitte Bardot. Quando a atriz francesa passou férias no Brasil, Hilda decidiu pintar os cabelos de loiro, a contragosto do pai, mas João, sempre bêbado, não tinha mais autoridade e, portanto, as ordens não eram mais acatadas. Leonora não tinha gostado do tingimento dos cabelos, mas Hilda convenceu a mãe ao apanhar uma revista e mostrar o rosto da artista francesa.

— Não é que você se parece bastante com ela? — disse Leonora, convencida e orgulhosa.

— Quero chamar atenção no baile da Ilha Porchat.

— Soube que a maioria dos nossos amigos permitiu que os filhos fossem. Precisamos acertar com o motorista e...

Hilda a cortou:

— Não, mamãe. Eu vou com o Carlinhos, filho dos Bueno Cintra — inventou.

Leonora levou a mão à boca.

— Fala sério? — Hilda fez que sim. — É uma das maiores fortunas do Brasil. Cobiçadíssimo.

— Eu sei, mamãe. Ele gosta de mim.

Leonora abraçou a filha sentindo orgulho.

— Você se parece comigo quando tinha dezessete anos.

— Foi nessa época que se apaixonou pelo papai, não?

— Foi. — Leonora procurava ser discreta e econômica nessas falas que remetiam ao passado. Afinal de contas, Hilda crescera acreditando que a mãe tivera um casamento bem curto e com fim trágico. E que, logo em seguida, ela se unira ao cunhado recém-viúvo, engravidara dele e Hilda nascera após sete meses e meio de gestação.

— Preciso comprar um vestido novo para o baile.

— Preciso ver se temos dinheiro suficiente e...

Hilda a cortou, brava:

— Nem quero saber de suas lamúrias. Eu preciso, necessito, desejo um vestido novo para o baile. Pronto.

— Esse é um assunto delicado. Queria conversar com vocês duas sobre a nossa situação financeira...

Novamente Hilda a cortou:

— Mamãe, deixe de ser estraga-prazeres. Vamos ao ateliê de Madame Marocas Dubois, na Barão de Itapetininga. Soube que chegou coleção nova da Europa.

Sentindo-se impotente, Leonora apenas disse:

— Sim. Vamos.

Regina desceu as escadas e as encontrou. Leonora quis saber:

— Você também vai na festa da Lenita?

— Não, mamãe. Vai ser no sábado, e estou cuidando da programação especial de Dia das Crianças que faremos no centro. Vamos distribuir mais de duzentos brinquedos para meninos e meninas carentes. Estou tão animada!

Hilda a olhou com tom de desprezo.

— Pensei que essa fase de centro espírita fosse passar. Mas já está lá há quanto tempo?

— Vai fazer quatro anos. Parece que faz uma eternidade. Eu me dou tão bem com os trabalhadores! Fiz amizades incríveis.

— Com quem? — indagou Hilda. — Com essa prima balzaquiana metida a modelo? E com... como é mesmo o nome do dono de boteco? Ah, Aldo. — Virando-se para Leonora, comentou, em tom de desaprovação: — Acredita que ele é dono daquele bar na Praça Roosevelt? Lotado de marginais. Mal frequentado. É o que ouvi dizer.

— Você fala o que não sabe — protestou Regina. — Ele é um moço batalhador. Largou uma promissora carreira pública para se dedicar a um belo sonho de vida. Está pagando empréstimo no banco. O bar já é referência entre artistas. O João Gilberto já se apresentou ali, sabia?

Hilda deu de ombros.

— E eu quero saber desses cantorezinhos brasileiros, ainda por cima? Como você é tupiniquim — zombou, num tom preconceituoso.

Regina indignou-se.

— João Gilberto, Sylvinha Telles, Maysa, Carlos Lyra... acha que são cantorezinhos?

— Viu, mãe? — confessou Hilda. — A Regina é uma vergonha para nós. — E, virando-se para a irmã, disparou: — Pensa que não sofro com os comentários maledicentes a seu respeito?

— Quais comentários?

— Dizem por aí que frequenta centro espírita, que é ignorante, que conversa com os mortos. Dizem que frequenta esses inferninhos no centro da cidade, cheio de marginais, tarados. Pensa que não dói em mim ter de ouvir tudo isso calada? Porque é a mais pura verdade.

— O Espiritismo é uma doutrina que surgiu na França há pouco mais de cem anos. Foi sistematizada por um professor francês de renome, cujo nome de batismo era Hyppolite Léon Denizard Rivail. Ele adotou o codinome Allan Kardec para transmitir os ensinamentos de nobres espíritos. Por meio de perguntas, feitas por Kardec, e respostas dadas pelos espíritos temos em mãos uma belíssima coleção de livros que nos levam a refletir acerca de nossa vida no planeta, sobre nossas atitudes, nos estimulando a sermos melhores, mais humanos, mais generosos. E que nos ensinam a amar e perdoar, a nós e, consequentemente, aos outros. É uma linda doutrina, que prega o Evangelho de Jesus, ou seja, prega a fraternidade e o amor.

Hilda revirou os olhos, fez uma careta para a irmã e subiu batendo os saltos, enquanto dizia:

— Não sou obrigada a escutar tantas asneiras, mamãe.

Leonora surpreendeu-se com a fala. Não ligava muito para Regina, apenas ficava no seu pé para que estudasse, frequentasse os cursos além da escola e se tornasse, na medida do possível, uma moça elegante, culta e que pudesse despertar o interesse de jovens ricos para desposá-la.

Interessante observarmos que Leonora, antes arrogante, prepotente e desrespeitosa com as pessoas — sabemos bem do seu passado, de sua juventude —, começava a ter um pingo de consciência em relação a muitas questões ligadas à sua vida. O vício de João, que preferia a companhia da bebida à dela, por exemplo, era difícil de aceitar. Desde que João se tornara alcoólico, a vida íntima do casal não mais existia. João, nos poucos momentos de consciência, apenas chorava, lembrando-se de quando tinha sido um arquiteto de sucesso. Além do mais, Hilda, que era muito parecida com ela, começava a destratá-la por qualquer motivo. Justo Hilda, a filha predileta! Era triste perceber que Hilda não estava nem aí com os problemas do pai ou com o dinheiro, que começava a escassear.

É. Fazia um tempo que Leonora percebera que toda a fortuna que tinha em poupança não era mais a mesma. Fora alertada pelo gerente do banco de que precisaria diminuir as retiradas mensais ou muito em breve o dinheiro acabaria.

Aquilo seria o fim para Leonora. Tinha pavor de ficar pobre, de não ter condições de viver a vida luxuosa que sempre vivera, desde que nascera. Ela percebera que a distância de Hilda começara tempos atrás, justamente quando havia precisado anunciar o fim das viagens ao exterior. Não tinham mais condições de viajar duas vezes ao ano para fora do país.

Ela encarou Regina e perguntou:

— Como é esse trabalho no centro espírita?

Era a primeira vez que Leonora se interessava verdadeiramente por alguma atividade da filha. Regina sentiu um contentamento sem igual. Levou a mãe até o sofá, sentaram-se e ela passou a lhe explicar tudo o que sabia sobre o Espiritismo e, didaticamente, sobre o trabalho com as crianças.

Leonora mostrou-se interessada. A um canto da sala, Núria sorria. Estava acompanhada de Nice, cuja presença ali era inédita. Era a primeira vez que ela recebera permissão para visitar Regina.

— Ela se parece um pouco comigo — tornou Nice, emocionada.

— Sim. Regina tem muito de suas características. É inteligente, generosa, gosta de ler, de frequentar cinema e teatro. Tem muito de você.

— Fico feliz. Sou muito grata por terem me dado a chance de trazê-la ao mundo. Era uma dívida que eu tinha com ela. — Nice entristeceu-se e memórias muito antigas vieram-lhe à mente.

— Não fique assim — pediu Núria. — Sabemos que o passado nunca some, fica adormecido e armazenado em nosso inconsciente. Vez ou outra ele se manifesta, seja por estímulos, memórias, recordações.

— Há muito tempo, era para eu ter gerado e dado à luz uma garotinha. A gravidez foi interrompida.

— Disse bem — salientou Núria. — A gravidez foi interrompida. Você e Leonora, nessa vida específica, eram irmãs e se davam muito bem. Quando você se apaixonou perdidamente pelo noivo dela e com ele se casou, Leonora sentiu-se a pior das criaturas.

— Eu não deveria ter feito o que fiz. Ela era feliz e estava apaixonada por João. Eu fui mesquinha, não medi esforços para seduzi-lo e engravidei. Foi um escândalo. Papai me obrigou a casar e, num piscar de olhos, Leonora perdeu a chance de viver seu grande amor. Eu só não contava com o fato de que Leonora se passaria por grande amiga e se colocaria à disposição para cuidar de mim durante o início da gestação. Jamais poderia imaginar que ela me servia um chá abortivo.

— Pois veja só: você disse e lembra que Leonora lhe dava um chá abortivo, daí você ter perdido a bebezinha que carregava no ventre, no caso, Regina, sem poder mais engravidar, deixando João extremamente chateado e sem interesse em manter o casamento.

— Isso é — concordou Nice. — Faz tanto tempo, tantos anos... — divagou. — Nesta vida, ao menos, cumpri com o que prometera, isto é, trazer Regina novamente ao mundo.

— Cumpriu muito bem sua missão.

— É. Nos poucos meses em que vivemos juntas, eu lhe dei amor. Poderia ficar a seu lado mais um tempo, contudo, levada pelo orgulho e cega de ódio, acabei por me descontrolar e veja no que deu.

— Você usou seu livre-arbítrio — ponderou Núria. — Fez o melhor que pôde. Percebe que está tudo bem? Regina está crescendo uma mulher bela, culta, generosa, cheia de aspectos positivos. Terá de superar desafios, mas eu confio nela. Tenho certeza de que vai superar as adversidades da vida.

— Notei há pouco que Leonora começou a se deixar influenciar positivamente por ela.

— Leonora começa a perceber que a vida é bem mais do que dinheiro, ostentação, futilidades. Claro que o dinheiro é um bom amigo, mas, em mãos erradas, pode ser fonte de grandes transtornos.

— Acha que Leonora ainda poderá se despir dos conceitos distorcidos que tem em relação à vida e em relação a ela própria?

— Talvez — observou Núria, enquanto falava e se movia na direção delas para lhes aplicar um passe. — Herculano ainda se ressente de tudo o que aconteceu até culminar com o seu desencarne. Mas ele parou de vibrar negativamente contra ela e João e se prepara para um novo reencarne. Possivelmente, Leonora terá condições de modificar determinadas crenças e posturas inadequadas em relação à vida. Venha me ajudar a lhes dar um passe.

Nice concordou com alegria. Fecharam os olhos, levantaram as mãos para o alto, fizeram singela prece e aplicaram um passe calmante em Leonora e Regina. Em seguida, depois de se despedirem delas, os dois espíritos desapareceram no ambiente.

7

Hilda comprou um dos vestidos mais bonitos e caros da loja de Madame Dubois. Nem precisou fazer ajustes. O vestido, um autêntico Dior, lhe vestira o corpo como se tivesse sido feito sob medida. Também escolheu uma bolsa pequena e um belíssimo par de sapatos.

Leonora pagou e, na saída, Hilda quis ir ao salão de chá do Mappin.

— Quero ver e ser vista, mamãe.

— O nosso motorista está esperando e...

— E daí? Ele é pago para isso. Deixe as sacolas de compras com ele e peça para dar uma volta, sei lá.

Leonora sentiu-se vencida. Era difícil ter argumentos para convencer Hilda.

— Vamos. Mas antes tenho que passar na agência da Caixa. Preciso me inteirar de nossa situação financeira.

— Que maçada! — protestou Hilda. — Não pode ir outro dia no banco? Precisa ser hoje?

— Quero aproveitar que estamos no centro da cidade. Não é toda hora que estamos por aqui e...

Hilda a interrompeu:

— Esse assunto me é enfadonho, mamãe. Façamos assim: você leva as compras para o motorista, vai até o banco e eu vou ao salão de chá. Eu a esperarei.

— Não é de bom-tom você entrar sozinha.

— Sempre tem um conhecido, uma conhecida. Vá — ela consultou o relógio —, antes que o banco feche. Tchau.

Hilda passou a andar de maneira um tanto afetada, chamando a atenção de marmanjões que nela viam, de fato, certa similaridade com Brigitte Bardot. Logo chegou ao salão de chá e avistou uma senhora de seu círculo social. Acenou para a mulher e caminhou até sua mesa. Sentou-se e entabularam uma conversa bem fútil, do jeito que Hilda tanto gostava.

No banco, Leonora era colocada a par de sua real situação financeira, visto que João não tinha mais condições de gerenciar nada.

— Mas só temos isso? — Leonora parecia não querer acreditar.

— Lamento, dona Leonora.

— E a venda do casarão da Avenida Brasil?

— Ele compõe o saldo — o gerente emendou, mostrando a ela uma ficha com as últimas retiradas.

— É muito dinheiro. Eu não tirei tanto dinheiro assim. Afinal de contas, desde que meu marido adoeceu — Leonora costumava dizer que João sofria de uma doença rara e necessitava de repouso absoluto —, eu passei a ser mais contida com as retiradas. Dispensei três das seis empregadas. Só fiquei com três — tornou, abalada. — E mais o motorista. Além disso, cortei definitivamente as viagens ao exterior. Não sei mais o que fazer.

Meio sem graça, o gerente confidenciou:

— A sua filha, vira e mexe, passa na agência e retira grandes somas em dinheiro.

Leonora arregalou os olhos.

— Como? — quis saber, num estado apoplético. — Regina não seria capaz disso.

— Não, senhora. Quem faz as retiradas é Hilda.

— Ela não tem autorização para mexer na conta e...

O gerente abriu a gaveta da escrivaninha e dela apanhou uma pasta. Abriu-a e tirou um papel. Era uma autorização de movimentação de conta assinada por João.

— Seu marido a autorizou.

Leonora apanhou o papel e ao final da procuração havia a assinatura de João.

— Não é possível. João jamais faria isso.

— Mas ele fez. Hilda vem aqui ao menos uma vez por semana. Sempre retira uma quantia considerável. Se quer saber, caso sua filha continue a fazer tais retiradas, calculo que, com a inflação do período, que é uma das mais altas de nossa história, se a senhora apenas fizer suas retiradas mensais, sem levarmos em conta as retiradas de Hilda... bem, a senhora terá dinheiro para não mais do que dois anos.

— Não posso crer! — Leonora sentiu o ar lhe faltar. O gerente correu até uma mesinha com um jarro d'água e copos. Encheu um copo e trouxe para ela. — Obrigada — disse, depois de sorver um pouco o líquido.

Leonora saiu da agência completamente prostrada. Sentia-se a criatura mais impotente da face do planeta. E mais: saber que sua filha querida estava dilapidando o patrimônio, sem dó nem piedade, apenas para gastar em futilidades...

Ela parou na esquina, apoiou-se num poste.

Hilda é igualzinha a mim quando nova. Meu Deus! Será que estou pagando por tudo que fiz no passado? Só pode ser... Mas isso não vai ficar assim. Hoje mesmo vou me reunir com João e com ela. Hilda vai ter de me explicar o que tem feito com tanto dinheiro.

Leonora caminhou a passos lentos e chegou ao salão de chá. Hilda conversava com uma socialite de quem ela não era muito amiga. Não gostava da mulher. Mas fingiu um sorriso, fez uma pose altiva, adentrou o salão e sentou-se com elas. Conversou como se nada tivesse acontecido.

Assim que o motorista atravessou o enorme portão de ferro e as deixou no saguão de entrada, Leonora apanhou as sacolas de compras e Hilda saiu logo em seguida.

— Precisamos conversar.

— Depois, mamãe. Fiquei de ligar para a Lenita. Vamos marcar de ir ao salão de beleza juntas. Afinal de contas, não se esqueça de que a festa será amanhã à noite. Vou ter o dia cheio e...

— E mais nada! — Leonora subiu o tom. — Eu quero você no escritório daqui a meia hora.

Hilda fez um muxoxo.

— Está bem. Farei isso porque comprou meu vestido Dior, meus sapatos, minha bolsa.

Ela caminhou para dentro de casa. Encontrou o pai jogado no sofá, roncando a sono solto, com uma garrafa de uísque vazia caída ao lado. Hilda fez não com a cabeça e subiu. Leonora entrou logo atrás. Ver o marido naquele estado a deixava profundamente triste. Ela amava João, sempre fora louca por ele, entretanto, de uns anos para cá, ele tinha se tornado uma caricatura de si mesmo, um homem que envelhecera e que não condizia em nada com aquele homem bonito, fino, sedutor, que lembrava Cary Grant. João envelhecera mal. Os cabelos pratearam rapidamente e estavam sempre em desalinho. O rosto, inchado pela bebida, não ostentava mais o furinho no queixo, que desaparecera por completo. Ele deixara de usar roupas do dia a dia e só vestia pijamas e roupão. A pele enrugara e, em pouco tempo, duas bolsas enormes se formaram sob os olhos. Era duro admitir que perdera o marido para a bebida.

Leonora aproximou-se e passou as mãos em seus cabelos. Sussurrou:

— Querido, sou eu.

Aos poucos, João se remexeu no sofá. Abriu os olhos e sorriu. Com voz pastosa, disse:

— Olá, meu bem.

— Como está?

— Melhor agora.

— Precisamos conversar. — Ele fez sim com a cabeça. — Vamos até o escritório?

— Não podemos conversar aqui mesmo?

— É assunto delicado.

Nisso, Hilda apareceu usando um roupão e uma toalha presa aos cabelos.

— Oi, papai.

João abriu largo sorriso.

— Oi, minha gata.

— Mamãe quer fazer reunião — ela disse num tom irônico.

— Podemos conversar aqui — ele falou. — Não precisamos ir até o escritório. Estou cansado.

— Pois bem.

Leonora relatou a conversa que tivera com o gerente do banco, omitindo apenas que o dinheiro duraria talvez nem dois anos.

— Lembra quando trouxe aqueles papéis para assinar, papai?

João fez força para pensar, mas respondeu:

— Sim, claro.

— Seu pai sabia que estava assinando uma procuração para você movimentar a conta bancária a seu bel-prazer? Eu vi o quanto movimentou no último ano. É uma bolada!

— E daí? — Hilda deu de ombros. — Vivemos em sociedade, eu preciso estar sempre bonita, bem-vestida. Quando saio com meus amigos, faço questão de pagar a minha conta. Não dependo de ninguém. Também compro uns mimos para mim. Semana retrasada chegou um casaco de peles ma-ra--vi-lho-so! A loja só tinha recebido um. Entende, mãe? Um casaco exclusivo, único. Depois te mostro.

— É muito dinheiro — protestou Leonora, atordoada. — Não estamos mais em situação de gastar rios de dinheiro.

— Olha quem fala! — ironizou Hilda. — Cresci vendo a senhora gastar tubos de dinheiro! Nunca controlou meus gastos. Agora vem com esse papo de economia? Por favor.

— Olhe o tom!

João interveio:

— Amor, acho que está sendo muito dura com a Hilda. Ela apenas gasta para se vestir bem, manter o nosso padrão.

Leonora quase explodiu.

— Padrão? Que padrão? Nós estamos ficando sem dinheiro!

— Com esta casa? — Hilda fez um gesto com a mão. — Quanto vale esse casarão? E a casa do Guarujá? São nossos únicos bens, não?

— Sim. Só temos isso — concordou Leonora.

— Eu não faço questão de ter a casa do Guarujá. Por mim, podem vender. Não daria um bom dinheiro?

João concordou.

— Sim. Daria. Ótima ideia. Podemos vender a casa do Guarujá.

Leonora sentiu-se vencida. O marido e a filha não faziam ideia de como estavam à beira de uma falência financeira. As lágrimas vieram aos olhos e ela foi taxativa:

— Eu cancelei a procuração. A partir de hoje, não poderá fazer mais retiradas. — Hilda bufou e ia protestar. Leonora prosseguiu: — O gerente foi avisado: não vai mais aceitar nada com a assinatura do seu pai. Portanto, esqueça de tentar qualquer manobra para conseguir a assinatura dele.

— Isso é um absurdo! — ela protestou. — Papai, não vai dizer nada?

João não respondeu. Adormecera no meio da conversa. Leonora foi dura:

— Você não vai mais gastar um tostão!

— Veremos — Hilda respondeu, ar desafiador.

8

O baile na Ilha Porchat, no litoral de São Paulo, foi um evento de grande repercussão social. Nele estavam a nata da juventude paulistana, isto é, brotos e rapagões montados no dinheiro. Embora não fosse de ter amizades, Hilda se deu muito bem na festa. Sabia que era bonita, que tinha um corpo bem-feito, e sua semelhança com Brigitte Bardot atiçava o desejo dos rapazes. Ela tinha consciência de todo o seu potencial em agradar aos homens e, por esse motivo, era hostilizada pelas garotas.

Mas não estava nem aí. Esbanjava seu charme e sua beleza, despertando o desejo de muitos. Depois de dançar com um garoto de sobrenome extenso, tipo de família quatrocentona, mas que não tinha charme suficiente para cativar e prender sua atenção, Hilda dirigiu-se ao bar e pediu um ponche.

Um rapaz vestindo farda apareceu e comentou:

— Vai de ponche? Bebida de criança.

Hilda o encarou e gostou do que viu. Era um rapaz alto, de porte atlético, cuja farda lhe conferia um aspecto interessante.

— O que sugere?

— Você é fã de refrigerante? — Ela fez que sim. Ele quis saber: — Prefere Coca ou Crush?

— Gosto mais de Crush.

Ele se dirigiu ao barman e pediu:

— Dois drinques hi-fi.

O rapaz assentiu e logo entregou os dois copos. O rapaz pegou um deles e o deu a Hilda. Ela agradeceu e apresentou-se:

— Prazer. Meu nome é Hilda.

— Pensei que fosse Brigitte.

Ela riu com gosto. Bebericou seu drinque e respondeu:

— Depois que tingi os cabelos de loiro, costumam me comparar a ela. E você, com essa farda, todo garboso, como se chama?

Ele bebericou o drinque e tornou:

— Prazer. — Fez continência. — Edgar Brandão Neto às suas ordens.

— Gostei do nome. E do som de sua voz. É carioca?

— Como sabe?

Ela riu.

— Pelo sotaque. Além do mais, minha mãe nasceu e viveu boa parte de sua vida na capital, quer dizer, quando o Rio ainda era capital do país.

— Sim. Sou carioca. De Realengo. Mas já vivo em São Paulo há alguns anos, desde quando prestei o serviço militar. Minha família vem de uma longa geração de homens do Exército.

— Interessante. Qual a sua ocupação atual?

— Sou aspirante a oficial. Mas meu sonho é um dia me tornar major.

— Gostei. Major Edgar Brandão. Combina. E o que faz aqui no baile?

— Vim acompanhar um amigo — apontou para a rapaziada que dançava freneticamente ao som dos Rolling Stones. — Ele é de família rica e também é aspirante, como eu. No entanto, preferiu vir sem a farda.

— Entendi.

Havia algo em Edgar que prendia a atenção de Hilda. Se fossem outros tempos, ela mal lhe daria atenção. Imagine, um rapaz que não pertencesse ao seu círculo social... Mas aqui entra a equação da reencarnação: não importa quem você seja, de onde venha ou o que faça. Quando dois espíritos estão fadados a se reencontrar, nada é capaz de impedir tal encontro. Hilda e Edgar eram espíritos que estavam juntos havia algumas encarnações. Ele, assim como ela, também trazia em seu rastro reencarnatório uma série de faltas, tanto em relação a si como aos outros. Edgar e Hilda tinham prejudicado muita gente e havia uma horda de espíritos sedentos por vingança que, virava e mexia, em cada encarnação, tentava obsediá-los ou mesmo levá-los a cometer mais desatinos e aumentar, assim, a lista de faltas.

Por volta de uns duzentos anos atrás, depois de terrível desencarne, cansados de combaterem esses espíritos, Hilda e Edgar pediram proteção a uma das falanges mais densas e temidas do astral inferior. A partir dali, uniram-se às forças da falange de Azazel, e ambos acreditavam que, em conluio com tal falange, estariam totalmente protegidos e livres para continuar a praticarem suas maldades. Ledo engano. Embora estivessem ligados a uma falange de baixíssimo nível energético, os dois não tinham consciência de que a evolução existe e a humanidade, mesmo com seus percalços, caminha sempre em direção ao progresso, em todos os sentidos, por meio da fraternidade, amizade, cooperação e amor.

Por tudo isso, Hilda sentiu-se totalmente magnetizada assim que seus olhos se cruzaram. Era como se Edgar tivesse um poder sobrenatural, algo ali que ela não conseguiu identificar de imediato, mas que lhe causava tremendo bem-estar. Edgar, por seu turno, sentiu o mesmo. Foram anos e anos tentando buscar alguém com quem pudesse dividir seu amor possessivo e suas loucuras, mas nunca encontrara ninguém. A partir desta noite, ele começava a mudar de ideia e tinha plena convicção de que encontrara — ou melhor, reencontrara — a companheira ideal.

9

Mas quem era, de fato, Edgar?

Como vimos na primeira parte desta história, Edgar foi fruto do rápido envolvimento entre Valdemar e Elsa. O bebê foi colocado na porta da casa de Dirce, irmã de Valdemar, e foi por ela criado. Quer dizer, por Osório, o marido outrora violento que mudara completamente quando pegara aquele bebezinho no colo. Os anos passaram. Beatriz, a irmãzinha mais velha, transformara-se numa menina bonitinha mas sem-sal, sem atrativos. Beatriz, de cuja vida saberemos com detalhes mais à frente, crescera sentindo o desprezo do pai por ela. Osório não era de abraços, chamegos ou palavras carinhosas. Pelo contrário, ignorava Beatriz, tratava-a como se ela não existisse. Quando queria saber algo dela, perguntava à esposa.

Na frente da filha, costumava perguntar a Dirce:

— Sua filha já almoçou? Não está na hora de estudar?

Esse comportamento feria Beatriz. Ela se sentia um nada. Já com Edgar, o comportamento de Osório era completamente diferente. Amava o filho mais que a esposa e a filha juntas. Levava Edgar para tudo quanto era lugar. Fazia questão de informar a quem quer que fosse que o filho seria um figurão do Exército.

— Vai ser major! — dizia, enquanto batia no peito.

Esse amor, digamos, incondicional pelo filho durou até Edgar completar dezesseis anos. Ele estava se transformando num belo rapaz. Puxara mais a família de Elsa, com traços bem italianos. Já tinha altura acima da média dos meninos de sua idade, os olhos eram verdes e brilhantes. A pele era alva e os cabelos, mais para o tom do castanho-claro, quase loiro. Na adolescência, Edgar se descobrira bissexual, sem saber na época que se tratava de uma categoria de orientação sexual. Tivera uma namoradinha aos catorze e com ela perdera a virgindade. Apaixonara-se pelo irmão dessa namorada, que na época tinha dezessete. Com esse rapaz, Edgar acabou descobrindo que se interessava tanto por homens quanto por mulheres, sem distinção.

Um dia qualquer, porém, Osório, Dirce e Beatriz foram à missa e, na sequência, participariam de um almoço feito pelos fiéis para angariar fundos para a reforma da fachada da igreja. Edgar viu-se sozinho em casa e calculou o tempo que demorariam para voltar. Diante disso, cheio de desejo, foi até a casa do rapaz e o convidou para ouvirem música na vitrola — código que Edgar utilizava com seus pares para os encontros amorosos.

Esse menino, de nome Baltazar, aceitou o convite e os dois foram para a casa de Edgar. Lá chegando, correram para o quarto e, com o desejo à flor da pele, logo se despiram e nem se deram conta de trancarem a porta do cômodo.

Nesse meio-tempo, Osório sentiu leve indisposição intestinal. Dirce disse:

— Vou falar com o vigário. Poderá usar o banheiro da igreja e...

Osório a cortou:

— Qual nada! Eu vou fazer em casa. Onde já se viu, fazer essas coisas na rua...

Dirce deu de ombros. Quando Osório decidia, estava decidido. Ele saiu discretamente e foi caminhando a passos largos para casa. Lá chegando, correu até o banheiro. Assim que terminou e apertou a descarga, enquanto levantava os suspensórios, ouviu gemidos vindos do corredor. Estranhou

Um brinde ao destino

e seguiu em direção àquele som. Ao se aproximar da porta do quarto de Edgar, bem, Osório deparou com uma cena que o marcaria para o resto de sua vida: o filho e outro rapaz, nus, amando-se de um jeito que Osório jamais teria condições de imaginar.

Tomado de uma ira quase incontrolável e uma dor profunda no coração, afinal, era o filho de quem tinha tanto orgulho, Osório, num primeiro momento, precisou se apoiar na parede para não cair. Recompôs-se e, sem fazer alarde, caminhou até a cozinha. Ainda trêmulo, escreveu um bilhete e o colocou sobre a tampa do fogão. Foi até o quarto, pegou uma muda de roupas, meteu-as numa sacola, apanhou a carteira e saiu pela porta da cozinha.

Foi nesse dia, especificamente, que Edgar passou a ter um comportamento estranho, abusivo, principalmente no tocante ao sexo. Ele percebeu que, a cada gemido de dor de Baltazar, mais ele se excitava. Chegou um momento em que o rapaz pediu que ele parasse, e Edgar mal o escutava, ensandecido, sentindo mais e mais prazer conforme Baltazar pedia uma trégua. Terminado o ato, Edgar e Baltazar se vestiram.

Baltazar, corpo dolorido, foi categórico:

— Você é um animal. Nunca mais me procure.

Edgar deu de ombros, afinal, tinha adorado a experiência, mesmo que Baltazar saísse dela bem machucado. Em seguida, Edgar foi tomar banho. Passava das seis da tarde quando Dirce chegou, acompanhada de Beatriz.

— Viu seu pai?

— Não, mãe. Ele estava com vocês no almoço da paróquia, não?

— Estava — concordou Dirce. — Mas sentiu indisposição, teve dor de barriga e veio para casa. Não quis usar o banheiro da igreja.

Edgar gelou.

— É? Ele veio aqui?

— Disse que vinha. Você saiu?

— Não. Fiquei aqui o dia todo, estudando e ouvindo música — mentiu.

— Estranho — comentou Dirce. — Eu jurava que seu pai...
— Ela parou de falar e caminhou até o quarto. Viu a porta do guarda-roupa entreaberta e notou que algumas camisas e uma calça não estavam ali. Desconfiada, voltou à cozinha e viu o bilhete sobre a tampa do fogão: "Fui comprar cigarros".

Dirce amassou o papelzinho e o levou de encontro ao peito. Lembrou-se de que uma vizinha, alguns anos antes, recebera o mesmo bilhete do marido, que nunca mais tinha voltado. Ela mordiscou os lábios e, chorosa, disse:

— Vou preparar a janta.

E não disse mais nada. Edgar, por seu turno, tinha certeza de que o pai flagrara ele e Baltazar juntos. Por que Osório tomara essa decisão? Só podia ser porque vira o filho... Edgar não queria nem pensar nisso. Amava o pai e decepcioná-lo o feria bastante.

Os dias passaram, os meses também. Certo dia, já sem as economias, Dirce pediu ajuda. Escreveu para uma prima em São Paulo relatando a ela o estado de miséria em que vivia com os filhos. A casa estava para ser tomada pela Caixa, visto que as prestações não eram pagas havia meses. Veio o comunicado do leilão e ela recebera a notificação para entregar o imóvel.

Ofélia, a prima de Dirce, era mulher madura, viúva e sem filhos, tinha uma excelente condição financeira. O marido tinha sido plantador de laranjas na região de Belfort Roxo e ganhara muito dinheiro com a venda das terras que, anos mais tarde, se tornariam uma área bem populosa. Mudara-se com Ofélia para São Paulo e tinham vivido uma vida muito boa, mas sem extravagâncias. A prima ainda morava numa bela casa na Vila Mariana e tinha alguns sobrados espalhados pela cidade.

Condoída da situação da prima, Ofélia convidou-a para se mudar para São Paulo. Dirce nem pensou duas vezes. Fizeram as malas, pegaram o trem e vieram para começarem uma nova vida. Dirce, infelizmente, não aproveitaria essa nova fase. Embora aliviada com o sumiço do marido, afinal, Osório sempre que podia a maltratava, fosse física ou verbalmente,

Dirce caiu doente e morreu três meses depois de chegar com os filhos a São Paulo.

Ofélia tornou-se tutora e passou a cuidar de Beatriz e Edgar. Considerava-os sobrinhos do coração. Beatriz, com dezessete anos, concluiu o Clássico — nome que se dava ao Ensino Médio — e prestou vestibular para Letras, mais por insistência da tia do que por gosto. Beatriz queria mesmo era arrumar um bom partido e casar, não era fã dos estudos. Entrou na faculdade, para orgulho de Ofélia. Interessante que Regina também entrara na mesma faculdade e mesma sala de aula, mas elas nunca se viram, ou, se se esbarraram, uma não notou a presença da outra. Beatriz sentava na primeira fileira e Regina, mais ao fundo. E, quando Regina precisou mudar de período, passando a estudar à noite, elas não mais se encontrariam na faculdade.

Edgar quis prestar o serviço militar e desejava seguir carreira no Exército, para deleite de Ofélia. Ela nunca desconfiaria ou saberia dos desejos inconfessáveis do sobrinho e fazia de tudo para que Edgar atingisse seus intentos. Ela tinha relações com a esposa de um militar de alta patente e apresentara o sobrinho a ele, um senhor de idade, mas que, já em plena ditadura, gozava de grande prestígio.

Quando a ditadura tornar-se-ia mais truculenta, no que ficou conhecido como anos de chumbo, esse senhor fora designado como um dos chefes do temível DOI-CODI[1], núcleo de tortura e assassinato de pessoas que se opunham ao regime militar. Era conhecido como coronel Vaz, o anjo da morte. A simpatia e amizade entre Edgar e o coronel foram instantâneas. Vaz tornou-se uma espécie de padrinho de Edgar e, por conta disso, o rapaz também se tornaria um anjo da morte, voltando a praticar crueldade atrás de crueldade.

A primeira vítima do jovem, quem diria, seria Baltazar, o rapaz que anos antes mantivera encontros sexuais com Edgar.

---

1 O DOI-CODI (Destacamento de Operações de Informações – Centro de Operações de Defesa Interna), que era subordinado ao Exército, foi um órgão de inteligência e repressão do governo brasileiro durante a ditadura militar que se seguiu ao golpe de 1964.

Depois de alguns anos, os dois se encontraram num coquetel em Brasília. Após ingerir uma quantidade exagerada de etílicos, Baltazar perdeu a compostura e passou a zombar de Edgar, revelando aos amigos que ele, Edgar, era, a bem da verdade, um filhote de saci.

Um dos rapazes quis entender a piada. Baltazar, voz meio pastosa, explicou:

— É que o pai dele, um dia, disse que ia até o bar comprar cigarros, indo num pé e voltando noutro, mas nunca mais voltou.

As risadas logo se transformaram em gargalhadas. Todos riram à beça, para vergonha e raiva de Edgar. Baltazar o fitava e aproximou-se. Sussurrou em seu ouvido:

— Isso é por você ter me machucado. Sabia que tive de ir ao hospital? Tive de ser costurado? Animal.

Baltazar afastou-se e, a partir daquela data, Edgar recebeu a alcunha de filhote de saci. Claro que, sendo apadrinhado por Vaz e ganhando cada vez mais destaque durante o período da ditadura, o apelido foi perdendo força e Edgar granjeou respeito misturado a medo, principalmente pelo jeito truculento de agir com os presos políticos.

Foi numa manhã cinzenta, quando ainda garoava em São Paulo, que avistaram o corpo de um jovem do Exército boiando nas águas da represa Billings. Estava cravado de balas. Mais de trinta. Nunca souberam quem foi o autor dos disparos contra Baltazar. Afinal, Edgar era habilidoso em esconder o rastro de suas ações.

10

Voltando ao baile. Edgar e Hilda entabularam conversação e, num determinado momento, uma das amigas veio avisar:

— Vamos subir a serra.

— Agora? — A moça fez que sim. Hilda encarou Edgar. Ele sorriu e quis saber:

— Quer que eu te dê carona?

— Adoraria.

A menina interveio:

— Sua mãe pediu que voltasse comigo.

— Dane-se você. Eu faço o que quero.

Indignada com tamanha grosseria, a menina estugou o passo. Hilda esticou a perna e a menina levou um tropeção. Caiu e quebrou um dente. As amigas vieram para acudi-la. Hilda se aproximou e ela, instintivamente, recuou o corpo.

— Demônio! Olha o que fez comigo — disse, chorosa, enquanto era amparada pelos amigos. Edgar adorou a cena.

— Você é do barulho. Gosto de moças assim.

Ela sorriu.

— É só não se meterem comigo. Fazer o quê? Às vezes, sou um tiquinho estouvada.

Eles se entreolharam e logo foram tomados por grande excitação.

— Vamos sair daqui — ele pediu. Ela concordou com a cabeça. — Venha — disse, puxando-a pela mão.

Foram até o carro e Hilda gostou. Era um carro esportivo, um Karmann-Ghia último tipo.

— Você tem bom gosto para carros — ela disse, animada.

— E você tem bom gosto para rapazes — devolveu ele, num tom convencido.

Saíram e, quando Edgar foi dar ré, sentiu um baque e um gemido de animal. Ao olhar pelo retrovisor, percebeu que atropelara um cachorro. Ele e Hilda saíram do carro.

— Vamos levar a um hospital? — ela quis saber.

— Não. — Edgar tinha os olhos fixados no animal, que gemia de dor. — Ele não vai sobreviver.

Hilda assentiu. Ficaram a observar o bichinho até que, num determinado momento, parou de gemer. Morreu. Edgar fitou Hilda e os dois se despiram e se amaram, enlouquecidamente. Aquela mesma entidade maligna que anos atrás envolvera Hilda no episódio da piscina, em que esmagara uma borboleta, voltava a assediá-la com muito mais força, afinal, Edgar também era acompanhado por entidade semelhante. Essa entidade assediava Edgar havia um tempo. Era ela, por exemplo, que estava ao lado dele quando violentou Baltazar, da mesma forma que estava ao seu lado na madrugada em que, fingindo e implorando por ajuda, atraíra Baltazar para a morte.

Depois que se amaram, vestiram-se e subiram a Anchieta. Quando Edgar a deixou em casa, Hilda já estava apaixonada por ele. Nascia ali, ou melhor, renascia ali uma ligação permeada por uma paixão doentia e que só traria infelicidade ao casal. Mas eles se dariam conta de tal infortúnio muitos anos à frente.

Na semana seguinte, Hilda apresentou o namorado aos pais. João, mais para lá do que para cá, gostou de ver a filha namorando um fardado. Leonora, por sua vez, procurou ocultar o desapontamento. Gostaria que a filha se unisse a um rapaz da alta sociedade. Mas quem era ela para demover Hilda de tal ideia?

A contragosto, como era praxe na época, Leonora ofereceu um almoço para as famílias se conhecerem. Ofélia e

Beatriz foram recebidas com deferência. Embora fosse mais classe média, Ofélia cativou Leonora. Era uma senhora distinta, educada. Beatriz já era mais apagadinha, meio sem graça — na visão de Leonora, cabe ressaltar. Ela não deu muita atenção à moça.

Para irritação de Leonora e felicidade de Hilda, Regina estava comprometida com os trabalhos sociais do centro espírita e, por esse motivo, não compareceu ao almoço.

— Melhor assim, mamãe — disse Hilda. — Já não chega a irmã do Edgar, que é sem-sal e sem açúcar, imagina termos outra sem graça como a Regina. Eu não mereço estar rodeada de pessoas tão sem tempero.

— Não é de bom-tom — tornou Leonora, chateada. — É um momento importante. Sua irmã deveria estar aqui, celebrando conosco.

Hilda deu de ombros.

— Regina faz isso de propósito. Ela quer ver a senhora irritada.

— Acha mesmo?

— Ela não dá ponto sem nó. Pode ver, sempre que surge uma oportunidade, lá vai a Regina para jogar sobre nós duas um balde de água fria.

— É. Pode ser. Quais são as suas intenções com esse moço?

Hilda riu.

— Ora, mamãe. Você tem de fazer essa pergunta ao Edgar, não a mim.

— Eu a conheço. Ele não é rico. Por que o interesse nele?

Hilda não sabia explicar. Foi sincera ao responder:

— Não sei. Ele me atrai. Tem um futuro promissor no Exército. Ainda mais agora que as Forças Armadas estão no poder. Tenho certeza de que vou me dar muito bem. Sabe quem é padrinho dele? — Leonora fez que não. — O coronel Vaz, mamãe. O anjo da morte — disse, entre risos.

Leonora sentiu leve mal-estar e nada respondeu. Depois de passar a mão pela testa e afastar pensamentos ruins, encarou Hilda. Se a filha estava feliz, melhor. Era o que bastava. Ao menos, deduziu Leonora, desde que conhecera Edgar, Hilda se mostrara mais tranquila no trato do dia a dia. Deixara de arrumar brigas com Regina e também destratava menos os empregados.

Foi no dia imediato ao almoço que João acordou indisposto. Leonora providenciou um chá de loro, acreditando que ele comera algo que não lhe fizera bem. Mas o mal-estar persistiu e Leonora decidiu levá-lo ao hospital. Mas João já chegou morto ao hospital, para desespero de Leonora.

O velório, como mandava o costume, foi na grande sala de estar do casarão, no Jardim América. Poucas pessoas de destaque compareceram, visto que, desde que começara a demonstrar fortes sinais de embriaguez em público, João e Leonora passaram a ser figuras não desejadas nas rodas sociais.

Ofélia e Edgar compareceram. Beatriz, muito gripada, precisou ficar em casa, em repouso. Foi nesse dia que Regina os conheceu. Gostou de Ofélia e, ao conhecer Edgar, sentiu um aperto no peito. Regina não simpatizou com ele. Já Edgar... sentiu atração por ela. Enquanto o velório corria, ele imaginava cenas as mais descabidas com Regina. E com Hilda. Sua mente perniciosa não tinha limites.

Um periódico escreveu uma notinha de pé de página, limitando-se a informar que João Ribeiro trabalhara com Lúcio Costa e Oscar Niemayer. Mais nada. A morte dele passou despercebida pela imprensa e, dali a uns meses, ninguém mais se recordaria de João Hernandez Ribeiro, a não ser sua esposa.

Regina, entristecida, tomou o costume de escrever o nome do pai num papelzinho e o depositar numa urna, no centro espírita, dedicada a acolher nomes de desencarnados para receberem assistência dos amigos espirituais. Essas orações seriam imprescindíveis para a lenta e gradual recuperação de João. Devido ao estrago que o álcool fizera em seu corpo físico, levaria muitos anos para ele se refazer e ter novo pedido de reencarne atendido.

Hilda, ao contrário da irmã, não se abalara com o falecimento do pai. Aliás, a morte de João tornara-se um alívio para ela. Ele era motivo de escárnio e chacota no meio social do qual ela fazia parte. Sempre ouvia um ou outro desdenhando João, fazendo chiste com a sua condição de alcoólico. Infelizmente, nos anos 1960, o alcoolismo não era visto como doença, mas como uma falha de caráter. Levou mais de uma década para que a sociedade entendesse que uma pessoa dependente da bebida é doente e precisa de tratamento adequado, por exemplo, frequentar as reuniões dos Alcoólicos Anônimos, além de muita compaixão. Hilda, portanto, estava mais interessada na venda do casarão. Queria logo meter a mão na sua parte da herança, para horror de Leonora.

Leonora ficou efetivamente arrasada com a morte do marido. João era tudo para ela. Fora capaz de trair a irmã e casar-se sem amor para viver a paixão tresloucada que sentia por ele. Ela o amara de verdade. Fora difícil acompanhar a sua queda, o vício pela bebida. Leonora sentiu-se só, desamparada. O dinheiro minguava. A venda da casa do Guarujá, ocorrida alguns meses antes, fora preponderante para aliviar as despesas, que não diminuíam. Com a morte de João, ela só tinha um pouco de dinheiro no banco, mas o que a deixava de certa forma confiante de que viveria bem era saber que, na hora do aperto máximo, poderia se desfazer e vender as joias de família.

Sim, as joias... Anísio presenteara Dolores com muitas joias, belíssimas, e algumas valiam milhões. Com a morte de Nice, Leonora tornou-se a herdeira de todas as joias, porquanto, na família, elas eram passadas de mãe para filha. Esse pequeno tesouro vivia guardado no cofre da família, construído numa parede coberta pelo armário embutido.

Havia também o casarão, que, decididamente, Leonora já tinha pensado em vender e, com uma pequena parte dessa venda, comprar um apartamento minimamente confortável, que lhe desse bem menos despesas do que as que tinha para manter o casarão. Precisava dispensar os empregados.

E, ainda enlutada, Hilda vinha lhe cobrar parte da herança.

— Que herança? Está louca, minha filha?

— Claro que não, mamãe. Mas eu e a Regina temos direito a metade da venda desta casa, não?

— Claro que não! Você e sua irmã só teriam direito se eu estivesse morta. E ainda estou viva. Bem viva.

— Poderia antecipar, pelo bem de todas nós.

— Não quero discutir isso agora — pediu Leonora. — Seu pai acabou de morrer. Não pode me deixar em paz por um momento?

— Não. Não posso. Papai morreu. Acabou para ele. Eu — apontou para si — estou viva e preciso de dinheiro.

— Precisa de juízo, isso sim.

— As joias?

— O que tem elas?

— Não são passadas de mãe para filha? Quero o meu quinhão.

— Chega! — exasperou-se Leonora. — Essa conversa se encerra aqui. Vá para seu quarto.

Claro que Hilda não foi para o quarto. Ela não respeitava mais a mãe. Apanhou uma revista, decidiu ir até o jardim. Leonora meneou a cabeça para os lados.

Onde foi que eu errei?

11

Regina passou nos exames e conseguiu uma vaga na faculdade de Letras. Pensava em se tornar professora, para desagrado de Leonora, que entendia que a filha escolhera uma profissão menor, sem destaque.

— Está enganada, mamãe — contradisse Regina. — É uma profissão nobre. Ensinar, levar conhecimento às pessoas! Isso é um luxo.

Leonora não entendia dessa forma.

— Depois de tudo o que investi em você, vai terminar a vida como professora? Qual o homem que vai se interessar por você?

— Não estou interessada em homem algum, por ora.

— Pelo amor de Deus! — Leonora levantou as mãos para o alto. — Só falta me dizer que vai ser solteirona. Como a Betina. Que mau exemplo!

— Mamãe, não pretendo me tornar solteirona, porque acredito no amor entre duas pessoas. Mas, se isso acontecer, não tem problema. Eu me basto, vivo muito bem sozinha. Quero ser independente, ter meu próprio dinheiro, gerenciar a minha vida com liberdade. Veja a Betina...

Leonora a interrompeu:

— A solteirona.

— Não, mãe. A Betina escolheu viver assim. E garanto que ela escolheu não se relacionar. É um direito, não um defeito.

— Muito modernas para o meu gosto.
— O mundo está mudando. Não vai demorar para o homem chegar à Lua. Não vê que crenças e valores vão se transformando? Hoje eu posso escolher uma profissão, não desejar me casar. No seu tempo, eu bem sei, uma mulher não tinha vontade própria.

Leonora ficou pensativa por um momento. Não concordava com a filha. Em seguida, disparou:
— Também, as duas vivem no centro espírita. O que vão arrumar? Vão namorar espíritos?

Regina meneou a cabeça para os lados e riu.
— Mãe! Imagina. Tem muita gente interessante no centro, assim como tem gente interessante na faculdade, na fila da padaria, na vida — filosofou. — No dia certo vai aparecer alguém por quem eu me apaixone. Aliás, quando quiser conhecer o centro espírita, ficarei muito contente em levá-la.
— Não. Obrigada.

Leonora não se sentia preparada para frequentar o centro espírita, mas a morte de João mexera demasiadamente com ela. Sentia falta dele, chorava antes de dormir. Começou a pensar que, se a vida continuava depois da morte do corpo físico, bom, então havia a possibilidade de João estar vivo em algum lugar. Essa ideia passou a tomar corpo em sua mente. Não demoraria muito para ela se deixar levar e ter contato com a Doutrina Espírita, trazendo um pouco de alento ao seu coração tão confrangido.

Certo dia, depois dessa conversa, Regina começou a flertar com um colega da faculdade, mas que cursava Filosofia. O nome dele era Carlos Eduardo. Ele era um jovem bonito, cuja mancha de nascença no pescoço, escura, lhe conferia certo charme. Ele era bem alto, mas muito magro, pois nascera com uma espécie de anemia hereditária. Era um bom rapaz, mas sonhador contumaz; queria e desejava um mundo melhor, sem desigualdades sociais. Fazia parte do movimento estudantil e era ligado à UNE, a União Nacional dos Estudantes, que funcionava de maneira clandestina, visto que o governo militar declarara a extinção da entidade fazia algum tempo.

Embora Regina também sonhasse com um mundo mais igualitário, ela não era afeita a participar das manifestações ou comícios. A única vez em que participara de algo do tipo aconteceu quando houve um confronto entre os alunos da Faculdade de Filosofia da USP e os estudantes do Mackenzie, que ficou conhecido como a Batalha da Maria Antônia[1].

Insegura e nervosa com tamanha violência, Regina, nesse dia específico acompanhada por Betina, correram em direção à igreja da Consolação. Esconderam-se ali. Dias depois, Carlos Eduardo reclamava:

— Deveria estar comigo e enfrentar aquele bando de idiotas! Fugiu com a priminha. Esconderam-se sob a barra da saia do padre? — explodiu, num tom raivoso e preconceituoso.

— Como? Não sou de violência. Fui ajudar no pedágio. Você bem sabe que não gosto de política.

— É uma alienada.

— Não sou! Eu tenho direito de escolher participar ou não de tais manifestações.

— É hora de lutarmos contra o sistema.

— Não, Carlos Eduardo. É hora de você concluir seu curso, arrumar trabalho. A sua família não é de operários? — Ele fez sim com a cabeça. — Você é o primeiro da família a graduar-se. Deve ser motivo de orgulho para eles.

— Orgulho? — Ele riu com sarcasmo. — Vou viver dando aulas e ganhando uma mixaria, talvez até menos que meu pai e meu cunhado, que são metalúrgicos.

---

1 O nome faz referência à rua onde estavam localizadas as duas universidades, vizinhas à época, no centro de São Paulo. O conflito começou após alunos do Mackenzie atirarem ovos em estudantes da USP, que cobravam pedágio na Rua Maria Antônia com o intuito de custearem o congresso clandestino da UNE.

— Por que não escolheu outro curso? — Ele não respondeu e ela prosseguiu: — Você é pessimista. Veja, eu quero me formar e dar aulas também. Juntos, poderemos ter uma vida modesta, mas digna. Sabe que minha família não tem mais dinheiro. E não faz mal. Eu sou saudável, posso trabalhar com qualquer coisa.

Carlos Eduardo não entendia, ou melhor, não queria aceitar viver daquela forma, num momento em que a liberdade de expressão estava cerceada e o governo baixava atos institucionais, um atrás do outro, com o intuito de diminuir as garantias constitucionais dos indivíduos.

Pois bem. Depois de brigas e discussões, o casal fez as pazes. Regina gostava de Carlos Eduardo. Com exceção das convicções políticas, ele era um doce de criatura. Tratava Regina com carinho e, se não fosse a sua forte ligação com a política, poderiam sonhar com uma vida em comum. Ele queria lutar por um país mais justo. Ela, por sua vez, desejava formar-se, casar com Carlos Eduardo e constituir uma família.

Quando apresentado a Leonora, até que Carlos Eduardo foi bem tratado. Ela o achou um rapaz bonitinho, com cara de anêmico, e se incomodava com a mancha escura no pescoço. Se para Regina a marca de nascença era um charme, para Leonora era motivo de repulsa. Além do detalhe da mancha, ela se ressentia de a filha namorar justamente um moço qualquer, sem sobrenome pomposo, sem pedigree, segundo palavras dela.

— O filho do comendador Gomes Navarro Cintra tem uma queda por você.

— E eu com isso?

— Ora, Regina. Prefere namorar um joão-ninguém?

— Mamãe! Eu não a entendo. Num momento, reclama que não tenho ninguém e acha que vou morrer solteirona. Quando apresento meu namorado, a senhora diz que ele não presta. O que quer que eu faça?

— Que arrume um namorado que esteja no mesmo nível que o seu.

— Que nível?

— Veja sua irmã. Edgar acabou de ser condecorado segundo-tenente. Está subindo rápido na carreira. É admirado e respeitado pela sua bravura. — Só de ouvir o nome de Edgar, Regina sentia calafrios. Leonora prosseguiu: — Eu faço o maior gosto de eles se casarem. Viu como sua irmã soube escolher bem?

— Escolher bem o quê? Eu não gosto do Edgar.

— Vai ser seu cunhado. Precisa parar com as birras, tanto com as que tem dele quanto de Hilda. Sua irmã está feliz.

— Hilda é crescida e sabe o que quer. Ótimo. Não sou obrigada a aceitar quem ela namora nem concordar com quem deseja casar. Carlos Eduardo, por outro lado, vem de boa família. Os pais já são falecidos, e ele tem uma irmã casada, me parece que ela tem dois filhos.

Leonora riu alto.

— Família de operários! Minha filha envolvida com uma família de operários.

— Que mal há nisso?

— Todos! O pai morreu de tanto trabalhar. A mãe foi costureira até morrer e a irmã é casada com outro metalúrgico. Família que tem fetiche por metalúrgicos. Que horror!

— São pessoas de bem.

— Vai ser vizinha da irmã dele? Vai se casar e morar em Santo André?

— São Bernardo — corrigiu Regina.

— São Bernardo, Santo André, São Caetano, todas têm nome de santo.

— Mãe! Veja a nossa vida — apontou para o cômodo em que estavam. — Perdemos praticamente tudo. Olhe a sala vazia. Você já se desfez de todos os móveis feitos sob medida pelo Liceu de Artes e Ofícios. Acabou de vender o aparelho de jantar das Índias, que estava na família há séculos, talvez. A prataria, os cristais da Boêmia. Foi tudo embora. Não somos mais ricas. Acabou.

Leonora não se conformava. Estava difícil admitir que sua vida se resumira a uma condição financeira de penúria. Em vez de continuar a discussão com Regina, preferiu calar-se. De que adiantava brigar com a filha se ela não sabia ao certo como seria o próprio futuro?

12

Certa manhã, no intervalo das aulas, Carlos Eduardo convidou Regina para uma viagem.

— Será apenas o fim de semana. Mas eu gostaria que fôssemos um dia antes. Quero ficar a sós com você, se é que me entende.

Claro que Regina entendia. Ela também estava com muita vontade de se relacionar com o namorado. Regina nunca se deitara com um homem antes, e sentia que Carlos Eduardo era o homem ideal.

Ela concordou com a viagem. Carlos Eduardo tomou o carro emprestado de um amigo e, na quinta-feira cedinho, viajaram para Ibiúna, no interior de São Paulo. Chegaram a um sítio. Era um local espaçoso, bem-cuidado. A casa principal era muito espaçosa e havia um pátio grande, com um galpão também grande. Um pouco afastado da casa havia uma espécie de chalé, que na verdade era a casa do caseiro. Mas, seguindo ordens do dono, naquele fim de semana o caseiro viajou com a família para outro sítio.

Assim que entraram na casinha humilde, mas bem-arrumadinha, Carlos Eduardo quis saber:

— Gostou?

Regina concordou.

— Sim. É aconchegante. Bucólico. Gostei.

A mulher do caseiro, sabendo que haveria gente, deixou comida pronta sobre o fogão de lenha, cujas chamas também esquentavam o ambiente, visto que lá fora garoava e fazia frio.

Carlos Eduardo tirou da sacola de viagem uma garrafa de vinho. Apanhou dois copos, encheu-os e entregou um a Regina.

— Um brinde. Um brinde ao destino!

— Ao nosso destino, você quer dizer...

Ele aproximou-se dela e, depois de sorver o líquido e estalar a língua no céu da boca, Carlos Eduardo a tomou nos braços e a beijou com paixão. Logo estavam despidos e se entregaram ao amor. Regina se sentia a mulher mais feliz do mundo.

O conto de fadas chegaria ao fim no dia seguinte, quando Regina ouviu a azáfama próximo da casinha onde estavam. Levantou-se assustada.

— O que será isso? Esse vozerio...

Carlos Eduardo a tranquilizou.

— São os companheiros.

— Que companheiros?

Carlos Eduardo acendeu um cigarro, procurou falar com calma. Na verdade, o sítio fora escolhido para sediar o congresso da UNE. Aliás, escolheram o sítio em Ibiúna justamente porque a entidade só existia na clandestinidade.

— Quer dizer que todo esse papinho de fim de semana juntinhos era desculpa para você participar de um congresso? Clandestino?

Ele procurou se explicar.

— Regina, se eu lhe contasse a verdade, você viria? Claro que não.

— Não, mesmo. Imagine! Olhe o risco que estamos correndo.

Carlos Eduardo tentou acalmá-la.

— Vai dar tudo certo. Unimos o útil ao agradável: podemos namorar à vontade e eu poderei participar do congresso. Sabia que as principais lideranças do movimento estudantil estão vindo para cá? — ele dizia, animado. — Vem gente de todo lugar do Brasil. Vai ser supimpa.

Regina levantou-se irritada. Vestiu-se e apanhou sua mochila.

— Para onde você vai?

— Para qualquer lugar. Mas, aqui, não fico.

— Calma!

— Que calma, que nada, Carlos Eduardo. Que horror. Como pôde fazer isso comigo? — disse, chorosa.

— Não precisa ficar assim...

Ela o cortou, seca:

— Vou-me embora.

— Não tem como. Eu não posso sair daqui agora.

— Eu me viro. Arrumo carona.

De fato, ao ganhar a estradinha de terra que levava à rodovia asfaltada, Regina avistou um caminhãozinho e quase se jogou na frente dele. Um senhor, cabelos grisalhos, acompanhado da esposa, freou e perguntou, assustado:

— O que foi, minha filha?

— Por favor, preciso de uma carona. Estão indo para onde?

— Cotia — disse a senhora, simpática.

— Podem me levar? Vou na boleia.

— Imagina. Você é magrinha — observou a senhora. — Pode vir aqui comigo. Suba, minha filha.

Regina agradeceu e acomodou-se no banco. O senhor, condoído da situação dela, em vez de parar em Cotia, seguiu viagem e a deixou nas imediações do Butantã.

— Está ótimo! — Regina agradeceu.

Desceu do caminhão, andou um pouco e logo tomou um ônibus com destino ao centro da cidade. De lá, ela tomaria outra condução para descer perto de sua casa.

Sorte dela. Assim que Regina adentrou a sala de casa, cansada e desiludida, a polícia chegava ao sítio em Ibiúna e prenderia os mais de mil e duzentos participantes do evento. Carlos Eduardo estava entre os presos.

Nesse mesmo dia, Regina decidiu que, por mais que amasse Carlos Eduardo, não podia continuar com o namoro. Havia uma incompatibilidade de ideias e vontades bem nítida entre ambos. Ela decidiu, portanto, pelo término do relacionamento, para alegria de Leonora.

— Ainda bem que abriu os olhos. Esse rapaz não é para o seu nível. Imagina terminar a vida em Santo André.

— São Bernardo — ela corrigiu. — Lá vem a senhora de novo com isso.

— Não gastei com balé, bordado, francês e inglês à toa. Você tem sobrenome de peso, é uma Telles Ribeiro. Além do mais, estou pensando em fazer um jantarzinho intimista. Vou chamar o filho do comendador para...

Regina a cortou, irritada:

— Mamãe! Não estou à venda. Pare com isso, por favor!

Leonora meneou a cabeça para os lados.

— Veja só sua irmã. Já marcou a data do casamento. Com esse governo militar, logo Edgar vai alcançar altas patentes, quem sabe até tornar-se presidente. Imagine sua irmã como primeira-dama? Eu não poderia ficar mais feliz.

Regina não sabia o que responder. A mãe tentava cada vez mais viver num mundo fantasioso, a fim de fugir da triste realidade. Ela consultou o relógio e disse:

— Vou tomar um banho e vou ao centro espírita.

— Mas hoje não é sábado.

— Preciso recompor as energias. Vou tomar um passe.

Regina levantou-se e caminhou para o banheiro. Leonora não se conformava.

— Ela vai me dar desgosto. Vai ser solteirona igual à Betina. Que horror...

13

Alguns dias depois, tudo continuava na mesma. Regina, como de hábito, já havia saído para ir ao centro espírita, e Leonora tomava o desjejum ao lado de Hilda.

— Apareceu um comprador para a casa.

— E?

— Vou vendê-la, Hilda. Ele vai pagar mais do que vale.

— Está feliz?

— Feliz não seria o termo adequado. Creio que estou aliviada. Esta casa é muito grande, dá trabalho. Não temos mais como manter tantos empregados.

— Não me conformo. Eu praticamente nasci aqui. Vivi toda a minha vida neste casarão. Papai a adorava. E você vai apagar nossas memórias apenas por um capricho.

— Capricho? — Leonora indignou-se. — Como pode falar assim? Não temos mais dinheiro. A venda da casa será um bálsamo para cobrir algumas despesas. Poderei quitar dívidas e, ao menos, ter uma vida simples, mas confortável.

— Vida simples! Nunca pensei que essa frase sairia de sua boca.

— Os tempos são outros.

— Você vendeu as louças da Companhia das Índias, o jogo de cristais da Boêmia, os abajures Tiffany. Não deu para amealhar um bom dinheiro?

— Deu. Mas e o futuro? Pensa que esse dinheiro será suficiente? Claro que não.

Hilda deu de ombros.

— Eu cansei de discutir. Vou me casar e tenho certeza de que meu futuro marido vai subir muitos degraus no governo. Eu voltarei a ser rica.

— Tomara. Deus a ouça.

— Pode escrever — sentenciou Hilda. Em seguida, ela perguntou, encarando Leonora: — Claro que parte desse dinheiro será usado para o meu casamento, não?

— Claro! — concordou Leonora. — Mas tenha em mente que faremos uma cerimônia mais intimista, com pouquíssimos convidados.

— A senhora é quem sabe. E a lua de mel deverá ser na Europa.

— Não. Não terei como custear uma viagem à Europa.

— Mãe! Quer que eu viaje para onde? Cambuquira? Poços de Caldas? — Hilda fez cara de nojo. — Nunca.

— Seu noivo está se dando bem no governo. Ele não vai ajudar em nada com esse casamento?

— Vai comprar as alianças, caríssimas. E não se esqueça de que a dona Ofélia nos deu uma de suas casas para morarmos.

— Eu verei o que posso fazer — comentou Leonora, um tanto irritada.

— Ah, poderá vender a mansão hoje, se quiser, mas com uma condição: eu só sairei daqui depois do meu casamento. A cerimônia vai ser no jardim, perto da fonte. Tenho tudo planejado.

Leonora sentiu-se impotente e concordou.

— E quanto à casa dos noivos? Dona Ofélia já lhe mostrou o imóvel?

Hilda sorriu.

— Não é uma mansão, não fica nos Jardins, mas é uma belíssima construção. A casa é grande, tem quatro quartos, duas suítes. Há uma edícula com dois quartos! Eu vou utilizar aquele espaço para... — Hilda calou-se.

— Para? — Leonora quis saber.
— Nada, mãe. Eu estava pensando alto, só isso. Contudo, vai ser por pouco tempo.
— O quê?
— Não pense que eu vou morar naquela casa, embora bonitinha, para sempre. Eu fui criada no Jardim América. Não aceitarei viver por muito tempo em outro bairro.
— Fala com tanta convicção.
— Sim, mãe. Ainda vou ser mais rica do que você foi. E, diferentemente da senhora, não vou meter os pés pelas mãos. Nunca, jamais nesta vida ficarei pobre. Pode escrever.

Hilda levantou-se e rumou para o quarto. Leonora ficou pensativa. Olhava para a copa, para os poucos móveis, os talheres comuns, de inox, a louça comum... Sentiu uma nostalgia incrível. Lembrou-se de quando era jovenzinha, vivendo no Rio, montada no dinheiro. Falou sozinha:

— Quem diria que eu chegaria a este estado? Uma das maiores fortunas do Rio reduzida a uma vida simplória...

No entanto, o que mais lhe doía, de fato, era estar viúva. Sentia uma falta danada de João.

Uma lágrima escapuliu pelo canto do olho. Como amava aquele homem!

O casamento de Hilda foi simples, porém bonito, elegante, com apenas alguns convidados da alta sociedade. Da família de Edgar, apenas a tia Ofélia e Beatriz. Enquanto o jantar era servido, Hilda indagou a mãe:

— Onde estão as joias de família? Eu deveria ganhar alguma peça pelo meu casamento, não acha?

— Pois não tenha dúvida — assentiu Leonora. Ela foi para dentro e, alguns minutos depois, apareceu com uma caixinha vermelha de veludo. Entregou-a a Hilda. — Abra!

Hilda abriu a caixinha e os olhos brilharam. Era um conjunto composto de colar e dois brincos de diamantes. Maravilhosos.

— Mãe! Que lindo.

— Foi presente de seu avô quando me casei. Use-os com moderação. Valem uma fortuna.

Hilda sabia que a mãe guardava todas as joias num cofre embutido atrás do guarda-roupa. Não tinha segredo, apenas uma chave que Leonora deixava numa das gavetinhas da mesinha de cabeceira.

— Obrigada, mãe.

Edgar aproximou-se e seus olhos também faiscaram.

— Que lindo conjunto! — Assim que se afastaram de Leonora, ele perguntou: — Sua mãe tem mais joias assim?

Hilda concordou.

— Tem. Um monte. — Ela fez um gesto fechando os dedos da mão. — Por que... — Ela leu a mente do então marido e riu com gosto. — Sei o que está pensando. Eu também acho que devemos ficar com todas as joias.

— E o que mais sobrou de valor?

— Algumas esculturas Chiparus, móveis do Sergio Rodrigues — ela levou o dedo ao queixo, pensativa — e livros da biblioteca do meu bisavô, alguns exemplares raros do século 18 ou 19. Por quê?

— Eu tenho um comprador, general da reserva, que é colecionador de esculturas e livros raros. E ele paga em dinheiro, em espécie.

— Jura? — Edgar fez sim com a cabeça. — Eu vou sondar minha mãe e ver o que ainda temos de valor.

— Precisamos ter um início de vida condizente com a minha posição no Exército, concorda, meu bem?

Hilda concordou e beijaram-se com volúpia, para constrangimento dos convidados. Os recém-casados não estavam nem aí com as regras de etiqueta.

Leonora fechou negócio. Por estar localizada numa rua cobiçada da região, ela vendeu a mansão por um valor bem acima da média e usara pequena parte do dinheiro para comprar um apartamento espaçoso, com cômodos amplos e dois ótimos quartos, com vista para uma bela praça. Era um apartamento construído antes da Segunda Guerra, época em que se pensava em muito conforto, com pé-direito alto. Era um dos edifícios mais bem construídos e belos da Avenida São João, uma via arborizada, com praças e repleta de prédios elegantes.

Hilda deu de ombros quando soube do lugar que a mãe escolhera para morar.

— Eu sempre vivi em casa. E sou fã dos Jardins. Não sei se me habituaria a morar num apartamento próximo do centro da cidade.

— Você só reclama, mas está de mudança para a Vila Mariana, um ótimo bairro.

— Será por pouco tempo. Eu já disse para a senhora que vou voltar a morar nos Jardins.

— São outros tempos — observou Leonora. — Não me importa em que bairro eu vá morar, desde que esteja bem acomodada. Eu e Regina ficaremos bem. Tenho certeza de que logo ela vai arrumar um bom partido e eu vou ficar sozinha. Ao menos, viver num prédio com portaria me tranquiliza.

— Quando planeja fazer a mudança?

— Na semana que vem. Por quê? Vai me ajudar?

Hilda meneou a cabeça para os lados.

— Não. Eu vou viajar de lua de mel.

— Sinto não ter ajudado com a viagem.

— Eu me conformei — tornou Hilda. — Além do mais, a senhora sabe que Edgar está constantemente de plantão e não pudemos viajar antes. Vamos viajar na próxima sexta.

— Eu não sabia.

— Você tem a Regina e alguns empregados. Eles vão ajudá-la. Além do mais, mãe, a senhora vendeu tanta coisa que poderia mudar-se apenas com uma carrocinha.

— Que horror, Hilda.

— É a mais pura verdade.

Depois dessa conversa, a relação entre mãe e filha degringolaria. Por mais que Leonora amasse Hilda e lhe tivesse preferência, fora triste sentir-se apunhalada pelas costas.

O que aconteceu? Bom, no dia em que os rapazes da companhia de mudança terminavam de embalar os últimos móveis, Leonora deixou por último as estátuas, os móveis assinados, um conjunto de cristais e outros itens de valor que estavam armazenados no sótão. Ela chamou o encarregado:

— O senhor pode me acompanhar, por favor?

Foi uma das empregadas quem a informou:

— Não precisa subir, dona Leonora.

— Por quê?

— A dona Hilda levou tudo embora.

— Como assim? — Leonora sentiu falta de ar.

— No dia que a senhora foi para o salão de beleza. Ela veio com o marido e mais dois carregadores.

— Carregadores? — Leonora preocupou-se.

— Sim. A dona Hilda pediu que eu destrancasse a porta e foi apontando para os objetos... Eles saíram daqui levando caixas e sacolas.

Leonora sentiu um aperto no peito sem igual. Educadamente, dispensou o encarregado e subiu até o sótão; empurrou a porta, acendeu a luz, e o cômodo estava vazio. Hilda tinha levado todos os objetos de valor.

— Fui roubada pela minha filha! Como pode?

Leonora levou a mão ao peito e desatou a chorar. Regina veio ao seu encontro e quis saber o que tinha acontecido.

— Nada.

— Como nada, mamãe? Veja seu estado. Parece que levou um soco...

— Antes fosse um soco, Regina, antes fosse...

14

Enquanto deslizava os pezinhos delicados na beira da piscina, segurando um chapéu de palha, usando uma belíssima saída de banho, Hilda era toda sorrisos.

Só de imaginar o que tinha feito dias antes ...

— Minha mãe é tão tola, pobrezinha — disse entre dentes .

Logo, sua cabecinha deu um pequeno salto para trás, voltando alguns dias antes do casamento...

Leonora estava preocupada com as questões relacionadas ao evento: os ajustes finais no vestido de Hilda, a escolha definitiva do cardápio, enfim, ela fez tudo sozinha, até porque gostava de preparar celebrações e outros eventos festivos. Hilda alegava estar ansiosa e mal participou das escolhas.

— Mãe, você é muito melhor nisso. Sabe escolher e eu confio no seu extremo bom gosto. Tenho certeza de que a festa será um sucesso.

E foi. Saiu até uma notinha numa revista de grande circulação. Mas Hilda já tinha um plano arquitetado na mente. Enquanto a mãe se preocupava com os detalhes do casamento em si e da festa, Hilda foi catalogando tudo o que ainda restava de valor. No dia da cerimônia, informou ao noivo.

Como eles iriam viajar de lua de mel só dali a alguns dias, pois Edgar estava de plantão, Hilda aproveitou a ausência da mãe e, com a ajuda do marido mais dois carregadores, surrupiaram o que ainda havia de valor naquela casa.

Leonora, por outro lado, estava tranquila porque havia separado o que mais lhe era valioso e guardado esses pertences no sótão. Tivera a ideia de utilizar embalagens coloridas para diferenciar peças, móveis e utensílios que, mais à frente, negociaria em leilão.

Quando fez as malas para sair de casa em definitivo e ir morar com o marido no casarão da Vila Mariana, Hilda novamente aprontou com a mãe: tirou tudo o que tinha no cofre, desde todas as joias até um bom punhado de dólares e libras esterlinas que Leonora guardava para emergências.

O garçom surgiu carregando uma bandeja e um drinque. Entregou-o a Hilda e ela voltou ao presente. Em seguida, sorriu ao ver Edgar dando braçadas na piscina e chegando em sua direção. Ao sair da água, ela apenas suspirou e disse:

— Que espetáculo.

Ele a beijou e apanhou a toalha. Começou a se enxugar.

— Gostei do Caribe.

Hilda sorriu. Tirou os óculos escuros e fitou o corpo bronzeado do marido .

— É bem interessante.

Ele fez biquinho e repetiu a frase. Ela achou graça e o indagou:

— As joias já foram entregues?

— Sim. Ontem. Foi tudo confirmado.

— E o dinheiro?

— Daqui a pouco — ele consultou o seu novíssimo relógio à prova d'água —, o coronel Vaz deverá nos enviar um telegrama.

— Confia demais nesse homem.

— Claro, amorzinho. Ele é de total confiança. Está para me indicar para um cargo mais à minha altura. O salário será dez vezes o que ganho.

— Isso me excita.

Edgar riu e revelou:

— Você me excita.

Hilda sentiu um friozinho na barriga. Bebericou seu drinque e passou a língua no canudo.

Edgar fez sinal com o queixo e Hilda o acompanhou. Tratava-se de um salva-vidas. Era um rapazote que talvez nem tivesse atingido a maioridade. Hilda arregalou os olhos:

— Ele? — Edgar fez que sim. — Ele gosta de casal?

— Gosta. Disse que vai nos encontrar mais tarde, depois do jantar.

— Sabe que precisamos ir a um lugar mais reservado. Não podemos receber esse rapaz no hotel. Precisamos ser discretos.

— Está tudo acertado, amorzinho. Ele vai nos levar até a casa dele.

— Ótimo.

Assim foi. O salva-vidas, um rapazote de corpo bem-feito e carinha de anjo, encontrou-os na recepção do hotel para irem jantar. Antes, porém, Edgar tirou um maço de dinheiro do bolso. De forma discreta, entregou-o ao rapaz.

— A outra parte você vai receber depois — disse, sorridente.

O rapaz assentiu. Foram jantar num bistrô ali perto, cheio de turistas. Depois de pagarem a conta, o rapaz levantou-se e saiu na frente; o casal se misturou entre os turistas e seguiu-o a certa distância, até a casa dele, não muito longe dali.

A tática utilizada por Hilda e Edgar para pegar rapazes ou moças era a mesma: eles seduziam, davam dinheiro ou presentes caros, convidavam para jantar e, durante a refeição, sem que o convidado ou convidada percebesse, depositavam um pó calmante que, aos poucos, deixava a vítima meio mole, meio zonza. Levavam-na para algum lugar ermo ou distante e cometiam todas as perversões possíveis e impossíveis com a pessoa. Praticavam torturas, queimavam a pele com cigarro, enfim, perpetravam atos para lá de cruéis. As vítimas chegavam a desmaiar de tanto sofrimento. E, quanto mais dor sentiam, mais o casal chegava ao ápice do prazer. Depois de usarem — talvez essa seja a palavra menos ofensiva — a pessoa, deixavam-na à míngua, desacordada, nua; apanhavam as roupas e a carteira ou bolsa, pegavam o que tinham de valor e o resto jogavam fora. Quando a vítima acordava, se percebia nua e não tinha como correr e pedir ajuda de imediato. Era uma tática que haviam aprendido assistindo a um filme grotesco, de quinta categoria.

Durante esses atos perversos e cruéis, as entidades malignas que rondavam Hilda e Edgar se deleitavam. A bem da verdade, o casal servia como um meio fácil para que essas entidades se alimentassem e se fortalecessem através da energia que advinha do sofrimento dessas pobres pessoas.

Cada vez mais, Hilda e Edgar se comprometiam consigo próprios e com a vida, acumulando um arsenal de dívidas que só seriam expurgadas por meio de muitas experiências dolorosas.

Esse rapaz, o salva-vidas, foi tão maltratado que, quando um amigo desconfiou de que ele não vinha para o trabalho havia um dia e acionou a polícia, encontraram-no quase sem vida, bem machucado, como se tivesse passado por uma verdadeira sessão de tortura. O rosto fora tão espancado que ficara irreconhecível. Quando ele por fim prestou declarações na delegacia de polícia local, após dias internado, Hilda e Edgar já estavam de volta ao Brasil. Livres. Por ora...

As técnicas de tortura não fugiam muito das que Edgar utilizaria assim que fosse promovido a um posto de destaque no DOI-CODI. Quando ele e Hilda encontravam a vítima perfeita, Edgar usava métodos de infligir dor que incluíam cigarro, alicate, choque elétrico, da mesma forma que machucava presos políticos nos porões da ditadura. E o aperfeiçoamento na arte de maltratar se daria após eles terem assistido, em Roma, ao filme Salò[1], de Pasolini. Após a exibição da fita, Hilda e Edgar ficaram tão enebriados de prazer que correram até o banheiro do cinema para se amarem e, na sequência, saírem à cata de alguém para seviciar. Escolheram uma garçonete que terminava seu turno num bar. O que fizeram com

---

1 Salò ou Os 120 dias de Sodoma é a adaptação livre de uma obra do Marquês de Sade, escrita em 1785, ambientada durante a Segunda Guerra Mundial. Foi o filme final do diretor Pier Paolo Pasolini, lançado três semanas após seu assassinato. O filme, de 1975, somente seria exibido no Brasil em 1988, com o fim da Censura.

a mocinha seria classificado, pela imprensa local, como um ato mil vezes pior do que os praticados no filme em questão.

Apenas a título de informação, quando chegaram ao Brasil, Edgar foi regiamente pago pela venda das joias, esculturas, móveis e livros raros. O casal embolsou, na época, alguns milhares de dólares, dinheiro suficiente para torrarem com a esbórnia cada vez mais presente em suas vidas dali por diante.

Juntando essa pequena fortuna ao novo posto para o qual Edgar fora designado, o casal comprou uma belíssima casa no Jardim Europa.

— Eu disse que voltaria! — gritou Hilda, assim que pisou no jardim da nova casa.

Edgar reformou a edícula e a transformou no ambiente ideal para cometerem suas sandices, apenas acessada por ele e Hilda. Nenhum empregado podia chegar perto. A edícula tornar-se-ia, com os anos, o local em que manteriam seus escravos sexuais pelo tempo que desejassem, vivos ou mortos.

15

A mudança de casa não abalou Regina. Se antes vivia numa mansão encrustada no meio dos Jardins, morar num apartamento na São João não lhe causava nenhum tipo de sofrimento, diferentemente do que tinha sido para Leonora, que sentiu bastante a diferença entre as moradias.

O pior, no entanto, estaria por vir. Dali a dois anos da mudança, Leonora desejaria morrer, literalmente. Um projeto da prefeitura, anteriormente engavetado, tomara corpo e fora finalmente aprovado. Tratava-se da construção do famoso Minhocão, um elevado de concreto que rasgaria o centro da cidade e seria responsável pela degradação da bela avenida em que Leonora morava. A janela de sua sala ficava no mesmo nível das pistas. O barulho dos carros e o excesso de fumaça faziam-na manter as janelas fechadas para tentar diminuir a sujeira e o ruído que muitas vezes lhe tirava o sono. Não demorou muito para uma parcela significativa dos moradores abandonar ou vender seus imóveis por preços bem abaixo dos praticados no mercado imobiliário.

Leonora não tinha o que fazer. Com o dinheiro bem contado, apenas para as despesas básicas, não tinha condições de mudar dali. Ela chegou a pedir ajuda a Hilda, mas ela mentiria à mãe, jurando que estava sem condições financeiras no momento.

Enfim, enquanto Leonora ainda nem sonhava com a construção do elevado, Regina procurava levar a vida da melhor maneira possível. Decidira romper de vez o namoro com Carlos Eduardo e desejava se formar. Passou a estudar à noite e pediu a Betina que a ajudasse a encontrar trabalho.

— Não sei o que fazer. Aliás, nunca fiz nada na vida.

— Como não? E o belo trabalho que faz com as crianças no centro espírita? Alzira nunca deixa de tecer elogios à maneira como se dedica a esse trabalho voluntário.

— Eu gosto. As crianças são tudo para mim.

— Quem sabe um dia você tenha os seus, não?

Regina respondeu, ar sonhador:

— Quem sabe? Agora preciso pensar em me sustentar. Mamãe aplicou o restante do dinheiro da venda da casa e controla todas as despesas com mão de ferro. Eu me sinto mal com isso. Gostaria de ajudar nas despesas.

— Posso conversar com o Aldo. Ele é dono de um bar. De repente.

Os olhos de Regina brilharam emocionados.

— Será? O Aldo... Mas o que vou fazer num bar? Nem para ser garçonete eu sirvo.

Betina olhou para trás de Regina. Era Aldo.

— Falando no santo... — Betina o cumprimentou com um caloroso abraço. — Estávamos falando de você.

— Bem ou mal? — perguntou ele, cumprimentando Regina.

— Eu sempre vou falar bem de você — confidenciou Regina.

Aldo enrubesceu. Ele gostava dela, mais do que deveria. Se ela lhe desse chance, Aldo a pediria em namoro. Entretanto, era cavalheiro e preferia guardar o amor secreto por Regina a arruinar a amizade tão bonita que haviam construído ao longo dos anos.

Betina tomou a palavra.

— Regina passou a estudar à noite. Gostaria de um trabalho. Tem alguma vaga no bar?

Ele coçou a cabeça.

— Bem, se você tivesse a noite livre...

— Eu entro na faculdade às sete e saio às dez. Posso trabalhar de madrugada, se for preciso — disse Regina, ansiosa.

— Você tem sorte — revelou Aldo. — A menina do caixa acabou de pedir demissão. Vai casar e o marido não quer que ela trabalhe.

— Caixa? — indagou Regina, um tanto aflita.

— Sim. O que tem? — ele quis saber.

— É uma função que exige muita responsabilidade.

— Exatamente por isso adoraria ter você tomando conta do caixa. É de total confiança.

Aldo sussurrou no ouvido dela o salário e Regina quase deu um gritinho de susto.

— É mais do que eu poderia imaginar. Nossa, Aldo, se me der essa chance, prometo que vou trabalhar com afinco. É só me ensinar.

— Quando pode começar?

— Agora mesmo! — ela disse, num tom que arrancou risadas dele e de Betina.

— Passe no bar amanhã por volta de meio-dia, pode ser? Conversaremos e acertaremos os detalhes da contratação.

Ela o abraçou e Aldo sentiu as faces arderem.

— Obrigada, Aldo. Você é um anjo.

Alzira aproximou-se e os cumprimentou. Encarou Regina. Tomou-lhe uma das mãos e disse:

— Confie na vida. Ela sabe o que faz.

— Por que me diz isso?

— Deus faz tudo certo. Apenas confie. No futuro, tudo será resolvido e você ficará em paz com sua consciência, terá um fim de vida prazeroso, cheio de boas surpresas.

Regina não entendeu direito o que Alzira lhe dissera. Mas gostava tanto dela que agradeceu pelo comentário. Em seguida, ela percebeu que Alzira fitava o nada. Sabia que, quando isso acontecia, ela estava recebendo inspirações dos bons espíritos.

— O que foi? — Regina quis saber.

Betina e Aldo se entreolharam. Alzira a encarou firme:

— Primeiro, preciso que você venha no domingo.

— Para quê?

— Precisamos fazer uma corrente de orações em prol da sua irmã.

— Hilda não está bem?

— Ela e o marido andam praticando atos que apenas os distanciam da luz. Vocês também poderiam vir? — Ela estendeu o convite a Betina e Aldo.

— Sim — os dois responderam em uníssono.

— Combinado. Domingo. — Antes de ir embora, ela voltou-se para Regina e convidou: — Diga a sua mãe que seu pai segue em tratamento de desintoxicação no astral, mas está bem. Além do mais, o centro está à disposição dela. Leonora pode me procurar quando quiser.

— Sim. Obrigada.

Depois desse encontro inusitado, cada um foi para casa. No dia seguinte, ao meio-dia em ponto, Regina adentrava o bar de Aldo na Praça Roosevelt. Assim que a viu, ele veio cumprimentá-la. Mostrou a Regina os boletos, a forma como cobravam os clientes etc. Era um trabalho de responsabilidade, pois envolvia dinheiro, mas não era tão complexo. Regina acertou com ele de começar dali a duas noites.

— Começará na quinta, que é a primeira noite de grande movimento.

— Certo. Estarei aqui às onze da noite.

Dali a duas noites, Regina, ansiosa, saiu da faculdade mais cedo para chegar no horário. Quando consultou o relógio eram nove e meia. Ela deveria estar no bar às onze. A distância da faculdade até o bar era de poucos minutos.

Ela meneou a cabeça para os lados e riu.

— Só eu mesmo!

Nisso, começou uma forte chuva. Regina tentou se proteger sob uma marquise, mas o vento soprava forte e ela começou a se molhar. Atravessou a rua e parou sob a marquise de um cinema. Meio sem jeito, comprou o bilhete e entrou no salão escuro. Precisou tatear a parede até que sua vista se adequasse à luz do ambiente.

Foi quando, ao olhar para a tela, Regina percebeu que entrara num cinema voltado única e exclusivamente ao público adulto. Era uma fita pornográfica. Ela abriu e fechou a boca. Depois caiu na risada.

— Só eu para cair num lugar desses!

A sala estava quase vazia. Ela notou que o público era composto de homens em sua maioria. E que estavam ali não para assistirem ao filme, mas para praticarem atos libidinosos entre si. Regina decidiu sair.

— Cada um faz o que quiser — tornou entre dentes. Ela tinha uma cabeça aberta, sem preconceitos.

Antes, porém, quis ir ao banheiro, ver como estavam os cabelos, se a maquiagem havia borrado. Assim que saiu, ela viu dois rapazes abraçados, com as calças arriadas, e que se beijavam com volúpia. Eles estavam tão à vontade que não percebiam que bloqueavam a passagem no corredor. Com todo jeito, Regina tentou passar por eles, mas foi inevitável o esbarrão. Um dos rapazes gritou com ela:

— Tenha mais cuidado, benzinho.

Ela ia pedir desculpas e, quando viu o outro rapaz, seus olhos se arregalaram.

— Regina? — Edgar perguntou meio sem jeito. — O que faz aqui?

— Nada. Não faço nada.

Ela se desvencilhou dele e ganhou a rua. A chuva havia parado e ela pôde tomar o caminho do bar. Edgar a alcançou um pouco antes de ela ganhar a Praça Roosevelt.

— Aonde pensa que vai? — perguntou apertando o braço dela, ainda ofegante.

— Me solte, Edgar.

Ela se desvencilhou dele.

— Você não viu nada — ele disse, enraivecido.

— Eu não tenho nada a ver com a sua vida.

— Não vai ser tagarela e contar por aí...

Ela o cortou, encarando-o com ar de repulsa.

— Não me interessa o que você faz ou se a Hilda sabe ou não disso. Agora me deixe ir, tenho mais o que fazer.

Ela girou nos calcanhares e apertou o passo. Chegou ao bar e Betina estava na porta.

— O que foi? Está com uma cara.

— Nada, Betina. Apenas tive um contratempo. Esqueci de trazer o guarda-chuva.

— Venha. Vou ajudar a retocar a maquiagem.

— O que veio fazer?

— Apreciar o seu primeiro dia de trabalho, desejar-lhe boa sorte, sei lá.

Regina a abraçou.

— Você é minha irmã, de verdade — disse, chorosa, ainda com Edgar vociferando em sua mente.

Betina mostraria ser uma irmã de verdade dali a duas semanas, quando Regina começou a enjoar por qualquer coisa. Fosse aroma de perfume, cheiro de cigarro, de comida, tudo era motivo para enjoá-la. Betina desconfiou e marcaram uma consulta médica.

Depois de alguns exames, o médico, todo sorridente, a cumprimentou.

— Parabéns. A senhorita está grávida.

Regina quase caiu dura da cadeira. Sorte ter sido amparada por Betina, sentada a seu lado.

Ela só conseguiu dizer:

— E agora?

16

Falemos um pouco mais de Beatriz, irmã de Edgar. Devido à frieza e ao descaso com que Osório a tratava, Beatriz cresceu carente, mas muito carente de afeto masculino. Ela tinha tanta insegurança em relação a si mesma que tinha convicção de que Osório sumira no mundo por causa dela.

— Ele sempre quis ter um filho homem. Eu fui uma decepção — costumava dizer.

— Nada, minha filha — Dirce tentava acalmá-la. — Seu pai sempre foi estúpido, grosso. Sofri muito nas mãos dele. Se quer saber, graças a Deus que ele foi embora. Espero que nunca mais volte.

Dirce morreu pouco tempo depois que se mudaram para a capital paulista. Como sabemos, Beatriz e Edgar foram como que adotados por Ofélia, que era uma boa mulher.

Depois do casamento de Edgar, Ofélia indagou Beatriz:

— E você, mocinha?

— O que tem eu?

— Não tem nenhum pretendente?

— Não. Quer dizer, outro dia, na festa da Claudinha, conheci um rapaz. Parece ser de boa família.

— Ele é bonito? — Ofélia perguntou, num tom que arrancou risada de Beatriz.

— É, tia. Um broto. Bonito. Lembra o Jerry Adriani. — Ela balançava a cabeça e os cabelos mal se mexiam. Beatriz era fã de laquê.

— Nossa! Que pedaço de homem. É mesmo? — Beatriz assentiu. — Qual o nome dele?

— Cristiano.

— O que ele faz da vida?

— Não sei ao certo. Parece que o pai é dono de uma pequena confecção no Bom Retiro.

— Então é trabalhador.

— Acho que sim, tia. Não conversamos muito.

— Quando você vai reencontrá-lo?

— Não sei ao certo. Preciso saber quando a patota vai se reunir.

Depois de duas festinhas, estilo bailinho de garagem, Beatriz se insinuou a Cristiano. Ele correspondeu. Achava-a bonita, delicada, mas não estava apaixonado. Ela, por sua vez, também não estava apaixonada ou cheia de amores, apenas queria suprir a carência de uma figura masculina que tanto a perseguia desde sempre.

O namoro seguiu como era praxe na época. Beatriz apresentou Cristiano à tia. Ofélia adorou o rapaz.

— Já disseram que você se parece com o Jerry Adriani?

Ele riu.

— Sim. Minha mãe diz isso o tempo todo.

Dali a uma semana, Cristiano apresentou Beatriz à família. Ela foi recebida com carinho. Os pais de Cristiano eram gente boa, de fino trato. Ele tinha um irmão, Roberto, já casado e com filhos, visto que Cristiano fora fruto de uma gravidez tardia. A diferença de idade entre ele e o irmão beirava quinze anos.

Os pais, já idosos, preocupavam-se sobremaneira com o futuro do filho. O irmão queria modernizar a confecção e fazia muito gosto que Cristiano também gostasse de trabalhar a seu lado. O pai já não ia muito à oficina.

O namoro seguia assim, meio sem-sal. Cristiano alegava excesso de trabalho e namoravam somente aos sábados à noite. No domingo, geralmente almoçavam na casa de Ofélia e depois da refeição iam ao cinema. Os encontros eram bem previsíveis.

Certo domingo, depois de assistirem ao filme *O planeta dos macacos*, Cristiano quebrou a mesmice e, em vez de levar Beatriz para casa, convidou-a para tomarem um sorvete numa sorveteria badalada na Rua Augusta, ponto de encontro da juventude.

Beatriz gostou da ideia. Foram à sorveteria, ela pediu um sundae e ele, uma banana split. Depois de se fartarem, eles entraram no carro.

— Adorei a noite — ela disse, sincera.

— Eu também.

Num impulso, Beatriz tocou em Cristiano. Ele a beijou com ardor e, quando se deram conta, haviam se amado no banco de trás do carro.

Estranhamente, depois do ato, não trocaram palavras. Cristiano não tinha gostado das intimidades com Beatriz. Achara-a fria e mecânica. Beatriz, por seu turno, achara Cristiano sem tato, nada romântico. Enfim, nem um nem outro ficara contente com a troca de carícias.

A semana passou e, no fim de semana seguinte, Beatriz inventou desculpa, disse que a tia estava doentinha e preferia não sair. Na outra semana, era Cristiano que tinha de resolver sérios problemas na confecção.

Os dois não queriam admitir, mas o encontro íntimo, em vez de uni-los, criara condições para culminar com o rompimento do namoro. Beatriz passou a semana inteira tomando coragem para terminar. Cristiano, do outro lado da cidade, fazia o mesmo. Beatriz não era a mulher da sua vida.

Decidiram se encontrar num sábado à tarde para terem uma conversa definitiva. Os dois queriam e desejavam formalizar o término do namoro.

No entanto, no meio da semana, assim que Ofélia lhe mostrou um novo perfume da Avon, Beatriz sentiu forte enjoo e correu para o banheiro. Desconfiada, Ofélia marcou consulta com o médico da família.

Dito e feito. Beatriz estava grávida. Foi um pega para capar. Ela não queria se unir a Cristiano, mas sabia que a sociedade a massacraria. Uma mulher solteira, grávida, no final dos anos 1960 era motivo de vergonha, uma espécie de passaporte para o escárnio e o desdém.

Por outro lado, Cristiano não sabia como agir. Conversou com os pais e eles exigiram que ele fosse "homem" e assumisse o compromisso de casamento.

E assim foi. Antes que a barriga começasse a crescer, celebraram o casamento. Tudo foi tão rápido que eles nem tiveram tempo de comprar o enxoval ou montar uma casa. Ofélia, generosa como sempre, os convidou para morarem em sua casa até que Cristiano tivesse condições de pagar um aluguel. Ele aceitou de bom grado e, depois do enlace, Beatriz e ele foram morar com Ofélia.

Nesse ínterim, Beatriz trancou matrícula na faculdade. Cristiano afundou-se no trabalho. Enquanto eles tentavam se adaptar a uma nova rotina de vida, que deles exigia responsabilidade, Hilda e Edgar vendiam as joias de Leonora no mercado clandestino e, surpreendentemente, anunciariam a mudança de endereço. Ofélia não entendeu direito, mas não quis entrar em discussão. Até gostou da novidade, pois, assim que seu sobrinho e Hilda deixaram a casa da Vila Mariana, ela a ofereceu a Beatriz e Cristiano. Hilda apenas levou as roupas e deixou tudo para trás: móveis, eletrodomésticos, ou seja, a casa toda mobiliada, o que foi um alívio para Beatriz. Ela não gostava, como costumava dizer, de brincar de casinha.

De mais a mais, a vida de Beatriz e Cristiano consistia em brigas diárias. Ela reclamava que ficava muito sozinha, e ele, bem, reclamava que ela reclamava...

Certo dia, numa discussão para lá de calorosa, ele explodiu:

— Juro que, se não tivesse engravidado, jamais teria me casado com você!

— Digo o mesmo — ela replicou. — Nunca o amei.

— Melhor nos desquitarmos.

Beatriz quase teve um treco.

— Nunca! Desquitada? Não. Não mereço carregar essa mancha.

Ela tinha razão. Naquele tempo, um homem desquitado não era motivo de escárnio. O homem sempre podia tudo, inclusive matar em legítima defesa da honra. A lei lhe dava tal prerrogativa. O mesmo não acontecia com a mulher. Se ela se separasse, sentia brutalmente o peso do desquite nas costas. Era malvista, malfalada. As amigas se afastavam porque acreditavam que uma desquitada roubaria o marido delas. Se houvesse filhos, então, praticamente não eram admitidos em escolas particulares. Ser desquitada, até surgir o divórcio, era uma praga na vida da mulher. E Beatriz não queria isso.

— Então, o que vamos fazer? — Cristiano levava a mão à cabeça, aflito. — Por Deus, Beatriz. Brigamos todos os dias. Acha que isso é saudável para nosso filho? Viver num ambiente de guerra?

Ela não respondeu. Nunca pensara nisso. A bem da verdade, ela era tão carente de afeto que nunca pensara em um dia ter filhos. Não queria que ele, ou ela, vivesse as dolorosas experiências pelas quais ela passara na infância, com um pai ausente e, depois, sumido.

Imediatamente, passou com delicadeza a mão na barriga e disse, carinhosa:

— Desculpe. Não quero que você sofra. — Em seguida, encarou Cristiano: — Teria coragem de se desquitar de mim e nos largar, a mim e seu filho?

Ele meneou a cabeça para os lados.

— Não. Nessa situação, jamais. Mas confesso que — ele fez o sinal da cruz —, se por um azar você perdesse nosso filho, eu juro que pediria a separação. Não nascemos um para o outro.

Cristiano saiu e bateu a porta de casa com força. Logo Beatriz escutou o ronco do carro e novamente acariciou a barriga.

— Você tem de nascer. Pelo meu bem.

17

Regina saiu do consultório médico sentindo que escutara tudo errado. Estava incrédula.

— E agora? — repetiu.

— Vamos com calma — pediu Betina. — Vou com você até sua casa. Conversaremos com sua mãe.

— E Carlos Eduardo? Como vou avisá-lo?

— Você precisará ter uma conversa com ele, para decidirem o que vão fazer. Me diga: você quer ter essa criança?

Regina emocionou-se e abraçou o próprio corpo.

— Claro! Sempre sonhei ser mãe um dia. Claro que num outro cenário, casada, feliz.

— Caso Carlos Eduardo...

Regina a cortou:

— Não me interessa o que ele vai dizer ou não, se vai se casar comigo ou não, se vai assumir a criança ou não. Eu vou levar essa gravidez adiante, custe o que custar.

Betina a abraçou, também emocionada.

— Posso me convidar para ser a madrinha? Prometo ser a dinda mais amorosa e grudenta do mundo.

Regina riu.

— Claro. — Ela mordiscou os lábios, aflita. — Comecei a trabalhar agora. Será que Aldo vai me dispensar?

— Duvido. Aldo é um ótimo amigo, pessoa de grande sensibilidade. Tenho certeza de que ele vai te manter no emprego até essa barriga ficar assim grande — fez um gesto gracioso com as mãos.

— Você me tranquiliza. Obrigada. Antes de falar com minha mãe, gostaria de conversar com o Carlos Eduardo.

— Está bem. Estou a seu lado, não importa o que decidir.

Abraçaram-se e Regina sentiu-se confiante. Ligou para Carlos Eduardo e a faxineira informou que ele estava reunido com amigos da faculdade.

— Sei — Regina disse para si ao desligar o telefone. — Carlos Eduardo e o sonho de mudar o mundo a qualquer custo...

Eles se encontraram depois de uma semana. Assim que o viu, ele a cumprimentou sem tocá-la.

— Como vai, Regina?

— Bem. E você?

— Na luta.

— O clima anda tenso, Carlos Eduardo. Tenho medo de que algo ruim possa lhe acontecer.

— O que pode de pior me acontecer? Morrer em prol de um mundo melhor?

— Não acha que pode resolver as coisas de um jeito menos radical?

Ele se enfureceu.

— Radical é esse governo que nos tenta calar com violência e truculência. Eu não posso ficar calado. Você me conhece...

Ele passou a fazer um discurso inflamado sobre igualdade social, direitos e garantias individuais, e demorou para perceber que Regina chorava.

— O que foi? Disse algo que a tenha machucado? — Ela fez não com a cabeça. — Então, o que foi?

Ela foi direta.

— Estou grávida. De você.

Ele ficou lívido.

— Grávida?

— Sim. Fiz exames e o resultado deu positivo. Pelos cálculos, foi naquela noite, em Ibiúna.

Carlos Eduardo levou a mão à cabeça.

— Essa não! Que bafafá! É fogo na roupa.

— Pois é.

— O que vai fazer? Tirar, não?

— Como? — Regina não entendeu.

— Vai tirar, não?

— Claro que não! — ela indignou-se.

— Eu não tenho condições de criar um filho. Não agora. Faço parte de um grupo que vai lutar até a morte para vencer e dobrar esses idiotas que estão no poder. Percebe que não estou pronto para assumir esse filho ou mesmo me casar com você?

— Claro que sei. Jamais esperaria que fosse casar comigo. A luta armada é mais importante — ela disse, entristecida. — Mas eu vou levar essa gravidez adiante.

— Então vai ter o bebê? — Regina assentiu. — E se ele nascer com anemia, como eu? Precisei de muita transfusão de sangue e dietas rigorosas para estar vivo.

— E está! — Regina aumentou o tom da voz. — Se você se tornou um milagre da natureza, pois bem, nosso filho pode nascer de qualquer jeito, mesmo doente. Não importa, eu vou amar essa criança incondicionalmente.

— É fácil falar — ele ajuntou. — Eu não quero ser pai.

— Bom, só queria que soubesse que estou esperando um filho seu. Eu vou levar a gravidez adiante e, se um dia você quiser, poderá conhecer seu filho ou filha.

Ele se emocionou, mas não demonstrou o sentimento.

— Você é quem decide. Eu estou sendo bem sincero, de verdade. Não tenho como assumir um filho nessa altura de minha vida. Tenho prioridades.

— Claro, claro.

Essa foi a última conversa entre eles. Regina levaria a gravidez adiante e Carlos Eduardo envolver-se-ia com um grupo de guerrilheiros.

Alguns dias depois desse encontro, o governo militar baixaria o Ato Institucional número cinco — o famigerado AI-5 —, que consistia, dentre outras atribuições, no fechamento do Congresso, na prisão de Jucelino Kubistchek e na cassação de dezenas de mandatos, na intervenção de Estados e municípios, e, pior, na suspensão de garantia de habeas corpus em casos de crime contra a segurança nacional.

O clima era de tensão, insegurança e medo. E, enquanto a barriga de Regina crescia, Carlos Eduardo tornava-se um líder respeitado, admirado pela sua bravura e, por esse motivo, procuradíssimo. O governo colou retratos dele em rodoviárias, aeroportos, portos, chegou a oferecer recompensas financeiras caso recebesse alguma pista que levasse até quem consideravam um terrível guerrilheiro, alcunha que recebera dos periódicos que apoiavam a ditadura. Coincidências do destino ou não, Carlos Eduardo seria preso numa ação policial e interrogado por quem? Edgar. Ele mesmo. Edgar participou das sessões de tortura e machucou Carlos Eduardo sem dó nem piedade durante dois dias. Excitado com a dor do rapaz, ele foi para casa tomar uma ducha e avisou que não tocassem mais nele.

— Eu quero brincar com esse moço sozinho. Ninguém encosta um dedo nele enquanto eu não voltar.

Quando tencionava retornar às sessões de tortura, Edgar recebeu a ligação de Beatriz. Ele a levou ao hospital e ficou lá por horas para atender aos desejos da irmã. Carlos Eduardo, não resistindo aos ferimentos, morreria minutos depois do nascimento do seu filho. Isso tudo aconteceria dali a exatos seis meses.

18

Depois da conversa tensa com Carlos Eduardo, era a vez de Regina encarar Leonora. Embora tivesse tido um passado condenável, Leonora era mulher de valores morais um tanto deturpados. Talvez, até pelo fato de ter sido uma jovem doidivanas, tentava ser rígida nos costumes, como se tal comportamento a isentasse dos atos do passado. Betina se colocou à disposição para lhe dar apoio.

— Não será necessário. Depois da conversa com Carlos Eduardo, estou pronta para ouvir qualquer coisa.

— Posso te dizer uma coisa? — Regina fez que sim. — Não sei se vai te acalmar, mas... se houver qualquer problema, você poderá viver comigo.

— Oh, Betina. Obrigada! — Regina não conseguiu conter o pranto. — Se eu não tivesse você ao meu lado, não sei o que faria da minha vida.

De cabeça erguida, Regina respirou fundo e adentrou o apartamento. Encontrou Leonora assistindo à televisão. Sem desgrudar os olhos do aparelho, ela disse:

— Boa noite.

— Mãe, precisamos conversar.

— Agora não. Espere acabar o capítulo da novela.

Regina foi ao banheiro, tomou um banho demorado, vestiu uma roupa confortável. Dali a uma hora, deveria sair de casa para o trabalho no bar do Aldo. Assim que voltou para a sala, Leonora meneava a cabeça para os lados.

— O que foi, mãe?

— A Isildinha Penteado me disse, no salão de beleza, que essa novela nova, *Beto Rockfeller*, é um estouro. Muito moderna e ousada para o meu gosto. Acredita que ela retrata o dia a dia das pessoas?

— E isso não é bom?

— Não — protestou Leonora. — Prefiro as novelas de época. *A gata de vison* é muito melhor do que essa modernidade — protestou.

Regina sentou-se na poltrona em frente. Antes, porém, caminhou até a janela. Olhou ao redor, admirou a avenida adornada com os postes negros e imponentes. Aspirou o ar e voltou-se para Leonora.

— Mãe, preciso te contar uma coisa.

— Diga.

— É assunto delicado.

— Não me diga que foi demitida! Sabia que não ia durar muito no trabalho e...

— Não. Não se trata disso. É que... — Regina não encontrava as palavras. Como estava difícil encarar a mãe e confessar...

— Diga logo. Estou ficando impaciente.

Regina respirou fundo e disse, devagar:

— Estou grávida.

Leonora arregalou os olhos.

— Grávida? — Regina assentiu. — De quem? Que eu saiba, você não está namorando. Quer dizer, namorou aquele moço da faculdade, mas isso são águas passadas.

— É dele, mãe. Do meu ex-namorado.

Leonora a fuzilou e apontou o dedo em riste:

— Como pôde ser tão leviana?

— Aconteceu.

— Sim, claro. Eu bem sei como aconteceu.

Ela levantou-se irritada, andando de um lado para o outro.

— Preciso da sua ajuda — pediu Regina.

Leonora estava mais preocupada com a reputação.

— E agora? O que vamos fazer? Bom, esse rapaz tem família, certo? De Santo André, não é?

— São Bernardo.

— Que seja.

— Tem, mas...

Leonora não a deixava falar.

— Então vamos conversar com os pais desse irresponsável. Ah, não. São os metalúrgicos! Meu Deus. Ao menos ele tem uma irmã casada. Vamos conversar com ela e exigir que marquem a data do casamento o mais rápido possível.

— Não.

— Como não? Você precisa assumir a responsabilidade por esse ato tresloucado. Vai ter de casar. Ou tirar.

Regina levantou-se, indignada.

— Mamãe!

— Diga-me: o rapaz já sabe?

— Sim. Sabe.

— E o que vão fazer?

— Ele não quer.

— Então vamos providenciar o aborto. Eu conheço uma clínica discreta no Pacaembu. Eles só atendem gente do nosso nível.

Com lágrimas nos olhos, Regina fez que não.

— Por favor, mamãe. Eu não vou me casar tampouco tirar essa criança. Eu vou ter o meu filho, custe o que custar.

— Bom. Então, parece que você já decidiu.

— Sim, senhora.

— Não vou compactuar com essa sem-vergonhice. Se for ter esse bebê... — Leonora acendeu um cigarro. Estava nervosíssima.

— Eu vou ter, mamãe. Nada nem ninguém me fará mudar de ideia.

— Se mal consegue me ajudar nas despesas de casa, como vai sustentar uma criança?

— Eu vou me virar. Posso dar aulas particulares de francês. Tem o emprego no caixa do bar e...

Leonora tragou o cigarro e quase tossiu ao ouvir o que considerava uma sandice.

— Você será acusada de leviana, ficará malfalada. E eu? Pensou em mim? Eu perdi a fortuna, mas você não vai me fazer perder o pouco de reputação que tenho.

Regina riu com desgosto.

— Tem uma filha doidivanas e acha que não falam de nós pelas costas?

— Não traga sua irmã para esse assunto. Hilda, ao menos, não me dá essa vergonha. Está bem casada, tem um marido que é oficial do Exército. E você? Pelo amor de Deus, Regina, nunca mais se compare à sua irmã. Hilda não merece isso.

Ela riu com desgosto mais uma vez.

— Desculpe. Fiquei nervosa. Não vou mais tocar no nome da Hilda.

— Quer saber? — Leonora apagou o cigarro no cinzeiro e a encarou: — Eu a convido a se retirar desta casa.

— Eu sabia que isso poderia acontecer.

— Pois bem. Depois de voltar do trabalho, pode arrumar suas coisas. Não vou tolerar viver com uma filha vagabunda.

Regina correu para o quarto e chorou. Chorou bastante. Núria apareceu e, enquanto lhe dava um passe calmante, disse, numa voz doce:

— Minha querida, confie na vida. Lá na frente, tudo vai dar certo. O caminho, por ora, será conturbado, mas, se você persistir no bem, vai ser muito feliz.

Mais calma, Regina arrumou-se para o trabalho. Apanhou uma mala e começou a colocar algumas roupas nela. Quando passou pela sala, Leonora não desviou os olhos da televisão.

Triste e cabisbaixa, ela chegou ao bar. Betina conversava com Aldo e, assim que a viu, Regina correu ao seu encontro e a abraçou.

— Mamãe me expulsou de casa. O que vou fazer, Betina?

— Calma, minha querida — ela tornou num tom conciliador. — Tudo vai se resolver da melhor maneira. Você vai morar comigo.

— E eu estarei ao seu lado para ajudá-la no que for preciso — acrescentou Aldo.

— Posso continuar a trabalhar aqui?

— Claro! Você vai trabalhar até quando aguentar. E fique sossegada, pois, mesmo afastada, eu vou garantir seus rendimentos.

Regina o abraçou, comovida.

— Obrigada, Aldo. Você e Betina agora são tudo para mim.

Os três se abraçaram e uma luz cálida e suave esparramou-se sobre eles e por todo o ambiente.

19

O nascimento do bebê de Regina estava prestes a ocorrer. Ela se encontrava sentada no sofá, procurando uma posição confortável, mas estava difícil. Já fazia uma semana que Aldo a dispensara do trabalho para que ela se preocupasse única e exclusivamente com a sua saúde e a do bebê.

Nesse tempo que se passara, ela também trancara a matrícula na faculdade e, vez ou outra, tentava imaginar o que Carlos Eduardo andava a fazer.

Leonora sumiu da sua vida. Regina tentou uma aproximação, ligou para Hilda, mas a irmã não se condoeu de sua situação. Ao contrário. Hilda a chamou de todos os nomes impronunciáveis. Disse a Regina que jamais se rebaixaria para ajudar uma irmã de comportamento duvidoso e altamente leviano. As palavras recriminatórias saíam da boca de Hilda como se ela fosse o baluarte da boa moral e dos bons costumes. Justo ela, que, em conluio com o marido, praticava as piores atrocidades contra o próximo...

Num certo dia, meio apaixonado, Aldo propôs a Regina que se casassem.

— Seria um casamento de fachada — ele explicou.

— Por que faria isso por mim?

Porque eu gosto de você, mas respondeu:

— Porque você teria um marido, um pai para seu filho. Não seria malfalada. Sabe como a sociedade julga, é preconceituosa...

Ela se sensibilizou sobremaneira.

— Obrigada. Você é um bom amigo. Mas eu vou enfrentar a sociedade. Sou mais forte que os dedos acusadores do mundo.

Aldo tinha um carinho especial por Regina. Achava-a uma moça bonita, inteligente, de bom coração. Desde que a tinha visto pela primeira vez no centro espírita, sentira algo diferente. Regina tinha a capacidade de mexer com seus sentimentos mais íntimos. Contudo, ele era discreto e nada dizia, pois percebia que Regina nunca o olhara como uma mulher apaixonada.

— Se mudar de ideia, sabe que pode contar comigo.

— Sim. Mais uma vez, obrigada.

Betina entrou e estava ansiosa para falar.

— Preciso contar-lhes uma novidade.

— O que foi? — indagou Regina.

— Lembram do Raimundo[1], que confeccionava lindos chapéus no ateliê de Madame Dubois? — Regina fez que sim. — Recebi uma carta dele para ser sua assistente.

— Que notícia maravilhosa — disse Regina, sincera.

— Você vai aceitar o convite, não? — quis saber Aldo.

— Estou um pouco apreensiva.

— O que a prende no Brasil? — perguntou Aldo. — Embora tenha um bom emprego, você mora de aluguel, não tem compromisso sério com ninguém.

— Você se esqueceu de mencionar o Centro Espírita Irmão Francisco. Os trabalhos ao lado de Alzira alimentam o meu espírito. Se eu for para Paris, como vou fazer?

— Tudo tem um preço — emendou Regina, entristecida.

Betina percebeu a tristeza e desconfiou:

— Acha mesmo que, se eu aceitar esse convite, não levaria você comigo? Você e meu afilhado? Ou afilhada?

— Fala sério, Betina? Você me levaria, quer dizer, nos levaria com você para Paris?

---

1 O personagem Raimundo é apresentado pela primeira vez em *O tempo cuida de tudo*, romance psicografado pelo autor em 2022 e publicado pelo selo Lúmen, da Boa Nova Editora.

— Claro! Você fala muitíssimo bem o idioma, tem desenvoltura, é bonita. Nossa, algo me diz que você se daria muito bem lá.
— E eu? — Aldo fingiu tristeza. — Vão me abandonar?
— Calma — pediu Betina. — Eu apenas recebi uma carta com um convite. Não tem nada certo ainda — tornou, animada.
Continuaram a conversar até que Aldo, olhos arregalados, olhou para o sofá, todo molhado.
— Regina — ele apontou.
Ela abriu e fechou a boca. Betina foi quem disse:
— A bolsa estourou!

Não muito longe dali, naquela mesma hora, Beatriz sentia grande desconforto. Ofélia procurava acalmá-la.
— Está muito nervosa.
— Claro que estou, tia. O Cristiano precisava viajar numa hora dessas?
— Ele foi hoje cedo e volta amanhã de manhã. Nem um dia.
— E me deixar nesse estado?
— Se ele está fazendo isso é porque quer que você e o bebê tenham um bom futuro. Ele viajou a trabalho, não a passeio. Além do mais, eu gosto do Cristiano.
Beatriz ia dizer o contrário, mas não estava no clima para discussão.
Cristiano soubera que um casal, já idoso, decidira fechar uma pequena fábrica de calças jeans em Blumenau, Santa Catarina. Ele já vinha com a ideia de produzir esse tipo de calça, mas os aparelhos eram caros. O casal só venderia as máquinas, por um valor bem abaixo do mercado, caso comprassem todo o maquinário. E Cristiano tomou um avião para conhecer o casal, ver as máquinas e, se tudo corresse a contento, fechar negócio. Achava que não haveria problema afastar-se da esposa prestes a ter o bebê ausentando-se apenas um dia.

Beatriz levantou-se para tomar um copo d'água e, conforme caminhava para a cozinha, a bolsa estourou. Ela se desesperou.

— E agora?

— Vou ligar para seu irmão. Tenho certeza de que Edgar vai nos prestar socorro.

— Pode deixar, tia. Eu mesma ligo.

Por incrível que pudesse parecer, Edgar acatou o pedido da irmã. Apanhou Beatriz e a levou para o hospital.

Lá chegando, devido à posição do bebê, os médicos sugeriram uma cesárea. Beatriz concordou e levaram-na para o centro cirúrgico. Ao mesmo tempo, Regina também era informada de que, devido à posição do feto, seria necessário realizarem uma cesárea.

Betina a beijou na testa.

— Vai dar tudo certo. Se Deus quiser.

— Obrigada.

Tanto Regina quanto Beatriz foram sedadas, costume na época. O bebê de Beatriz não apresentou batimentos cardíacos ao nascer, sendo, portanto, considerado natimorto. Já Regina dera à luz um bebê um pouco abaixo do peso, mas saudável.

20

Algum tempo depois, ao descobrir que perdera o filho, Beatriz agarrou as mãos de Edgar, desesperada.

— Eu não podia ter perdido esse filho. Não podia...

Edgar tentava acalmá-la.

— Calma. Logo você vai se recuperar e engravidar de novo.

— Você não entende! Eu só consegui manter o casamento porque iria ter um filho.

— E daí?

— Cristiano vai pedir o desquite.

— Acho bom. Não gosto dele.

— Edgar, eu não vou andar por aí sendo apontada como a desquitada. Não vou tolerar.

— Não sei o que fazer. Teremos de encarar a realidade e...

Beatriz o censurou, gritando:

— Não! Eu preciso de um filho.

— Como assim?

— Não posso sair do hospital sem nada nos braços. Você tem de me ajudar.

— Como?

— É militar. Está fardado. Você impõe medo e respeito.

— E...

— Edgar, eu quero que troque meu filho. Eu preciso de uma criança viva, custe o que custar. Pelo amor de Deus.

— Não precisa e...

— Por favor. Eu preciso de um filho. Já.

Logo os pensamentos de Edgar não paravam de girar na mente. Ele mordiscou os lábios, pensou, pensou... Depois de muito matutar, saiu pelos corredores do hospital. Avistou Betina e, curioso, quis saber o que ela estava fazendo ali.

— Regina acabou de ter um filho — ela informou.

— Hilda havia me contado que a irmã dera um tremendo mau passo — ele criticou. — Desde então, cortamos relações. Minha esposa não pode se relacionar com uma mulher da vida. Hilda é casada com um oficial do Exército — apontou para si, num narcisismo deslavado.

Betina enfureceu-se e apontou o dedo em riste.

— Não fale assim de Regina! Você não a conhece. Quem pensa que é? Só porque anda fardado acredita que impõe respeito? Você não me engana, Edgar.

— O que está querendo dizer com isso?

— Que você não presta. Não vale nada.

Ela afastou-se, irritada. Edgar sentiu uma raiva surda brotar no peito. Rodeado de espíritos cuja densidade energética era pesadíssima, logo algumas ideias horríveis começaram a brotar em sua mente sórdida. Pensou em Regina, no filho dela, e se lembrou de quando ela o tinha flagrado no cinema, encarando-o como se fosse um anormal, um ser abjeto.

Regina, Regina... então você teve um bebezinho. Que coincidência! E eu preciso de um bebezinho para a minha irmã...

Com essa ideia fixa na cabeça, Edgar passou a perambular pelos corredores do hospital, tentando imaginar como poderia fazer a troca dos bebês. Ele se animou.

— Como gostaria de ver Regina sofrer. Ela merece.

Depois de fumar três cigarros em sequência, Edgar dobrou um corredor e, ao passar por uma salinha, notou a porta entreaberta e uma mulher, de costas para ele, que dizia aflita ao telefone:

— Eu juro que vou arrumar o dinheiro dos aluguéis atrasados. Sim. Claro. Até depois de amanhã. Mas, por favor, não me tire aquela casinha. Não tenho para onde ir. Somos só eu e meu garoto de doze anos e ...

Edgar percebeu que o outro lado da linha havia encerrado a conversa. A mulher repôs o fone no gancho e levou as mãos ao rosto, chorando copiosamente, em franco desespero. Ele avançou o passo e ela girou a cadeira em direção à porta; assustou-se ao ver aquele homem de farda.

— Pois não? — ela perguntou, aflita.

— Olá. — Ele foi educado. — Como se chama?

— Marilene. Sou a enfermeira responsável por este andar.

— Olá, Marilene. Eu preciso de um favor.

— Favor?

Edgar aproximou-se e, com olhar intimidador, revelou a ela o que pretendia. Marilene fez não com a cabeça.

— Imagina se eu faço uma coisa dessas e descobrem... eu perco o emprego, nunca mais poderei trabalhar como enfermeira. O senhor não faz ideia, mas a minha vida está um inferno.

— Posso melhorar sua vida e acabar com seus problemas.

— Não estou entendendo.

— Sem querer, ouvi sua conversa ao telefone. Está com aluguéis atrasados e corre o risco de ser despejada. — Marilene concordou com a cabeça e ele prosseguiu: — Se fizer o que lhe proponho, eu posso pagar os aluguéis e, ainda por cima, lhe dar uma casinha, só sua, com escritura e tudo o mais. Ah, também poderá estar mobiliada, com fogão, geladeira, enceradeira, rádio e televisão. Além dos móveis e de tudo o que um lar decente, de boa família, necessita.

Marilene arregalou os olhos cheios de cobiça.

— Uma casa com tudo a que tenho direito?

— Sim. E ainda deposito um bom dinheiro para garantir a educação de seu filho. Tem doze anos, não?

— Tem. — Ela se comoveu. — Meu filho é um garoto traquinas, vive sendo expulso das escolas, apronta muito na rua, mas, no fundo, é bom menino. O pai nos abandonou quando ele tinha seis anos.

— Então, Marilene. Eu posso garantir um bom futuro a você e seu filho. Olha quanta coisa boa estou lhe proporcionando, apenas para me fazer um favorzinho. Quem não se atrapalha num berçário, não é mesmo?

— É muito arriscado. Além do mais, o outro bebê está morto. Já devem ter feito a papelada e...

Edgar meteu as mãos no bolso e dele tirou um maço de notas graúdas. Colocou-o na mão dela.

— Isso aqui é só um incentivo. Se fizer o que lhe peço, posso assegurar que vou cumprir com tudo o que lhe prometi. Um homem do Exército sempre cumpre com sua palavra — ele disse, olhos fixos nela.

Marilene sentiu medo, mas concordou. Era próximo da troca de turno entre os profissionais e, assim que o novo grupo de enfermeiras iniciou os trabalhos, ela não teve dificuldade em apanhar o recém-nascido que Edgar havia lhe pedido.

— Seria mais fácil se eu pegasse aquele outro...

Edgar a silenciou com o dedo nos lábios.

— Eu quero aquele — apontou para o filho de Regina.

Marilene concordou.

Beatriz ganhou um filho, que se chamaria Rafael. Regina, ao receber a notícia da "morte" de seu filho, caiu numa tristeza profunda. Claro.

Depois da troca e dos papéis novamente preenchidos por Marilene, Edgar cumpriu com o prometido. Comprou uma casinha térrea de dois quartos, bem bonitinha, com jardim na frente e um bom quintal nos fundos. Antes, Marilene morava a duas horas de distância do trabalho e pediu, encarecidamente, que o novo lar pudesse ser na Mooca, bairro onde nascera e crescera. Além do mais, onde morava, um bairro bem pobre, de periferia, o filho começava a andar com más companhias. Quem sabe, vivendo num bairro com melhor estrutura, o menino, que entrava na puberdade, pudesse trilhar um bom caminho e tornar-se um homem de bem.

Num dia frio de julho, Marilene e o filho mudaram-se para a nova casa. Edgar a entregara conforme o prometido: com móveis, eletrodomésticos, roupas de cama, mesa e banho. Nos armários havia panelas, louças e demais utensílios de cozinha. Marilene chorou ao ver o aparelho de televisão, enorme, de 26 polegadas, sobre um aparador, enfeitando a sala.

— Vou poder ver minhas novelas! — ela suspirou.

Edgar lhe entregou a escritura e ainda depositou generosa quantia no banco, para que Marilene pudesse pagar uma boa escola para o filho.

Marilene, assim como o filho, não cabiam em si, tamanha a felicidade. Edgar, por sua vez, encarou o menino com mais atenção. Era bonito, tinha os olhos esverdeados como os dele. Os cabelos cacheados batiam no ombro. Edgar lembrou-se de um anjinho que vira retratado num quadro qualquer. Enquanto Marilene ligava o televisor, ele o chamou de canto. Embora soubesse a idade do menino, fez a pergunta para puxar assunto:

— Quantos anos tem?

— Doze.

— Gosta de futebol?

— Adoro.

— Quer ganhar uma bola novinha e um par de chuteiras? — O menino fez que sim. — Vamos, eu levo você até minha casa.

O menino, empolgado, aceitou . Marilene estava tão agradecida que nem se deu conta de ver Edgar levando o menino para um "passeio".

Assim que Edgar embicou o carro na garagem de casa, Hilda apareceu. Ao ver o menino no banco da frente, os olhos dela se encheram de cobiça.

— Oi — disse Edgar. — Ele veio pegar uma bola e um par de chuteiras.

Hilda sorriu de maneira sinistra.

— Estão lá na edícula. Vamos.

Bom, o que fizeram com o menino não cabe aqui narrarmos, devido às atrocidades que só pessoas altamente perversas e com a mente perturbadíssima seriam capazes de cometer.

O garoto sobreviveu a todo tipo de sadismo e crueldade. No fim, quando Edgar o atirou só de cueca em um terreno baldio, comentou:

— Se abrir a boca, bom, primeiro, eu vou tirar tudo o que dei para a sua mãe. Depois, eu vou matá-la na sua frente. E vou te matar em seguida.

O menino, chorando, tremendo de frio e gemendo de dor, apenas concordou com a cabeça.

21

Cristiano sentiu tanto amor por aquele bebê que nem se deu conta de que Rafael apresentava uma visível marca de nascença. O bebê nascera com uma mancha preta no pescoço.

A partir daquele momento, sua vida seria outra. Cristiano evitaria brigar com Beatriz. Ela, por sua vez, mal pegava o filho nos braços. Não gostava e, se pudesse escolher, jamais teria um filho; usava Rafael apenas para manter seu casamento.

Assim, houve uma trégua nas brigas e nos xingamentos entre eles. Antes de deixar a maternidade, Beatriz fora chamada pela equipe médica, que tentou lhe explicar sobre a anemia do bebê e dos primeiros cuidados. Ela fez alguns "ãrrãm" e mal deu atenção. Nunca teceu um comentário sobre essa questão com Cristiano. E Rafael cresceu um menino magrinho, meio anêmico. Beatriz não se preocupava, entregando o menino aos cuidados de babás.

Cristiano trabalhava feito um condenado e mal reparava no desenvolvimento e na saúde do filho. Na cabeça dele, Beatriz e a babá sabiam o que fazer.

O mesmo não se podia dizer de Regina. Saiu do hospital sentindo-se muito mal. Desejava enormemente ter tido aquela criança. Betina procurava tranquilizá-la.

— Você vai poder ter outro filho.

— Eu sei, mas amava tanto esse bebê — ela tornou, emocionada. — Eu queria muito ter esse filho.

— Que tal irmos ao centro? Vamos conversar com Alzira, tomar um passe.

Regina concordou, amuada.

Ao chegarem ao centro espírita, deram de cara com Alzira.

— Eu as estava esperando.

Regina assustou-se.

— Como a senhora sabia que eu viria?

— Os amigos espirituais me avisaram.

Ela abraçou Regina de maneira delicada. Regina chorou em seu ombro.

— Oh, Alzira. Perdi meu filho.

Alzira soubera, por meio dos espíritos, que o filho de Regina estava vivo. Não sabia onde ou com quem estava, mas tinha convicção de que o bebê estava vivo. Ela tinha excelente mediunidade, contudo, era uma mulher de princípios e ética. Abraçou novamente Regina e disse:

— Tudo o que nos acontece é para o nosso melhor, mesmo que tenhamos de enfrentar situações desagradáveis. — E, dirigindo-se a Betina, ela falou: — Aceite o convite e vá para Paris.

Betina levou a mão ao peito. Não havia dito nada a Alzira.

— Alzira, eu...

— Eu sei. Eu poderia dizer que um passarinho me contou, mas foi um espírito amigo, que a protege. Na verdade, trata-se de uma mulher belíssima. Ela se preocupa com você e com Regina.

— Eu gostaria muito de ir — confidenciou Betina. — Ocorre que lá em Paris não tem um centro espírita nos moldes do que temos no nosso país. Como vou alimentar meu espírito? E os trabalhos assistenciais?

— Calma, minha filha. Quem disse que vocês vão viver em Paris por toda a vida? É só por um tempo, por ora.

— Por que disse vocês? — quis saber Regina.

— Porque você também vai. Será bom sair do país, respirar novos ares. Quando retornar, tudo vai se esclarecer.

Elas não captaram o que Alzira lhes dissera. Nem Regina tampouco Betina prestaram a devida atenção à palavra "esclarecer".

— Oh, Alzira. Você me acalma — observou Regina. — Minha vida virou de cabeça para baixo e só você para me deixar confiante.

— Porque você vai superar tudo isso. E, claro, pode contar comigo sempre que precisar, mesmo que distante.

Abraçaram-se com carinho. Alzira as convidou para um passe. As duas concordaram e deixaram o centro espírita com a certeza de que o futuro seria bom.

Dali a um mês, num dia quente de agosto, Betina e Regina chegaram a Paris. Raimundo as recebeu com grande simpatia e a amizade entre ele e Regina foi instantânea. Ele ainda brincou:

— Se eu não fosse apaixonado pela minha esposa... sei não.

— Ora.

— Você tem um rosto expressivo, Regina. Sabe, tenho um amigo, dono de uma marca de cosméticos, que está à procura de um rosto novo para a campanha de um perfume.

— Eu? — Regina não acreditava.

— Por que não? — observou Betina.

Por meio da sincera e genuína amizade entre Raimundo e Regina, não demoraria para ela iniciar uma bela carreira como modelo fotográfico. Betina, por seu turno, foi trabalhar com Raimundo no ateliê de Coco Chanel. E, dessa forma, tanto Regina como Betina iniciariam uma nova e promissora etapa de vida, mudando completamente o rumo do próprio destino.

22

Foi num almoço com uma amiga que Leonora teve conhecimento de algo que a perturbaria até o fim de seus dias: a prefeitura desengavetara o projeto para a construção de um elevado que rasgaria a então belíssima avenida onde morava.

O Minhocão, como ficou conhecido o elevado de concreto armado, por um lado, era apontado como a solução para desafogar o já caótico trânsito do centro da cidade. Por outro, seria responsável por destruir a paisagem de uma das mais belas avenidas da capital paulista.

Leonora acompanhou a construção daquele monstrengo com tristeza e raiva. Tentou colocar o apartamento à venda, mas as propostas que recebia eram aviltantes. Hilda, para variar, lhe virou as costas, alegando, de maneira descarada, que ela e Edgar viviam um período de vacas magras.

Certo dia, muito triste, enquanto se lembrava dos tempos áureos e morrendo de saudades de João, Leonora foi intuída por Núria e captou seus pensamentos. De repente, levantou-se, tomou um banho demorado, vestiu-se com a elegância de sempre e tomou um táxi com destino ao Centro Espírita Irmão Francisco.

Leonora foi bem recebida por Alzira, que fez questão de lhe mostrar as dependências da casa espírita, explicar-lhe, de maneira didática, como a casa funcionava, o que era o Espiritismo.

— Isso quer dizer que, quando eu morrer, vou reencontrar o meu João?

— Vai. Se quer saber, seu marido, quer dizer, o espírito dele, ainda está em tratamento num pronto-socorro do astral, porque João abusou bastante da bebida alcoólica.

Leonora espantou-se, pois nem ela, tampouco Regina, haviam comentado particularidades de suas vidas como o alcoolismo de João.

— Preciso de ajuda, Alzira — Leonora clamou, sincera. — Perdi a alegria de viver.

— Vou ajudar você a reconquistar a alegria e ficar em equilíbrio consigo mesma.

— Cometi muitas injustiças — ela confidenciou.

— O perdão por si mesma é um ótimo caminho de recondução de rota do espírito em direção ao bem. Conforme você se dispuser a avaliar suas atitudes, mudar crenças e posturas, terá a chance de reencontrar a paz.

— Será?

— Confie. Quando abrimos nosso coração ao entendimento das verdades da vida, tudo melhora.

— Assim espero.

Sentindo-se sozinha, Leonora passou a frequentar o centro amiúde. Matriculou-se no curso de aprendizes do Evangelho e passou a estudar *O Livro dos Espíritos*. Tornou-se uma aluna atenta e interessada nos assuntos espirituais.

Certo dia, ao sair da salinha de passes, foi abordada por um rapaz simpático de traços delicados.

— Eu o conheço? — ela quis saber.

— Não, minha senhora. Mas eu a conheço. Sou seu fã.

— Meu fã? — Leonora surpreendeu-se.

— Sim. Leonora Gouveia Telles Ribeiro, esposa do renomado arquiteto João Hernandez Ribeiro, filha de Anísio Gouveia Telles...

— Você conhece a minha família?

— Por meio de jornais e revistas, obviamente. Prazer. — Ele estendeu a mão. — Meu nome é Clóvis[1].

---

1 Clóvis é apresentado pela primeira vez em *Medo de amar*, romance psicografado pelo autor em 2004 e publicado pelo selo Lúmen, da Boa Nova Editora.

Leonora estendeu a mão e simpatizou bastante com ele. Clóvis era professor da USP, com especialização em História da Arte pela Sorbonne. Tornaram-se grandes amigos. Aos poucos, ele foi se abrindo e revelou a Leonora que era homossexual. Ela tinha sido uma mulher preconceituosa, mas, veja só, Clóvis era o único amigo que tinha de verdade, com quem podia contar para valer. Regina morava fora do país e elas haviam cortado relações. Hilda sumira de sua vida. Não havia mais ninguém, e Leonora sentia-se totalmente sozinha.

Num momento em que repensava a vida e os próprios valores, Leonora tomou Clóvis como filho. Viviam grudados e, depois de certo tempo, quando ele engrenara namoro com um homem de sociedade, de nome Túlio, passaram os três a andar juntos.

Sempre que havia uma peça de teatro, um filme novo, lá estavam os rapazes levando Leonora para cima e para baixo. Eles se divertiam a valer com os segredos de sociedade que Leonora lhes confidenciava. Ela chegou até a rejuvenescer.

Um dia Leonora acordou um pouco tonta, com dor de cabeça e enjoada. Caminhou com dificuldade até o banheiro, se segurando nas paredes e, antes de alcançar o vaso sanitário, caiu. Teve um acidente vascular cerebral que lhe imobilizou o lado esquerdo do corpo. Ela não tinha mais como viver sozinha.

A contragosto, Hilda reapareceu e a internou numa casa de saúde.

— Melhor vender o apartamento e me dar o dinheiro.

— Por quê? — A voz de Leonora fora prejudicada e ela falava com dificuldade.

— Porque vou ter gastos com você, mãe. Pensa que uma casa de saúde custa pouco? Não custa.

— Você é rica.

— Quem disse? Eu? A senhora está imaginando coisas. Além do mais, de que vale aquele apartamento? O prédio está decadente. Melhor vender e, com o dinheiro, poderei pagar a clínica.

Leonora não teve como dizer não. Concordou e Hilda vendeu o apartamento. Embolsou o dinheiro e limitava-se apenas a pagar a mensalidade da casa de repouso. Não foi visitar Leonora uma vez sequer.

Quem se desdobrou em cuidados com ela foi Clóvis. Ele a visitava toda semana. Levava revistas de moda, contava-lhe as novidades do mundo das artes, da vida social. Pouco antes de terminar o horário de visita, Clóvis a convidava a fazerem uma prece.

E assim os anos passaram. Certa noite, Leonora pediu para ficar no salão de tevê. Iria começar uma nova novela das oito e ela estava animada. Infelizmente, o balde de água fria veio quando o apresentador do jornal que antecedia a novela informou que a Censura federal havia proibido a transmissão do folhetim.

Leonora sentiu uma frustração sem igual. Com dificuldade, utilizando um andador, caminhou até o quarto. Uma enfermeira a ajudou a se deitar.

— Obrigada — disse Leonora com dificuldade.

Quando estava para adormecer, Leonora sentiu uma saudade imensa de João.

— Por que não vem me buscar? — ela pediu.

Quando uma das cuidadoras apareceu para acordá-la e tomar o café da manhã, Leonora não respondeu. Tinha morrido durante a madrugada, pacificamente.

Clóvis e Túlio sentiram muito a perda. Alzira fez uma corrente de orações para que Leonora fosse bem recebida no astral. Hilda, muito a contragosto, providenciou o funeral, sem velório. Decidiu cremar o corpo da mãe. Apenas dali a um mês ela enviaria um telegrama para Regina: *mãe. morreu. mês passado. cremada.*

TERCEIRA PARTE

1

Quando embarcou para Paris ao lado de Betina, Regina não tinha ideia de como sua vida mudaria por completo, tomando um rumo inusitado. Saíra do país desiludida, triste, profundamente machucada em termos emocionais e até mesmo espirituais.

Logo após o pouso em solo francês, enquanto o avião taxiava, ela rememorou os últimos acontecimentos. O namoro rápido com Carlos Eduardo, a decisão de ele seguir com a luta armada e seu sumiço, a descoberta da gravidez, a expulsão de casa, a perda do bebê.

A escolha da mãe, de não apoiá-la e convidá-la a sair de casa, entristecera Regina sobremaneira. Esperava que Leonora lhe estendesse a mão. Ledo engano. Hilda então nem dera as caras, evitando contato com a irmã. Para piorar a situação, a notícia de que o filho morrera no parto havia lhe tirado o chão e minado sua paz... Eram muitos dissabores.

Betina a percebeu divagando e a indagou:

— No que pensa?

— Nos últimos acontecimentos — disse numa voz triste. — Nunca sofri tanto na vida.

Betina apertou delicadamente a mão dela em sinal de concordância.

— Imagino. Todavia, devo lhe confessar que não esperava nada diferente vindo de sua mãe. Leonora sempre priorizou a si mesma, seu pai e sua irmã, nessa ordem. Sempre notei uma certa distância entre ela e você. Sobre Hilda, bem, não me surpreendeu ela não ter movido uma palha para te ajudar. De sua irmã, como sempre, nunca esperei nada.

— Isso é — concordou Regina. — Eu também não me surpreendi com a ausência de Hilda; seria um milagre contar com o seu apoio. Em relação à Leonora, bem, eu a entendo. A bem da verdade, se formos pensar de maneira fria e racional, sou filha da irmã dela. Hilda, por outro lado, é fruto do amor dela com papai. É diferente.

— Diferente em quê?

— Sempre percebi uma diferença sutil no tratamento que Leonora dava para nós. Hilda sempre foi a queridinha, tanto dela como de papai.

— Mesmo assim, Regina, isso não é justificativa. Leonora assumiu a responsabilidade de criar você como filha. Não é justo, na hora do aperto, você ficar sem apoio. — Betina meneou a cabeça numa negativa. — Imagina se eu e o Aldo não estivéssemos ao seu lado?

— Pelo amor de Deus! Nem me faça imaginar! Vire essa boca para lá. Eu morreria se não tivesse o apoio e o carinho seu e do Aldo.

Betina emocionou-se. Procurou ocultar o sentimento.

— Sente muita mágoa de Leonora e de Hilda?

— Para mim, Leonora sempre foi minha mãe. E juro que tentei ser amiga de Hilda, mas ambas criaram uma barreira diante da qual nunca me senti totalmente à vontade. Além do mais, durante a viagem, pensei... não sei se voltarei a vê-las. Ao menos nesta vida.

— Por que diz isso?

— Não tenho mais vontade de voltar ao Brasil. Não tenho nada que me prenda naquele país.

— Nem mesmo o Aldo?

— Que tem ele?

— Ora, Regina. Ele sempre arrastou uma asinha para você. Não vai me dizer que nunca percebeu. Impossível. Aquele olhar meio apaixonado, as gentilezas, o carinho... Ele até se dispôs a casar com você tão somente para que não fosse julgada ou achincalhada pela sociedade.

Regina sorriu.

— É verdade. Aldo sempre se mostrou um ótimo amigo. Contudo, confesso que sempre o vi como um irmão mais velho. Nunca tive outro sentimento por ele que não fosse fraternal.

— Uma pena.

— Por quê, Betina?

— Porque ele é um homem maravilhoso. É bonito, culto, cavalheiro, sabe agradar uma mulher. É esforçado, trabalhador, uma joia rara.

— Por que você nunca deu trela para ele? — quis saber Regina.

— Porque também sempre o vi como irmão.

Elas não tinham ideia de como estavam certas acerca do sentimento que as unia a Aldo. Em outra vida, Regina, Betina e Aldo tinham sido irmãos e eram muito unidos. Quando o pai falecera, Aldo, por ser o primogênito, tornara-se o chefe da família. Extremamente amoroso, fizera tudo o que estivera ao seu alcance para que nada faltasse à mãe e às irmãs. O elo que os unia, portanto, era de puro amor. A cada vida, mais e mais os laços de afeto se estreitavam, fortalecendo a amizade, o carinho, o respeito e a admiração que nutriam uns pelos outros.

— É, agora somos nós duas a descortinarmos um mundo novo. Confesso que estou com medo.

— De quê, Regina?

— Não sei. Quanto ao idioma, eu falo e entendo bem o francês. Em relação a emprego, contudo... o único trabalho que conheci até o momento foi o de cuidar do caixa do bar do Aldo. Não tenho curso superior, afinal, abandonei a faculdade de Letras.

— Eu já lhe disse, mil vezes, que o Raimundo me garantiu trabalho.

— E daí?

— Bem, enquanto você não arrumar um emprego, eu consigo bancar nós duas. Além do mais, Raimundo me confidenciou que um conhecido dele, Claude, dono de uma marca de cosméticos em vasta ascensão, deseja escolher um rosto desconhecido para ser a garota-propaganda de um novo perfume feminino. A minha intuição, que raramente falha, acredita que você poderá ser esse rosto.

— Eu não sou modelo, Betina.

— Mas tem um rosto que a câmera adora. Nunca se deu conta disso?

— Não — respondeu, sincera.

— Garanto que tem. Nesses anos todos trabalhando como garota-propaganda e desfilando pelas passarelas, posso afirmar que seu rosto é peculiar. Vai por mim, confie na sua prima. Esse rostinho ainda vai fazer muito sucesso.

As aeromoças começaram a chamar os passageiros a fim de se prepararem para descer da aeronave. Regina e Betina apanharam suas bolsas e frasqueiras.

Assim que Regina desceu a escada e pisou em solo firme, fez o sinal da cruz. *Que Deus me ajude, me ilumine e me guarde.*

2

Betina foi muito bem recebida por Raimundo e sua esposa, Zohra, natural de Argel, capital da Argélia. A família emigrara para a França em meio às lutas pela independência do país.

Betina começou a trabalhar dali a dois dias, como assistente de Raimundo, no ateliê de Coco Chanel. Foi um período de bonança na vida dela. No entanto, com a morte de Chanel em 1971, Raimundo tomaria coragem e lançaria a própria marca de chapéus. O sucesso, imediato, alçaria Raimundo ao panteão dos grandes estilistas de sua geração.

Assim que viu Regina, Raimundo a abraçou com ternura. Zohra fez o mesmo e, falando devagar para Regina entendê-la, comentou:

— Você tem o rosto perfeito.

— Perfeito?

— Sim. Nosso amigo, Claude Martin, dono de uma marca de cosméticos, deseja um rosto novo para o lançamento de seu perfume, de cuja equipe de criação, modéstia à parte, sou colaboradora.

Zohra era uma perfumista tida em alta conta. Trabalhara com Marcel Rochas, Nina Ricci e, até aquele momento, com Chanel, porquanto fora contratada por Claude para desenvolver uma fragrância para um novo perfume feminino. Depois de grande dedicação, Zohra desenvolvera a fragrância que, segundo Claude, seria o perfume mais desejado por toda mulher, em qualquer canto do planeta, a partir do momento que fosse lançado.

— Madame Chanel ficou uma arara com o pedido de demissão — confessou Raimundo. — Não é porque é minha esposa, mas Zohra é muito competente no que faz.

Ela o beijou com carinho e prosseguiu:

— Regina, posso marcar uma reunião com o Claude? Adoraria apresentá-la a ele.

Regina assentiu e, quando ia falar, notou a barriga de Zohra, um tanto saliente. Imediatamente lembrou-se da própria gestação, do parto... não conseguiu segurar as lágrimas.

Zohra e Raimundo nada entenderam. Betina lhes explicou, com rapidez, o que recentemente tinha acontecido com Regina e eles a abraçaram em solidariedade, condoídos de tamanha dor.

— Desculpem-me — pediu Regina. — É tudo muito recente. Estou bastante sensível.

Zohra pegou delicadamente em sua mão e pediu:

— Regina, querida, gostaria de ser a madrinha de meu filho, ou minha filha, que vai nascer?

Ela comoveu-se e abraçou Zohra.

— Adoraria. Estou sem palavras para agradecer. Muito obrigada.

Nesse ano em particular, Zohra e Raimundo tinham dois filhos e torciam para que nascesse uma menina. Já tinham escolhido até o nome: Yasmina.

Bem acolhida e decidida a pôr uma pedra em seu passado, Regina animou-se com a possibilidade de um possível novo trabalho. Conheceu Claude. Era um homem bonito, na faixa dos quarenta e poucos anos, com costeletas compridas, vasto bigode, olhos castanhos que ornavam com os cabelos fartos penteados para trás, também castanhos.

Claude se apaixonou pelo rosto de Regina.

— Encontrei o rosto do meu perfume!

Por Regina, de fato, ele só se apaixonara pelo rosto, porque apaixonara-se, de corpo e alma, por Betina.

Claude nunca se casara. Era namorador, bon-vivant. Conforme os anos passavam, começou a desejar ter uma companheira fixa. Estava cansado das festas, bebedeiras, aventuras amorosas. Havia aproveitado bastante a vida e queria sossegar o facho. Ao conhecer Betina, uma mulher madura, bonita, inteligente e sensível, apaixonara-se imediatamente a ponto de escolher, conscientemente, uma vida tranquila e monogâmica.

Enquanto Regina tratava de assinar os papéis do contrato que a tornaria em breve uma celebridade, Claude, apaixonadíssimo, pedia a mão de Betina em casamento. Ela disse sim.

A cerimônia foi simples, com apenas poucos amigos do próspero empresário. Zohra e Raimundo foram padrinhos da noiva. Regina e o irmão mais velho de Claude, Jules, foram os padrinhos do noivo.

Além de irmão mais velho, Jules era sócio de Claude nos negócios. Eles se davam muito bem. Jules beirava os cinquenta anos de idade, já havia se casado quatro vezes e, desses relacionamentos, contava com cinco filhos. Coincidência ou não, as quatro ex-esposas tinham sido garotas-propaganda de seus cosméticos.

Quando Regina passou a fotografar para se tornar o rosto do novo perfume da marca, que se chamaria Nenê Bonet, percebeu que Jules sempre estava presente nas sessões. Num primeiro momento, ela acreditou que ele participava das sessões de fotos porque era o dono da empresa e queria acompanhar todas as etapas da campanha publicitária. Com o tempo, percebeu que ele a olhava de outra forma.

— Que forma? — quis saber Betina.

— Você sabe, Betina. Aquele olhar de cobiça.

Betina passou a prestar atenção e concordou:

— É. Parece que Jules está interessado em você.

Dali a uns dias, Jules se declarou. Regina ainda se sentia abalada, mas, depois de tudo pelo que passara recentemente, sentindo-se carente e um tanto insegura, ela cedeu aos seus encantos e começaram a namorar. Ele propôs casamento, contudo, Regina disse não.

— Nada de papel. Prefiro namorar — disse sabiamente, tendo em vista os casamentos anteriores de Jules.

— Está bem.

Surpreso com a atitude da amada, visto que as ex-esposas exigiram o casamento registrado em cartório e contratos pré-nupciais, mais com o intuito de abocanhar um pedaço do patrimônio caso houvesse uma possível separação, Jules presenteou Regina com um belíssimo apartamento no elegante e romântico bairro de Saint-Germain-des-Prés.

— O apartamento é maravilhoso! — tornou Regina, surpresa.

— Você é uma mulher muito correta, digna. Este apartamento é apenas um mimo. Já está no seu nome.

— Mas Jules...

Ele a cortou com amabilidade na voz:

— Aceite, Regina. Ficarei muito feliz.

Podia não significar muita coisa diante do vastíssimo patrimônio de Jules, mas, para Regina, era como se tivesse ganhado na loteria.

— Você é um homem maravilhoso. Com todo seu charme, carinho e generosidade, está me ajudando a esquecer um passado dolorido.

— Eu a amo.

Ela não respondeu.

Betina e Claude moravam perto de Regina. Sempre que podiam, marcavam de se encontrar para uma conversa, um café, um jantar. Certo dia, as duas conversavam sobre a saudade que sentiam do centro espírita e em especial de Alzira.

— Quem é Alzira? — Claude indagou.

— Uma mulher de sensibilidade incrível, e de um coração enorme. Ela dedica a vida ao Espiritismo.

Embora o Espiritismo tenha nascido na França por meio da doutrina codificada por Allan Kardec, a partir da publicação d'*O Livro dos Espíritos* em abril de 1857, foi no Brasil que ele se popularizou.

— Já ouvi falar, mas sei que o Brasil tornou-se a pátria do Espiritismo — observou Claude. — Pode me explicar em poucas palavras de que se trata essa doutrina?

Betina foi didática:

— O Espiritismo é uma doutrina espiritualista e reencarnacionista que busca explicar o ciclo de retorno do espírito à existência material após a morte.

— Interessante.

— Infelizmente, eu e Regina sentimos muita falta dos trabalhos espirituais e assistenciais dos quais fazíamos parte.

— Não há centros espíritas em Paris? Com certeza há.

— Eles não têm a estrutura, não se parecem com os centros espíritas brasileiros.

A partir desse momento, Regina e Betina passaram a trocar cartas com Alzira, que as orientava a fazer o Evangelho no lar uma vez por semana e a não deixar de, ao menos, estudar as questões d'*O Livro dos Espíritos*.

Claude interessou-se pelo assunto. Comprou exemplares dos livros da codificação em francês e também desejou participar tanto do Evangelho no lar como dos estudos d'*O Livro dos Espíritos*. Jules, por seu turno, achava o assunto interessante, porém nunca desejou, de fato, participar dos encontros.

De tempos em tempos, Claude propusera a Betina viajarem para países de cujas culturas a reencarnação fizesse parte. Foi um período de grande aprendizado para Betina. Ao entrar em contato com as religiões africanas, por exemplo, ela adquiriu novo salto de compreensão da vida e, por conseguinte, do ser humano. Conheceu um novo mundo, repleto de belíssimos e inusitados conceitos acerca da vida, da morte, da reencarnação. Quanto mais compreendia e aceitava as diferenças de visão de mundo, mais seu espírito se regozijava e escalava um degrau rumo ao aperfeiçoamento de si mesmo.

Alguns anos depois dessa maravilhosa experiência de vida, em que viajavam sem parar, Claude sofreu um infarto fulminante. Betina retornou a Paris, recolheu-se em seu apartamento e sentiu a necessidade de ficar só.

3

Foi num fim de sessão que Alzira comentou com Aldo:

— Precisamos avisar Betina de que o espírito de Claude despertou e sente-se muito bem.

— Acredita que isso vai fazê-la sair do estado de prostração em que se encontra?

— Não — disse Alzira, firme. — Só você poderá ajudá-la a melhorar e retornar ao bom humor habitual.

— Como poderia fazer isso, Alzira?

— Você acabou de inaugurar sua boate, não?

— Sim.

— Está fazendo sucesso. Logo os negócios vão crescer e você precisará de um braço direito de confiança. Não vejo ninguém melhor do que Betina para ser sua parceira de negócios.

Uma luz se acendeu em Aldo.

— Alzira! Que ideia maravilhosa.

— Vocês têm muito o que fazer no Brasil. O entretenimento também faz parte do crescimento do espírito.

— Infelizmente, há pessoas, até do meio espírita, que me condenam, afirmando que é um contrassenso ser espírita e ser dono de uma casa noturna.

— São pessoas que mal frequentam um centro espírita e nunca leram mais do que algumas linhas do Evangelho. Vivemos num mundo de expiação e prova; isso quer dizer que somos tentados a todo momento a nos desviarmos de nossos verdadeiros propósitos, nos deixando levar pelas ilusões do mundo, nos afastando da nossa verdadeira essência. Sofreremos influências negativas em todos os lugares. Podemos ser obsediados em nossa casa, no trabalho, no trânsito, no ônibus, andando pelas ruas, frequentando um centro espírita ou nos divertindo numa boate. A obsessão não se faz pelo ambiente que frequentamos, mas pelo teor dos nossos pensamentos.

— Isso é a mais pura verdade, Alzira. É a cabeça perturbada, negativa de uma pessoa que atrai os espíritos desequilibrados.

— A maioria das pessoas que estão encarnadas sofrem muito. Precisam trabalhar demais, preocupar-se com o sustento e o bem-estar da família. E como fica o pouco de lazer que porventura possam usufruir? Você tem um bom coração. Tenho certeza de que vai fazer muito sucesso e a sua casa será um lugar cujo ambiente vai alegrar e juntar muitos corações solitários. Por isso, insisto que convide Betina.

— Estava mesmo com vontade de viajar um pouco. Estou com saudades delas.

— Vá, meu filho. E diga a Betina que também sinto falta dela. Estou com um projeto para dar assistência a crianças carentes. Os espíritos amigos me aconselharam a convidá-la para participar.

— Ah, diante disso — observou Aldo —, ela não vai ter como recusar voltar.

Os dois riram.

De fato, a casa noturna de Aldo fazia muito sucesso porque era comparada à Regine's, uma boate cujas filiais brasileiras tinham sido inauguradas em Salvador e, mais recentemente, no subsolo do Hotel Meridien, no Leme, no Rio de Janeiro.

Aldo não media esforços para que a sua boate tivesse uma ótima equipe de trabalho. Seus funcionários ganhavam acima da média dos salários do mercado e eram treinados a servir bem os frequentadores. Todos sorriam e se dedicavam ao máximo para que o empreendimento desse certo, a ponto de Aldo se tornar um dos primeiros empresários do entretenimento a oferecer aos funcionários participação nos lucros.

Ele chegou a Paris numa manhã ensolarada. Tomou o táxi com destino ao hotel. Instalou-se confortavelmente em seu quarto no George V e descansou. Depois de uma boa ducha, vestiu-se com apuro e flanou pelas ruas ao redor; no fim do dia, visitou Betina.

Ela o recebeu com efusividade, mas logo ficou borocoxô.

— Que cara é essa? Abraçou-me feliz e está com essa cara triste, amuada?

Ela esparramou-se no sofá e ele se sentou numa poltrona em frente.

— Nunca pensei que ficaria tão caída. Sou espírita, acredito piamente na vida após a morte, mas a saudade que sinto do Claude... — Os olhos marejaram.

— Entendo, minha amiga. Dói muito a ausência, mesmo que temporária, daqueles que amamos. O fato de sermos espíritas não nos isenta de sentirmos dor, saudade, de ficarmos tristes. Somos humanos.

— É. A única coisa que me consola e não me deixa afundar de vez é ter a certeza de que, algum dia, vou reencontrar o meu Claude. Sabe, Aldo, confesso que nunca amei alguém com tamanha intensidade.

Ele sorriu.

— Eu a invejo!

— Por quê?

— Porque nunca senti esse amor do qual você tanto fala. Você foi uma privilegiada.

— Isso é. — Ela levantou-se, acendeu um cigarro. Abriu as cortinas da janela para que pudessem apreciar o finzinho do pôr do sol. E, virando-se para Aldo, quis saber: — Na carta que me enviou, não me explicou o real motivo de vir para cá. Afinal, quem está cuidando da boate?

— Os funcionários. Confio neles. Além do mais, ficarei muito pouco, vou embora daqui a três dias.

— Muito pouco — ela protestou. — Não pode. A gente não se vê há anos.

— Eu sei, minha querida.

Aldo pegou o cigarro da mão dela e tragou. Em seguida, enquanto lançava a fumaça pelos lábios, explicou a Betina sobre o motivo de estar ali, além de relatar toda a conversa que tivera com Alzira. Essa foi a parte da conversa de que ela mais gostou. Os olhos brilharam pela primeira vez em muito tempo.

— Fala sério? — Ele fez sim com a cabeça. — A Alzira quer trabalhar com crianças carentes e pensou em mim para dar início ao projeto?

— Sem dúvida. Ela foi categórica em afirmar que os amigos espirituais a intuíram, sugerindo o seu nome.

Betina chorou, emocionada. Em seguida, desde a morte de Claude, foi a primeira vez que se viu a sorrir.

— Eu adoraria trabalhar com você e tocar o projeto da Alzira. Se quer saber, creio que o meu tempo na França se esgotou. Depois que Claude se foi, não faz mais sentido viver aqui.

— E Regina? Vocês são como unha e esmalte.

— Eu sei. Tenho certeza de que a separação será dolorida, mas poderemos tirar pequenas férias e visitá-la.

— Do mesmo modo... ela também poderá nos visitar.

— Duvido. — Betina foi categórica. — Não há nada, pelo menos por ora, que tire Regina daqui. Ela vive bem ao lado de Jules, faz sucesso como modelo fotográfico. É benquista em toda a Europa. Sabia que ela foi convidada a visitar Moscou?

— Sério?

— Sim. O convite veio do próprio Brejnev.

— Eu sempre soube que Regina tinha, quer dizer, tem uma luz própria. Era só uma questão de tempo até o mundo perceber não só a sua beleza externa, mas a beleza interna.

— Fala ainda como um apaixonado.

Aldo riu com gosto.

— Confesso que fui muito apaixonado pela Regina. Mas o tempo passou, eu tive um namoro aqui, outro ali. É que gosto muito dela, assim como gosto de você. Às vezes, a bem da verdade, eu me sinto irmão de vocês.

— Eu e Regina temos o mesmo sentimento em relação a você. Acho que fomos irmãos em outras vidas!

Conversaram um pouco mais e Aldo quis saber:

— E Regina? Como está?

— Viajando. No momento, está fazendo uma campanha publicitária para os lados da Costa Amalfitana.

— Quando voltará?

— Creio que vá emendar essa viagem com a ida a Moscou. Não vai ser agora que você vai matar saudades dela.

— Fico feliz que ela esteja bem. E o namorado, é um bom sujeito?

— É. O Jules é bem diferente do meu Claude, sabe? Irmãos, mas parece que foram criados em mundos opostos. O Jules é mais fanfarrão, adora os holofotes, a noite, o burburinho. Se quer saber, a minha intuição diz que ele e Regina... — Betina não completou.

— O quê? — indagou Aldo, curiosíssimo.

— Nada. Deixemos que o tempo revele. — E, mudando de assunto, ela disse: — Preciso apresentar você ao Raimundo e à esposa dele, a Zohra. Você vai amá-los.

Aldo, de fato, os amou. E eles adoraram Aldo. A amizade brotou espontânea e, depois de dois jantares, pareciam amigos de outros carnavais. Eles já vinham de uma longa amizade que atravessava vidas e vidas. Essa rápida viagem de Aldo a Paris faria seu inconsciente rememorar os bons momentos passados na Europa, a ponto de, anos depois, já casado e aposentado da vida noturna, Aldo escolher a Suíça como seu lar definitivo até sua desencarnação, no dia imediato ao ataque às Torres Gêmeas em Nova Iorque.

4

Enquanto Regina e Betina viviam novas e importantes experiências nesta encarnação, Beatriz e Cristiano viviam às turras. Bem que Ofélia a advertira:

— Tem certeza mesmo de que vai se casar?

— Ora, titia, eu dei um mau passo.

— Sim, vocês se animaram e você engravidou. Mas, graças a Deus, o mundo está mudando. A juventude, da qual você faz parte, está revendo crenças e posturas, libertando-se de conceitos antigos relativos à tal moral e aos bons costumes. Quisera eu ter a sua idade — tornou, sonhadora. — Eu iria viver experiências incríveis! Acho que me tornaria hippie, compraria uma kombi e viveria solta no mundo.

— Tia! — exclamou, horrorizada.

— Beatriz, creio que eu deveria ser você e você deveria ser eu. É muito velha de cabeça. Nunca vai se deixar tocar por essa onda de renovação que paira no ar? — comentou Ofélia, atenta às mudanças radicais que jovens, em todo o Ocidente, abraçavam naquele nem tão longínquo ano de 1968.

— Sou conservadora. Não tenho brios para enfrentar uma gravidez sozinha. Imagine os olhares cheios de julgamentos da sociedade! Cristiano vai ter de se casar comigo e vamos ter uma família.

— As coisas não funcionam assim. Se não houver amor, o casamento não resistirá às diferenças.

— Que diferenças?

— Ora, Beatriz. É notório o quanto você e Cristiano são opostos.

— Os opostos se atraem, tia.

— Só se atraem, mas é dificílimo estreitarem os verdadeiros laços de afeto.

— O Cristiano veio pedir para a senhora a minha mão em casamento. Não pode ser esse um indício de que os laços de afeto entre nós vão se estreitar?

— Não creio. Cristiano fez o que fez porque é um bom rapaz. Mas vocês não se amam. Olha — ela ponderou —, continue morando aqui. Eu a ajudo a criar a criança.

— Nunca! Mãe solteira? Jamais.

Ofélia, vencida, não tinha mais argumentos. Beatriz bateu o pé e casaram-se numa paróquia no Belenzinho. Era o bairro onde Cristiano nascera e fora criado. Era lá que tinha os laços com a família e os amigos, bem diferente de Beatriz, que, na época, só contava com o irmão Edgar, a esposa dele e a tia.

Hilda resistiu o quanto pôde para ser madrinha de Beatriz.

— A barriga dela já aparece. Eu posso ser julgada por ser conivente com essa indecência.

— Sei, meu amor — dizia Edgar. — É minha única irmã. Faça isso por mim.

— Não sei.

— De mais a mais — tornou, voz maliciosa —, podemos nos divertir com esse casamento.

— Como assim? — Hilda conhecia aquele jeito traquinas de Edgar. — O que tem em mente?

— Levei a Beatriz à paróquia para acertar a decoração, o tipo de flores etc. Um dos coroinhas não tirava o olho de mim.

Hilda riu, maliciosa.

— Acha que... poderemos nos divertir depois do casamento?

— E por que não? Os noivos vão receber os cumprimentos logo após a cerimônia e não haverá festa, pois os pombinhos seguirão para Poços de Caldas. Podemos convidar o coroinha e...

Hilda o silenciou com o dedo.

— Claro! Você me convenceu. Tenho certeza de que vamos nos divertir.

A cerimônia de casamento foi realizada por um padre já velhinho, que disse muitas coisas bonitas acerca da vida a dois. Ofélia emocionou-se. Beatriz, nem tanto. Cristiano debulhou-se em lágrimas. Era mais sensível. Hilda e Edgar nem prestaram atenção às belas palavras proferidas pelo padre. Estavam de olho no coroinha, um rapaz de traços delicados que não deveria ter mais que dezesseis anos.

Após o sim dos noivos, Beatriz e Cristiano postaram-se na porta da igreja, a fim de receberem os convidados. Em seguida, eles foram para a casa de Cristiano e lá trocaram de roupa. Pegaram a estrada em direção a Poços de Caldas e voltariam dali a três dias. Cristiano estava à frente dos negócios da família e não queria ficar muito tempo afastado da confecção.

Os pais de Cristiano gentilmente ofereceram carona para Ofélia e a deixaram na casa dela. Hilda e Edgar disfarçaram, fingiram que iam embora e, quando todos os convidados já haviam se retirado, inclusive o padre, caminharam até a sacristia e sorriram de forma maldosa quando se perceberam sozinhos com o coroinha. Ele ainda não havia trocado de roupa e estava com a indumentária.

— Não se troque — ordenou Hilda, excitada.

Hilda e Edgar deixaram a sacristia duas horas depois. Excitados e obsediados, foram à boate de Aldo para dançar e, assim, baixar a adrenalina.

Toda vez que eles entravam na boate, a menina da chapelaria, Viviane, corria para avisar Aldo.

— Aquele casal... terrível — ela dizia, sentindo os pelos se eriçarem. — Não gosto deles.

— Obrigado por avisar, Vivi. — Era como Aldo e os funcionários delicadamente a chamavam.

Quando Hilda e Edgar apareciam na boate, Aldo os conduzia até uma área reservada, porque já tinha recebido reclamações de outros frequentadores de que haviam sido literalmente machucados pelo casal. Uma hora alguém aparecia com marcas no pescoço, outro aparecia com marcas de cigarro nos braços ou no peito. Houve uma moça que desmaiou depois de cruzar com Hilda no banheiro.

— Por que você os deixa entrar? — Viviane não se conformava.

— Porque o Edgar é do Exército, é um dos chefes do DOI-CODI. Se eu me indispuser com ele, é capaz de eu ter a licença da boate cassada. Infelizmente, ele tem muito poder.

— Não é justo.

— Eu sei, Vivi. Mas é assim que funciona. Manda quem pode, obedece quem tem juízo.

E Aldo tinha razão. Edgar era tido em alta conta por aqueles que governavam o país à época. Ninguém desconfiava, contudo, de que por trás daquela farda existia um homem mau, ruim mesmo, de índole para lá de duvidosa. Infelizmente, seu espírito estava tão desequilibrado que seria muito difícil haver, por ora, possibilidade de redenção. Edgar chegara ao ponto de se deixar unir a falanges astrais de péssimo teor energético. Era como se, a partir de então, não mais houvesse como frear o ódio e o desprezo que ele sentia pelas pessoas, que, de certa feita, já haviam nublado e conspurcado o seu coração.

O mesmo ocorria com Hilda. Recebera a bênção da reencarnação para redimir-se de suas faltas. No entanto, o seu livre-arbítrio a levava para o mesmo caminho tortuoso do marido. Tanto ela quanto Edgar eram afins, deliciavam-se com a dor e a miséria humana.

Dois dias depois do casamento de Beatriz e Cristiano, os jornais publicavam uma nota relatando a morte de um coroinha na sacristia da igreja. O corpo dele fora tão machucado que a polícia acreditou que os bandidos o haviam torturado até a morte para que ele revelasse a combinação do cofre onde o padre guardava o dinheiro de doações dos fiéis. Nunca imaginariam que aquela brutalidade fora fruto de um casal cruel e doente, cuja aparência jamais despertaria uma sombra de desconfiança em quem quer que fosse.

5

Foi na lua de mel que Cristiano se deu conta de que come-tera uma grande besteira. Em vez de curtirem a vida de re-cém-casados, ele e Beatriz só brigavam.

— Se não tivesse engravidado, jamais me casaria com você.

— Eu digo o mesmo. Onde já se viu? Eu, bem criada pela minha tia, sou obrigada a viver com um tosco. Você é descendente direto de um neandertal.

— Você é descendente direto de... — Ele parou de falar para não ofendê-la.

— Vamos, diga!

— Melhor eu parar por aqui.

— Covarde — Beatriz provocava. — Casei-me com um tosco e banana.

— Vamos nos desquitar.

— Jamais. Não serei julgada pela sociedade. Se fizemos isso — batia na barriga —, vamos ter de levar até o fim.

— Se não nos matarmos antes. — Cristiano aproximou-se e a encarou com fúria. — Não bata mais na barriga. É o meu filho.

— Eu bato quantas vezes eu quiser! — Beatriz deu novo tapão na barriga. — Por causa disso tive de me prender a você. Quer castigo maior que esse?

— Você me odeia tanto assim?

— Não sei se é ódio, Cristiano. O fato é que você não me agrada em nada. Não faz meu tipo, não é rico, não tem instrução.

— Se eu sou tudo de ruim na sua vida, por que não abortou? Não seria mais fácil? Estaria livre.

— Sou católica, sigo os preceitos da igreja.

— E trata o bebê com raiva. Acha que isso é ser católica?

Ela mudou de assunto:

— Estamos casados. Vou ter esse filho.

— E viveremos esse inferno? Que tipo de lar quer dar para esse bebê?

— Veremos quando ele ou ela nascer.

— Você é fria, igual a seu irmão.

Beatriz deu de ombros.

— Estou com desejo. Quero comer jiló com doce de leite.

Cristiano revirou os olhos.

— Daqui a pouco vou até a cozinha do hotel para ver se eles têm.

— Eu exijo! Agora!

Cristiano saiu e bateu a porta com força.

Assim seria a vida deles: briga atrás de briga. Beatriz era tão ligada aos conceitos da sociedade que preferia fazer da própria vida e da do marido um inferno a ter de assumir a criança sozinha e, pelo menos, tentar viver com um mínimo de paz.

Enfim, passados os nove meses, certo dia a bolsa estourou e Cristiano, para infelicidade dela, estava numa viagem rápida para comprar maquinário de uma confecção que encerrara as atividades em Blumenau.

Beatriz, então, ligou para Edgar, que prontamente a atendeu. E daí por diante sabemos o que aconteceu. Ela perdeu o bebê, mas jamais admitiria carregar a pecha de desquitada. Infernizou Edgar para que ele arrumasse um bebê qualquer para ela chamar de seu.

De fato, não importava a Beatriz se o bebê fosse menino, menina. Precisava sair do hospital com um recém-nascido nos braços, apenas para protelar uma união nada saudável, com o único intuito de manter sua reputação inabalada.

Cabe ressaltar que Beatriz nunca soubera como Edgar conseguira lhe arrumar um filho vivo. E nunca tocara no assunto com o irmão. Com o passar dos anos, ela esqueceria que um dia fora cúmplice de um crime.

Cristiano, obviamente, apaixonou-se pelo bebezinho. Em homenagem ao pai, colocou o nome dele no filho: Rafael Pontes Neto. Beatriz nem opinou. Podia dar o nome que fosse ao filho, ela nunca o chamaria de filho ou pelo nome. Seria sempre:

— Onde estava?

— Brincando na rua, mamãe.

Coincidentemente, nas apresentações escolares de Rafael, Beatriz sempre tinha crises de enxaqueca. Os aniversários eram feitos por obrigação. Ela delegava ao marido. Era Cristiano quem cuidava de tudo, desde bolo, petiscos, docinhos, convidados... Beatriz não participava em nada da vida de Rafael. Até que, ao completar dez anos, caiu a ficha de quem era sua mãe. Foi quando Rafael se deu conta de quem era Beatriz...

Foi assim. A discoteca era a onda do momento e Rafael quis uma festa ao som da disco music. Havia uma discoteca que fora pioneira em realizar matinês, isto é, horários vespertinos para os adolescentes dançarem. Era um tempo em que não havia Estatuto da Criança ou algo do gênero. Cristiano alugou o salão da boate e Rafael convidou os amigos e amigas da escola. Foi uma festa inesquecível, impecável. Rafael sentiu a falta da presença da mãe. Beatriz nem deu as caras.

Quando foi se deitar, o menino passou pelo quarto dos pais. A porta estava entreaberta.

— Que saco, Cristiano — Beatriz reclamava. — Todo ano a mesma coisa? Desde que esse infeliz nasceu eu sou obrigada a participar dessas festinhas sem graça?

— Estamos falando do nosso filho.

— Sei. Nosso... — Toda vez que Cristiano falava assim, Beatriz sentia um desejo enorme de jogar na cara dele que aquele menino não era filho deles. Mas se continha. — Ele saiu igualzinho a você. É tosco e banana.

— Não fale assim do Rafael. Ele é um menino de ouro. Sinto muito orgulho dele.

— Que bom.

— Como pode ser tão fria?

— Eu? Você sempre soube... Eu segurei a gravidez porque sou católica e mantive o casamento porque nunca quis ser uma mulher desquitada.

— Agora vivemos outros tempos. A lei do divórcio foi aprovada. Você não será mais julgada pela sociedade. Pode ir. Eu fico com a guarda do Rafael.

— Ir embora? Agora que você está começando a ficar rico? Não. Eu tive de aturar você e esse fedelho por dez anos. Não vou sair desse casamento com uma mão na frente e outra atrás.

— Você não vale nada.

Ela deu de ombros.

— Pague-me muitíssimo bem que eu deixo você e seu filho.

— Vou dormir na sala.

— Problema seu.

Enquanto Cristiano caminhava para a porta, Rafael correu para seu quarto e, com delicadeza, encostou a porta atrás de si, deixando o corpo escorregar até encostar no chão. Ele caiu num pranto profundo.

— Minha mãe nunca gostou de mim — dizia entre soluços.

Deitou-se e, na sua cabecinha de dez anos, passaram imagens dele com Beatriz. Não havia abraço, beijo, carinho, nada. Rafael se dava conta, infelizmente, de que nunca fora amado pela mãe. E isso feria profundamente o seu coraçãozinho.

6

Os momentos que antecederam a despedida entre Betina e Regina foram carregados de muita emoção. Elas haviam se habituado a viver uma ao lado da outra. Relacionavam-se como irmãs. Era difícil terem de dar uma pausa à convivência tão agradável.

— Como vou viver sem você? — Regina reclamou, chorosa. — É minha amiga, minha irmã, minha confidente...

Betina, olhos marejados, tentava conter a emoção.

— Sinto o mesmo, minha querida, mas eu preciso seguir meu caminho de outra forma. A morte do Claude mexeu muito comigo. Não vejo sentido em continuar aqui.

— Raimundo lhe ofereceu sociedade. Você pode se tornar uma mulher rica.

Betina fez não com a cabeça.

— Claude foi muito generoso e me deixou um bom dinheiro. Se eu quisesse, poderia ficar sem fazer nada. No entanto, eu gosto de trabalhar, de me sentir útil. A volta ao Brasil pesa mais pelo fato de eu iniciar um projeto social com a Alzira. Isso, sim, me anima.

— Tem razão — concordou Regina.

— Poderia ir comigo e passar uns dias.

— Não. Sabe que não tenciono voltar.

— São outros tempos, minha amiga. Já se passaram anos.

— Eu sei. Mesmo assim, ainda não me sinto preparada para voltar.

— Tem medo de reencontrar o Carlos Eduardo?

Até o momento, elas apenas tinham conhecimento de que ele sumira e nunca mais aparecera. Tanto ela quanto Betina mal sabiam que Carlos Eduardo havia morrido justamente no dia em que Regina dera à luz. Alzira sabia da verdade, tanto que tentara ajudar o espírito dele logo após o desencarne. Carlos Eduardo agradeceu, disse não e juntou-se a um grupo de espíritos desejosos de um mundo mais fraterno.

Regina respirou fundo e disse:

— Não sei se é isso. Embora Leonora tenha sido intransigente comigo, ela era minha mãe. Depois que recebi o telegrama de Hilda, me informando do falecimento dela, não sobrou vínculo.

— Tem o Aldo, a Alzira, e agora eu também estarei por lá. Você pode repensar sobre esses vínculos!

Regina sorriu.

— É verdade. Quem sabe? É que, no momento, eu não tenho razão para sair. Tenho a minha casa, o Jules, os contratos publicitários, enfim, a minha vida todinha gira por aqui.

Regina tinha razão. Vivia muito bem, namorava Jules, tornara-se a "cara" do perfume Nenê Bonet. Não havia, por ora, motivos que a fizessem pensar em retornar ao Brasil.

Após esse encontro, Regina ajudou Betina a vender o apartamento e organizar-se para fazer a mudança para São Paulo. Alguns dias depois, ela acompanhou a amiga até o aeroporto e, assim que o avião decolou, Regina sentiu uma pontinha de tristeza, afinal, acostumara-se sobremaneira com a presença de Betina em seu dia a dia.

Foi dali a um mês que os sinais do namoro indicariam certa fragilidade e uma possível ruptura. Jules passou a reclamar da queda nas vendas do perfume, carro-chefe de sua marca de cosméticos.

— Acredita que o meu rosto não agrade mais as consumidoras? — indagou Regina, curiosa.

— Pode ser. Encomendei uma pesquisa para saber se sua imagem está desgastada, ou não. Afinal, você é o rosto do perfume desde que ele foi lançado, há seis anos. Embora você tenha uma beleza clássica... — Ele não completou a frase.

— Embora eu tenha uma beleza clássica... por favor, complete seu raciocínio.

Jules coçou a cabeça. Meio sem jeito, confidenciou:

— O público agora prefere um rosto mais ao estilo Farrah Fawcett, meio pantera, bem diferente do seu, mais clássico.

— Então creio que esteja na hora de repensarmos as novas campanhas daqui para frente.

— Sim — ele concordou. — Na verdade, eu já pensei.

— Em quê?

Jules estava todo cheio de dedos.

— Regina, eu estava sem coragem de dizer, mas encontrei um novo rosto para o Nenê Bonet.

— Ah... — ela limitou-se a suspirar. — Então você estava planejando toda essa mudança sem conversar comigo a respeito. Além de ser sua contratada, eu sou sua namorada. Por que escondeu isso de mim, Jules?

O rosto dele avermelhou-se. Estava se sentindo totalmente sem graça.

Não demorou muito para Jules apresentar ao público o novo rosto do perfume que era sucesso de vendas em todo o planeta. E, assim que apresentou a nova modelo à imprensa, ele fez uma confissão.

— Regina, eu me apaixonei...

Ela compreendeu. Da mesma forma que ele se apaixonara por ela, anos atrás... era como se a história se repetisse.

— Entendi. Nosso namoro termina aqui, é isso? — Jules fez que sim. Ela tirou a aliança que usava no dedo da mão direita.

— Aqui está.

— Não! Essa aliança significa muito para mim, representa a nossa história. Fique com ela.

— A nossa história termina aqui, Jules. Foi bom enquanto durou.

Novamente ele surpreendeu-se, visto que as suas ex-esposas não haviam digerido bem o término da relação. Regina, por sua vez, não derrubara uma lágrima sequer. Entregou-lhe a aliança, beijou-o na face e nunca mais se viram.

Jules casou-se com a nova garota-propaganda de seus cosméticos. Ele era assim, apaixonava-se, casava e descasava com facilidade. Era o jeito peculiar de ele lidar com seus sentimentos. Nunca deixou de admirar Regina e, secretamente, questionava-se se tinha valido a pena terminar com ela.

O casamento com essa nova modelo durou um ano. Logo, as vendas do perfume começaram a declinar. Coincidência ou não, as vendas caíram substancialmente depois que a imagem de Regina foi dissociada do perfume Nenê Bonet.

E, quando Jules tencionou convidar Regina para voltar a ser o rosto da marca, ela já havia mudado completamente de vida.

7

Quando Betina pôs os pés em solo brasileiro, sentiu tremenda sensação de bem-estar. Fazia alguns anos que deixara o Brasil sem perspectiva de volta.

Assim que desceu as escadas da aeronave, aspirou o delicado perfume da manhã. Apanhou as malas e dirigiu-se à casa de Aldo, conforme haviam combinado.

Ela foi muito bem recebida. Logo estavam tratando da papelada que tornaria Betina sócia da boate Aldo's e de um novo empreendimento.

— O que pensa em fazer?

— A onda agora é das discotecas, Betina. Estive em Nova York e esse tipo de estabelecimento é o que mais cresce no ramo do entretenimento. Em seguida, fui ao Rio e conheci a discoteca do Nelson Motta. Aliás, quando inaugurarmos nossa casa, farei questão de trazer As Frenéticas para uma apresentação. Precisamos aproveitar o momento.

— Pelo que sei, já existem discotecas no Brasil.

— Sim, mas a nossa será diferente. Além do mais, vou promover matinês, para que menores de idade possam sacudir o esqueleto nas tardes de sábado e domingo.

Ela riu da maneira como ele se referira aos jovens. Confiante de que ao lado de Aldo faria sempre bons negócios, Betina assinou o contrato e, dali a três meses, eles inauguravam a Tucano Disco Club. O sucesso foi imediato e absoluto. Logo, ela se tornaria uma das discotecas mais frequentadas e amadas de todos os tempos.

Nesse meio-tempo, o que mais interessava a Betina, de fato, era o projeto social idealizado por Alzira. Consistia numa parceria com a prefeitura da cidade para acolher crianças carentes, abandonadas à sorte pelos pais, ou aquelas que sofriam abusos dentro de casa, que viviam em lares totalmente desestruturados e, por isso mesmo, eram afastadas da família.

O reencontro com a dirigente do centro espírita foi emocionante. Abraçaram-se com efusividade e Alzira quis saber:

— Quando Regina voltará?

— Ela deixou claro que não voltará.

Alzira deu um sorrisinho matreiro e confidenciou:

— A vida dela dará novo giro. Finalmente, Regina poderá ter a chance de viver um período feliz nesta encarnação.

— Do que é que está falando?

— Nada. Quem sabe, quando ela retornar ao país, eu conto para você... Mas o que me interessa é que aceitou de bom grado fazer parte desse projeto.

Alzira explicou tim-tim por tim-tim, desde a idealização do projeto sugerido pelo plano espiritual até as etapas para a sua concretização.

— Pode contar comigo para tudo de que precisar — revelou Betina.

— Eu sei. Para nos ajudar nesse projeto, tomei a liberdade de chamar um casal ao qual muito me afeiçoei.

Alzira contou a Betina sobre o interesse de dois frequentadores do centro espírita, Clóvis e Túlio, em participar do projeto social.

Uma semana depois, Alzira realizou um encontro para que se conhecessem. A simpatia entre eles foi imediata.

— Sabe, Betina, o Clóvis cuidou da Leonora até o seu desencarne. Acabou se tornando praticamente um filho dela.

Betina surpreendeu-se.

— É mesmo?

— Sim — ajuntou ele, meio sem jeito. — Leonora fora uma mulher da sociedade, muito elegante. Mal pude acreditar no dia em que ela me foi apresentada. A sua desencarnação não foi assim das melhores.

— Uma filha estava fora do país, e a outra, que aqui estava, não quis saber de ajudar. Em nada — emendou Túlio, um tanto triste.

— Pensei que Hilda a tivesse ajudado — comentou Betina.

— Qual nada! — protestou Clóvis. — Hilda nunca quis saber da mãe. Nunca a visitou no asilo.

— O mais importante é que ela teve o seu carinho — interveio Alzira. — Leonora, infelizmente, colheu no fim de vida tudo o que havia plantado. Embora fosse de sociedade e sempre retratada nos periódicos com um sorriso nos lábios, era uma mulher triste.

— Tem notícias de como ela está no astral? — quis saber Betina.

— A Nice a acolheu, mas Leonora queria porque queria reencontrar João. Ele, por seu turno, embora já estivesse com o perispírito livre das energias deletérias da bebida alcoólica, amargurava a consciência porque se arrependera de muita coisa. Os dois se uniram na dor e, infelizmente, perambulam por regiões umbralinas que se alimentam justamente da energia desse amargor.

— Há algo que possamos fazer? — indagou Clóvis.

— Sim — acrescentou Alzira. — Eles precisam de muita oração, até porque Valdemar e Herculano os reencontraram. No momento, eles estão se digladiando. Os bons espíritos afirmaram que a oração em favor deles vai ajudá-los no processo de cura das feridas emocionais que um vem causando no outro ao longo de algumas vidas.

A conversa fluiu agradável e Betina comentou com Túlio:

— Não sabia que você era dono de uma rede de restaurantes.

— Eu tenho sociedade com um bom amigo. O nome dele é Gaspar.

— Rapaz de bom coração — ajuntou Alzira.

— Sabia que eu e Clóvis temos um casal de amigos que também mora em Paris?

— É mesmo? — Betina surpreendeu-se.

— Sim. Eles têm uma filhinha linda, a Vitória. O nome dele é Eduardo Vidigal e o de sua esposa é Marinês.

— Ele tem alguma relação com os laboratórios Vidigal?

— É ele mesmo, Betina. — Clóvis fez sim com a cabeça. — Você provavelmente não os conhece. Acabaram de se mudar para Paris.

— Que pena. Vocês falam tão bem deles!

— Um dia, quem sabe, todos vão se conhecer — sugeriu Alzira.

Eles estavam saindo do centro para jantarem num dos restaurantes de Túlio, ali perto, quando encontraram Cristiano, que chegava para tomar um passe. Tanto Alzira quanto os rapazes o conheciam. Eles se cumprimentaram e Alzira apresentou Betina a ele. Simpatizaram-se, mas Cristiano não estava com cara de bons amigos.

— O que ele tem? — quis saber Betina. — Parece estar aflito.

— E está — concordou Alzira. — Cristiano vive um casamento conturbado. Vem ao centro espírita para tomar passes e tentar se reequilibrar por meio das palestras edificantes. No entanto, ele não faz o mais importante.

— O que seria? — indagou Betina.

— Realizar a própria reforma interior. Nada é mais importante para um espírito reencarnado do que lidar com suas batalhas interiores. Cristiano precisa aceitar e entender que o autoconhecimento é a base da transformação pessoal. Para alcançar a paz e a serenidade, é preciso desenvolver a coragem, a aceitação e, obviamente, o autoconhecimento. Todavia, ele está no caminho. Se persistir na mudança de crenças que limitam o seu espírito, logo a vida vai lhe sorrir. E uma nova fase vai se descortinar, mostrando a Cristiano que ele ainda pode ser feliz.

— Sabia que ele é dono da marca de roupas Nexus? — informou Clóvis a Betina.

— É conhecida na Europa. São roupas voltadas para o público jovem, e têm excelente qualidade.

Um brinde ao destino

Chegaram ao restaurante e logo a conversa perpassou outros assuntos. Foi uma noite agradável e Betina sentia-se cada vez melhor. Embora sentisse saudades de Claude, ela começava a se dar conta de que precisava se fortalecer emocionalmente e prosseguir no seu caminho, que ainda lhe traria muitas alegrias, rodeada de bons e verdadeiros amigos.

8

Não demorou muito para Betina tornar-se amiga inseparável de Clóvis e de Túlio. Eles tinham muita afinidade e, sempre que possível, conciliavam as agendas para estar juntos. Ora Betina ia ao restaurante de Túlio, ora ele e Clóvis frequentavam a discoteca. Além do mais, os três mergulharam de cabeça no projeto da creche. Em menos de um ano, desde que Betina chegara a São Paulo, a creche já funcionava a pleno vapor, atendendo mais de trinta crianças com idades variando entre meses de vida e dez anos.

Havia muitos trabalhadores voluntários do Centro Espírita Irmão Francisco que se ofereciam como colaboradores para dar andamento ao novo projeto. Com tantos afazeres no centro espírita, Alzira delegara a Betina a total administração da creche.

E foi nesse período que Cristiano, cansado da vida conjugal terrível, passou a frequentar o centro com frequência além da habitual. Começou a estudar a Doutrina dos Espíritos e logo passou a dedicar parte do seu tempo aos outros trabalhos sociais da creche.

Certo dia, enquanto guardava os mantimentos para a alimentação das crianças na despensa, ele comentou com Betina:

— Estou com a ideia de lançar uma calça jeans.

— Adoro jeans. Acho tão prático.

— Penso num modelo básico. Queria que uma mulher fizesse a campanha. Estou com dificuldades.
— Por quê?
— Eu gostaria que fosse um rosto conhecido do público, mas não penso numa artista. Não sei lhe dizer ao certo o que quero. Para falar a verdade, estou muito inseguro... — Betina teve um estalo e Cristiano percebeu. — O que foi?
— Quanto está disposto a investir?
— Ora, Betina, esse jeans representaria a consolidação da minha marca, acessível tanto ao público jovem quanto ao adulto. Tenho certeza de que os meus negócios vão prosperar sobremaneira depois do lançamento. Por isso não estou limitando os gastos. Por que pergunta?
— Acho que tenho um rosto para a sua campanha.
— Qual é?
— Por ora, não posso lhe dizer nada. Tenho alguém em mente. No momento certo, voltaremos a conversar sobre esse assunto.
Cristiano ficou curioso.
— O que está tramando?
— Nada de mais — ela respondeu, risonha.

Na mesma semana, Betina ligou para Regina.
— Como estão as coisas?
— A vida está um tanto entediante.
— Entediante? Você mora em Paris, Regina.
— Depois que deixei de ser o rosto do perfume e terminei com o Jules, estou mais caseira. Não tenho muita vontade de sair. O que ainda me alegra é passear com Yasmina. Ela está crescendo uma menina tão bonita! É esperta, articulada. Estou lhe ensinando algumas palavras e frases em português. Ela aprende rápido, viu?

Entabularam conversação e Regina contou das poucas alegrias que tinha. A vida havia mudado depois que ela deixara de ser a garota Nenê Bonet. Ainda era clicada pelas câmeras para uma ou outra capa de revista, mas, como tudo é passageiro, a nova modelo agora era o centro das atenções, não só porque era o novo rosto do perfume, mas também pelas brigas públicas entre ela e Jules. As revistas de fofoca adoravam os barracos que a moça promovia com o namorado sem o mínimo de constrangimento.

— No fundo, eu tenho pena do Jules — confidenciou Regina. — É um homem já com certa idade, mas afetivamente comporta-se como um adolescente.

— Ele deve ter se arrependido de trocar você por essa garota intempestiva.

— É.

— Você está muito amuadinha, Regina. Será que um novo trabalho não reacenderia a sua chama? Está tão apagadinha.

— Não sei, Betina. Nada me traz satisfação. Um grupo sueco me convidou para fotografar para um catálogo de creme hidratante. Confesso que estou sem a mínima vontade de me mudar temporariamente para Estocolmo.

— Caso houvesse uma boa proposta de trabalho, você voltaria ao Brasil?

Regina sentiu um friozinho na barriga.

— Voltar?

— É. Voltar, sei lá, um bate e volta... — Betina sabia o quanto Regina era resistente a esse pensamento, e por esse motivo falou pausadamente, escolhendo bem as palavras: — Conhece a marca de roupas Nexus?

— Conheço.

— Eu sou amiga do dono. Ele está procurando um rosto conhecido para estrear uma campanha de calça jeans.

— E eu com isso?

— Ora, Regina. Pode ser um bom negócio para você. É conhecida no mundo todo. Imagina se associarem seu rosto ao jeans da mesma forma que o associaram ao perfume? Você poderá voltar a chamar a atenção dos periódicos.

Elas riram.

— Eu tenho uma vida bem confortável — observou Regina. — Ganhei muito dinheiro como a garota Nenê Bonet.

— Viu? Não estamos nem falando de dinheiro, embora seja bom tê-lo! Entretanto, seria um novo desafio para coroar uma carreira tão brilhante. Além do mais, você poderia estar aqui comigo, conhecer a creche... Tanta coisa mudou nesses anos todos em que esteve fora... Por que não pensa no assunto com um pouco de carinho?

— E voltar ao Brasil?

— Nem que seja para fazer a campanha do jeans e, em seguida, retornar a Paris. Mas poderia matar as saudades. Tem o Aldo, a Alzira, o centro espírita...

— Pensando assim... — Regina mordiscou os lábios. — Acha que eu serviria para fazer essa campanha?

— Posso intermediar isso para você. Caso sinalize o desejo de participar da campanha, eu converso com o dono. O Cristiano é um homem tão gente fina.

Regina riu da maneira como Betina se referira a Cristiano.

— Bom, não custa nada conversar, não é mesmo?

— Perfeito. Eu vou bater um papo com o Cristiano, ter mais informações sobre o jeans, a ideia de campanha etc. Assim que possível, voltarei a ligar. Estou morrendo de saudades.

— Eu também.

Betina desligou o telefone com a certeza de que logo Regina voltaria ao Brasil.

9

Assim que desligou o telefone, Betina discou para a empresa de Cristiano. A secretária passou a ligação e ele atendeu, desanimado.

— Oi, Betina.

— Que voz é essa?

— Acredita que já havia fechado contrato com a modelo e ela deu para trás? Depois de tudo acertado... terei de adiar o lançamento do jeans, procurar outro rosto... Preciso desabafar... estou cansado.

— Eu liguei justamente para lhe confirmar a indicação de uma pessoa.

— Fala sério?

— Sim. E você também a conhece, Cristiano. Ao menos já deve ter visto o rosto dela estampando capas de revista. É a moça do perfume Nenê Bonet.

Cristiano assobiou.

— Imagina! Aquela mulher é linda de morrer. Além do mais, eu não tenho cacife para investir num rosto assim tão famoso. Ela deve cobrar uma fortuna para associar seu rosto a qualquer produto.

— Regina é minha amiga de anos. Na verdade, eu a considero uma irmã. Ela já fez seu pé de meia, não precisa mais de contratos milionários. Apenas quer e precisa continuar a trabalhar. Só isso.

Um brinde ao destino

— Ela está num nível muito acima do meu jeans.

— Está se rebaixando por quê? Não acredita que seu jeans possa ser tão interessante quanto um perfume?

— Desculpe, Betina, é que você me pegou de surpresa. Claro que eu adoraria que essa moça, Regina, entrasse em acordo comigo e fizesse a campanha do jeans. Nossa, não teria como dar errado! Tem certeza de que ela toparia?

— Eu já a sondei. Ela sinalizou que poderá pensar no assunto. Façamos o seguinte: converse com o seu departamento jurídico, redija um bom contrato, faça uma proposta.

— Está certo. Farei isso.

Desligaram o telefone e cada um teve um pensamento... Betina tinha certeza de que Regina voltaria ao Brasil. Cristiano, por seu turno, mal podia acreditar que Regina toparia ser o rosto do seu jeans.

Ele saiu mais cedo do trabalho e, ao chegar em casa, tudo era silêncio. Perguntou por Beatriz e uma das empregadas respondeu:

— Ela foi fazer massagem, mãos e pés. Disse também que ia cortar os cabelos e não tinha hora para voltar.

— Onde está Rafael?

— No quarto.

Cristiano subiu e encontrou o filho sentado na cadeira em frente à escrivaninha. Aproximou-se e o cumprimentou com um beijo e um abraço.

— Como está?

Rafael respondeu um tanto amuado:

— Mamãe ficou de me levar ao cinema. Hoje é o último dia de exibição de *Superman*.

Cristiano consultou o relógio. Passava das seis da tarde.

— Onde está passando? — Rafael deu o nome de alguns cinemas. — Vamos ver esse filme.

— Jura? — Cristiano assentiu. O rosto de Rafael iluminou-se. — Eu vou me arrumar rapidinho.

— Eu vou tomar um banho e saímos em seguida.

Rafael se levantou de pronto e abriu o armário a fim de escolher uma roupa para sair com o pai. Animou-se sobremaneira.

Trocou-se com rapidez, desceu as escadas e sentou-se no sofá, irrequieto. Logo Cristiano desceu. Caminharam até a garagem, entraram no carro e Cristiano dirigiu até o centro da cidade. Enquanto seguiam, prestava atenção no filho.

— Está um tanto pálido.

— Não gosto de sol, pai.

— Você está muito magrinho.

— Não tenho tanto apetite.

Cristiano sentiu um pouco de remorso. Havia se debruçado na confecção do novo jeans, trabalhava muito. Saía de casa às seis da manhã e, muitas vezes, chegava depois das dez, quando Rafael já havia se deitado. Além do mais, ficara com uma impressão desconfortável do filho, visto que o menino estava com aspecto de uma criança doente. Ele ia falar algo, mas, assim que estacionou, Rafael, esboçando um largo sorriso, apontou:

— Olha o cartaz, pai! É legal, né?

Cristiano concordou. Saíram do carro, compraram os ingressos e assistiram ao filme.

Assim que a sessão terminou, Cristiano convidou:

— Está com fome?

— Um pouco.

— O que comeu hoje?

— O básico.

Ele riu.

— Pode me dizer o que é esse básico?

— Café com leite, um pão com manteiga.

— E de almoço?

Rafael deu de ombros.

— Mamãe descongelou um hambúrguer e serviu um feijão daqueles de lata.

Cristiano revirou os olhos. Sentiu um aperto no peito. Disfarçou.

— Eu vou te levar no restaurante de um amigo meu. Tenho certeza de que vai gostar do Túlio. Tem um bife com batata frita no cardápio...

Rafael animou-se.

— Tem bife com batata frita?

Cristiano riu.

— Acho que tem.

— Nossa! Faz tanto tempo que comi um bife... Acho que foi na casa de um colega da escola...

No restaurante, Rafael foi paparicado tanto por Túlio como por Gaspar, seu sócio. Rafael era um menino alegre, comunicativo, adorava falar de futebol. Ele e Gaspar entrosaram-se num papo que durou além do jantar.

Ao se despedirem, Rafael foi categórico:

— Voltarei mais vezes.

— Será um prazer te preparar mais um pratão de bife com batata frita — declarou Túlio.

Cristiano agradeceu os amigos. Assim que o carro entrou na garagem de casa, Rafael entristeceu-se.

— O que foi, meu filho?

— Nada.

— Como nada? Estava feliz até agorinha. Fomos ao cinema, nos divertimos com o filme. O Túlio cozinhou especialmente para você e o Gaspar quase mudou de time de futebol, tamanho o amor que você tem pelo Santos.

Ele entreabriu um sorriso.

— Eu sei, pai. Acho que nunca vou me esquecer desta noite. Se não fosse você, eu estaria no quarto, talvez vendo um pouco de televisão, sozinho, como sempre. É que... — Ele não conseguiu terminar de falar. Os lábios tremeram e Rafael fez força para não chorar.

Cristiano percebeu como o filho estava sensibilizado. Tinha certeza de que tudo tinha a ver com o tratamento frio de Beatriz. Apenas sondou:

— Quer falar? Não precisamos sair do carro agora. E eu juro, prometo que tudo o que conversarmos aqui ficará entre nós. Palavra de seu pai.

— Obrigado, pai. — Rafael mirou o chão do carro e começou a falar: — Mamãe nunca gostou de mim.

— Não é isso. Sua mãe gosta de você. É que ela tem um jeito diferente de amar.

— Não gosta. Você sabia que ela nunca me chamou pelo nome?

Cristiano surpreendeu-se. Nunca havia notado.

— É mesmo? — Foi o que conseguiu dizer.

— Sim. Ela não me chama pelo nome, não me abraça, não me beija. Quando vou lhe dar um abraço, por exemplo, ela inventa uma desculpa: ou acabou de pintar as unhas, ou está com dor no corpo, ou acabou de espirrar laquê. Quando eu peço para assistirmos a algum filme, ela alega ter "um monte de coisas" para fazer.

— Ela não ia levá-lo ao cinema?

— Já perdi as contas de quantas vezes ela prometeu me levar ao cinema... Nunca saímos juntos, pai. A mamãe não gosta de mim.

O pior é que Rafael falava a verdade. No fundo, Cristiano sempre soubera. Quando o filho nasceu, os negócios começaram a prosperar. O pai dele faleceu, o irmão, Roberto, decidiu se aposentar e vendeu a sua parte da empresa a Cristiano. Ele trabalhou e suou muito para fazer da confecção uma marca conhecida nacionalmente. Dedicava a maior parte do seu tempo ao trabalho e reconhecia que havia deixado a família de lado. Tudo bem que a vida de casado nunca fora um mar de rosas. Ele e Beatriz vivam às turras e ele acreditava que, ao menos, ela mantivesse um bom relacionamento com o filho.

Somente agora, depois de passar algumas horas com Rafael, Cristiano se dava conta de que a boa vida que proporcionava ao filho não era o suficiente. Ele reconhecia, infelizmente, o quanto Rafael era triste.

— Preciso te pedir desculpas por não estar mais tempo ao seu lado.

— Imagina, pai. Desde que nasci, vejo o quanto trabalha e se dedica para nos dar uma boa vida. Eu estudo numa excelente escola, tenho aulas de inglês e francês. Tudo isso é fruto do seu esforço. Espero um dia poder retribuir.

Cristiano emocionou-se. O filho, embora um menino, já apresentava sinais claros de uma maturidade incomum em crianças da sua idade. Do mesmo modo, encantava-se, porque Rafael, mesmo sendo criado com tanto distanciamento afetivo de Beatriz, não era um menino revoltado. Muito pelo contrário.

Ele abraçou Rafael e prometeu:

— Você vai escolher um dia da semana para irmos ao cinema e, depois de cada sessão, jantaremos no restaurante do Túlio. O que acha?

— Verdade, pai? — Cristiano fez sim com a cabeça. — Eu quero, muito! — Ele abraçou Cristiano e disse, sincero: — Você é o melhor pai do mundo.

Quando entraram em casa, o silêncio reinava. Os dois subiram. Ele se despediu de Rafael. O menino, contente, foi direto para o quarto. Cristiano caminhou até o final do corredor e entrou no quarto de hóspedes. Surpreendeu-se ao ver a esposa ali. Beatriz fumava, apoiando as costas nos travesseiros.

— Perdeu a educação? Não bate à porta antes de entrar?

— Engraçadinha.

— O que deseja?

— Eu pensei em dormir aqui.

— Está ocupado. Não tenho vontade de dormir no outro quarto. Aliás, estava pensando... Eu vou passar a dormir aqui. Você ronca e se mexe muito na cama. Me irrita.

Cristiano nem deu ouvidos. Quis saber:

— Por que não levou o Rafael ao cinema? Ele ficou bastante chateado.

— Oh! — Beatriz forçou uma voz infantil. — O menino ficou tristinho... Faça-me o favor, Cristiano. Esse garoto é muito molenga. Impressionante como ele se parece com você. O mesmo jeito banana de ser.

— Ele tem apenas dez anos de idade.

— E daí? Meu irmão Edgar, com dez anos, já era esperto e se portava como adulto. A nossa vida foi dura. A do seu filho, por outro lado, é fácil. Ele tem tudo. Reclama de quê?

Foi a primeira vez que Cristiano notou: Beatriz não mencionava o nome do filho. Em seguida, ajuntou:

— Veja no que deu. Seu irmão é um caga-ordens do governo. Ele, sim, é um banana.

Beatriz enfureceu-se. Não admitia que dissessem um "a" que fosse contra Edgar. Defendia-o com unhas e dentes.

— Ao menos Edgar é figura de respeito e admiração no governo. É amigo do presidente.

— Grande coisa. Prefiro ser amigo de uma bactéria a conviver com um homem que diz preferir cheiro de cavalo a cheiro de povo.

— Eu penso da mesma forma.

— Não podia esperar nada diferente de você.

— O que quer? Perturbar a minha paz?

— Não. Quero que dê mais atenção ao nosso filho.

— O seu filho já está na idade de virar mocinho. Não precisa mais ficar sob as minhas asas.

— Ele está com cara de doente, de desnutrido. Tem levado ele ao pediatra?

— Pra quê? Ele não anda, fala, come, estuda? Por que ir ao médico? Eu tenho mais o que fazer.

— Ao menos seja mais presente, participe mais da vida dele. Que custa?

— Custa muito. Eu também tenho vida. Não nasci para ser uma eterna babá.

Cristiano levantou as mãos para o alto, sentindo-se impotente. Não havia como chegar a um consenso quando discutia com Beatriz. O casamento estava se aproximando do precipício. Ele simplesmente meneou a cabeça para os lados e saiu. Beatriz estava cansada do marido, do filho, do casamento... Apanhou a agenda de telefones na mesinha ao lado e discou.

— Oi, Margô, tudo bem? Vamos sair para dançar? Ótimo. Eu me arrumo em meia hora. Está certo. Aguardarei seu motorista. Sim. Até mais.

Beatriz desligou o telefone e sorriu. Precisava sair, bater perna, ver gente, se divertir. Ou, então, explodiria.

10

Quando entrou na discoteca Tucano, Beatriz sentiu-se uma nova mulher. Ali ela não tinha marido, não tinha filho, podia ser ela mesma, ou seja, uma mulher fútil que não pensava em nada além de se encher de prazer.

— Deveria ter tirado o filho e não ter me casado — disse à sua amiga Margô, uma socialite fofoqueira, meio em decadência, que vivia à caça de um novo marido rico.

— Se arrependimento matasse — tornou Margô —, eu já estaria morta. Nunca deveria ter me casado com o Noberto...

Beatriz a cortou com ironia:

— Não deveria ter se casado com o Noberto, com o Atílio, com o Daniel... percebe como tem dedo podre para escolher um bom marido?

— Tem razão. Acho que nós duas deveríamos viajar para o exterior, porque aqui não vamos encontrar homem que valha a pena.

— Não sei — tornou Beatriz. — Aquele não é o empresário Khalil Massoud?

— Fiquei sabendo que ele e a mulher não se dão muito bem — empolgou-se Margô.

— Eu sempre o achei bonitão — confessou Beatriz.

— Ele tem idade para ser nosso pai — riu Margô.

— E daí? Ao menos Khalil é o tipo de homem que não existe mais. Prefiro ele ao banana do Cristiano.

— Por falar em Cristiano... seu marido é um homem atraente. Conheço um punhado de mulheres que são caidinhas por ele.

Beatriz sorriu.

— Elas não sabem como ele é tosco. Se quer saber, nunca o achei atraente. Eu não me importo se gostam dele ou não.

— Então, por que não se separa dele?

— Porque eu não tenho onde cair morta. Nunca fui de guardar dinheiro. Outro dia fui buscá-lo no aeroporto apenas para pegar o cartão de crédito. Essa dependência está me cansando.

— Se se separar do Cristiano, pode, ao menos, exigir uma boa pensão.

— Não creio. Se eu me separar dele, não tenciono ficar com o menino.

— Seu filho? — Beatriz fez que sim. — Imagino. Eu não suporto crianças, Beatriz.

— Eu também não.

— Se não ficar com seu filho, não vai ter pensão.

— É isso. Não tenho saída, por ora. Além do mais, mesmo que o juiz me conceda uma boa pensão... olhe para mim, Margô, acha que eu tenho cara de quem vive de pensão? Por favor!

— Você ainda é uma mulher atraente. Pode arrumar um bom marido.

Logo Beatriz avistou Khalil e foi cumprimentá-lo. Ele estava meio alto pelo excesso de etílicos e convidou Beatriz para se sentar à sua mesa. Ela agradeceu e entabularam conversa.

Passava das três da manhã quando ele a convidou para irem embora e sugeriu que fossem a um motel não muito longe dali. Beatriz aceitou o convite.

Dez minutos depois que Beatriz e Khalil saíram da discoteca, Hilda e Edgar entraram. Por pouco eles não se cruzaram. Viviane consultou o relógio. A casa fechava às quatro.

O que esses dois querem a essa hora, meu Deus... Ela suspirou, visto que, toda vez que eles apareciam na discoteca, acontecia sempre uma pequena confusão, fosse com um frequentador, fosse com um funcionário do estabelecimento.

Viviane, que fora promovida a hostess, armou um sorriso falso e foi ao encontro deles.

— Sejam bem-vindos à Tucano. Querem uma mesa?

— Sim — disse Hilda, a voz um tanto pastosa pela grande quantidade de álcool que havia ingerido.

— Uma mesa de destaque — pediu Edgar.

— Queiram me acompanhar, por favor.

A discoteca estava começando a esvaziar. Viviane fez sinal para um garçom e ele veio prontamente atendê-los. Edgar pediu uísque.

— Uma dose, senhor?

— Não, meu filho. Eu quero a garrafa inteira. Do uísque mais caro que tiver.

— Sim, senhor.

Edgar dispensou o garçom e percebeu que Hilda mirava alguém na pista de dança. Era um rapaz bem bonito. Dançava sem camisa, mostrando o peito e o abdômen bem torneados. Edgar acompanhou os olhos da esposa e avistou o moço.

— Gostou dele? — quis saber Edgar.

— Sim. Acho que podemos terminar a noite com um bom divertimento.

Edgar excitou-se. O garçom chegou carregando uma bandeja com a garrafa de uísque e dois copos. Serviu o casal e Edgar pediu:

— Pode ir até a pista e entregar um copo àquele moço? — apontou.

O garçom assentiu. Encheu um copo de uísque e caminhou até a pista. Entregou-o ao rapaz e fez sinal apontando para a mesa de Edgar. O rapaz agradeceu com um gesto de mão e, depois de sorver todo o líquido, caminhou até a mesa deles.

Conversaram amenidades e Hilda convidou:

— Quer conhecer a nossa casa?

— Onde moram?

— No Jardim Europa.

Os olhos do moço brilharam de cobiça.

— Adoraria conhecer a casa de vocês.

Edgar tirou um maço de notas do bolso — ele jamais usara cheque ou cartão de crédito — e as atirou sobre a mesa. Pegou algumas e colocou nas mãos do garçom.

— Quando eu voltar aqui, quero que você me atenda.

— Sim, senhor — respondeu o rapaz, feliz da vida com a generosa gorjeta.

Edgar, Hilda e o rapaz, de nome Célio, saíram juntos. Ao entregarem o carro para Edgar, o rapaz novamente arregalou os olhos de cobiça. Edgar tinha uma Mercedes-Benz último tipo, um carro que destoava dos demais, até porque, nesse tempo, havia poucos modelos de carros nacionais de luxo circulando pelas ruas.

Edgar pegou na direção. Hilda sentou-se ao seu lado e Célio esparramou-se no banco de trás. Hilda acionou o toca-fitas e logo uma música dançante os fez mexer o corpo e cantarolar. Edgar olhava o rapaz pelo retrovisor e passava a língua pelos lábios.

Foi mais ou menos nessa hora que, ao dobrar uma esquina, o carro, em baixa velocidade, colidiu contra uma moça que atravessava fora da faixa de pedestres. Edgar freou o carro, assustado.

Célio saiu e a moça, na faixa dos dezoito anos ou até menos, não havia se machucado muito. Tivera apenas escoriações nos braços. O rapaz aproximou-se e a ajudou a se levantar.

— Vamos ao hospital — Célio sugeriu.

— Não precisa — ela disse, sincera. — Foram só uns arranhões, graças a Deus. Estava saindo de uma festa e não queria perder o ônibus. Fui imprudente. Deveria ter atravessado na faixa.

— É bom irmos ao pronto-socorro. Não custa nada — ele insistiu.

Edgar, embora alto pela bebida, queria seguir viagem. Estava impaciente.

— A moça não se machucou. Vamos embora.

O rapaz aproximou-se e sussurrou algo no ouvido de Edgar. Ele abriu e fechou a boca. Encarou-o e sentiu um estremecimento pelo corpo.

Hilda, que não saíra do veículo, a tudo assistia e não entendia o que, de fato, estava acontecendo. Logo Edgar aproximou-se e abaixou o corpo na altura da janela do passageiro. Revelou a Hilda o que Célio lhe propusera. Ela passou a língua pelos lábios e os olhos brilharam.

Célio convenceu a moça a entrar no carro.

— Você perdeu o ônibus. Foi culpa nossa. Vamos, a gente vai te dar uma carona até sua casa — Célio falou num tom convincente.

— Jura? — a moça alegrou-se.

— Sim. É o mínimo que podemos fazer. Por favor, queira entrar — convidou Célio.

Quando ela acomodou-se no banco de trás, Célio a surpreendeu com um mata-leão, uma técnica de estrangulamento usada tanto em artes marciais como em defesa pessoal. Ela desmaiou e Célio a empurrou de qualquer jeito. Edgar meteu o pé no acelerador e logo o carro embicava na garagem do casarão.

Célio pediu ajuda a Edgar e os dois carregaram a moça para a edícula. Hilda os acompanhava com olhos petrificados de um prazer doentio.

Aos nossos olhos encarnados, eram apenas quatro pessoas: Edgar, Hilda, Célio e a moça desmaiada. Aos olhos espirituais... bem, aos olhos do espírito, o ambiente estava abarrotado de gente. Eram espíritos perturbados de toda sorte, praticamente grudados no casal. Como Edgar e Hilda cometiam essas maldades havia anos, desenvolvera-se um processo simbiótico entre eles e um determinado grupo de desencarnados, também pertencentes à falange de Azazel. E, como as pessoas se atraem por afinidades energéticas, Célio fora atraído não só, mas também por conta de sua baixíssima vibração energética, porquanto o rapaz praticava os mesmos atos cruéis contra rapazes e moças.

Célio vinha de um lar que foi se desestruturando aos poucos. O pai abandonara a mãe quando se enrabichara por uma moça bem mais nova. Antes, porém, esse homem, a quem Célio chamava de pai, o molestava desde que o menino se conhecia por gente. A mãe, que trabalhava muito, nunca prestou atenção à barbaridade que acontecia dentro de casa. Sentiu-se abandonada e nunca se deu conta do quanto seu filho sofrera. Ao completar catorze anos, a mãe morreu. Um tio surgiu do nada, tomou posse da casa, abusou de Célio e, depois de se cansar do menino, mandou-o para um abrigo de menores abandonados, local onde ele sofreria novamente todo o tipo de abuso, passando pelo mental e sexual. Ao fazer dezesseis anos, Célio fugiu da instituição e ganhou as ruas. Vendia o corpo por uns trocados.

Numa madrugada, conhecera um senhor homossexual, solteiro e muito rico. Foi por meio desse senhor que Célio retomou os estudos, consertou os dentes, tratou as doenças venéreas e matriculou-se numa escola de artes marciais, moldando o corpo bonito e sarado que agora tinha. Odair — era o nome desse senhor — fora, portanto, o responsável por Célio ganhar a bela estampa. Por intermédio dele, Célio se transformou num rapaz fino, elegante, educado, bom amante. Contudo, Odair não fora capaz de atingir a essência do jovem, corrompida havia muitas vidas. Célio tinha o coração tão duro que perdera por completo a empatia e o remorso. Era capaz de ferir uma pessoa ou até mesmo matá-la sem sentir nada, sem ter um pinguinho de crise de consciência.

Quando Odair percebeu que o rapaz não tinha conserto, já era tarde. Célio, notando que esse senhor estava prestes a dele se livrar, não hesitou: depois de oferecer um jantar regado a vinho e luz de velas, Célio aplicou o mesmo mata-leão que dera na moça. Só que o fez com a intenção de matar.

Assim que Odair caiu no chão, sem vida, Célio pensou e, durante dois dias, planejou o que levaria de valor. Arrombou o cofre e apanhou todo o dinheiro que havia ali. Limpou as digitais a tal ponto, que jamais descobriram quem estivera com Odair naquela fatídica noite. Célio saiu calmamente da casa carregando uma mochila nas costas. Isso tinha acontecido fazia um ano. De lá até o momento, Célio já havia machucado e arrancado dinheiro de outros dois senhores.

Quando adentraram a salinha da edícula, deitaram a moça no sofá. Logo, ela deu sinais de que estava para acordar, e Célio a fez inalar um pano com clorofórmio. Ela desmaiou e ele rasgou as vestes dela, tirou a própria roupa e cometeu contra a moça uma série de atrocidades. Hilda e Edgar assistiam a tudo embasbacados.

— Você é brilhante! — Hilda disse, emocionada.

— Queremos que se junte a nós — propôs Edgar, cercado de uma dúzia de espíritos ensandecidos com o teor da energia pesadíssima que se espalhava pelo ambiente.

Célio apenas sorriu. Acendeu um cigarro e, enquanto marcava com a brasa o corpo da menina, comentou:

— Eu sabia que iríamos nos dar bem.

Dois dias depois, Célio se mudaria para a casa deles e ganharia uma suíte. Enquanto ele se refestelava na cama, usufruindo do conforto e da sofisticação, um repórter entrava ao vivo, diretamente das margens de uma represa, informando que a polícia havia encontrado o corpo de uma jovem, de aproximadamente vinte anos, totalmente deformado de tanto que fora machucado.

11

No astral, Valdemar chorava, sentindo-se impotente.

— Se eu soubesse que Elsa estava grávida... meu Deus. Eu sou o culpado de Edgar ter se tornado esse monstro.

Núria pegou delicadamente em sua mão.

— Não se martirize. Você fez o melhor que pôde. Parece clichê, mas é sempre bom repetir: cada um dá o que tem e, portanto, faz o melhor que pode. Além do mais, cabe ressaltar que você morreu sem saber que Elsa esperava um filho seu.

— Isso lá é verdade. Contudo, se eu soubesse, ou se pelo menos Elsa tivesse criado o menino, e se a minha irmã Dirce...

Valdemar não parava de dizer "e se", como se isso pudesse trazer algum tipo de alívio ou mesmo mudar o rumo do destino de Edgar.

— Percebe que Edgar tem praticado esses atos há muitas vidas? Não é assim, num estalar de dedos, que um indivíduo se torna o que conhecemos como psicopata. É preciso algumas vidas para que uma mente doentia se sobreponha ao espírito.

— Então, de que adianta reencarnar? Edgar só piorou...

— Eu não vejo dessa forma — Núria falou com doçura na voz. — O espírito pode estacionar em sua trajetória evolutiva, mas jamais regredir. Pensar assim é ir contra os desígnios de Deus.

— Ele está parado na crueldade há muito tempo.

— Sim. Essa foi a escolha de Edgar. No entanto, não podemos deixar de perceber que a vida, de certa forma, tenta sempre nos ajudar a melhorar e nos empurra rumo ao progresso.

— O que seria esse progresso?

— Em termos espirituais, seria alinharmos a mente ao espírito por meio da reforma interior. Edgar recebeu a bênção da reencarnação e foi acolhido por Dirce, do mesmo modo que foi também acolhido por Ofélia. Houve pessoas boas na vida dele a fim de ajudá-lo a se afastar da maldade.

— Não sei o que fazer para ajudar.

— Ore.

— Só isso? — Núria concordou. — Orar pode mudar o destino dele?

— A oração pode fazer com que ele pratique menos maldades e, por conta disso, tenha diminuída a sua imensa ficha de faltas.

— Eu gostaria de reencontrá-lo numa outra vida. Talvez ser seu pai...

— Não sei se isso será possível.

— Por quê?

— O mundo terreno está passando por profundas transformações físicas e, principalmente, espirituais — explicou Núria. — O planeta começa a deixar de ser um ambiente de expiações e provas para se tornar um mundo de regeneração.

— Regeneração? — Ela assentiu. — O que isso quer dizer?

— Que o mundo terreno começa a se preparar para entrar em um novo ciclo de aprendizagem. Paulatinamente, a energia do planeta está mudando, tornando-se menos densa, abrindo espaço para uma nova ordem, para que o ser humano tenha condições de se tornar, efetivamente, mais verdadeiro e espiritualizado. A lei do amor vai prevalecer sobre as demais, espalhando luz, generosidade, respeito, justiça e, finalmente, os encarnados poderão viver de acordo com os ensinamentos de Jesus. A passagem da Terra para um espaço de regeneração implicará uma milagrosa mudança interior no coração de cada encarnado.

— Isso quer dizer, se é que entendi — observou Valdemar —, que o planeta será destinado tão e somente aos espíritos que tenham o real desejo de se depurar e se regenerar por meio de novos ciclos de encarnação. É isso?

— Perfeito — concordou Núria. — Cabe ressaltar que um mundo de regeneração serve como um elo entre o mundo de expiação e o mundo de equilíbrio, bem-estar e felicidade. O espírito que porventura reencarnar nesse lugar encontrará paz e consolo, alcançando a tão sonhada purificação.

— Mas Edgar e Hilda, assim como Célio, me parecem pessoas cujos objetivos são incompatíveis com esse novo ciclo.

— Pois é. Infelizmente, muitos espíritos não mais poderão reencarnar no planeta porque não trarão em seu bojo o teor de bons pensamentos necessários e compatíveis com o novo nível de energia que, por ora, começará a sustentar a nova ordem mundial.

— Eles serão impedidos de reencarnar.

— Não, Valdemar. Não funciona dessa forma, mas a energia da Terra torna-se incompatível para esses espíritos nela habitarem. São eles que não se sentem bem nessa nova fase, e decidem reencarnar em mundos cuja energia seja compatível com o padrão vibratório que emanam.

— Eu não gostaria que eles sofressem.

— Ninguém que tenha um bom coração deseja o mal ao próximo. Eu também não aprecio o sofrimento, contudo, no caso de Edgar e Hilda, eles apenas precisarão colher o que têm plantado em últimas passagens terrenas. Ninguém escapa do acerto de contas com a própria consciência. Mais cedo ou mais tarde, todos os espíritos, espalhados em vários mundos, terão de prestar contas à própria consciência para estar quites com a vida, isto é, em paz. Somos todos filhos do mesmo Deus. E, se Deus é sinônimo de amor, indubitavelmente seguiremos caminhos que nos conduzam a alcançar e introjetar esse sentimento.

— Eu me arrependo de muita coisa. Fui mesquinho, invejoso. Hoje, mais consciente, não culpo Leonora ou João pelo que me aconteceu. Sei da minha responsabilidade, das minhas escolhas. Só não entendo por que eles estão vivendo em zonas astrais tão densas.

— Porque eles não se perdoam. Não admitem que falharam consigo próprios. João ainda persiste na autocomiseração, sentindo-se vítima da vida, sem perceber que sempre foi responsável por tudo o que lhe aconteceu. O mesmo ocorre com Leonora. Ela se culpa pela maneira como tratou Nice. Enfim, os dois não se deram conta de que o autoperdão é essencial para o real processo de fortalecimento e cura do espírito. Um dia, mais cedo ou mais tarde, eles vão se dar conta disso.

— Fiquei tanto tempo preso nas picuinhas, que não quis saber dos que me ajudaram no planeta. Miltinho foi uma dessas pessoas. Sei que tivemos ligações de outras vidas, mas não me recordo com precisão. Tem notícias dele? E Herculano, também está bem?

— Herculano reencarnou há pouco tempo. Nasceu num lar feliz, em que seus pais, pessoas cultas e que valorizam o estudo e o conhecimento, irão conduzi-lo a um bom caminho.

— E quanto a Miltinho? Eu nunca o reencontrei.

— Ele está bem.

— Sabe se já reencarnou?

Núria sorriu e afirmou:

— Miltinho retornou ao planeta há cerca de dez anos. Gostaria de vê-lo em sua nova encarnação?

— Posso? — Ela fez sim com a cabeça. — Ah, Núria, me leve até ele, por favor.

Em instantes, os dois espíritos se desvaneciam no ambiente em direção ao mundo dos encarnados, mais precisamente no lar onde Miltinho havia reencarnado.

12

Nesse ínterim, Regina recebia a minuta do contrato para participar da campanha da calça jeans. Ao lado de seu advogado, solicitou que algumas cláusulas fossem alteradas. Cristiano acatou-as sem pestanejar.

Na manhã seguinte, Betina ligou e, ansiosa, quis saber:

— Comprou a passagem?

— Sim — disse Regina. — Eu chegarei na próxima quinta-feira.

— Eu já reservei o hotel, como solicitado.

— Obrigada.

— Bom, estou morrendo de saudades e não vejo a hora de você chegar.

Quando Regina desligou o telefone, encarou sua imagem refletida no espelho.

— É, Regina. Chegou o momento de voltar, mesmo que por pouco tempo. Quem diria!

E, dali a uns dias, Regina embarcaria num voo direto de Paris a São Paulo, o que nos leva à Introdução desta história.

Em seguida à azáfama que se estabelecera entre policiais e manifestantes, Regina finalmente abriu os olhos. Virou para Betina, e ela sorria.

— Senti medo.

— Eu também — afirmou Betina. — Mas já passou. Veja, a avenida está com pouco movimento. Chegaremos logo ao hotel.

Após vinte minutos, Betina estacionou. Um funcionário veio ao encontro delas, apanhou a mala e a frasqueira de Regina. Ela agradeceu e caminharam até a recepção.

Enquanto preenchia a ficha de hóspede, Regina avistou Márcia de Windsor, hospedada no hotel. A atriz, elegantemente vestida, simpática e muito querida, aproximou-se e cumprimentou Regina. Assim que ela saiu e entrou no táxi, Regina mal cabia em si.

— A Márcia de Windsor veio falar comigo! Mas ela é que é uma verdadeira estrela.

— Sim — concordou Betina. — Se quer saber, a verdadeira estrela se comporta como ela, sem ataques... de estrelismo.

As duas riram a valer, depois subiram. Betina havia reservado um dos melhores quartos para Regina, com vista para toda a praça. Regina tomou um banho demorado, vestiu-se com apuro. Escolheu um vestido em tons de dourado, sandálias de salto. Prendeu os cabelos num coque.

— Quer passar em algum lugar antes de irmos até a casa do Aldo?

— Não, Betina. Estou morrendo de saudades dele. Afinal, não vim para passear, mas a negócios. E, claro, para estar junto de você, do Aldo... Se for possível, antes de irmos ao escritório para conhecer meu novo chefe, gostaria de reencontrar Alzira.

— Sem dúvida. Conversei com ela hoje cedo. Disse que quer te ver o mais rápido possível. Está morrendo de saudades. De mais a mais, quero que conheça a nossa creche.

No caminho, Regina observava as grandes mudanças ocorridas na cidade nos últimos dez anos. São Paulo passara por grandes transformações e ela e Betina davam o parecer, ora favorável, ora desfavorável. Logo Betina estacionava quase em frente ao prédio onde Aldo morava.

Foi ele quem abriu a porta e, emocionado, abraçou Regina com efusividade.

— O tempo só lhe fez bem — ele finalmente disse. — Está mais bonita.

— Obrigada. Você também está ótimo. O grande empresário da noite.

— Qual nada. Se não fossem Betina e Viviane, eu não teria chegado a tanto.

— Ele é modesto! — exclamou Betina, depois de cumprimentá-lo.

Aldo apresentou Regina à esposa, Viviane. Elas se cumprimentaram e se gostaram de imediato.

— Vivi é o anjo que Deus colocou em meu caminho — disse ele, derretido de amor.

— Verdade — concordou Betina. — Depois de Vivi, Aldo transformou-se num outro homem. Para melhor, claro.

A conversa fluiu agradável e Regina interessou-se em saber como eles se apaixonaram. Foi Aldo quem tomou a palavra.

— Vivi trabalhava para mim na Aldo's, a boate que antecedeu a Tucano. Sempre nos demos muito bem. Quando eu e Betina inauguramos a discoteca, Vivi tornou-se a hostess. Um dia, um figurão da televisão, desses que fazem sucesso na novela das oito, deu em cima dela. Senti um ciúme danado. Depois de algumas sessões de análise, percebi que estava apaixonado. Tomei coragem e me declarei.

— E eu estava apaixonada por ele acho que desde quando ele me contratou — revelou Vivi. — Sempre achei o Aldo um homem maravilhoso, em todos os aspectos.

— Vivi é médium, tem ótima sensibilidade e é praticamente o braço direito de Alzira no centro — disse ele, todo orgulhoso.

Betina emendou:

— Posso assegurar que Aldo não está exagerando. Vivi é uma trabalhadora valiosa para o centro espírita.

— Estou com tanta saudade de Alzira — revelou Regina.

— Se não tiver compromisso mais tarde, podemos ir todos juntos — convidou Aldo.

— Eu quero! — disse Regina, animada e feliz de estar entre pessoas que muito amava.

O almoço foi bem agradável. Regina matara a saudade do arroz com feijão. Betina desabafou:

— Eu disse à cozinheira que você é apaixonada por bife com batata frita.

— É a pura verdade — respondeu Regina. — É, sem dúvida, o meu prato preferido, desde sempre. Mamãe implicava comigo porque dizia que era um prato trivial, muito comum, nada refinado. Queria que eu gostasse de escargô, por exemplo.

Todos riram e Vivi comentou, séria:

— Você não tem nada a ver com sua irmã.

— Conhece a Hilda?

— Sim, Regina. Ela frequenta a discoteca.

— Perdi o contato com ela muito antes de sair do Brasil. Alguns anos atrás ela me enviou um telegrama informando que mamãe havia morrido. Em anos, esse foi o único contato.

— Sorte sua — disse Vivi, sincera. — Infelizmente, sua irmã e seu cunhado escolheram percorrer uma estrada perigosa. Ambos têm comportamentos e atitudes que são totalmente contrários aos princípios de valorização da vida.

— Uma pena. — Regina não sabia o que dizer. Afinal, perdera de vez o contato com a irmã. Além do mais, nunca nutrira bons sentimentos em relação a Edgar. — Vou tentar contato antes de ir embora.

— Tem certeza de que quer vê-la? — indagou Betina.

— Não sei ao certo. Agora que vivemos na mesma cidade... bom, vou pensar a respeito — disse Regina, sincera.

Aldo mudou de assunto porque percebeu que o ambiente começava a dar vazão a uma energia estranha.

— Vamos à sobremesa!

— O que temos? — Regina estava ansiosa.

— Manjar! É sua sobremesa preferida, não? — ele perguntou e respondeu enquanto a servia.

— Sinto que estão tentando me seduzir com comida, afeto e muita atenção.

— É claro! — confidenciou Betina. — Se depender de nós, você não sairá mais do Brasil.

— Eu faço parte dessa organização cujo intuito é prender você aqui — disse Vivi num tom de brincadeira.

Depois do cafezinho, Aldo convidou:

— Vamos ao centro espírita? Alzira nos espera.

— Você precisa conhecer a creche — tornou Vivi.

— Tenho certeza de que vai adorar — ajuntou Betina.

Enquanto era levada ao centro espírita, Regina sentiu uma paz enorme, e foi a primeira vez que indagou a si mesma se deveria retornar ou não a Paris.

13

Era quase fim do dia quando chegaram ao Centro Espírita Irmão Francisco. Assim que avistou Alzira, Regina emocionou-se. Abraçaram-se com carinho e ela chorou. Alzira limpava suas lágrimas com as costas da mão.

— Não tem ideia de como estou feliz com seu retorno.

— Eu estava morrendo de saudades.

— Venha. Vou lhe mostrar a creche.

Enquanto isso, Vivi, Aldo e Betina foram para uma das salas de passes.

Regina encantou-se com o espaço dedicado às crianças. A construção era nova, num terreno que antes servia para o cultivo de plantas medicinais.

— Um dos nossos frequentadores doou um terreno não longe daqui, bem maior, onde plantamos uma diversidade maior de ervas e plantas medicinais.

— O espaço é tão bem organizado! — Regina estava empolgada com a decoração, a limpeza, a energia harmoniosa que era percebida. Crianças corriam alegres e serelepes para lá e para cá.

— Elas têm família?

— Não, Regina. Antes, recebíamos crianças vindas de lares violentos, sem condições de criarem bem uma criança. De uns anos para cá, só recebemos crianças órfãs. Muitas são encaminhadas para adoção, outras, porém, não têm essa sorte e ficam conosco até atingirem a maioridade. Por enquanto, só temos uma criança com idade superior a dez anos. As demais ou foram adotadas ou ainda são bem pequeninas.

Regina interessou-se.

— Onde está a menina com mais de dez anos?

Alzira fechou os olhos por instantes. Sorriu e disse:

— Venha. Ela está deitadinha na cama.

— Ela tem algum problema? — Regina queria saber, enquanto caminhavam por um corredor claro, arejado, cheio de gravuras com giz de cera ou guache, feitas pelas próprias crianças.

— Miriam tem fortes crises de asma. Mas só. Está fazendo um tratamento de passes e de florais. Temos certeza de que logo vai se fortalecer e as crises tenderão a desaparecer, com a graça de Deus.

Chegaram ao fim do corredor e havia uma porta entreaberta. Alzira bateu e entrou. Miriam estava lendo *Gina*, de Maria José Dupré.

— Vou atrapalhar sua leitura — foi logo dizendo Alzira.

A menina tinha um sorriso encantador. Era mirradinha, bem magrinha. Poderíamos dizer que Miriam era uma menina comum, com traços finos, boca delicada. Os olhos eram pretos como jabuticaba, vivos e expressivos. Os cabelos desciam até os ombros. Ela usava um vestido florido e estava sentada numa poltrona, próximo da janela. Gostava de ler com o sol da tarde acariciando seu rosto.

Ela fechou o livro e o colocou no colo. Encarou Regina com um sorriso genuíno.

— Olá. Eu me chamo Miriam. Tenho doze anos. — Ela estendeu a mão e Regina abaixou-se para beijá-la.

— Como vai? É um grande prazer conhecer você.

— Eu é que me sinto lisonjeada. — Miriam apanhou uma revista sobre a cômoda e mostrou a Regina. — Quando a dona Alzira me disse que você viria... nossa, nem acreditei. Você é mais bonita que na foto, sabia?

Regina riu encabulada.

— Acha mesmo?

— Acho. Você é linda.

— Obrigada.

— Miriam adora ler — confessou Alzira. — Veja a estante ao lado do guarda-roupa.

De fato, havia ali uma estante pequena, de pouco mais de um metro de altura, com cerca de vinte livros.

— É a minha biblioteca — Miriam orgulhou-se em dizer.

Regina aproximou-se e virou o rosto para ler os títulos.

— Você é eclética. Lê livros de gente adulta.

— Um livro traz conhecimento, independentemente da idade do leitor. Ou da leitora — completou Miriam.

— Viu? — comentou Alzira. — Ela lê desde os sete anos de idade. Qual menina de doze anos diria "independentemente"?

Ela riram e Regina quis saber:

— Você estuda?

— Sim. Estou adiantada na escola. Faço a sétima série. Ano que vem me formo e, depois do colegial, vou me preparar para estudar Letras.

— Oh! Sabia que estudei Letras?

— É mesmo?

— A Miriam acabou de fazer aniversário — Alzira interveio.

— Parabéns atrasado — tornou Regina. — O que gostaria de ganhar de presente?

— Um livro!

Elas riram.

— Você pode escolher — pediu Regina. Miriam levantou-se e foi até a estante. Apanhou um exemplar de Sidney Sheldon e o mostrou. — Gosta dele?

— Adoro, Regina. Tem um livro novo dele. Chama-se *A herdeira*. Ainda não tenho. Se quiser me presentear, vou amar.

— Fechado — disse Regina, estendendo a mão. Ela apanhou o livro das mãos de Miriam. Havia uma dedicatória. Ela leu e surpreendeu-se. — Cristiano? Por acaso é o mesmo da confecção?

— É — respondeu Miriam.

Marcelo Cezar por Marco Aurélio

— Cristiano é quem alimenta essa biblioteca — ajuntou Alzira.

— Preciso voltar às atividades. Vou deixá-las a sós.

Alzira agradeceu intimamente aos bons espíritos. Disse baixinho, enquanto percorria o corredor de volta ao salão:

— Obrigada por permitirem esse encontro.

Regina e Miriam conversaram animadamente. Miriam contou que desde que se conhecia por gente vivia em orfanatos. Nunca soubera quem tinha sido a mãe ou o pai. Regina, por sua vez, contou-lhe sua história de vida, que não conhecera a mãe biológica e que Leonora sempre fora a mulher que considerava sua mãe.

— Soube que sua mãe era mulher de destaque da sociedade.

— Sim. Ela fez sucesso numa época em que a sociedade valorizava outras coisas. Não sei se hoje ela faria tanto sucesso.

No meio da conversa, Miriam perguntou:

— Qual é o seu maior sonho?

Regina ficou pensativa por instantes.

— Nunca tinha pensado nisso. Mas e você? Qual é o seu maior sonho?

Miriam nem hesitou. Respondeu de pronto:

— Ter uma mãe.

Regina se comoveu. Uma lágrima escorreu pelo canto do olho.

— Tenho certeza de que Deus vai ouvir e fazer sua vontade.

Elas se despediram e Regina prometeu que voltaria com o livro de presente. Quando saiu do quarto, ela sentiu um aperto no peito sem igual. Havia algo em Miriam que mexera com ela. Não sabia dizer o que era. Mas saiu dali feliz e emocionada. Muito emocionada.

Quando se despediu de Alzira, ela tomou suas mãos e disse, amorosa:

— Minha doce Regina. Está preparada para a época de bonança?

Ela não entendeu.

— Bonança?

— É — disse Alzira, sorridente. — Chegou o momento de colher coisas muito boas. Tudo o que lhe foi tirado lhe será devolvido. Confie no amor e, acima de tudo, na justiça de Deus.

Regina saiu de lá sem entender muito bem o que Alzira tentara lhe dizer. Só um bom tempo depois ela entenderia. E se sentiria a mulher mais plena e realizada do mundo.

14

Regina teve um sonho estranho. Nele, ela estava grávida e perdera o filho de forma espontânea. Inconformada com o triste destino, enlouquecida e com um desejo de ser mãe a qualquer custo, ela sequestrou sua sobrinha, uma bebezinha de pouco mais de três meses de vida. Como tinha muito leite, Regina pôde amamentar a bebê. Os pais verdadeiros nunca mais as encontraram. Regina conseguiu sumir no mundo e criou a criança como filha legítima.

Ela acordou assustada, tateando a cama. Quando percebeu que tinha sonhado, fez o sinal da cruz.

— Meu Deus! Que sonho esquisito. Acho que me impressionei com a Miriam. Só pode ser isso.

Ela olhou para o rádio-relógio na mesinha de cabeceira. Eram oito horas. Betina iria apanhá-la às nove para irem à sede da confecção. Ela vestiu um agasalho de corrida, desceu para o desjejum. Subiu dali a meia hora, fez a toalete e arrumou-se com elegância. Quando avistou a imagem refletida no espelho, Regina abriu um sorriso.

— Ainda está bonita — disse para si.

O telefone tocou e a recepção informou que Betina a esperava no saguão. Regina pegou a bolsa, os óculos escuros e desceu, não sem antes espargir sobre o corpo o seu perfume, Nenê Bonet.

Assim que Betina a viu, rasgou-lhe elogios.

— Está tão bonita, Regina.

— Acho que foi o passe que tomei antes de sair do centro.

— A sua aura está tão clara, tão límpida. Tenho certeza de que esse trabalho vai lhe render bons e ótimos frutos.

— Acha mesmo? — Betina concordou e ela prosseguiu: — Tive um sonho tão estranho! Tenho certeza de que tem algo a ver com a Miriam.

— Gostou dela, não?

— Muito. Tão novinha e adora ler. Fez aniversário dia desses e me pediu um livro de presente. Sabia que ela me confidenciou que vai estudar Letras?

— Coincidência, não? — brincou Betina.

— Por que diz isso?

— Não sei. A Miriam é uma menina para lá de interessante. Todos gostamos muito dela desde que lá chegou.

— Por que será que nunca foi adotada?

— Ah, Regina, isso só Deus sabe. Não faço ideia.

O trajeto até a fábrica de roupas foi agradável porque as duas tinham muita afinidade e os assuntos não venciam.

A empresa, antes sediada no Belenzinho, mudara-se para uma área rodeada de muito verde, próximo da Via Anhanguera. Regina foi cercada por funcionários que queriam seu autógrafo e outros que também desejavam tirar fotos. Ela, muito simpática, atendeu a todos.

A secretária de Cristiano, Luísa, uma moça simpática, as conduziu até a sala da diretoria.

— Cristiano e o advogado a esperam. Queiram me acompanhar, por favor. — Regina aspirou o perfume de Luísa. Ela, encabulada, respondeu: — Eu só uso o Nenê Bonet. Mais por sua causa do que pela fragrância.

— Obrigada. Sinto-me lisonjeada.

Elas entraram e Betina logo cumprimentou Cristiano:

— Chegou o grande dia.

— Sim, chegou o gran... — Ao avistar Regina, Cristiano sentiu um frio no estômago.

Podemos afirmar que, nesse exato momento, Regina sentiu o mesmo. Betina olhou para um e para outro. Quis saber:

— Aconteceu alguma coisa?

Os dois riram a valer. Regina tomou a palavra:

— Betina, esse é o rapaz de quem peguei a mala no aeroporto.

— Ah... então Cristiano é...

— Sim.

Ele finalmente conseguiu articular o som:

— Eu sabia que conhecia seu rosto de algum lugar.

— Está diante de um dos rostos mais fotografados da década — confessou Betina.

— Nem tanto — disse Regina.

Luísa os deixou à vontade e, antes de sair, perguntou:

— Aceitam uma água, um café, um suco?

— Um café! — Regina e Cristiano falaram na mesma hora.

Luísa riu e saiu. Betina, por seu turno, não deixava de observar os dois. A conversa fluiu de maneira agradabilíssima. Ao fim de uma hora de muitas risadas e finalmente o contrato assinado, Regina tornava-se o rosto e o corpo da futura calça jeans.

Cristiano lhe estendeu a mão.

— Seja muito bem-vinda à família Nexus.

Ao tocar a mão dele, Regina sentiu um choquinho.

— Obrigada. Prometo que vou me esforçar para fazer uma bela campanha.

— Não tenho dúvida.

— Antes de ir embora do Brasil, Regina frequentava o Centro Espírita Irmão Francisco — disse Betina.

— Eu trabalho lá, sabia? — confessou Cristiano.

— Ele doou tempo e dinheiro para a construção da creche — Betina segredou.

— Parabéns — disse Regina, sincera. — Estive lá e conheci a creche. Fiquei encantada.

— Sabia que a Regina conheceu a Miriam?

— Eu gosto muito dela. — Ele sorriu.

— Vi que você deu a ela um livro, quer dizer, Alzira me disse que você compra os livros para ela — interessou-se Regina.

— Faço com gosto — ele respondeu, sorridente. — Se pudesse, já a teria adotado.

— É mesmo? — impressionou-se Regina. — Por que não a adotou?

O rosto dele entristeceu-se. Meio sem jeito, ele confessou:

— Minha esposa não quer.

— Vocês têm filhos? — ela interessou-se em saber.

— Sim. Um menino. Rafael. Meu tesouro. Ele tem dez anos.

Subitamente, Regina recordou-se de que, se seu filho estivesse vivo, teria dez anos. Ela se comoveu e Cristiano percebeu.

— Aconteceu alguma coisa? Eu disse algo que não devia?

Regina fez não com a cabeça.

— Imagina. Eu só me lembrei de um passado do qual tento me esquecer, mas ele sempre me pega de surpresa. Quando menos espero, ele reaparece.

— Meu analista diz que não temos como controlar o inconsciente. Aliás, é o inconsciente que nos controla, descobriu Freud, o pai da Psicanálise.

— É verdade.

Betina levantou-se e disse, animada:

— Acho que vocês deveriam marcar uma nova reunião.

— Por quê? — quis saber Cristiano.

— É, por quê? — emendou Regina.

Betina consultou o relógio.

— Está na nossa hora. E acredito que haja ainda algumas dúvidas sobre o andamento da campanha.

— Isso lá é verdade — concordou Cristiano. — Não falamos sobre valores de moradia, por exemplo.

— Moradia? — foi a pergunta de Regina.

— É — ele assentiu. — Enquanto estiver no Brasil, vamos custear as despesas de moradia. Se desejar, poderá também ter um carro.

— Gosto muito do hotel onde estou — confessou Regina. — Se puder ter a liberdade de escolha, gostaria de ficar ali enquanto realizo o trabalho.

— Então... — emendou Betina — esses detalhes precisam ser negociados.

— Pode vir amanhã? — pediu Cristiano.

— Posso, claro.

— Combinado. Amanhã, às dez horas. Depois, se não tiver outro compromisso, poderemos almoçar e, em seguida, eu a deixarei no hotel.

— Há bons restaurantes nas imediações do hotel — considerou Betina. — Adorei a ideia, até porque amanhã eu e Aldo teremos de fazer o fechamento do mês da discoteca. Infelizmente, não poderei acompanhar vocês e...

Cristiano a cortou com amabilidade na voz e, dirigindo-se a Regina, perguntou:

— Um motorista da empresa vai apanhá-la às nove, pode ser?

— Pode. Pode, sim.

— Ótimo. A gente se vê amanhã.

Despediram-se e, no caminho de volta, enquanto dirigia, Betina comentou, olhando de soslaio:

— Que coincidência. Cristiano é o homem misterioso do aeroporto.

— É mesmo — concordou Regina.

— Eu te conheço há algumas vidas... você se interessou por ele.

— Imagina, Betina.

— Conheço um pouco o Cristiano. Ele gostou de você.

— Ora. Isso não pode acontecer.

— Por que não, Regina?

— Ele é casado.

— Bobagem.

— Não é bobagem. Eles têm um filho. O que quer? Que eu me transforme em uma destruidora de lares? Não é o meu perfil. — Betina ria a valer. — Qual a graça?

— Você não sabe da missa a metade. Cristiano e a esposa mantêm um casamento de aparências. É público e notório que não se dão bem.

— Por que não se separam?

— Deve ser por causa do filho. Parece que a mãe não é muito carinhosa e Cristiano cumpre o papel tanto de pai como de mãe. Ele é apaixonadíssimo pelo Rafael.

— Bonito nome — tornou Regina.

— É. Também gosto desse nome.

— Você conhece o menino?

— Não. Cristiano já levou o garoto para tomar passes, mas sempre nos desencontramos.

Regina silenciou por instantes. Se Cristiano não fosse casado e não fosse seu "chefe", ela daria trela para ele. Regina, contudo, era mulher muito correta. Jamais tomaria uma atitude que fosse contrária a seus princípios. Continuaram o trajeto, cada qual com suas elucubrações. Regina tentava frear o sentimento que brotava, espontâneo. E Betina pressentia que aquele encontro fora apenas o início de uma nova e bonita história.

Duvido que Regina volte para Paris. Duvido...

15

Não demorou muito para Beatriz começar um relacionamento extraconjugal com Khalil. Ela inventava desculpas as
mais variadas e saía todas as tardes. Os encontros aconteciam num apartamento que Khalil alugara para esse fim.

Certa tarde, depois de se amarem, Beatriz revelou:

— Nunca um homem me amou como você.

Ele acendeu um cigarro e gabou-se:

— É mesmo?

— É. Eu só conheci o amor nos braços do Cristiano. Ele é
tão sem-sal.

Khalil tragou o cigarro e, enquanto soltava a fumaça pelo
nariz, comentou, todo orgulhoso:

— Eu sei que sou bom amante. Sempre fui.

Beatriz meneou a cabeça para os lados.

— É muito convencido.

— Sou mesmo. A minha esposa nunca gostou muito, sabe?
Eu me controlei o máximo que pude, mas, ao te conhecer,
nossa, não sei o que me deu. Estou apaixonado.

Beatriz arregalou os olhos e sentiu um calor no peito.

— Fala sério? — Ele fez que sim. — E sua esposa, e seus
filhos?

Ele deu de ombros.

— Qual o problema? Ela tem uma boa vida. Eu já saí de
casa, portanto, a separação por ora é só de corpos. Caso eu

me separe de fato, não vou deixar de sustentá-la. E nada faltará aos meus filhos. Entretanto, eu quero ter a liberdade de viver novamente o amor.

Beatriz se sensibilizou. Sentia o mesmo por Khalil.

— Eu também amo você.

— No seu caso, acho mais difícil assumir uma relação comigo.

— Por quê?

— Preciso ser sincero. Prometi a mim mesmo que, se eu me casasse de novo, não teria mais filhos. Eu já tenho quatro e...

Beatriz o interrompeu enquanto apanhava o cigarro dos dedos dele:

— Eu não tenho vontade de ter filhos. Longe de mim. — Beatriz bateu três vezes na mesinha de madeira ao lado da cama.

— Eu sou homem. Vou sair de casa e minha ex-esposa vai continuar a criar as crianças. E quanto a você? Caso se separe, vai ter de criar seu filho. Sinceramente, eu não quero uma esposa com filho a tiracolo.

Beatriz deu de ombros e tragou o cigarro. Conforme soltava a fumaça, ela disse, numa sinceridade desconcertante:

— Em caso de separação, nunca pensei em ficar com o... o menino. — Era nítido o desconforto que ela sentia em dizer "meu filho".

— Fala sério?

— O Cristiano já me disse, um milhão de vezes, que, se nos separássemos, ele ficaria com o garoto.

— Tudo bem para você?

— Sim. O menino sempre preferiu o pai. De mais a mais, eu não nasci para ser mãe. A maternidade não combina comigo.

— Então, por que não se separou antes?

— Porque não queria ser apontada como "a desquitada". Desde que a lei do divórcio foi aprovada, claro, mudei de opinião. Vivemos outros tempos, e eu não estou mais suportando esse casamento.

Khalil girou o corpo e deitou-se sobre ela.

— Vamos nos separar? — Ela disse sim com a cabeça. — Eu peço o divórcio e você também.

— E depois, Khalil? — A voz de Beatriz soou insegura. — Outra forte razão de eu ainda estar casada é porque não tenho como me sustentar. Eu me acostumei à vida sem trabalho, não vai ser agora que...

Ele a interrompeu com um inesperado beijo apaixonado. Beatriz amoleceu e ele propôs:

— Vamos viver longe daqui. Eu tenho negócios em Buenos Aires.

— Adoro Buenos Aires. Tão charmosa, requintada...

— Case-se comigo, Beatriz. E vamos viver na Argentina. Felizes!

Ela sentiu um frêmito de emoção.

— Claro, Khalil. Eu quero viver ao seu lado. Sem filhos. Só eu e você.

Beijaram-se com amor.

Horas depois, quando Beatriz deixou o apartamento, só tinha uma coisa em mente: separar-se de Cristiano o mais rápido possível. Agora, sim, ela se sentia forte e com coragem para se libertar de um casamento que nunca lhe trouxera um pingo de alegria.

Ao entrar em casa, ela procurou Cristiano. Rafael, deitado no sofá, alegrou-se ao vê-la:

— Ele ainda não chegou, mamãe. Você me acompanha no jantar? Não quero comer sozinho.

— Você tem dez anos. Não é mais uma criança. Quer que eu lhe dê comida na boca?

— Não. Não é isso. Eu só queria companhia e...

Beatriz o cortou com secura:

— Eu tenho mais o que fazer.

Rafael sentiu um nó na garganta, mas prometera a si mesmo que não derrubaria mais nenhuma lágrima por conta da maneira bruta e seca com que a mãe o tratava. Segurou o pranto, desligou a tevê e subiu para o quarto. Perdera completamente o apetite. E assim ele se comportaria, até ficar bem fraquinho. Quando Cristiano se desse conta da fraqueza, Rafael já estaria anêmico. Mas isso vamos esmiuçar mais à frente.

Ocorre que, naquela mesma noite, Beatriz esperou o marido para ter a conversa definitiva. Sentada na poltrona da sala, ela fumava um cigarro atrás do outro, ansiosa, impaciente, consultando o relógio de quando em vez. Cristiano entrou em casa e assustou-se:

— O que faz na sala? Por que está acordada até agora? Aconteceu alguma coisa com o Rafael?

— Não que eu saiba — ela disse no tom frio habitual. — Deve estar dormindo.

— O que foi?

— Precisamos conversar sobre o nosso futuro.

— Que futuro, Beatriz?

Ela foi direto ao ponto.

— Quero o divórcio.

Cristiano levantou as mãos para o céu.

— Até que enfim disse algo sensato. Nem sei por que ainda estamos casados.

— Eu sei. Não queria ser apontada como uma mulher desquitada. Agora que temos o divórcio, tudo mudou.

— Está bem. Podemos tratar da partilha dos bens, da guarda de Rafael. Sabe que não vou abrir mão de estar o máximo de tempo possível com meu filho.

— Disse bem — ela emendou —, é o seu filho. E quer saber, Cristiano, vamos resolver tudo de maneira prática. Eu não quero bens. Meu irmão, que você tanto critica, transferiu para mim a parte dele do que herdamos da tia Ofélia.

— Sua tia Ofélia, que Deus a tenha em bom lugar, não deixou muitos bens.

— Tivemos de vender as casinhas porque a clínica em que ela estava era cara demais — Beatriz justificou. — De fato, só sobraram dois imóveis, mas tenho como me manter por um tempo.

— Precisamos pensar no valor da pensão.

— E eu sou mulher de receber pensão? Ainda mais vindo de você. Não vivo com mixaria.

— Prometo que vou encontrar um bom valor. Afinal de contas, não quero que falte nada ao nosso filho...

Ela o cortou:

— Seu filho. Não quero ficar com ele.

— Como?! — Cristiano estava perplexo.

— Você ouviu bem. Eu quero viver a vida que não tive. Não nasci para ser mãe. É um papel que não combina comigo. O filho é seu. Portanto, pode ficar com o garoto. É o seu prêmio de consolação e...

Cristiano arregalou os olhos, lívido. Beatriz seguiu seus olhos e Rafael estava sentado no degrau da escada, em estado apoplético. Ele correu até o filho e o abraçou.

— Está tudo bem — disse num tom conciliador.

O menino, voz trêmula, encarou Beatriz.

— Por que não gosta de mim?

Ela nada disse. Quer dizer, tinha vontade de gritar que ele era um estranho, que não era seu filho. Todavia, dizer isso implicaria uma grave acusação contra si própria. Se contasse a verdade, poderia até responder a um processo criminal. Afinal, a mãe verdadeira de Rafael poderia estar viva, acreditando que o filho nascera morto.

Beatriz pensou tudo isso em milésimos de segundo. Respirou fundo, passou pelo marido e pelo filho, subiu a escada em direção ao quarto. Abriu os armários e começou a escolher as roupas que levaria consigo.

Enquanto isso, Cristiano afagava os cabelos do filho num gesto de extremo carinho.

— Não ligue para sua mãe.

— Ela nunca foi minha mãe. Nunca me chamou de filho, nunca disse meu nome. Eu ouvi tudo, pai. Ela disse que não me quer.

Cristiano sentiu um nó na garganta. Abraçou-se a Rafael e lhe pediu perdão.

— Desculpe. Eu não queria que sofresse.

— Tudo bem se eu ficar com você?

— Como assim?

— Não vou atrapalhar?

— Atrapalhar? Ora, filho, imagine.

— Às vezes sinto que sou um estorvo. Não seria melhor eu não existir?

— Nunca diga uma coisa dessas. — Cristiano o abraçou com amor e não conseguiu conter as lágrimas. — Eu o amo mais que tudo nesta vida. Nunca duvide do meu amor.

Rafael também não conseguiu conter o pranto.

— Eu só queria ter tido uma mãe...

16

No dia seguinte, Beatriz desceu com três malas repletas de roupas. Rafael já tinha ido para a escola e Cristiano tomava o café da manhã. Estava com olheiras profundas.

— Não dormiu bem? — Ele fez que não. — Eu tive uma noite de sono maravilhosa.

— Que bom. Afinal, tudo gira em torno de seu bem-estar.

— Claro! Passei anos presa nesta casa, ao casamento, à maternidade.

— Fala como se tivesse vivido uma década de horrores. Nunca a prendi. Só não me separei porque acreditava que Rafael precisava de uma família, de um lar. Fui tão idiota! Nunca me dei conta de que você só fez mal a ele. Pobrezinho.

— Você e ele são tão parecidos. Dois bananas.

— Imagina o quanto de sofrimento você lhe causou? Pensa que o que ele escutou ontem não abriu uma ferida em seu coração? Que muito provavelmente não vai cicatrizar?

— Quanto drama! Você protege muito esse menino. Parece que ele é um bibelô de cristal. Que horror.

— Você é que parece ser feita de pedra bruta. Insensível.

— Bom. Estou indo embora. Creio que, a partir de agora, vamos resolver o divórcio por meio dos advogados.

— Não vai pedir desculpas a ele pelas tontices que disse ontem?

— Eu? — ela indignou-se. — Eu não tenho que pedir desculpas de nada. Era para ele estar na cama. Que culpa eu tenho de esse menino ser bisbilhoteiro e escutar a conversa dos outros?

— Não posso acreditar que não percebe como é cruel, Beatriz. Não vai ao menos esperar para se despedir dele?

— Não. Por quê? Vamos fazer uma festa para anunciar o divórcio? Eu já disse que você poderá ficar com a guarda total. O filho é seu.

Cristiano meneou a cabeça para os lados.

— Que Deus ilumine o seu caminho. Creio que convivi com uma das pessoas mais frias que conheci em toda a vida. Eu não mereço estar casado com você. E Rafael não merece você como mãe.

Beatriz revirou os olhos.

— Tchau.

Chamou a empregada e pediu que a ajudasse a levar as malas até o carro. Beatriz acomodou-as no porta-malas, ajeitou-se no banco, deu partida e acelerou. Nunca mais voltaria a pisar naquela casa. E jamais voltaria a falar com Cristiano ou com Rafael.

Quando a polícia tivesse ciência da troca das crianças, Beatriz estaria bem longe dali e, como Judas, negaria por toda a vida saber da troca dos bebês. Culparia o irmão, afirmando, categoricamente, que Edgar cometera o ato tresloucado e, por isso mesmo, ele deveria responder por tal delito. Ela, coitadinha, tinha sido apenas uma marionete nas mãos do irmão. Sem provas, nada puderam fazer contra ela.

Todavia, a vida de Beatriz não seria o tão sonhado mar de rosas como tanto sonhara. E pagaria por um crime que não tinha cometido. Ironia do destino? Talvez.

A princípio, tudo parecia correr às mil maravilhas. Khalil também pedira o divórcio e os dois, finalmente, puderam se casar. Mudaram-se para Buenos Aires. Khalil tinha um belíssimo apartamento na Recoleta, bairro de endinheirados. Beatriz sentia-se a mulher mais amada e desejada do mundo.

Ele era um bom amante e a saciava todos os dias. Enchia-a de joias e outros mimos. Frequentavam os melhores restaurantes da cidade. Até que, num determinado dia, a polícia invadiu o apartamento e prenderam Khalil e ela.

Depois da confusão, tudo foi esclarecido. Khalil era sócio de uma poderosa organização internacional de tráfico de drogas, daí a vida de luxo e soberba. Beatriz foi presa como cúmplice e dessa vez não teve como provar que nada sabia. Foi julgada e condenada. Khalil, inconformado por ter sido pego, enforcou-se na prisão.

Edgar tentou por vários meios libertar a irmã, visto que a Argentina também vivia uma ditadura militar. Mas a acusação era fortíssima. Hilda alertou o marido para que não se metesse com tal assunto espinhoso.

— Vai queimar cartucho com figurões do Exército a troco de quê?

— Ela é minha irmã...

— Ora, Edgar. Quantas vezes vimos a Beatriz nesses anos todos? — Ela fez a pergunta e respondeu: — Naquela festa cafona de aniversário de um ano do seu sobrinho e, se me lembro bem, no enterro da sua tia Ofélia.

— Mas...

Hilda foi taxativa:

— A acusação contra ela é pesadíssima. Tráfico de drogas!

— É verdade.

— Quanto mais longe se mantiver, melhor. Ainda mais agora que frequentamos o sítio do presidente.

— Tem razão — disse Edgar, vencido pelos argumentos da esposa.

Assim, sem ajuda, deixada à própria sorte, Beatriz amargou alguns anos na prisão. Ela morreu na semana em que a Junta Militar assinou a ata de dissolução da ditadura. Logo, a democracia voltava a reinar na Argentina.

17

Voltando ao dia em que Beatriz fora embora de casa. Liga-ram da escola. Rafael passara mal e desmaiara durante a aula de Educação Física. Cristiano precisou cancelar o encontro com Regina.

Quando Cristiano foi buscá-lo, assustou-se. Rafael estava branco feito cera, e o roxo em volta dos olhos demonstrava ter passado noites e noites sem dormir. Levou-o diretamente para o pronto-socorro.

Ao ser atendido, foram solicitados alguns exames. Já ha-viam se passado muitas horas e Cristiano estava preocu-pado, desejando notícias. Finalmente, o médico de plantão apareceu.

Cristiano apagou o cigarro e levantou-se de pronto.

— E então, doutor?

— A princípio, Rafael apresentou um quadro de anemia, principalmente causada por deficiência nutricional. O seu filho não tem se alimentado bem?

— Ele tem passado por situações bem estressantes ulti-mamente, doutor. Creio que não esteja se alimentando direito. Como devo proceder?

— No caso desse tipo de anemia, basta um ajuste na dieta mais suplementação de ferro e vitamina B12.

Cristiano percebeu que o médico estava um tanto apreensivo.

— O que foi, doutor?

— O senhor ou a sua esposa teve anemia hereditária, isto é, que foi passada de um dos pais para vocês?

— Que eu saiba — Cristiano coçou a cabeça —, não. Nunca soube de casos assim na minha família.

— No caso de sua esposa?

Cristiano não sabia o que responder. Será que conseguiria falar com Beatriz? Justamente no dia em que ela saíra de casa para nunca mais voltar?

— Vou verificar com a família dela.

— Eu pedi uma série de exames complementares para termos certeza de que Rafael tem, ou não, anemia falciforme.

— Nunca ouvi falar, doutor.

— Anemia falciforme é uma doença hereditária e se caracteriza pela alteração dos glóbulos vermelhos. Geralmente é detectada quando o bebê nasce ou durante os primeiros anos de infância, ou seja, até os seis, sete anos de idade. Nunca perceberam?

Cristiano culpou-se por não ter prestado atenção ao crescimento do filho. Rafael sempre fora magrinho e possuía um aspecto frágil. Não se parecia com ele ou com seu irmão Roberto quando pequenos. Do lado de Beatriz, por exemplo, mal sabia do passado dela ou de Edgar. E, pensando em Beatriz, bem, Cristiano admitia que ela nunca fora uma boa mãe. No entanto, isso não mais importava. Ele apenas desejava o bem-estar do filho.

— Tem cura, doutor?

— Embora genética, esse tipo de anemia pode ser bem controlada. Inicialmente, serão necessárias algumas transfusões de sangue.

— Eu doo.

— Ótimo. Algumas transfusões de sangue poderão aliviar os sintomas da anemia, aumentando os glóbulos vermelhos e a contagem de hemoglobina.

— Posso tirar o sangue agora mesmo.

— Sim.

— Antes, porém, posso ver meu filho?

— Por favor, queira me acompanhar.

O médico conduziu Cristiano até um quarto decorado com motivos infantis. Uma enfermeira acabava de medir a temperatura de Rafael. Assim que ele viu Cristiano, abriu largo sorriso.

— Oi, pai. Desculpe.

Cristiano aproximou-se e o beijou na testa. Apertou sua mão.

— Desculpar pelo quê?

— Estou lhe dando trabalho.

— Imagina. Vai ficar tudo bem.

— E mamãe? Não veio, né?

— Sua mãe precisou viajar para resolver questões do inventário da tia Ofélia — ele mentiu.

— Tudo bem — Rafael devolveu, fechando o cenho. — Quando vou poder voltar para casa?

— Amanhã.

— Soube que vou precisar tomar sangue.

— Eu vou doar. Vai ficar tudo bem!

Rafael virou o rosto para a janela e fitou o nada, entristecido.

Cristiano foi até a recepção e pediu para usar o telefone. Ligou para o escritório e solicitou que Luísa cancelasse o encontro com Regina. Explicou a situação e ela quis saber:

— Se precisarem, estou à disposição para doar.

— Obrigado, Luísa.

Cristiano pousou o gancho no fone e uma enfermeira o chamou para os procedimentos de retirada do sangue. Ele assentiu e a acompanhou.

18

Betina foi ao hotel para tomar o café da manhã com Regina. Estavam conversando amenidades quando um dos funcionários a chamou para atender uma ligação.

Regina levantou-se e caminhou até a recepção. Era Luísa, cancelando a reunião.

— Aconteceu algo?

— Sim. O filho do Cristiano está internado.

— É grave?

— Não sei. Caso eu tenha alguma informação...

Regina a cortou e pediu o endereço do hospital. Luísa não daria o endereço, no entanto, nutria carinho e admiração por ela. Sentia que Regina era uma pessoa de confiança. E deu a ela o endereço.

Regina anotou e, tão logo desligara o telefone, sentiu um aperto no peito. Voltou ao salão de refeições e Betina não gostou daquele olhar.

— O que aconteceu?

— Cristiano cancelou a reunião. Está com o filho no hospital.

— É grave?

— Não sei, Betina. Mas pedi o endereço. Será que, se eu for até lá, serei muito invasiva?

— Pode encontrar a esposa.

— E daí? Eu vou me solidarizar com a família. Não sei por que, toda vez que dizem o nome desse menino, meu coração tenta se alegrar e se aperta ao mesmo tempo. É um sentimento tão estranho...

— Bom, eu preciso ajudar o Aldo no fechamento do mês, mas fiquei de encontrá-lo perto do horário do almoço. — Betina consultou o relógio. — Se quiser, posso lhe dar uma carona.

— Aceito.

Terminaram o desjejum. Regina subiu e terminou de se arrumar. Vestiu uma roupa simples, sem maquiagem, nada. Colocou os óculos escuros e Betina a levou até o hospital. Lá chegando, ela informou o nome de Rafael e de Cristiano.

— Sim — disse a recepcionista. — Cristiano Leal Pontes. O filho dele, Rafael, é que está internado.

— Posso visitar?

— Não creio, senhorita. Mas pode esperar pelo retorno do pai do garoto. Ele foi doar sangue. Logo vai estar naquela sala — apontou. — Se preferir, pode esperá-lo ali.

— Obrigada. — E, virando-se para Betina, ela aconselhou: — Pode ir para seus afazeres. Mais tarde eu pegarei um táxi.

— Está bem. Caso precise de algo, ligue para a discoteca.

Regina fez sim com a cabeça e se despediram. Betina foi embora e Regina sentou-se numa cadeira na salinha que a recepcionista lhe indicara. Apanhou uma revista de moda e lá estava seu rosto estampado. Ela riu e começou a folheá-la.

Cristiano voltou da enfermaria e, assim que a viu, o coração bateu descompassado. Ocultou o sentimento.

— O que faz aqui?

— A Luísa me contou o porquê do cancelamento da reunião. Desculpe se fui invasiva. Mas me deu vontade de estar aqui, ajudar de alguma forma.

Cristiano sentiu o desejo de estreitá-la nos braços e beijá-la sem parar. Passou a mão na cabeça para evitar o fluxo de pensamentos. *Como pode isso acontecer? Eu mal a conheço...* Mas disse:

— Bom estar aqui. Obrigado.

— E sua esposa?

Cristiano mordeu os lábios. Mal conhecia Regina, mas sentiu-se tão confortável e à vontade ao lado dela... decidiu abrir o coração. Contou a ela tudo sobre sua vida, a maneira como conhecera Beatriz, a gravidez, o casamento ruim que durou por intermináveis dez anos, a separação.

— Beatriz foi embora de casa hoje cedo.

— Rafael é o filho dela! — rebateu Regina. — Precisa ligar para ela e...

Cristiano a cortou:

— Não.

Ele revelou a ela o péssimo relacionamento de Beatriz com o filho. Conforme ele falava, Regina sentia o sangue subir pelas faces. Estava indignada.

— Uma mãe tratar o filho dessa forma? É inadmissível.

De repente, ela começou a chorar. Cristiano nada entendeu.

— Falei algo...

Ela fez não com a cabeça. Ele ofereceu a ela um lenço que tirou do bolso da calça. Regina agradeceu e, depois de se recompor, confidenciou:

— Você se abriu comigo e também me sinto à vontade para me abrir com você.

Ela contou sobre o namoro com Carlos Eduardo, a gravidez, a expulsão de casa.

— Meu Deus...

— Betina e Aldo me acolheram e cuidaram de mim. Infelizmente, meu filho nasceu morto. Nunca me senti tão triste como naquele dia — ela relatou, emocionada.

Cristiano sentiu vontade de abraçá-la, mas apenas tocou delicadamente na mão dela.

— Sinto muito.

Ela fungou e disse:

— Veja a ironia do destino. Eu sempre quis ter meu filho e, se estivesse vivo, eu seria a melhor e mais feliz mãe do mundo. A sua esposa, quer dizer, ex-esposa, jamais se dedicou à maternidade. Como pode?

— Eu me sinto culpado por Rafael ser assim. Eu percebia a frieza com que Beatriz o tratava, mas eu tinha tanto trabalho, chegava em casa tarde da noite. Quantas madrugadas eu varei para fazer a empresa crescer e, com isso, poder dar o melhor para minha família? Aliás, que família? — Cristiano indignou-se. — Eu não tenho família.

— Tem um filho. Ele precisa de você. Isso basta.

Regina falou isso e, instintivamente, abraçou Cristiano. Os dois sentiram o coração bater descompassado. Estavam a ponto de se beijarem quando o médico apareceu e limpou a garganta com um pigarro.

— Olá.

Cristiano levantou-se de pronto.

— Bom saber que o pai e a mãe estão juntos.

Regina sentiu um calor no coração ao ouvir o médico chamá-la de mãe.

— Eu não sou a mãe, doutor, apenas uma amiga da família.

— Pois bem. O senhor sabe qual o tipo sanguíneo de sua esposa?

Cristiano pensou e respondeu:

— Beatriz tem o tipo O.

— Segundo os exames, o seu tipo é AB.

— Certo.

— Há algo errado — comentou o médico, ar preocupado.

— Por quê?

— O tipo sanguíneo de seu filho é O.

— Não entendo dessas coisas, doutor.

— Se isso se confirmar... — O médico coçou a cabeça. — Rafael não poderia ter esse tipo sanguíneo. — Ele procurou ser didático. — Veja bem, seu Cristiano, o tipo sanguíneo do filho é uma combinação entre os tipos de sangue do pai e da mãe. Por exemplo, se a mãe for O e o pai AB, como no seu caso e da sua esposa, Rafael deveria ter o tipo A ou B, mas nunca o tipo O ou AB. Os seus exames revelam que tem o sangue tipo AB e Rafael tem tipo O. Portanto...

Cristiano não sabia o que dizer. Por sua cabeça, passaram mil pensamentos. Se isso se confirmasse, de fato, era sinal de que Beatriz engravidara de outro. Enquanto ele tentava concatenar as ideias, o médico disse, solícito:

— Vou providenciar a transfusão de sangue de seu filho.

Ele se afastou e Cristiano deixou-se cair na cadeira, prostrado. Regina nada disse. Apenas sentou-se ao lado dele e pegou em suas mãos.

— Vai dar tudo certo. Confie.

19

Cristiano tentou falar com Beatriz, mas não sabia onde ela estava. Empenhou-se em procurar pessoas do círculo de amizades dela, como a amiga Margô, sem sucesso. Evitou o quanto pôde ligar para Edgar. Eles não se bicavam. Mas era preciso.

Hilda atendeu o telefone e, ao saber que era Cristiano, mudou a voz num azedume:

— Diga.

— Preciso muito falar com o Edgar.

— Ele está em Brasília.

— Preciso saber da Beatriz. Ela está na sua casa?

Hilda riu com desdém. Disse de maneira irônica:

— Você é o marido da Beatriz e vem me perguntar se sei do paradeiro dela?

— Ela nos deixou. Saiu de casa hoje cedo.

Até que enfim a Beatriz mostrou que tem juízo, largou esse banana, pensou Hilda. Mas ela respondeu:

— Eu e Edgar não temos nada com isso. Não vejo Beatriz há séculos. E sei que Edgar não a vê faz um bom tempo.

— É urgente — ele clamou. — Rafael está precisando de sangue, surgiu uma dúvida. Pode me passar o telefone de onde Edgar está lá em Brasília?

— Não. Ele tem assuntos importantes a tratar com o presidente, Cristiano, não tem cabeça para querelas de família. Por favor.

Ela desligou o telefone. Edgar, que estava ao lado, quis saber:

— O que foi?

— Parece que seu sobrinho foi internado e o sangue dele não bate com o dos pais...

Os dois caíram na gargalhada. Célio, usando apenas cueca, esparramado no sofá, acendeu um cigarro e perguntou, curioso:

— De que riem?

— O banana do Cristiano está prestes a descobrir que esse filho não é dele. — Edgar gargalhou, contando a história da troca de bebês. Célio urrou de prazer.

— Ora, ora! Isso é artimanha de um gênio.

— Pois é — completou Hilda. — A Beatriz, sensata, largou o marido e o filho. Agora o banana vai ficar com uma pulga imensa atrás da orelha. Afinal, será que Beatriz o traiu? Ou não?

Os três gargalharam.

— Pelo que eu saiba, a mãe verdadeira anda flanando pelo mundo — Edgar comentou num tom rancoroso. Ele nunca esquecera o olhar de repulsa que Regina lhe lançara quando fora flagrado naquele cinema...

— Seria tão divertido você jogar na cara da Regina que ela é a mãe desse fedelho — completou Hilda.

— É — concordou Edgar. — Se ela estivesse aqui, eu lhe contaria a verdade.

Célio serviu-se de uísque e ofereceu um copo a cada um. Logo, os três estavam juntos, imaginando quem seria a próxima vítima que seviciariam. Os espíritos perturbados cruzavam a casa aos borbotões. O ambiente era carregadíssimo, a ponto de os empregados nunca ficarem no serviço por muito tempo. A certa distância, Núria observava tristemente aqueles três espíritos que tinham reencarnado com o objetivo de se redimirem. No final das contas, haviam se comprometido tanto com o astral inferior, que os superiores foram claros em afirmar para Núria: Hilda, Edgar e Célio muito provavelmente não mais reencarnariam no planeta.

Ela fez uma oração e, num instante, estava na salinha do hospital, ao lado de Regina e de Cristiano.

— Vim para dar apoio. Vai dar tudo certo, se Deus quiser.

Regina não viu, mas sentiu uma presença amiga. Fez uma oração e pensou em Alzira. Núria aplicou nela e em Cristiano um passe calmante.

Logo, Regina também se ofereceu para ajudar na manutenção dos níveis do banco de sangue. Assim que retornou, Cristiano a agradeceu.

— Não tem ideia de como estou feliz de você estar aqui. Eu não tenho ninguém.

— Seus pais?

— Já falecidos.

— Você tem um irmão.

— Depois que me vendeu sua parte da confecção, o Roberto mudou-se com a família para o interior do Mato Grosso. Ele sempre foi mais ligado ao campo, menos urbano. Onde ele mora não tem telefone. Preciso deixar recado numa tapera. A comunicação é bem complicada.

— Bem, hoje eu não tenho mais nada marcado porque tinha agendado compromisso com você. Portanto, estou à disposição.

— Obrigado. Confesso que me preocupo muito com o Rafael. Pode ter certeza de que o meu relacionamento com ele vai mudar. Estarei mais presente, serei mais amigo. Farei de tudo para compensar a falta da mãe.

— Se eu puder ajudar de alguma forma...

— Você gosta de crianças, não? — Ela fez que sim. — Nunca pensou em ter mais filhos?

— O meu parto foi difícil. Depois de tudo pelo que passei, soube que, infelizmente, não poderia mais gerar filhos. Contudo, isso não me aborrece. Há tantas crianças precisando de um lar. E eu, como espírita, sei que um filho pode chegar a nós de várias maneiras, não necessariamente por meio da gravidez.

— Concordo com você. Eu sempre quis ter mais um filho. Insisti para que Beatriz me desse uma menina. Ela jamais compactuou com tal ideia.

— Eu sou a favor da adoção. Se estivesse casada, com certeza adotaria um filho, ou uma filha.

— Quer conhecer meu filho?

— Posso?

— Claro. Rafael vai gostar de conhecer você. Quando eu disse a ele que contrataria a moça do perfume, uau, ele ficou muito contente. Você, além de famosa, é carismática, agrada desde bebês a centenários!

Os dois riram. Levantaram-se para ir ao quarto em que Rafael estava quando foram surpreendidos por uma presença desconfortável. Regina e Cristiano perguntaram ao mesmo tempo:

— Você?!

20

Edgar os encarou num misto de surpresa e irritação.

— Será que estou vendo uma miragem? O cunhado banana com a modelo famosa?

Regina e Cristiano se entreolharam e, novamente, falaram ao mesmo tempo:

— Você o conhece?

Regina disse, sentindo arrepios pelo corpo:

— Sim. Ele é casado com a minha irmã.

— A Hilda é sua irmã? — Ela fez que sim. Cristiano estava incrédulo. — Bom, nunca tivemos relações. Hilda sempre foi uma estranha para mim...

Edgar sorriu e emendou, interrompendo Cristiano:

— Regina, Regina. Quem diria. Quanto tempo.

Ela nada disse. Cristiano indagou:

— Então vocês são cunhados!

— E eu sou, quer dizer, era seu cunhado até hoje cedo — prosseguiu Edgar. — Quantas coincidências, não?

— Não estava em Brasília? — Cristiano quis saber.

— Vim a jato — respondeu Edgar em tom sarcástico.

O médico reapareceu e chamou por Cristiano. Ele se afastou e Regina queria sumir dali. Não gostava nem um pouco de Edgar.

— O que veio fazer no hospital? Também está dodói? — perguntou ele, forçando uma voz infantil.

358

— Não é de sua conta — ela respondeu ríspida.

— Não sabia que estava de volta. Pensei que nunca mais nos veríamos — Edgar ajuntou, passando a língua pelos lábios de forma inconveniente.

— Onde está sua irmã? — Ele deu de ombros. — O filho dela está internado. Beatriz precisa saber!

Edgar a encarou e riu. De repente, o riso escalou para tons de gargalhada. Ele se contorcia de tanto rir, e Regina foi se irritando.

— O que foi? Há algum palhaço aqui além de você?

Ele continuou a rir.

— Ora, ora. Você se acha a rainha do pedaço, não, Regina? Só porque estampa uma meia dúzia de revistas, pensa que é mais que os outros?

— Eu não sou nem mais nem menos que ninguém. Nunca fui de me comparar, diferentemente de você, que precisa se esconder atrás de uma farda para impor respeito.

— Como é que é?

— Isso mesmo, Edgar. Sempre tentou me intimidar e intimidar as pessoas com essa farda, que, diga-se de passagem, não lhe cai bem. Você não tem porte para sustentar essa indumentária. Aliás, você é patético.

Ele a fuzilou com os olhos. Aproximou-se a tal ponto de Regina, que ela sentiu o hálito forte de uísque misturado a cigarro.

— Escute aqui, sua vaca. Eu sou militar, faço parte da alta cúpula deste governo, que, por coincidência, é militar, vejam só! — ele falou num tom de escárnio. — É só eu estalar os dedos e posso sumir com você, sem deixar rastros, como fiz com seu namoradinho anêmico. Lembra dele?

Ela sentiu o terror invadi-la.

— Desde que deixei de ter notícias do Carlos Eduardo — ela disse em lágrimas —, tive certeza de que ele tinha sido preso e morto pela ditadura. Mas saber que você fez parte disso... eu... eu... sinto nojo de você — ela falou e cuspiu na cara dele, dando um passo para trás, arrependida. Afinal, Edgar poderia fazer o que quisesse com ela, como prendê-la por desacato.

Ele, por sua vez, retirou um lenço do bolso da calça e limpou o rosto. Em seguida, respirou fundo.

— Carlos Eduardo era um fraco. Não servia para nada. Eu participei das sessões de tortura. Não aguentou dois dias, acredita? Quando ele morreu, eu não estava presente. Uma pena.

— Por que não me diz o que fizeram de seu corpo?

— Corpo? Sei lá. Devem ter enterrado em alguma cova rasa, ou jogado no mar.

— Não sei o que Hilda viu em você.

— Ela viu tudo: um homem cheio de atitudes, dono de si. Um homem de bem, que cultiva os valores de família, é a favor da moral e dos bons costumes, faz parte das Forças Armadas.

— Sei bem... — Ela riu de escárnio. — Um homem de família que frequentava cinemas e...

Ele tapou a boca dela com força. Regina arregalou os olhos. Pensou que fosse morrer.

— Nunca mais fale sobre esse incidente. Se porventura você fizer algum comentário do tipo, eu juro por tudo o que é mais sagrado... eu mato você. E farei pior do que fiz com seu namoradinho.

Ela sentiu os pelos se eriçarem e as pernas falsearem. Os olhos de Edgar transmitiam ódio e medo. Muito medo.

— Nunca vou falar nada para ninguém. Eu juro.

Ele a empurrou para trás. Ela bateu as costas na parede.

— Você é que é patética. Não vale nada. Nem mãe pode ser.

Regina meneou a cabeça para os lados. Será que tinha entendido direito?

— Como sabe que não posso ter filhos?

Ele disfarçou.

— Hilda me contou e...

Ela o cortou com irritação na voz:

— Hilda nunca soube disso. Ninguém sabe. Nem Betina, minha melhor amiga. Vamos, quem te contou que eu não posso ter filhos?

— Um passarinho me contou — Edgar disse com escárnio.

— Vamos, diga! Eu exijo!

— Quem pensa que é? A autoridade aqui sou eu. Baixe o tom de voz.

Ele a encurralou no canto da parede e, grotescamente, colocou a língua para fora, tentando beijá-la. Regina se desvencilhou com dificuldade e gritou:

— Prefiro morrer a beijar você. Asqueroso.

Novamente, Edgar sentia o peso da humilhação. Não sabia o porquê, mas Regina tinha o dom de fazê-lo se sentir inferior. Num tom explosivo, berrou:

— Seu filho está vivo! — Regina não entendeu. Balançou a cabeça e Edgar repetiu: — Seu filho está vivo!

— Meu filho morreu no parto.

Ele fez que não com a cabeça.

— Idiota, cretina. Seu filho não morreu.

— Pare de mentir. Não vou entrar nesse jogo mental perverso.

Edgar deu de ombros.

— No dia dez de julho de 1968, às sete e trinta da noite, na maternidade... — Edgar sabia a data, o horário, o hospital onde Regina dera à luz.

— Como sabe...? — Regina sentiu as pernas bambas e precisou se apoiar nas costas da cadeira.

— Porque sei. Eu sei de tudo. Não sou Deus, mas estou bem próximo dele — desdenhou. — A história sobre troca de bebês em maternidade não é clichê. Bom, se é um clichê... é porque se baseia em fatos.

— Não brinque com isso. — Ela começou a chorar.

Edgar acendeu um cigarro, tragou e soltou a fumaça em direção ao rosto dela. Regina tossiu e ele debochou:

— Durma com esse barulho.

Ele girou nos calcanhares e caminhou para a saída.

— Não. Não pode ir embora assim.

— Claro que posso!

— Não, Edgar, não pode. Despeja uma notícia dessas e vai embora, sem dar maiores explicações? Vamos. Eu exijo.

— Exige? Exige coisa nenhuma. De mais a mais, eu não disse nada. Se você comentar sobre essa conversa, eu vou negar e

ainda vou colocar você atrás das grades, acusando-a de ca-
lúnia e difamação ou desacato à autoridade. Como já falei,
não se meta comigo, Regina. Eu posso acabar com a sua vida
como mato uma barata, esmagando com o pé, ou com a mão.
Tanto faz.

Edgar se foi. Regina sentiu um misto de medo, raiva, esperança. Tudo junto, numa avalanche de emoções. Se as reve-
lações de Edgar fossem verdadeiras, o filho dela estava vivo.
Mas onde?

21

Ao entrar em casa, Edgar encontrou Hilda e Célio ansiosos. Falou da satisfação que sentiu ao reencontrar Regina e lhe revelar que o filho estava vivo.

— Jura? — Edgar fez que sim. — Ela voltou... — Hilda comentou, sem muito entusiasmo, visto que não sentia mais nem um pingo de afeto pela irmã. Em seguida, mudou o semblante e, ofegante, quis saber: — Contou para a sonsa da Regina que ela é a mãe daquele fedelho?

— Não. Só disse que o filho dela está vivo. Mais nada.

— Você é incrível — disse Hilda, levantando-se do sofá e o beijando com ardor.

— Jogada de mestre — ajuntou Célio. — Eu não teria feito melhor.

— Obrigado. — O ego de Edgar foi às alturas. Ele prosseguiu: — Regina nunca vai saber que Rafael é seu filho. Eu nunca vou contar. Hilda também não.

Célio levantou-se e chegou bem perto de Edgar.

— Eu também não. Ou vou? Será?

— Como assim? — Edgar não entendeu.

— Essa informação pode render milhões, não?

— Só eu e Hilda sabemos disso. Beatriz não tem ideia de quem foi a mãe que teve o filho roubado naquela noite. Portanto, só nós sabemos. E você não vai ser o dedo-duro. Ou vai?

— Eu?! Imagine. Não sou páreo para brigar com Edgar Brandão Neto, amigo íntimo do presidente. Eu sou cachorro pequeno.

— Por que está falando assim? — Hilda não gostou do tom.

Célio começou a andar de um lado para o outro da sala. Acendeu um cigarro. Depois caminhou até o bar, encheu um copo de uísque.

— Precisamos comemorar! Um brinde ao sigilo. Eu, como podem ver, não sou de abrir o bico. Não. Longe de mim. Mas esses dias estava pensando... Eu sempre gostei daquele seriado, do homem de seis milhões de dólares. Não queria ter os poderes que ele ganhou com aquele corpo biônico. Não. Eu gosto do meu corpo do jeito que é. Quanto aos seis milhões de dólares... Uau! Eu viveria muito bem com essa quantia astronômica de dinheiro.

— Não estou seguindo seu raciocínio — confessou Edgar, meio perdido.

— Ora. Se eu tenho uma informação tão valiosa, bem, eu posso continuar calado. É só você me agraciar com seis milhões de dólares.

Edgar riu. Hilda também. De nervoso.

— Será que estou sentindo cheirinho de chantagem no ar? — perguntou Hilda.

— Não sei — Célio respondeu, encarando Edgar. — Pode ser chantagem?

— Você não seria louco de nos chantagear — disparou Edgar. — Como sabe, eu sou...

Célio o cortou:

— Como sabe... você vai dizer pela enésima vez que é militar, que é do Exército, que é amigo do general Figueiredo e blá-blá-blá. Cansei desse discurso. Não poderia mudar o disco?

— Está cantando de galo por quê? — interveio Hilda.

— Ora. São só conjecturas.

— Espero que sim — ajuntou Edgar. — Mesmo que você saísse espalhando a notícia, não tem provas. É a palavra de um tosco contra a de um militar. Quem será que levaria a melhor?

— Verdade. Quem levaria a melhor? — repetiu Célio. — A não ser...

— A não ser? — repetiu Edgar.

— A não ser que eu tivesse provas, como prontuários médicos da época, por exemplo. A assinatura de quem internou a irmã no prontuário, no recibo das despesas do hospital, na ficha do banco com o nome do depositante...

— Como sabe tudo isso? — Edgar não estava gostando do rumo daquela conversa. De repente, Célio se mostrou uma pessoa totalmente diferente do rapaz que conhecera algum tempo atrás.

— É — ajuntou Hilda. — Como sabe de tudo isso?

— A Marilene me contou.

Edgar escutou o nome e demorou para se lembrar da enfermeira. Ele abriu e fechou a boca.

— Conhece a Marilene? Como? Ela morreu faz anos.

— Eu sei. Depois que ela morreu — prosseguiu Célio —, apareceu um tio não sei de onde, irmão distante dela, tomou posse da casa e do meu corpo, depois me jogou num orfanato como um boneco maltrapilho. Mas, pobrezinho, um dia, não sei como, a casa pegou fogo. Com o tio dentro. Foi triste.

— Você está querendo me dizer...

— Que eu sou o filho da Marilene.

Edgar estava estupefato. Hilda correu até o bar e encheu um copo de uísque. Bebeu de um gole só. Depois, encheu mais um.

— Só bebendo para engolir essa história — disse ela, com a voz meio pastosa.

— Marilene tinha um filho...

— Que você, numa tarde, trouxe para esta mesma casa — apontou para o cômodo — e com ele cometeu todo tipo de abusos e crueldades. Você e essa doida da sua esposa.

Hilda encarou Edgar.

— Do que ele está falando?

Edgar lembrou-se de tudo num instante.

— Lembra do garoto com cara de anjinho? Aquele que eu trouxe quando fui entregar as chaves da casa para a enfermeira...

— Oh! Claro! Eu me lembro. — Ela mirou Célio, analisando-o de cima a baixo: — Nossa! O menino cresceu. Em tudo.

Um brinde ao destino

— Ele cresceu, né, Hilda? — tornou Célio, escalando o tom de voz. — Virou esse moço de corpo gostoso, de que você e seu marido tanto gostam e desfrutam. Aquele menininho indefeso, que foi seviciado com doze anos de idade. Pois bem. Sou eu. Célio Ferreira dos Santos.

Edgar foi rápido no raciocínio.

— São águas passadas. Você cresceu, virou esse rapagão bonito. Além do mais, qual a vantagem de revelar a verdade? Você vive com a gente, tem tudo do bom e do melhor. Gostamos os três de brincar com as pessoas. Formamos uma ótima equipe.

— Sei de tudo isso, Edgar. No entanto, os anos passam e esse corpinho aqui — passou a mão pelo peito e ventre nus — vai começar a se deteriorar. Preciso de um excelente pé de meia.

— Eu posso fazer o mesmo que fiz para a sua mãe.

Célio gargalhou.

— Sério? Vai me dar uma casinha térrea com jardim e piso de caquinhos? Acha que eu vou ser idiota como foi minha mãe? Ela morria de medo de você, afinal, intimidava as pessoas comuns porque era um homem do Exército. Eu ralei e pastei muito nesses anos em que fiquei perambulando pelo mundo. Quero e tenho direito a uma boa vida.

— Podemos reformar a edícula e transformá-la numa casinha só sua — emendou Hilda. — Imagina? Você morando no Jardim Europa?

— E ainda vamos te dar uma ótima mesada — finalizou Edgar.

— Não sou de morar em edícula ou viver de mesadas. Até porque, devo admitir, você e Hilda não são atraentes. Ela — apontou — está se tornando uma caricatura flácida, enrugada. Está mais para Baby Jane do que para qualquer outra coisa. Já passou do ponto. — Célio se aproximou de Hilda e levantou o dedo em riste: — Quando eu transo com você, preciso fechar os olhos e pensar em outra pessoa. Só consigo porque sou jovem.

— Você está ofendendo minha esposa — retrucou Edgar. — Não admito que fale assim de Hilda.

— Eu falo como quiser. — Célio caminhou até ele. — Se é difícil transar com sua esposa, bem, com você, é bem pior.

Eu preciso fazer muita força, afinal, eu tenho nojo de você, filhote de saci.

As veias na testa de Edgar saltaram. Ele pensou que estava tendo um acidente vascular cerebral ou coisa do tipo. Mil cenas passaram pela sua cabeça. Odiava ser chamado de filhote de saci, da mesma forma que odiava ser xingado daquele jeito. Horas antes, Regina dissera a mesma frase: "sinto nojo de você".

Num ato automático, Edgar avançou sobre Célio. Os dois rolaram no chão e o rapaz, bem mais jovem e mais forte, levou a melhor. Imobilizou Edgar e começou a estrangulá-lo, aplicando-lhe o seu costumeiro mata-leão. Hilda, tonta pelo excesso de etílicos, correu até o telefone, mas tropeçou no meio do caminho, bateu com a cara no chão e percebeu que alguns dentes haviam se quebrado. Levantou-se tonta, levando a mão à boca, que sangrava.

— Meus dentes!

Em seguida, vendo o marido quase sem fôlego, atirou-se sobre Célio. Ele a empurrou com uma das mãos. Ela bateu com a cabeça no chão e ficou ainda mais zonza. Edgar escapuliu, levantando-se com dificuldade. Célio lhe deu uma rasteira e sentou-se sobre seu corpo, apertando a garganta de Edgar com força.

Os espíritos ao redor, perturbados e excitados com a cena, nutriam-se daquela energia perniciosa que pairava no ambiente. Era como se houvesse uma grande plateia do lado invisível. Os espíritos eram os espectadores. Hilda, Edgar e Célio, os atores em cena. Hilda mal conseguia se mexer, sentindo dor. Célio continuou a apertar o pescoço de Edgar. Ele estrebuchou e, de repente, parou de se mexer.

Célio sentiu-se cansado. Levantou-se, acendeu um cigarro. Vestiu a calça e a camisa. Foi até o escritório e abriu o cofre. Apanhou umas notas de dinheiro. Em seguida, pegou a chave do carro e fugiu.

Aos poucos, Hilda foi se dando conta do que havia acontecido. Começou a gritar e sacudir Edgar. Ele não se mexia. Estava morto. Hilda desmaiou.

22

Não demorou muito para a polícia localizar Célio. Ele tinha roubado o carro de Edgar, que chamava muito a atenção por ser um Mercedes-Benz.

Célio foi preso e, na delegacia, decidiu abrir o bico e contar tudo. O delegado encarou o escrivão. Trocaram olhares significativos enquanto Célio tagarelava sem parar. Contou sobre sua vida, a violência que sofrera tanto do tio como de Edgar e Hilda, ainda menino. Revelou sobre a troca dos bebês, o tipo de relação que mantinha com o casal. Acreditando que tinha muitas cartas na manga, confessou, tim-tim por tim-tim, as maldades que praticavam contra as pessoas.

— Lembram da moça cujo corpo foi encontrado na represa? — O delegado fez que sim. — Então, fomos nós...

O delegado pediu licença e deixou a sala. Na saída, fez sinal para dois oficiais. Um encarou o outro e menearam a cabeça para os lados. Educadamente, conduziram Célio para uma salinha sem janelas, com paredes antirruído, nos fundos da delegacia. Um deles sacou o revólver do coldre e atirou. Célio levou um tiro na testa e seu corpo se sacudiu até se esparramar no chão, sem vida.

— Imagine se o que ele disse chegar aos ouvidos do presidente? — indagou um dos oficiais.

— Ajude-me a desovar isso — completou um outro.

Eles enrolaram o corpo de Célio num saco plástico preto, atiraram-no no porta-malas do camburão e o jogaram na mesma beira de represa em que ele e Edgar, tempos antes, haviam deixado a moça da noite do atropelamento.

O caso foi abafado e, como Célio não tinha parentes, logo foi esquecido. Em relação a Edgar, a história contada exaustivamente na imprensa foi que ele morrera vítima de latrocínio. E ainda por cima florearam a sua morte, revelando que ele morrera para salvar a esposa, que estava sendo seviciada pelos ladrões.

O corpo de Edgar foi sepultado em uma belíssima cerimônia, daquelas dedicadas a figuras de alta patente, com direito a disparo de tiros e tudo o mais. Afinal, ele era unha e esmalte com o presidente da República.

Hilda, por seu turno, enlouqueceu. Dias depois do sepultamento, sozinha em casa, começou a ver vultos. As visões passaram a aterrorizá-la. Encabeçou uma briga ferrenha com as entidades espirituais. Certo dia, saiu correndo pelas ruas apenas de calcinha e sutiã, praguejando e gritando com "eles" para deixá-la em paz.

Ela foi conduzida para um hospital psiquiátrico. Regina foi chamada e, ao ver Hilda depois de muitos anos, sentiu pena. Muita pena. Assinou os papéis da internação. Hilda mal a reconheceu. Lutava contra espíritos obsessores, que não lhe davam trégua.

O seu estado psíquico se deteriorou de vez no dia em que viu o espírito do marido sendo espancado por uma horda de espíritos sedentos de ódio. Hilda teve várias crises, tomou choque elétrico. Depois, encheram-na de medicamentos pesadíssimos, que a mantinham completamente fora da realidade. E, quanto mais seu perispírito se descolava do corpo físico, devido à forte medicação, mais Hilda alucinava. A instituição manicomial em que ela fora internada tinha a reputação de ser um verdadeiro retrato do inferno. Os pacientes eram tratados de forma degradante e desumana. Andavam pelados pelos cômodos e corredores, passavam frio, dormiam sobre as próprias fezes. Hilda teve um fim de vida deplorável, digno de comiseração.

Imediatamente após seu desencarne, aquele bando de espíritos tentou aprisioná-la. Todavia, precisamos nos recordar de que ela fazia parte de uma falange de espíritos barra-pesada, de baixíssima vibração. Ao longo das últimas vidas, galgara uma posição de destaque no grupo de Azazel, um dos príncipes das trevas.

A única informação que nos foi revelada, acerca do destino de Hilda, Edgar e Célio, é que os três não reencarnariam mais na Terra. De agora em diante, por séculos à frente, renasceriam num planeta mais atrasado ética e moralmente, condizente com os valores que eles tanto cultivaram.

Núria, penalizada, fez uma oração e murmurou:

— Como sempre disse o mestre Calunga: "Deus não vai suavizar a dor daquele que se comprometeu diante de si por não fazer o seu melhor".

23

Nos momentos que se seguiram após Edgar deixar o hospital, Regina sentou-se e percebeu que seu corpo tremia todo. Cristiano voltava à sala e, ao vê-la naquele estado apoplético, correu até ela, preocupado.

— O que aconteceu? — Ela tinha dificuldade para falar. — Quer uma água? — Ela fez sim com a cabeça.

Cristiano apanhou um copo de água do filtro ao lado e a serviu. Regina bebericou e, aos poucos, começou a falar.

— Edgar falou-me coisas terríveis.

— Onde ele está?

Ela fez sinal com a mão.

— Já foi. Graças a Deus. Espero nunca mais vê-lo.

— O que ele disse que a deixou tão desconcertada?

— Nada. Coisas do passado. — Ela tomou o resto de água do copo e sentiu-se melhor. Respirou fundo. — Está tudo bem. Não quero pensar nisso, por ora.

— Gostaria de apresentar você ao meu filho.

Regina sorriu e concordou.

— Claro.

Levantaram-se e ela o acompanhou em direção à ala infantil do hospital. Chegaram até uma porta branca com adesivos de borboletas. Cristiano bateu e entraram em seguida.

— Filho, deixe eu te apresentar uma amiga do papai.

Rafael, um tanto amuado, abriu os olhos e esboçou um sorriso. Encarou Regina e disse:

— Olá. Meu nome é Rafael.

Ela aproximou-se da cama e o cumprimentou.

— Como vai, Rafael? Eu me chamo Regina. Quer dizer, meu nome mesmo é Maria Regina, mas todos me chamam de Regina.

— Prazer, Regina.

Ela o observou com carinho e, sem mais, deu-se conta de que Rafael lembrava alguém. O seu rosto era-lhe familiar. Ele percebeu os olhos fixos de Regina sobre ele e quis saber:

— Por que me olha desse jeito?

Ela, um tanto sem graça, respondeu:

— Você é um rapazinho muito bonito.

Ele enrubesceu e virou o rosto em direção à janela. Foi quando Regina notou a mancha em seu pescoço. Carlos Eduardo surgiu como um flash pela mente. Era muito parecida. Intrigada, Regina perguntou:

— Quantos anos você tem?

— Dez anos.

— Qual a sua data de nascimento?

— Eu nasci no dia dez de julho de 1968.

Regina sentiu as pernas falsearem. Cristiano percebeu e passou os braços ao redor dos ombros dela, como a sustentá-la.

— Tudo bem? — Ela fez que sim. — Quer outra água?

— Não. Está tudo bem. — E, virando-se para Rafael, fez mais uma pergunta: — Rafael, sabe em qual hospital você nasceu?

— Na Maternidade Matarazzo, na Bela Vista.

Regina sentiu o ar faltar e tudo se apagou.

Regina tateou ao redor e percebeu estar deitada numa cama; ao abrir os olhos por completo, viu o rosto de Betina.

— Oi.

Betina sorriu e apertou delicadamente sua mão.

— Oi, minha querida. Como está?

Sem se dar conta de que estava no hospital, Regina comentou:

— Tive um sonho tão estranho. Eu discuti com o Edgar, depois conheci o filho do Cristiano...

Betina a silenciou com o dedo em seus lábios.

— Sei, sei. Calma.

Ela percebeu o ambiente, a luz branca sobre seu rosto, e indagou:

— Onde estou?

— No hospital. Você passou mal, desmaiou. O médico sugeriu que fique em observação.

— Como veio parar aqui?

— Cristiano me ligou.

— Então... — Regina passou as mãos pelo rosto e pelos cabelos, num ato de franco desespero: — Quer dizer que eu não sonhei?

— Não. Edgar esteve aqui e, segundo Cristiano, parece que você e ele tiveram uma discussão.

— Nem te conto, Betina. Ele é um crápula, um monstro. Disse-me coisas horríveis.

— Ele não está aqui e, prometo, se se aproximar, eu mesma farei questão de colocá-lo em seu devido lugar.

— O que mais me intriga... preciso lhe confidenciar... — Regina olhou para os lados. Quis saber: — Estamos sozinhas no quarto? — Betina assentiu. — Preciso lhe contar o que aconteceu e o que me levou ao desmaio.

Regina narrou a discussão com Edgar e sobre a bomba que ele lançara no colo dela.

— Ainda aturdida, ao conhecer o filho de Cristiano — as lágrimas começaram a escorrer —, notei que o menino tem uma mancha de nascença no pescoço, igualzinha à de Carlos Eduardo.

— Você poderia estar sugestionada. O que Edgar lhe disse realmente é grave. Ele não lhe revelou quem é seu filho, revelou?

— Não. Mas não foi só a mancha no pescoço do menino, Betina. Eu perguntei quando e onde ele nasceu.

— E?

— Nasceu no mesmo dia em que perdi meu filho, na mesma maternidade. É tudo coincidência ou... — Ela não conseguiu terminar de falar. Sentiu um nó na garganta.

— Meu Deus, Regina! Isso não pode ser coincidência.

— Não sei como agir.

— Antes de mais nada, se Edgar lhe confidenciou que Carlos Eduardo foi morto, é preciso que encontremos alguém da família dele para dar a triste informação. Imagine a família? Deve estar em desespero até hoje, sem saber se ele morreu de fato, onde foi enterrado, se é que não sumiram com o corpo.

— Edgar pode não gostar e...

— Regina, por favor. Até quando vamos ficar com medo do Edgar? Está na hora de colocarmos um freio nele. Que se dane o que vai acontecer com ele depois de darmos essa notícia. Estamos falando de uma das centenas de vidas que foram massacradas, mortas, e cujas famílias vivem dois lutos: da morte em si e da falta de informações.

— Tem razão, Betina. Eu me lembro de que Carlos Eduardo tinha uma irmã, Mônica. Uns seis anos mais velha que ele. Nós nunca nos encontramos porque já era casada. Acho que os pais já tinham morrido quando namorávamos.

— Assim que receber alta, tentaremos localizar a família dele. Mas você sabe se Rafael é filho legítimo de Cristiano?

— Fiquei com receio de perguntar. Não tenho liberdade para lhe fazer tal questionamento.

— Eu tenho.

Nisso, Cristiano bateu e entrou no quarto.

— Atrapalho?

Betina sorriu.

— Oi, meu querido. Regina despertou.

Ele se aproximou e, sinceramente preocupado, quis saber:

— Como está?

— Melhor.

— Você nos deu um grande susto. Rafael insistiu para que eu tivesse notícias suas. Ficou preocupado com você. Engraçado... ele é mais reservado, contudo, não para de falar de você. Diz que é linda, que vai contar para todos os amiguinhos que conheceu a mulher do perfume.

Elas riram.

— Seu filho é um amor — considerou Betina.

— Adorei conhecer o Rafael — ajuntou Regina.

Betina pigarreou e perguntou, com jeito:

— E os exames do Rafael? É anemia?

Cristiano fez que sim e ponderou:

— O médico me fez uma série de perguntas. Quis saber se na família há alguém anêmico, porque tudo leva a crer que Rafael tem anemia hereditária.

Regina apertou a mão de Betina. Afinal, Carlos Eduardo tinha anemia hereditária, visto que o avô dele também a tinha. De vez em quando, Carlos Eduardo precisava de transfusões de sangue.

Betina prosseguiu:

— Eu e Regina estamos dispostas e prontas para doar sangue.

Cristiano coçou a cabeça. E confidenciou:

— Estou intrigado... O meu tipo sanguíneo é incompatível com o do meu filho.

— Sério? — Regina perguntou num tom acima do normal.

Betina a acompanhou.

— Como assim?

— Tirei meu sangue e saiu o resultado. Eu me lembro do tipo de sangue da Beatriz. Eu o tenho anotado na carteirinha de vacinação do Rafael, e me sinto seguro para confessar a vocês que, diante dos fatos, eu fui traído.

Regina arregalou os olhos.

— Por quê?

— O médico me explicou sobre os tipos sanguíneos. De acordo com ele, o tipo de sangue do Rafael não confere com o dos pais.

— Sei... — Agora era Betina que sentia um pouco de falta de ar.

Cristiano, fazendo troça, comentou:

— Ou a Beatriz me traiu ou o Rafael foi trocado na maternidade.

Regina sentiu o coração querer saltar da boca.

— Cristiano — ela disse com dificuldade na voz —, eu preciso te contar uma história...

24

Muitos anos atrás, antes do surgimento dos exames de DNA, eram utilizados outros métodos para determinar a paternidade, tais como a cor dos olhos, o tipo de sangue, manchas ou pintas de nascença e até comparações com o lóbulo da orelha. No caso específico de Rafael, havia a marca de nascença no pescoço, a anemia falciforme, a data de nascimento, a maternidade e os horários bem próximos de nascimento. Eram evidências sólidas, consistentes, que ligavam o menino a Regina.

Assim que ela narrou a fatídica noite pela qual passara na maternidade, Cristiano precisou se sentar numa cadeira, atordoado com tanta informação.

— Não pode ser...

— Você estava com Beatriz quando Rafael nasceu? — perguntou Betina.

— Não. Estava numa viagem de negócios. Quem a trouxe ao hospital e acompanhou o parto foi o Edgar.

Regina soltou um grunhido.

— Meu Deus! Edgar! Então ele trocou as crianças — disse Regina, convicta.

— Calma, querida.

— Como calma, Betina? O Edgar me despeja aquela história escabrosa, sustentando que meu filho está vivo. Daí os exames de sangue mostram que Cristiano não é o pai biológico... Rafael tem a marca de nascença idêntica à de Carlos Eduardo. A data, o horário, o local do nascimento... é coincidência demais da conta, não acha? — Regina encarou Cristiano e as lágrimas rolavam, insopitáveis. — Sabe, Cristiano, o dia em que recebi a notícia de que meu filho tinha nascido morto foi o pior da minha vida. O pior de todos. Em seguida, soube que Carlos Eduardo havia sumido. Eu tinha certeza de que ele fora preso e, muito provavelmente, não iria escapar vivo. Era um tempo em que não tínhamos nenhum tipo de informação. Saí do país com uma ferida enorme no peito, arrasada, sem chão, sem perspectivas. — Encarou Betina novamente. — Você, minha amiga, sabe o quanto foi doloroso para eu me reerguer. E vem me pedir calma?

— Concordo com você — contemporizou Betina. — Claro, todas as evidências ligam você ao Rafael. Entretanto, seria bom se conseguíssemos conversar com Beatriz. Com certeza, ela sabe o que aconteceu naquela fatídica noite.

— Beatriz nunca vai dizer nada — emendou Cristiano. — Ela vai negar. Conheço-a muito bem. Nunca vai admitir. Além do mais, se ela nos revelar a verdade, estará acusando a si mesma, pois vai confessar que praticou um crime.

— Tem razão — disse Regina. — Penso que seria importante tentarmos encontrar alguém da família do Carlos Eduardo para confirmar nossas suspeitas.

— E conversarmos com Alzira — sugeriu Betina. — Ela sempre tem o dom de aquietar os corações confrangidos.

— Sim — tornou Cristiano. — Eu só peço a vocês, por gentileza, que não comentem nada com Rafael, por ora. Ele anda muito sensível com a partida da mãe, quer dizer, de Beatriz. Gostaria de estar cem por cento seguro para eu lhe dar essa informação.

Elas concordaram.

Rafael recebeu a transfusão de sangue e, aos poucos, foi melhorando. O médico receitou vitaminas e suplementos, recomendou uma nutricionista para refazer o cardápio. Logo, o menino se fortaleceu. As olheiras desapareceram, o rosto adquiriu cor. Passou a praticar natação. Em alguns meses, era outro garoto, mais saudável e sempre sorridente.

No começo, ele sentiu muito a falta da mãe. O próprio médico que o atendera no hospital sugeriu sessões de psicoterapia. Luísa, a secretária de Cristiano, tinha uma irmã, Lucyneide, que acabava de chegar ao país depois de concluir um curso de especialização em Psicanálise Infantil, ministrado pela pediatra e psicanalista francesa Françoise Dolto, pioneira no atendimento terapêutico de crianças. Dolto levava em conta a capacidade de a criança se comunicar e expressar suas questões emocionais de forma singular.

Rafael, de início, não se sentiu confortável em conversar com uma estranha, como ele costumava se referir à analista. No entanto, a maneira delicada e perspicaz de Lucyneide de mostrar a ele como lidar com as próprias dificuldades emocionais criou um espaço acolhedor. Aos poucos, ele foi se abrindo, revelando a ela toda a mágoa que sempre sentira da mãe, desde muito pequeno.

Nesse ínterim, Regina aproximou-se dele com discrição. De forma gradual, ela cativou Rafael e, naturalmente, ele passou a vê-la como a mãe que sempre quisera ter. Toda vez que o visitava, ela lhe levava um presente. Rafael se sentia querido, acolhido, amado.

De fato, eles tinham muita afinidade. Cristiano, de longe, os observava e sentia um calor no peito quando seus olhos cruzavam com os de Regina. Estava apaixonado, mas não queria confundir as coisas. No fim das contas, a campanha do jeans começava a fazer grande sucesso. E ele preferia ficar quieto e estar próximo dela como um bom amigo a espantá-la com um pedido de namoro ou algo do tipo.

Ao mesmo tempo, Alzira sugeriu que Rafael frequentasse o centro espírita a fim de fazer um tratamento espiritual para reequilibrar suas energias. Ele tomava os passes e ia até a creche. Foi lá que ele travou amizade com Miriam. Em pouco tempo, tratavam-se como velhos conhecidos.

Certo dia, ele comentou com Cristiano:

— Pai, a Miriam é a minha melhor amiga.

— É mesmo? Pensei que fosse a Regina.

Ele fez não com a cabeça.

— A Regina é diferente. — Rafael baixou o tom de voz, como se estivesse fazendo uma confissão: — Eu queria que a Regina fosse minha mãe. Já a Miriam, eu vejo como irmã.

— Gosta tanto assim da Regina?

— Sim. Parece que a gente se conhece há tanto tempo! Pai...

— O que é?

— Por que você não namora a Regina?

Cristiano sentiu as faces arderem. Estava tão na cara assim? Se o filho notara que ele estava apaixonado, será que Regina também havia percebido?

25

Quando saiu do hospital, Regina tratou de procurar algum parente de Carlos Eduardo. Lembrou-se de que os pais e a irmã moravam em São Bernardo do Campo, região metropolitana de São Paulo. Por meio da lista telefônica, Regina consultou o sobrenome Pereira Costa. Havia oito. Pacientemente, ela ligou um por um. Quando chegou ao sexto telefonema, bingo! A mulher, do outro lado da linha, identificou-se como Mônica, irmã de Carlos Eduardo.

Mônica morava no bairro de Rudge Ramos, em São Bernardo. Marcaram o encontro. Regina pediu que Betina a acompanhasse. Assim que se encontraram, abraçaram-se comovidas, sem dizer palavras. Depois do abraço apertado, Mônica disse, sincera:

— Não tem ideia de como fiquei emocionada e feliz com sua ligação. Queiram entrar, por gentileza.

Elas entraram na casa. Era um sobradinho típico, geminado, a decoração era simples mas de bom gosto. Mônica continuava casada. O marido e o filho mais velho trabalhavam numa indústria automobilística da região. A filha, de quinze anos, estava na escola. Ela, por sua vez, era dona de casa e tinha acabado de preparar o almoço.

— Não queremos atrapalhar — tornou Regina.

— De forma alguma — protestou Mônica. — A minha filha só vai chegar daqui a duas horas. Os meninos — como ela chamava o marido e o filho — almoçam no refeitório da firma. Eu é que sou metódica, adiantada. Sabendo que viriam, fiz um bolinho. Acabei de passar um café, fresquinho.

Mônica as conduziu até a cozinha, impecável, toda arrumada, com as panelas fumegantes sobre o fogão e um aroma agradabilíssimo. Enquanto as servia com bolo e café, Mônica contava a elas sobre o martírio de não saber ao certo o que acontecera ao irmão.

— Eu e meu marido fomos a hospitais, delegacias, cemitérios... quantas e quantas vezes fomos ao Instituto Médico Legal. Nada. Sei que ainda vivemos sob uma ditadura, então, como saber o que de fato aconteceu, não é mesmo?

Regina bebericou o café e relatou a Mônica o que ouvira do próprio Edgar. Enquanto escutava, Mônica não pôde deixar de conter o pranto.

— Eu sei bem quem é esse homem. O tal que foi enterrado com honras, né? — Regina fez que sim. Mônica prosseguiu: — Um verdadeiro monstro, isso sim. Tratou a mim e meu marido feito lixo. Sabe que meu marido passou mal depois que falamos com Edgar? Ele era pavoroso.

— Sinto muito — disse Regina, sincera. — Imagino como deve ser difícil.

— Eu sei que meu irmão foi morto. Mas não ter um corpo para velar e enterrar... dói tanto. Sabe, desde que o Carlos Eduardo sumiu, eu passei a frequentar a capela de Santa Filomena, não muito longe de casa. Eu vou lá religiosamente toda segunda-feira, na missa das oito da manhã. Depois do culto, acendo uma vela para iluminar a alma do Carlos Eduardo e peço à Santa Filomena que me dê pistas, alguma informação, que ela me dê certezas e aquiete meu coração.

— Nós somos espíritas — confessou Betina. — Também oramos para que seu irmão esteja bem, não importa em qual dimensão.

— Sou católica, mas gosto do Chico Xavier. Aqui em casa não temos preconceitos contra religião. Meu filho, por exemplo, está namorando uma garota de família evangélica. No fim das contas, tudo nos leva a Deus.

— Nunca tinha ouvido falar em Santa Filomena — Regina disse de forma curiosa.

Mônica sorriu.

— Ela era uma mocinha que entregou a vida a Jesus e, por esse motivo, não quis se casar e manteve-se virgem. Isso foi nos tempos do Diocleciano, então imperador de Roma. Ele se apaixonou perdidamente por Filomena, tentou seduzi-la, oferecendo até privilégios como ser imperatriz de Roma. Ela não aceitou. Ele, que não aceitava não como resposta, indignado e irritadíssimo, mandou-a para a prisão. A jovem teria recebido a visita de Nossa Senhora, que prometeu levá-la ao céu em três dias. Filomena manteve-se irredutível, o que fez Diocleciano infligir-lhe os castigos mais horrendos: ateou fogo em seu corpinho frágil, lançou flechas contra o seu peito e, vejam só, tentou afogá-la num rio com uma âncora amarrada em sua perna. Filomena resistiu, incólume. Isso levou muita gente a se converter ao cristianismo. Decepcionado e cheio de ódio, o imperador ordenou que decapitassem Filomena no dia dez de agosto.

— Que história bonita — disse Betina, emocionada.

— Eu me tornei devota de Santa Filomena porque Carlos Eduardo sofreu muito, disso tenho certeza. Ele deve ter resistido e morreu por conta de sua bravura. — Elas concordaram, e Mônica finalizou: — A grande coincidência é que meu irmão nasceu no dia dez de agosto, no dia de Santa Filomena.

Elas abriram e fecharam a boca. Mônica era conversadeira e falou muito de Carlos Eduardo, de como inspirava cuidados quando pequeno por conta da anemia, igualzinha à do avô. E revelou:

— A minha filha, que se chama Filomena, também tem anemia falciforme. Mas ela vive muito bem, graças a Deus. E graças à minha santinha, é claro!

Regina e Betina se entreolharam, estupefatas. Foi Regina quem pediu:

— Mônica, por gentileza, você teria fotos do Carlos Eduardo quando bebê, ou quando pequeno?

— Pois claro! Adorávamos tirar foto dele. Era o meu caçulinha, meu bebezinho — tornou Mônica, emocionada. — Esperem, eu vou lá em cima e já volto.

Mônica desceu depois de uns minutos com uma caixa antiga de sapatos. Abriu-a e dela tirou fotos e minóculos de fotografia, uma febre que surgira no fim dos anos 1950 e início dos 1960.

Betina apanhou um e o encostou em um olho, fechando o outro.

— Eu adorava essas fotos no binóculo.

— A gente tinha também slides — comentou Mônica. — Mas perdemos todos.

Ela apanhou uma foto de Carlos Eduardo bebezinho e entregou a Regina.

— Esse é ele com seis meses.

— Que bonitinho.

— Aqui já se vê — apontou — a marca de nascença. Igualzinha à de papai. Incrível. — Elas assentiram. Mônica apanhou uma outra foto e sorriu. Em seguida, entregou-a a Regina: — Essa foto é do aniversário de dez anos. Ele tinha acabado de tomar sangue. Estava tão feliz.

Regina apanhou a foto e levou a mão ao peito, entregando-a a Betina, que reagiu do mesmo modo.

— O que foi? — perguntou Mônica.

Elas se entreolharam e Betina levantou o queixo, como a dizer "prossiga". Regina então contou o que acontecera durante o breve namoro com Carlos Eduardo. Falou sobre a troca dos bebês, enfim, contou tudo o que descobrira em pouquíssimo tempo. Em seguida, tirou da bolsa uma foto recente de Rafael e a entregou a Mônica. Foi o momento de ela levar a mão ao peito.

— Meu Deus! É o Carlos Eduardo!

— Eu suspeitava — revelou Regina. — Quer dizer, a anemia, a mancha no pescoço, o tipo sanguíneo... e essa foto que você acabou de me mostrar só corroboram a verdade. Rafael é filho de Carlos Eduardo.

Regina disse isso e não conseguiu conter o pranto. Mônica também não segurou as lágrimas. Depois de enxugar o rosto com as costas da mão, disse, emocionadíssima:

— Esse menino é um milagre! Viu como Carlos Eduardo está presente entre nós? Deixou um descendente. Eu adoraria conhecê-lo.

— No momento certo, você vai conhecer — prometeu Regina.

Na despedida, Mônica entregou a Regina algumas fotos de Carlos Eduardo.

— Creio que não vamos mais deixar de nos falar.

— Assim que tiver novidades, eu a avisarei — segredou Regina.

Despediram-se e Betina comentou:

— Não há mais dúvidas. Agora sabemos que Rafael é filho de Carlos Eduardo.

— Ele é meu filho, Betina. Meu filho! — Regina não cabia em si, tamanha a alegria.

Núria, que as acompanhava, também se emocionou.

— Finalmente, Regina, o martírio acabou. Celebre a vida!

Regina não ouviu, mas captou a energia dulcíssima que de Núria se espalhava pelo carro. Aquele foi um dos dias mais felizes de sua vida, dentre muitos outros que viriam, expurgando, aos poucos, todos os anos de tristeza, e preenchendo sua alma com alegria e felicidade.

26

Regina decidiu que precisava compartilhar com Cristiano o encontro e a conversa que tivera com Mônica.

— Sinto que primeiro deveríamos falar com Alzira. O que acha?

— Boa ideia.

Seguiram até o centro espírita. Os trabalhos espirituais da tarde só se iniciariam dali a duas horas. Elas adentraram o salão principal e Alzira ajeitava algumas flores brancas nos vasos que seriam utilizados para a sessão daquela tarde. Assim que as viu, abriu os braços.

— Estou tão feliz por você, Regina! Até que enfim tirou a dúvida do seu coração.

Regina encarou Betina e voltou os olhos para Alzira.

— Como sabe?

Foi Betina quem falou:

— Os espíritos correram para lhe contar, não? — Alzira fez que sim. — Então...

— É isso mesmo — concordou Alzira. — Rafael é filho de Carlos Eduardo e de Regina.

— Ele é a reencarnação do Carlos Eduardo? — perguntou Regina, ansiosa.

— Não. Não seria possível. Aliás, hoje faremos uma vibração para o espírito do Carlos Eduardo. Estava resistente até há pouco tempo, indignado com o fato de que você desconhecesse o paradeiro do filho de vocês. Sente-se mais calmo e, finalmente, aceitou receber tratamento. Foi encaminha-do para um posto de socorro no astral. Devo confessar que as orações de Mônica, tanto em casa como na igreja, foram importantíssimas para ele aceitar ajuda espiritual. Isso nos mostra, claramente, que não importa de onde vem a oração, se de uma pessoa espírita, católica, umbandista, judia, crente, mas o que conta e o que vale é a intenção, o teor energé-tico dessa prece. Agora — ela mirou Regina — está na hora de conversar em definitivo com Cristiano.

— É — ela concordou. — Chegou o momento.

— Aproveite. Ele está aqui.

— No centro? — indagou Regina.

Antes de Alzira responder, Rafael apareceu no salão. Correu e abraçou-se a Regina.

— Estava com saudades de você.

— Eu também, meu querido. Morrendo de saudades. O que faz aqui? Não deveria estar na escola?

— Foi dia de recuperação. Não precisei ir. Passei de ano direto.

— Além de fofo é inteligente — disse Regina, toda cheia de dengo.

Ele cumprimentou Betina e Alzira. Voltou-se para Regina:

— Posso te pedir uma coisa?

— Claro.

— Você aceitaria ser minha mãe?

Regina não entendeu.

— Como?

— Ser minha mãe. A minha mãe Beatriz foi embora. Eu tenho conversado muito sobre você nas minhas sessões de tera-pia. Minha analista perguntou qual era o meu desejo. Eu disse que, se pudesse escolher, queria ter você como a minha mãe.

Regina apenas o abraçou e chorou. Alzira e Betina se de-ram as mãos e fizeram uma sentida prece de agradecimento. Cristiano apareceu no salão e tinha escutado o pedido de Rafael. Tomou coragem, respirou fundo e limpou a gargan-ta com um pigarro. Trêmulo, tirou do bolso da camisa uma caixinha, abriu-a e nela havia um lindo anel. Ele ajoelhou--se e pediu:

— Regina, aceita se casar comigo?
— Vai, mãe, aceita! — disse Rafael, sem perceber o que tinha falado.

A emoção tomou conta do ambiente. Betina e Alzira se abraçaram, emocionadas. Regina disse sim. Cristiano a abraçou e a beijou. Em seguida, Rafael abraçou-se a eles. Do alto caíam pétalas de rosas, invisíveis aos olhos humanos. Alzira viu as rosas, fechou os olhos e sorriu.

O casamento foi uma cerimônia reservada a poucas pessoas, realizada num sítio em Atibaia, de propriedade do irmão de Cristiano.

Sob um caminho formado por primaveras e gardênias, que perfumavam delicadamente o ambiente, Regina era conduzida por Aldo. No altar estavam Betina e Gaspar, Mônica e o marido como padrinhos da noiva. Ao lado de Cristiano, o irmão Roberto e a cunhada mais Clóvis e Túlio. Rafael vinha na frente da noiva, carregando as alianças.

Depois do belíssimo discurso do juiz de paz, veio o sim. Em seguida, os comes e bebes, presente de Gaspar, dono do restaurante e sócio de Túlio.

Um dos discursos mais bonitos foi o de Alzira. Ela falou sobre o amor, as relações íntimas, os verdadeiros laços que unem os espíritos. Ao final, ergueu sua taça e disse, emocionada:
— Um brinde ao destino.

27

A lua de mel, em Paraty, durou poucos dias devido aos compromissos de trabalho. A comercialização do jeans havia superado todas as expectativas de vendas e Cristiano precisou investir em mais maquinário. Regina ganhou destaque nas principais revistas femininas do país. Recebeu inúmeros convites para participar de outras campanhas, inclusive fora convidada por um diretor da principal emissora do país para protagonizar uma novela das seis da tarde.

De maneira extremamente delicada, Regina declinou todos os convites. Assim que a campanha do jeans acabou, ela decidiu se aposentar do trabalho e dedicar-se à família, um grande desejo ainda não realizado. Agora ela tinha um marido e um filho. E não demoraria para aumentar a sua bela família.

Certo dia, depois de muito refletir, confessou a Cristiano o desejo de adotar Miriam.

— Ela já tem treze anos. Será que vai se adaptar à nossa família?

Foi Rafael quem disse:

— Eu e ela nos conhecemos de outra vida.

— Quem disse? — Cristiano perguntou de forma divertida.

— Ninguém. Eu sinto. Dona Alzira disse que eu devo acreditar nos sentimentos que emanam do coração. Adoraria que Miriam fosse minha irmã.

Regina riu e comentou com Cristiano:

— Agora deu para ele falar palavras difíceis.

— A Miriam lê muito, mãe. Ela me ensina palavras difíceis. Comecei a ler Sidney Sheldon por causa dela. É uma boa influência na minha vida.
— Gostaria mesmo que ela fosse sua irmã?
— Sem dúvida.
Cristiano anuiu:
— Se vocês querem, eu também quero.
Houve um embate jurídico que perdurou quase um ano. Assim que o pedido foi formalizado e homologado pelo juiz, Regina fez questão de ir direto à creche do centro espírita. Entrou no quarto de Miriam.
— Oi.
Ela fechou o livro e o descansou sobre o colo.
— Oi, Regina!
Elas se abraçaram e Regina viu o livro.
— O que está lendo?
— Acredita que é a segunda vez que leio *Sagarana*, do Guimarães Rosa? Não sei explicar, mas esses contos me emocionam tanto. Parece que eu já os li várias vezes.
— Eu não conheço. Prometo que um dia vou ler.
— Hoje acordei tão feliz! Sabe aquela sensação de que coisas boas vão acontecer?
— Sei. Eu vim aqui para te fazer um convite.
— É mesmo? — Regina fez sim com a cabeça. — Qual?
— Vamos embora?
— Como?
— Para casa. Vamos embora, Miriam. Não posso deixar minha filha aqui sozinha. Você tem de obedecer a sua mãe. Vamos.
Miriam entendeu. Finalmente o processo de adoção fora concluído. Aos prantos, atirou-se nos braços de Regina.
— Você não tem ideia de como estou feliz. Obrigada, mamãe.

Depois de ter se tornado uma febre mundial, altamente contagiante, a discoteca foi perdendo a graça, bem como o espaço nas rádios e nos programas de tevê, e as músicas também mudaram de estilo. Aldo estava cansado da vida noturna e resolveu que era o momento de se aposentar.

Numa decisão compartilhada com Betina, determinaram vender a discoteca. Betina, por seu turno, também estava cansada e desejava tão e somente dedicar-se aos trabalhos com as crianças da creche.

Viviane, infelizmente, não era fértil e desejava muito ter um filho. Depois de refletirem bastante, decidiram-se pela adoção. Foi nessa época que chegou à creche um recém-nascido encontrado numa lata de lixo. Aldo e Vivi se encantaram com o bebê e não demorou muito para que lhes fosse concedido o direito à adoção. O bebê passou a se chamar Romualdo.

Um dia, ao deixarem o consultório do pediatra, Aldo e Vivi, carregando o pequeno Romualdo, foram assaltados. O rapaz apenas levou a carteira de Aldo e uma correntinha que Vivi ganhara da mãe quando fizera a primeira comunhão.

Assustados, decidiram em comum acordo que preferiam viver em outro país, segundo eles, que oferecesse melhores condições de segurança e de vida. Aldo tinha dois primos e um tio que moravam em Berna, na Suíça. Mudaram-se para lá e foi ali que Romualdo cresceu e, anos à frente, estudaria Arquitetura.

Veja só a ironia do destino: Rafael ficara dez anos sem mãe, visto que Beatriz nunca o tratara como filho. Após a revelação de que ele era filho legítimo de Carlos Eduardo, ganhara três. A verdadeira, que ele amaria por toda a vida, era Regina. A segunda era Betina, que tornara-se sua madrinha. E a terceira era Mônica, a tia do coração, com quem trocaria cartas até a morte dela, já bem idosa.

Na época do vestibular, ele se decidiu por Arquitetura, o que muito alegrou Regina.

— Sabia que seu avô foi arquiteto, não?

— Sim. Já ouvi essa história um milhão... não, dois milhões de vezes.

Eles riram e Regina quis saber:

— Quer mesmo estudar no exterior?

— Sim.

E o desejo dele se cumpriu. Cristiano estava muito bem de vida e podia proporcionar esse luxo ao filho. Rafael optou por estudar em Paris. Betina o acompanhou, a fim de tranquilizar Regina.

Rafael era aplicado, estudioso. Nas férias escolares, viajava para Berna, não muito distante. O filho de Aldo, Romualdo, apegara-se a ele e, embora tivessem uma diferença de idade de mais de dez anos, tratavam-se como irmãos, numa amizade que transcendia o tempo e que perduraria para sempre.

Estabelecidos em Paris, Betina apresentou o afilhado a Raimundo e Zohra. Um tempo depois, Rafael se apaixonou pela filha deles, Yasmina, que, por coincidência, era afilhada de Regina. Assim que ele se graduou, casaram-se e, depois de três anos, nasceu uma linda bebezinha. Betina ainda pôde carregar a pequena no colo. Morreria em 2015, aos 90 anos de idade.

Alzira continuaria dirigindo o Centro Espírita Irmão Francisco até o último dia de vida. Desencarnou bem idosa, mas lúcida, aos 99 anos. Miriam, professora aposentada e que não quisera se casar, assumiu a direção da instituição, perpetuando o lindo trabalho iniciado por Alzira desde os anos 1950.

Epílogo

Muitos anos depois de todos esses acontecimentos, encontramos Regina e Cristiano, já idosos, sentados em espreguiçadeiras sobre um deque de madeira que se estendia até a borda da piscina, admirando o pôr do sol no sítio que haviam comprado para passar os últimos anos de vida, longe do burburinho da cidade grande e rodeados de vasta e exuberante natureza.

Regina suspirou fundo e, mãos entrelaçadas às de Cristiano, encarou-o e disse, emocionada.

— Estou me sentindo tão bem!

— Eu também — ele respondeu.

Nesse momento, os espíritos de Betina e Alzira ali estavam. Depois de também apreciarem o belíssimo pôr do sol, Betina tornou, serena:

— Que bom que deu tudo certo.

— A vida, de fato, sabe o que faz — emendou Alzira. — Eles agora estão em paz com o passado.

— Sim. Estão. — Ela mudou de assunto. — Alzira, soube que Leonora e João estão para retornar. Fiquei muito feliz que receberam a bênção da reencarnação.

— Eles vão nascer filhos do Romualdo. Ele e a esposa já concordaram em recebê-los como filhos.

— Por acaso — quis saber Betina — Romualdo sabe da ligação dele com esses espíritos?

Um brinde ao destino

— Não. Ele não sabe, ao menos conscientemente, que foi Valdemar em última encarnação. Torcemos para que, em nova configuração familiar, ele, Leonora e João acertem os ponteiros e fiquem em paz.

— Do mesmo modo — emendou Betina —, Rafael e Miriam não têm ideia de que foram Miltinho e Nice. E ficariam surpresos em saber que a filha de Rafael e Yasmina é a nossa querida Núria.

— Tudo se encaminha para o entendimento, a aceitação e o perdão — disse Alzira. — Tenho certeza de que essa nova etapa de vida será repleta de bênçãos para todos.

Betina sentiu um certo estremecimento pelo corpo e comentou, levando a mão ao peito:

— É Claude. Finalmente, seu espírito despertou. Ele precisa de mim.

— Vá, querida. Eu ficarei mais um pouco — tranquilizou Alzira.

Betina beijou Regina e Cristiano e partiu. Alzira continuou a contemplar o pôr do sol. Aproveitou a tardezinha bucólica e aplicou um passe em Regina, outro em Cristiano. Fez uma singela prece e verbalizou numa voz doce:

— A reencarnação é nada mais que uma bênção. Por meio dela, aprendemos que a vida nos estimula por meio de experiências, as mais diversas, com o único intuito de fortalecer o nosso espírito, nos conectando cada vez mais com a nossa essência. — Ela respirou fundo e, emocionada, finalizou: — Sem a crença na espiritualidade ou na reencarnação, nada tem sentido.

— Você ouviu? — perguntou Regina.

— O quê? — quis saber Cristiano, enquanto abria uma garrafa de vinho.

— Nada. Achei que tivesse ouvido a Alzira.

— Está bebendo muito vinho.

— Não! — ela protestou, rindo. — Pode encher a minha taça. Quero fazer um brinde.

Cristiano fez que sim e encheu as taças. Pegou uma e entregou outra a Regina.

— Brindemos ao destino, que nos uniu.

As taças emitiram um tim-tim. Alzira se desvaneceu no ar, deixando para trás um rastro de luz. Regina bebeu e, ao colocar a taça sobre a mesinha, uma joaninha, preta e vermelha, pousou em sua mão. Ela sorriu. A joaninha voou e ela encarou Cristiano, dizendo:

— Eu te amo.

Ele, emocionado, esticou o rosto e a beijou nos lábios.

— Eu também te amo. Muito...

Eles permaneceram deitados, apreciando o belíssimo fim de tarde. Logo, a noite foi chegando e algumas estrelas despontaram no céu, revelando toda a beleza da vida, toda a perfeição de Deus.

TRILOGIA O PODER DO TEMPO

Três histórias, um só aprendizado: o tempo é o maior mestre da alma.

O TEMPO CUIDA DE TUDO - VOL. 1
O TEMPO NUNCA ESQUECE - VOL. 2
O TEMPO DE CADA UM - VOL. 3

LÚMEN
EDITORIAL

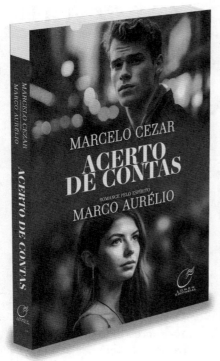

ACERTO DE CONTAS

MARCELO CEZAR
ROMANCE PELO ESPÍRITO
MARCO AURÉLIO

LÚMEN EDITORIAL

Romance | 15,6x23 cm | 352 páginas

Após uma ilusão, a desilusão é fatal. A verdade, inexorável, aparece e recicla conceitos, ideias e até sentimentos. Faz parte da vida.Foi o que aconteceu com Sílvia e Dorothy. Apaixonadas pelo mesmo homem, as duas irão trilhar caminhos distintos e entender que o amor acontece de modo espontâneo e vem para cada um de nós de forma única.O mesmo, de maneira mais sofrida, ocorreu com Rachel e Maurício. Jovens, atormentados pela vaidade, terão de pagar alto preço para compreender que o preconceito e o desrespeito às diferenças não geram punição divina, mas exigem um acerto de contas com a própria consciência, causando feridas difíceis de ser emocionalmente cicatrizadas.Este belo romance nos revela que a aceitação é o caminho para a cura do espírito, e enfrentar a verdade pode doer ou frustrar, mas também liberta e fortalece!

Entre em contato com nossos consultores e confira as condições
Catanduva-SP 17 3531.4444 | boanova@boanova.net | www.boanova.net

MARCELO CEZAR
ROMANCE PELO ESPÍRITO
MARCO AURÉLIO

Romance | 15,5x22,5 cm | 384 páginas

Viver neste mundo não é tarefa das mais fáceis. Exige de nós a constante busca de equilíbrio emocional. Somos obrigados a rever crenças e posturas a cada desafio que nos é apresentado. Nesta luta entre o bem e o mal, em que a ambição chega ao seu limite, levamos você a refletir sobre as consequências de suas próprias ações. No mundo das aparências, que conduz ao materialismo, ao preconceito, à luta de classes e à completa inversão dos valores espirituais, Você faz o amanhã mostra que a vida pode ser muito mais do que parece e que está nas mãos de cada um conquistar a tão sonhada paz interior.

LÚMEN
EDITORIAL

Entre em contato com nossos consultores e confira as condições
Catanduva-SP 17 3531.4444 | boanova@boanova.net | www.boanova.net

QUANDO O DESTINO PARECE RUIR, APENAS A VERDADE PODE RECONSTRUIR O CAMINHO.

Romance | 15,8x22,5 cm | 320 páginas

Levamos o livro espírita cada vez mais longe!

Av. Porto Ferreira, 1031 | Parque Iracema
CEP 15809-020 | Catanduva-SP

www.**lumeneditorial**.com.br
www.**boanova**.net

atendimento@lumeneditorial.com.br
boanova@boanova.net

17 3531.4444

17 99257.5523

Siga-nos em nossas redes sociais.

@boanovaed   boanovaeditora

CURTA, COMENTE, COMPARTILHE E SALVE.
utilize #boanovaeditora

Acesse nossa loja   Fale pelo whatsapp